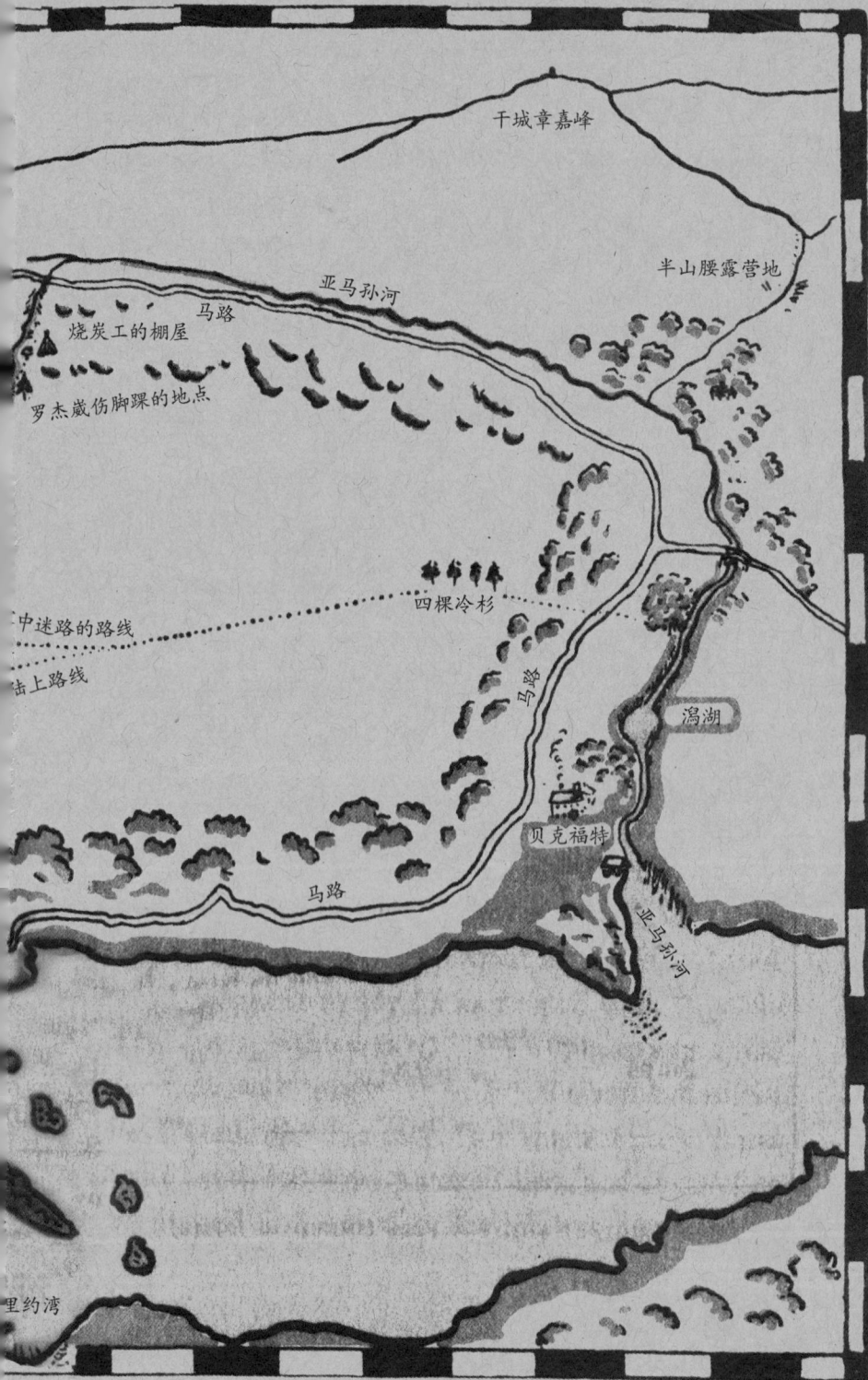

干城章嘉峰

半山腰露营地

亚马孙河

马路

烧炭工的棚屋

罗杰崴伤脚踝的地点

四棵冷杉

中迷路的路线

上路线

马路

潟湖

马路

贝克福特

亚马孙河

马路

里约湾

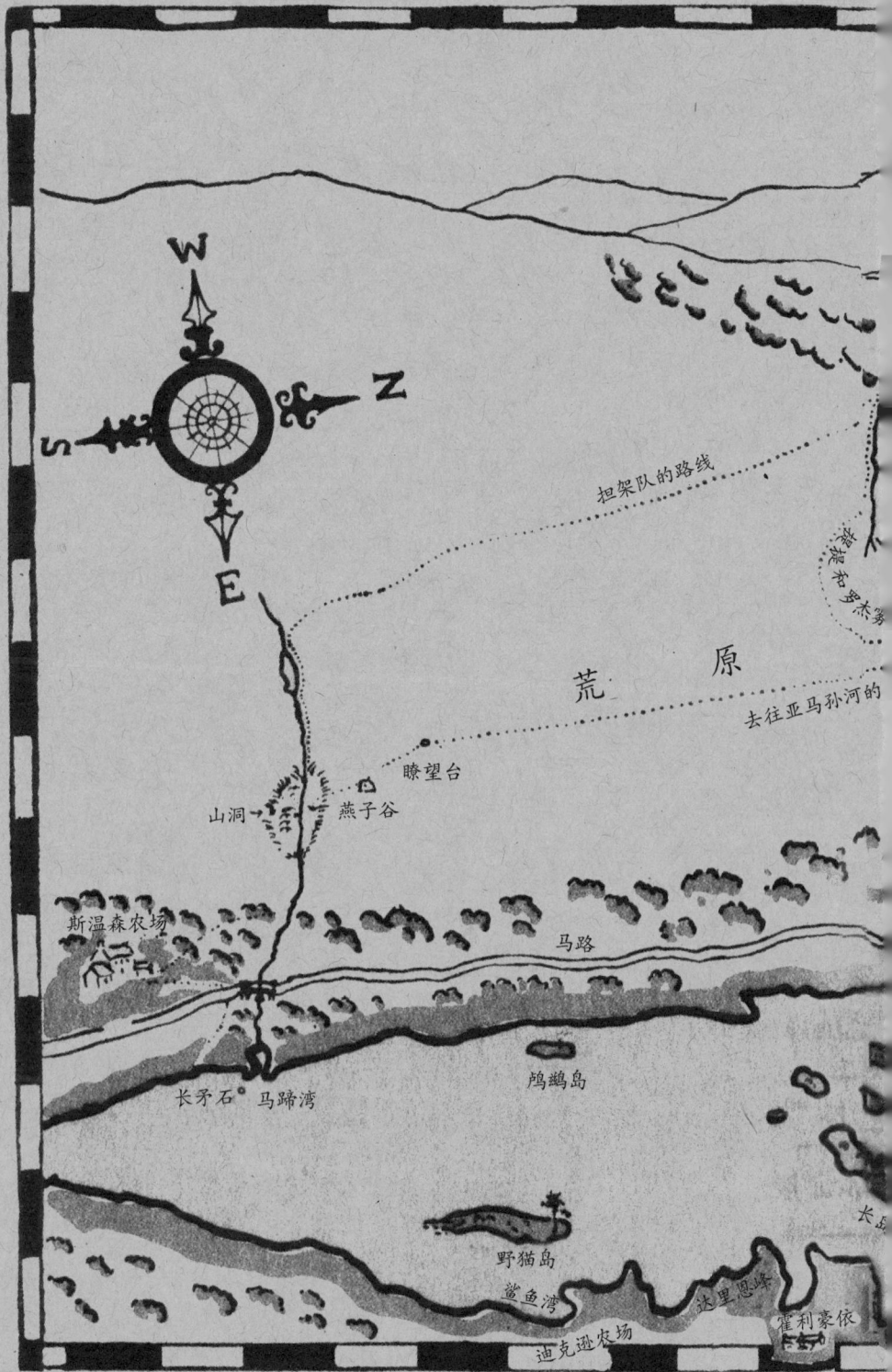

担架队的路线

荒 原

去往亚马孙河的

瞭望台

山洞 燕子谷

斯温森农场

马路

长矛石 马蹄湾

鸬鹚岛

野猫岛

鲨鱼湾 达里恩峰

霍利豪依

迪克逊农场

燕子号与亚马孙号
探险系列

SWALLOWDALE
ARTHUR RANSOME

燕子谷历险记

〔英〕亚瑟·兰塞姆———— 著 吕琴————译

人民文学出版社
PEOPLE'S LITERATURE PUBLISHING HOUSE

图书在版编目(CIP)数据

燕子谷历险记/(英)亚瑟·兰塞姆著;吕琴译.
—北京:人民文学出版社,2023
(燕子号与亚马孙号探险系列)
ISBN 978-7-02-017621-2

Ⅰ.①燕… Ⅱ.①亚… ②吕… Ⅲ.①儿童小说-长
篇小说-英国-现代 Ⅳ.①I561.84

中国版本图书馆 CIP 数据核字(2022)第 224287 号

责任编辑　朱卫净　周　洁
装帧设计　汪佳诗

出版发行　人民文学出版社
社　　址　北京市朝内大街 166 号
邮政编码　100705

印　　制　凸版艺彩(东莞)印刷有限公司
经　　销　全国新华书店等

开　　本　720 毫米×1000 毫米　1/16
印　　张　30.5
字　　数　333 千字
版　　次　2023 年 1 月北京第 1 版
印　　次　2023 年 1 月第 1 次印刷

书　　号　978-7-02-017621-2
定　　价　88.00 元

如有印装质量问题,请与本社图书销售中心调换。电话:010-65233595

目 录

第一章

燕子号和它的
船员们

Arthur
Ransome

轻巧的船儿，矫捷的水手，

小伙们啊，得心应手；

轻巧的船儿，矫捷的水手；

小伙们啊，启程，走！

——水手之歌

"看到野猫岛啦！"实习水手罗杰突然大喊道，他一直挤在桅杆前眺望前方。他发现这一年发生了很多变化，去年船上他站着的这个地方也放着锚和缆绳，却不像今年这么拥挤。去年他只有七岁。

"你怎么能现在就说出它的名字！"一等水手提提说。她正坐在船中央的行李上，照看着她的鹦鹉，那只鹦鹉暂时被关在笼子里跟他们一起航行，"你应该说'陆地，陆地'，接着舔舔干渴的嘴唇，然后等我们再靠近一点，才会弄清楚那是什么地方。有时候，我们可能要航行好几个星期，才能找到这个地方呢！"

"不过我们已经知道了啊，"罗杰说，"实际上，我们四周全是陆地。很快就会看见船屋了。看啊，就在老地方。但是，"说到这里，他的声音变了，"弗林特船长忘记升旗了。"

2

这艘挂着棕色船帆的燕子号小船载着它的五名船员——包括那只鹦鹉，已离开霍利豪依湾，正迎风行驶在开阔的湖面上。这片湖远远地伸向南边的山林间，树林高处是荒原，更远处是绵延的群山。整整一年过去了，转眼又到了八月。沃克一家昨天刚从南方赶来。火车开进小站的时候，约翰、苏珊、提提和罗杰，还有那只鹦鹉，都在车窗边，想着他们的小伙伴南希和佩吉·布莱克特会不会在站台上迎接他们，也许她们的妈妈或者弗林特船长会一起来。弗林特船长就是那个住在船屋、退隐江湖的海盗，其实他是特纳先生，南希和佩吉的舅舅吉姆。然而，站台上空无一人。整个上午，妈妈、小布里奇特和保姆一直忙着在霍利豪依的旧农舍安顿行李，他们几个早就跑到停泊着燕子号的船坞，准备航行去野猫岛。起航之前，他们还派侦察兵爬上高地，眺望湖的北面，观察有没有和燕子号一样大小的船从亚马孙河驶出，布莱克特家的房子就在那边的群山之下，朝向遥远的"北极"。时不时地，他们就会望一望霍利豪依湾的入口，寻找扬着白帆的亚马孙号，期待能听见南希船长欢呼"燕子号和亚马孙号万岁"，也期待能看见佩吉大副把海盗旗升上桅顶。然后，燕子号和亚马孙号就会结伴驶向野猫岛。途中经过船屋时，大伙还会朝屋里的弗林特船长大喊"你好"。一切都应该和去年一样。不过，他们的小伙伴们根本没出现。已经到了下午，他们不能再等了。妈妈带着布里奇特去小镇上了，要给他们采购一些必需品，并打算从霍利豪依码头坐小划艇把东西送上岛。不管怎样，他们必须赶在妈妈到达之前建好营地，这样，她就能看到他们已经为在岛上度过的第一个夜晚做好了准备。光等着亚马孙号的小伙伴也行不通。没准南希、佩吉正和弗林特船长一起待在船屋里呢。或许，更有可能的是，他们早已登上野猫岛，正谋划着一场欢迎仪式或给他们一个措手不及。你不知道那个南希有多少鬼点子。就这样，四个小探险家扬帆起航了。计划了一年的事情总算开始了。从现在起，他们将告别躺在床上睡觉的舒适日子，又一次开始了燕子号上的漂流生活。

"我认为他应该挂上他的船旗。"瞭望员罗杰说。

"他大概没想到我们会这么快起航吧。"一等水手提提一边说，一边通过架在鹦鹉笼子上的望远镜观察远方的船屋。

"他一看见我们就会升船旗的。"苏珊大副说。

这四人当中年龄最大的约翰什么也没说。他正忙着开船，燕子号现在已经驶离避风港，迎着南风前行。他目视前方，感受着吹过脸颊的风，他很享受操控帆索和舵柄，以及燕子号击破水面发出的哗哗声。他时而抬头瞥一眼桅杆上的小三角旗，这是一面白底旗帜，上头有一只蓝色的燕子（一等水手提提剪裁缝制上的），它能告诉他如何最好地利用风力前行。需要练习才能通过感觉吹过脸颊的风来判断航行的情况，而这只是假期以来的首航。有时，他还会回头看一眼船尾，观察燕子号缎带般的尾波。这时，弗林特船长的船屋有没有挂上旗帜已经不重要了，对约翰来说，能再次在这片湖面上航行就很满足了。

苏珊大副也不在乎那艘旧船屋有没有挂上旗帜。前一天，她就累坏了，从南方过来的长途火车旅行中，她一直在照顾妈妈、布里奇特、保姆和其他人，还要照看所有的小件行李。每次坐火车出游，都是她负责

照料一切，因此第二天总是筋疲力尽。多亏了她，没有任何东西落下。东西真的很多，要不是苏珊用心去记，很多东西可能就会忘带。今天早上，她除了把货物装上燕子号，还列了好几张必备品清单。所以，苏珊现在放松又开心，她很高兴自己把能做的事情都做完了，再也听不到火车站的喧闹声，也不必担心错过换乘的火车而被迫去听怪声怪气的到站提醒。

就连一等水手提提也不像罗杰那样因为船屋粗短的桅杆上没有旗帜而困惑不已。她有其他要考虑的事情呢。曾有那么一刻，她感到一切还是在去年，他们从没离开过这片湖，漫长的上学时光和城镇生活就像没发生一样。然而下一刻，那段时光突然变得真实，她不敢相信，那个被法语动词搞得心烦意乱的提提和眼下的一等水手提提是同一个人。现在，她坐在燕子号上，靠着鹦鹉笼子、背包和一些货物。她转头望向达里恩峰，从那里她第一次看见野猫岛，然后她沿着湖面朝野猫岛望去，想起自己曾经鬼使神差般，在她的法语语法书的最后两页空白纸上画满野猫岛和岛上那棵高大的灯塔树。在两个不同时空分饰不同角色的两个人碰撞在一起，这感觉让她有点窒息。

不过，挤在船头老地方的罗杰仍然相信，即使他们的老朋友弗林特船长没有把船装饰一番以迎接他们的到来，也一定会把船旗挂在桅顶上。罗杰一直盼望看到船屋的那面大旗帜向他们点旗敬礼，作为回应，燕子号也会降下它的小三角旗。然后，他们自然还会看到船屋的前甲板上升起一股浓烟，听见一声向他们致意的炮响。可是现在，船屋根本没挂任何旗帜。

"他可能睡着了。"提提说。

"如果南希和佩吉跟他在一起，他是不可能睡着的。"苏珊说。

"他们说不定去岛上了。我们很快就会知道。"约翰说，"再转一次帆，我们就驶进船屋港了。准备转向！"

燕子号迎风转向，帆桁①立刻摆了过来，提提和大副赶紧屈身，棕色的船帆又鼓足了风，燕子号开始右转穿越湖面，驶向船屋港。

"右舷船头方向有一艘汽船！"瞭望员大叫，"不过离我们很远。"

"还有一艘离我们的船尾很近了，"约翰船长说，"是从里约港过来的。"

一回头就能看见那座被他们称作里约的繁忙小港，港口倚着树木繁茂的岛屿。透过岛屿的间隙，北面开阔的湖面隐约可见。那艘汽船刚刚驶出了长岛和陆地之间的里约航道。

"船梁上有个渔夫。"瞭望员说。那时，他们的船正好超过了一艘划艇，划艇上有两个原住民，其中一人在划桨，另外一人拿着钓竿。

"他在用旋式诱饵钓梭子鱼。"约翰船长说。

"钓的是鲨鱼。"瞭望员纠正他。

从里约港出发的那艘汽船向南行驶着，燕子号游刃有余地从它的船头前方横穿了过去。汽船飞快地驶过，驾驶台上的船长愉快地向他们挥了挥手，燕子号的船员们也挥手回礼。燕子号在汽船的尾波中摇摆，这让他们觉得真的在大海上了。

现在，他们一步步靠近避风港，那艘蓝色的老船屋就停在那边，漂

---

① 帆桁，伸长状，用来固定支撑主帆底部。

在一只浮筒旁。

"甲板上没有人。"瞭望员说。

去年，他们第一次看到这艘船屋的时候，提提猜测弗林特船长是一个退隐江湖的海盗，他们看见他坐在后甲板上写着什么，他旁边的栏杆上还有一只绿色鹦鹉。今年，那个海盗却没有出现。至于那只鹦鹉嘛，就更不可能出现了，因为它早已加入另外一艘船。提提正和它说话呢。

"波利，看啊！"提提说，"那是你的老家。以前你就住在那里，不过现在你跟我们住一起。"

"二，二，两倍，两倍，二，二，二……"那只绿色的鹦鹉咿咿呀呀地说。

"八个里亚尔，"提提打断它，"说'八个里亚尔'。不要讲什么'二的两倍'了，现在不是上学！"

"提提，我们用望远镜看看吧。"大副说。

"我没有看见他的划艇，"约翰说，"除非他把划艇挂在左舷上了，否则肯定能看见。"

"船屋的门窗都紧紧关闭着，"苏珊大副举着望远镜说，"所有的舷窗都拉上了窗帘。"

约翰船长和苏珊大副对视了一眼。虽然他们不像罗杰那样，做梦都想看见弗林特船长向他们行点旗礼和鸣炮致意，但他们深信他一定会在他的船屋里，就像湖边的那些大山会永远矗立在那里一样。

燕子号径直驶入港湾，靠近船屋的船尾，然后轻松绕过那只浮筒，又回到开阔的湖面上。每个人都仔细地观察了船屋，但一个人影都没看到。

"他把大炮盖起来了!"罗杰怒气冲冲地说。事实上,船屋的整个前甲板都被一块黑色防水布遮住了,这是为了保护船屋不受坏天气侵袭。

"看来他好像真的不在船上。"约翰船长说。这时,燕子号已经驶出船屋港风平浪静的水域,来到微波起伏的湖面上了。

"我知道他去做什么了,"提提说,"他关了船屋,和其他人上岛了。"

这些其他人比弗林特船长重要多了,一切确实很像南希·布莱克特船长的风格,把再次会面的地点不是定在她舅舅的船屋里,也不是在哪座火车站,而是在他们去年相遇的荒岛上。

"我们的正侧方是野猫岛!"燕子号驶出船屋港时,瞭望员罗杰就大喊道,"正前方是鸬鹚岛……"

这一回,燕子号横穿湖面,朝湖的西岸驶去。那是一座地势较低的小岛,上面布满松散的岩块和石子,还有两棵枯树,其中一棵成了鸬鹚的栖息地,另外一棵很久以前就倒下了,裸露的树根在空中挥舞。提提和罗杰就是在那里找到了弗林特船长的宝藏。

"鸟儿飞走了!"瞭望员罗杰大叫,当时,燕子号正横穿湖面朝那座小岛靠近,四只黑色的长脖子大鸟从枯树上一跃而起,掠过水面飞走了。

一等水手提提没工夫去看鸬鹚岛,而是盯着离岛不远的水面出神。有没有可能,在那个伸手不见五指的夜晚,她曾独自一人乘着别人的船停泊在那里呢?

苏珊大副几乎没把看鸬鹚岛放在心上。这次航行就快结束了,她得考虑扎帐篷和做饭的事情。她正通过望远镜看着对面那座树木繁茂的

大岛。

"真稀奇，居然没有烟。"她说。

"他们一定在那里。"提提说，"我现在可以用一下望远镜了吗？"

约翰船长扭头看了看。

"准备调头！"他喊道。燕子号调转船头，这回终于驶向了野猫岛。这群小船员自去年离开野猫岛以后，就一直盼望着重返那里。有趣的是，假如南希和佩吉此时正在岛上等待他们，树林间怎么会没有升起烟呢？南希·布莱克特总是那个把篝火烧得最旺的人。

"不管怎样，南希应该把旗帜升起来啊。"约翰船长说。

"可能她爬不上灯塔树吧。"提提说。

"南希什么都能爬得上去。"约翰船长说。

"嘿！"罗杰大叫道，他的目光越过这座岛，望着远处湖岸上的一座白色旧农舍，"那是迪克逊农场，迪克逊太太在喂鹅呢，看那些白色的点点。"

"或许是母鸡。"苏珊说。

"她养的母鸡都是褐色的，"罗杰说，"当然，也可能只是鸭子。"

"你要从哪里登陆？"苏珊问船长。

"以现在的航向，我可以在任意一头登陆。"

"老登陆点离营地更近。"

"噢，我们还是先检查一下港口吧。"提提说。

港口位于野猫岛的南端。耸立的岩石把它变成了一座避风港，岸边还有记号引导船只穿过危险的暗礁。登陆点在野猫岛的东岸，离陆地最近。那是座有卵石滩的小湖湾，紧挨着他们去年的营地。如果有很多货物要运上岛，停靠在那里比从港口登陆更好。

约翰驾船朝岛的南端航行，他时刻注意着绕开外露的礁石，从进入港口的航道外经过。

"亚马孙号没停在港口里。"瞭望员说。

所有人私下都认为它会停在那里。岛上可以没有烟和旗帜，因为如果南希船长确信他们会直接从登陆点上岸，那么她就会把亚马孙号藏在港口，然后埋伏在岛上，等着给他们一个措手不及。她最有可能玩这种把戏。

"那是画着白色十字记号的树桩，"提提说，"高的标记在那儿，在那棵分叉的树上。那边是我站在上面观察河乌的岩石。哇，回到这里的感觉太棒了！"

"他们给低处的标记——也就是那个白色十字记号重新涂了漆，"约翰说，"也确实该这么做了。"

"她们肯定在这里，"提提说，"其他人才不会费心去做这个。没人知道这个记号。"

他们驶过入口的时候，除了灰色的礁石，什么也没看见。不清楚情况的人万万想不到礁石丛中还隐藏着一处港口。就其大小来看，野猫岛的港口绝对是世上最好的港口之一。

约翰抬高舵柄，拉紧主帆索，小心谨慎地将帆桁转向另一舷，然后重新调整舵柄，再慢慢松开主帆索，一切都不疾不徐。燕子号开始借助风力沿着岛与陆地之间的航道航行。

"那就是登陆点，"罗杰一看见便大叫起来，"不过亚马孙号也不在那里。"

约翰驾船往前开，带着燕子号驶向那片平坦的小沙滩，然后他拽了拽帆脚索。

"现在它可以自己滑行进去了。"他自言自语，然后直到燕子号慢慢漂进越来越平缓的水域、船帆也开始在风中自在飘舞的时候，他再次松开了帆脚索。最后，小船移动的速度是如此之慢，直到船头碰到沙滩、船都靠岸了，船员们也没有一点感觉。实习水手罗杰抓着系船的绳索跳上了岸。

"大副，现在可以把主帆降下来了。"船长说。

苏珊已经爬过那堆货物来到燕子号前部。她解开升降索，两手交替着拉它。帆桁降了下来，一等水手提提把它从钩子上解开，船长收起船帆和帆桁，一并放进了船中。

紧接着上岸的是那只鹦鹉，提提把鹦鹉笼子递给岸上的实习水手，也跟着下了船。然后是大副和船长。他们花了很长时间才把燕子号拖上岸，之后他们就匆匆忙忙地朝树林间的一片空地跑去，那是他们的旧营地。罗杰、提提和绿鹦鹉最先到达了那里。

没有人迎接他们。不过，离去年的篝火点不远的地方，有一大捆用来生火的浮木，木头上方有一只白色的大信封，被一支绿色羽毛箭固定住了。

"亚马孙海盗，"罗杰喊道，"这是她们的箭！"

"波利，这是你身上的羽毛呢。"提提边说边把鸟笼放在地上，那只鹦鹉一看见箭上的绿色羽毛，就开始拼命地啄笼子，然后发出一声长长的号叫。

苏珊拔出那支箭。

信封上用蓝色铅笔写着"燕子号船员收"。

"快打开。"约翰船长说。

里面是一张信纸，纸上用红色铅笔写道：

亚马孙海盗写给燕子号船员们的信

欢迎来到野猫岛。我们会尽快赶来。我们遇到了麻烦的原住民。弗林特船长也诸事缠身。提提还记得绿色的羽毛吧？我们剩的几根都在这里了。燕子号和亚马孙号万岁！

海上大魔头南希·布莱克特，亚马孙号船长

佩吉·布莱克特，亚马孙号大副

对了，我们会一直关注岛上的烟。

在那两个签名旁，她们用铅笔画了一个海盗标志——骷髅头加上两根交叉的骨头，还用墨水描黑了。

"提提，你给她们带羽毛了吗？"约翰船长问。

"当然带了，"一等水手提提说，"我把它们装在信封里，放进睡袋了。一根也没弄丢。"

第二章

野猫岛

"我不知道她们说的'麻烦的原住民'指的是什么。"一等水手提提把那封信仔细读过之后说道。

"南希就是这样，"苏珊大副说，"她总觉得没有烦恼就没有乐趣，所以信里就这么写了。"

"但是弗林特船长也这样就非常奇怪了。"约翰说。

"也许还没等我们收拾好营地，她们就会出现，"苏珊说，"妈妈和布里奇特还要来喝茶呢。我们开始干活吧！"

"我们最好先把火生好，没准她们正在远处观察。"约翰说。

"我们要用耀眼的火焰唤醒她们，就像唤醒加莱义民那样，"提提说，"当然，关键是烟。如果她们爬到房子后面的山上就能看见烟。"

没人比苏珊大副更擅长生火。不一会儿，她就点燃了手里的一把干树叶，然后把火引子放进先前用干芦苇和树枝搭成的拱形小柴堆中。没过多久，柴堆外围的粗树枝开始燃烧，火光在柴堆中间交会。柴火噼里啪啦的声响让人心生愉悦，一缕青烟在树林中袅袅上升。野猫岛又有了人间烟火气。

"现在该搬东西了。"苏珊大副站了起来说道，眼里透着黠慧的光，"实习水手去哪儿了？"她掏出哨子吹了起来。罗杰循着哨音跑了回来，他刚才在岛北端的那棵大树下站岗，那里一直是他最喜欢的地方。

"帐篷没搭好之前，不准去探险。"

"开始行动，小伙伴们！"一等水手说，"南希船长总喜欢这么说。"

"那就行动吧。"大副说。

"大家都去搬东西。"约翰船长说。全体船员于是开始上船搬东西，然后穿过树林，把东西运到他们准备扎营的那片空地上。

燕子号上的货物一卸完，约翰船长就划着它去岛的南端。然后，他用一支桨在船尾划，让船驶入港口，始终保持岸边的两个标记（画着白色十字记号的树桩和分叉的树）一前一后，以避开与水面齐平的或水下的礁石。接着，他卷起船帆，盘好绳索，把燕子号船头的系船绳系在画着白色十字记号的树桩上，把船尾的绳子系在一棵从岩石缝中长出的结实灌木上，这样他的小船就稳当地漂在水面上了，其他船长的打算也不过如此。约翰仔细检查了一遍，一切正常，便急忙沿着从港口出发的老路返回营地。自从去年提提修整了这条路，路上又长出了不少杂草。

营地的石头灶台里已经燃起了熊熊火焰，火上架着一只从霍利豪依农场带来的黑色大水壶。旁边的空地上放着四顶新帐篷，只要原地搭起来就行了，大副就等着船长帮她在两棵树之间拉根绳子，搭一顶储放杂物的帐篷。没费多少工夫，帐篷就搭好了，提提和罗杰立马卖力地往帐篷底边的口袋里装小石头，这是为了固定好帐篷。然后，他们在帐篷里铺上一块旧的防潮垫，大约两分钟后，大副把所有暂时用不到的东西都打好包了。虽然睡觉的帐篷不用搭在树之间，但在崎岖不平的石头地面上找到能打帐篷桩的地方并不容易。草地上长满青苔，青苔下面到处都是石头。船员们这边搬走几块石头，那边弄走几块，还在地里打上大小正好的洞，很好地解决了问题，四顶帐篷很快就搭好了，不管住进哪顶帐篷，里面的人都能看见门口的篝火。接着，他们系紧拉绳，铺好防潮垫和睡袋，还在每顶帐篷里装上一盏小蜡烛营灯，灯是远离帐篷壁的，所以很安全。

几乎所有的东西都被存放进杂物帐篷里了，但是罗杰舍不得把他的新钓竿和其他东西堆在一起，他只想把它放进自己的帐篷。"竖着放的话，也不占地方，"他说，"而且我随时可能想去钓鱼。"提提不想跟她的文具盒分开。理所当然，约翰把那只装有船舶文件的锡盒留在了自己的帐篷里，他还把他的手表和学校发的奖品——那枚小气压计，挂在帐篷顶的钩子上，于是夜里他不用起身就能取下它们看了。

"这比去年的营地好多了。"提提看着他们的帐篷说，那顶堆放杂物的帐篷还是她和苏珊曾经住过的，"等到亚马孙海盗在老地方搭好她们的帐篷，那就更好了。我们去弄一些潮湿的东西放进火里吧，这样无论多远她们都能看见烟了。"

"现在不管她们多久才会过来，都没有关系。"大副说。

提提和约翰不停地用手抓湿草扔进火里，不一会儿，一股灰色的浓烟冒了出来，差点把他们呛坏。

"实习水手上瞭望台了吗？"大副问。

罗杰连忙从帐篷里爬了出来，他刚刚躺下，想试试睡在帐篷里的感觉，也是为今晚做准备。

"我们现在要去探险了吗？"他问，"我可以带望远镜去吗？"

"它在船长的帐篷里。"大副说。

"我已经拿出来了。"船长边说边把它递给实习水手，实习水手立马

岛上营地

带着望远镜奔向瞭望台。他趴着躲在一簇石楠后面，把望远镜伸出去观察远处的湖面，里约港之外的岛屿也能看清楚。

那只鹦鹉安静了一段时间，这时却突然尖叫："八个里亚尔！八个里亚尔！"

提提打开了鹦鹉笼子。

"快点，波利。出来玩玩，像其他人那样。"

那只鹦鹉马上从笼子里走了出来，提提伸出手想让它跳上来，它却毫不理睬。它一直冷冷地盯着罗杰插在柴火堆旁边的绿色羽毛箭。笼子门一打开，它就直接朝那支箭飞了过去。提提知道它想干什么，便立刻拔出箭藏在柴火堆顶上它看不见的地方。

"不行，不行！"她说，"你只会把它撕烂，直到它报废。又不全是来自你身上的羽毛。而且也没有多余的羽毛了。苏珊，我可以给它吃一块糖吗？"

然而，用一块糖来安慰那只鹦鹉是远远不够的。它想要的是从亚马孙海盗的箭上拿回自己的绿色羽毛，既然夺不回来，它也只好回到笼子里生闷气了。

他们不惹那只鹦鹉了，任它自己慢慢消气。他们把箭藏进了杂物帐篷里的一些盒子后面，因为约翰说亚马孙海盗一定会要回这支箭，提提也说波利不愿意看到自己扔掉的羽毛被其他人用上。船长、大副和一等水手一起沿着西岸边的小路前往港口，他们要去看看燕子号——小船正停泊在老避风港。没有必要等罗杰，因为霍利豪依农场的船就快来了，船上载着他们最亲的人和船宝宝布里奇特。说不定那时弗林特船长已经

野猫岛

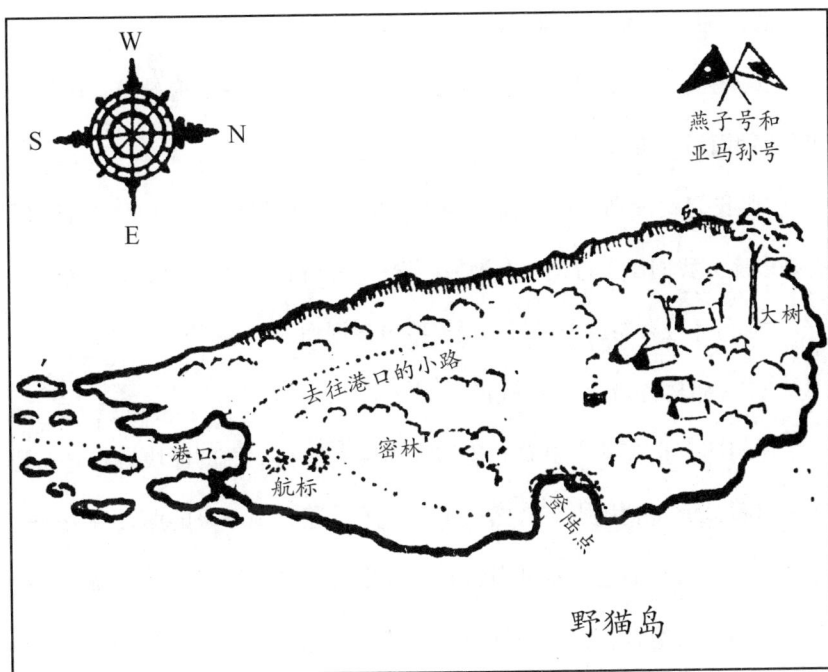

划着他的大划艇过来了，而亚马孙号的小白帆也可能随时会在里约群岛间现身。对罗杰来说，瞭望员的工作很有意义，没什么能让他离开他的岗位。

港口的沙滩上有好些不同的船舶留下的印记。其中一处当然就是约翰停泊燕子号时留下的，至于其他的印记嘛，他们认为一定是亚马孙号留下的。

"也许她们给导航标记刷漆的时候把船停在了这里。"约翰说。

"而且还堆起了那些柴火。"苏珊说。

"她们刷得真不错，"提提看着树桩上的白色十字说道，树桩后面是那棵分叉的树，这两个标记能引导水手避开外面的礁石群，顺利地把船开进港，"去年我们挂导航灯的钉子还在呢。"

"妈妈说：'不许再在夜里航行。'"约翰说，"我答应她了，所以今年我们用不上导航灯了。"

"那我们就计划一些不需要晚上出海的活动吧！"提提说，"'南极'有好多地方我们没去过，还有湖另一端的'北极'我们也从来没去过。"

"亚马孙号海盗过来之前，说这些也没用啊。"约翰说。

"还有弗林特船长。"提提说。

他们还有很多地方要看。比如提提曾经趴在上面的那块岩石——她在那里看见河乌朝她点头，然后飞入水下。还有她藏身的那块石头——那晚她一个人在岛上，看见南希和佩吉提着提灯上岸了，她就躲在那块石头后面。约翰看着细浪拍打外面的礁石，想起南希第一次教他使用导航标记的情形。苏珊望着湖面，试图寻找她在岸边生火的地方——那天他们去密林里拜访了烧炭工。今年，那片林子没有一丝烟雾了，事实上，霍利豪依农场主的妻子杰克逊太太告诉他们，烧炭工已经不在湖的这边干活了，他们翻越了湖那边的荒原，去了另一座山谷。

他们三个人全都踮着脚、小心翼翼地走着，边走边低声交谈，甚至连苏珊大副也如此——她可是觉得她有照顾其他人的责任，而身为船长的约翰还是个孩子，不能指望他太多。重回野猫岛的感觉美妙得像一场梦。提提把手伸进清凉的湖水里，只是为了告诉自己，她真的回来了。他们费力地穿过西岸的灌木丛，慢慢地往回走，夕阳洒在湖面上，透过树叶就能望见他们脚下那片波光粼粼的湖。逛完了小岛，他们只想去游泳。这时，从瞭望台传来一声尖叫。

"她们在那儿！"

他们赶紧穿过营地，跑到那棵大树下。罗杰正趴在临湖的峭壁边上。

"哪里？哪里？"约翰问道，四处张望搜寻亚马孙号的小白帆。湖面上有划艇、摩托艇、几艘大游艇和一艘汽船，小小的白色帆船却不见踪影。

"是妈妈和布里奇特！"罗杰说。

"给我望远镜。"大副说。

她看了看之后就把望远镜递给了提提，然后又跑回营地。

提提举起了望远镜，只见从霍利豪依农场来的划艇已经驶过船屋港，妈妈在划船，船尾堆着不少包裹，布里奇特就坐在那堆包裹中间。

提提跑回营地去帮助苏珊。苏珊说得对，如果她们要烧水并准备好所有东西，就必须抓紧时间了。约翰和罗杰留在瞭望台上等划艇靠岸，划艇越来越近，后来不用望远镜也可以看清船上的人了。终于，划艇出现在眼前。布里奇特挥了挥手，妈妈听到约翰和罗杰在喊她，便回过头来看了看。不一会儿，他们看着妈妈把船划过去了。他们奔跑着穿过营地，跟苏珊、提提在登陆点会合。

他们前脚刚到，妈妈就划着船靠岸了。

"去年我们玩了碰鼻礼，"妈妈一上岸，提提就说，"您还记得怎么做个原住民吗？"

"我们今年照样可以这样呀。"妈妈说着就和提提碰了碰鼻子。当然，船宝宝布里奇特也成了原住民，她和每个人都碰了一下鼻子。

"茶水已经准备好了，"苏珊说，"不过我们来的时候没拿面包。"

"不要紧，"妈妈说，"这是记在我清单上的东西，你不用担心。长面包和圆面包都有。"

"您还要给我们带牛奶。"

"我带的牛奶够你们今晚喝了。不过明早的牛奶得找迪克逊太太拿。她会为你们准备好的。我们在霍利豪依农场的时候就转告她了。"

大家都帮忙把东西从船上搬下来。苏珊抱着面包和牛奶罐走在最前面，布里奇特在后面追她，手里拿着一大包点灯用的蜡烛。妈妈等到卸完船上最后一些东西，才和约翰、提提、罗杰一起把它们运回营地。

"这座营地真不错啊！"妈妈进了营地，看了看四顶小帐篷和树间的杂物帐篷说，"我得说你们太厉害了，在这么短的时间内就拾了这么多柴火。"

"那是亚马孙海盗为我们做的。"苏珊说。

"什么？"妈妈说，"南希和佩吉来这里见过你们了？我还以为你们得在这里找找她们呢。太好了！那你们见到你们的朋友弗林特船长了吗？"

"我们还没见到她们呢，"苏珊说，"不过她们确实来过这里，给我们留下了这堆柴火。"

"还有一封信，上面插着她们的一支箭。箭是用绿色羽毛做的，您知道，那是波利去年换下来的羽毛。"提提说。

"是和还是战？"妈妈问。

"当然是和啦。"提提说。

"不管怎样，开始肯定是和啦。"约翰说。

"但是弗林特船长不在他的船屋里，"罗杰说，"他离开了，船上的大炮也用黑帆布盖住了。"

"是吗?"妈妈说,"那他肯定去了贝克福特的姐姐家。你们出发不久,我就收到布莱克特太太的信,信上说她明天下午会和她弟弟还有特纳女士去霍利豪依。霍利豪依的杰克逊太太一听说特纳女士要来,马上就在农场开始大扫除。"

"我从没听说过什么特纳女士。"约翰说。

"她是南希和佩吉的姑奶奶。"妈妈说。

"为什么是姑奶奶?"罗杰问道。

"因为她是布莱克特太太和你们的弗林特船长的姑姑,所以算起来就是你们小伙伴的姑奶奶。布里奇特呢?布里奇特!布里奇特!"

没人应答。不过提提扯了扯妈妈的袖子,指了指其中一顶帐篷,原来有个小东西在里面爬来爬去。

"我忘了她是船宝宝。"妈妈说,"苏珊,哦,大副,能麻烦你吹下哨子告诉船宝宝该喝茶了吗?"

苏珊大副吹响了她的哨子。不一会儿,一个顶着满头乱发的小脑袋从船长的帐篷里探了出来,船宝宝从里面爬了出来。

"不久我也要给布里奇特缝制一顶帐篷了,"妈妈说,"明年她肯定想要和你们一起出海航行。"

"那您能也给吉伯尔做一顶帐篷吗?"罗杰问。

"我想它不会真的喜欢帐篷。"妈妈说。

吉伯尔和布里奇特都在船员名单上,不过由于种种原因,他们还没有成为真正的船员。布里奇特太小了,只有三岁,就算她长得很快,而且大家也不再叫她维姬了——她小时候长得很像年老的维多利亚女王,但她的年纪和力气都应付不了船上或荒岛上的艰苦生活，这样她只能和妈妈待在霍利豪依。吉伯尔是一只猴子，去年探险结束后，弗林特船长把它送给了罗杰。它非常好动，整天上蹿下跳，妈妈说如果把它留在农场，会让人受不了。而当罗杰被问到愿不愿意晚上和这只猴子同住一顶帐篷的时候，他说吉伯尔应该像他们一样去过个暑假。这样一来，他们就把猴子送到动物园，让它和其他猴子待在一起，度过一个快乐的假期。

来到野猫岛的第一晚，探险家们把下午茶、晚餐合在了一起，因为喝下午茶已经太晚，而且没必要烧两次开水、洗两次餐具。所以大家刚开始享用茶点，苏珊就支起平底锅煎鸡蛋，妈妈给一大盘面包抹上黄油，提提则不停地添柴，让火烧得旺旺的。罗杰咬了一大口面包垫饥，接着和船长下到湖边，用煮锅盛了一锅水，等到茶水烧开、鸡蛋煎好之后，煮锅就可以架在火上了。晚饭过后，妈妈帮着他们清洗碗碟，很快就洗完了，大家都觉得不可思议。

他们把鹦鹉送进杂物帐篷里睡觉，还用蓝布把笼子罩了起来——以免天亮后它大喊大叫吵醒大家，布里奇特目睹了这一幕。随后，他们带领两位客人在岛上游览了个遍，甚至还带她们去看了港口——去年那儿还是个秘密基地呢。来到瞭望台，他们还准许布里奇特试了试望远镜。不过布里奇特的睡觉时间早就到了，妈妈急着带她回去。

"布里奇特要休息了，"妈妈说，"昨晚她睡得很少，连平常一半的时间都没有，因为火车上太吵了。"

其他人都笑了。

"那是假期的第一晚，"约翰说，"至少可以算得上是第一个晚上。"

"噢，"妈妈说，"今晚她得补觉。"

四位探险家陪着妈妈和船宝宝去登陆点，送她们上船。

"我想你们都会好好的。"妈妈跟他们道别时说。

"我们不会有事的。"约翰说。

"记住你们爸爸说的话，不要乱跑，不要像个傻瓜那样把自己淹死。对了，如果你们需要什么，就在早上取牛奶的时候跟迪克逊太太说一声。"

"总之，我们会给您写信的。"提提说。

"约翰，把船推到水里吧。好好休息，不要睡得太晚，晚安。原住民话是怎么说的？咯噜克，是吗？还是嘟噜尔？嘟噜尔，嘟噜尔！"

"别管原住民话怎么说啦，"提提说，"这一年我们都在教您英语呢。"

"没错，"妈妈说，"晚安！我澳大利亚的老奶奶经常说，睡得像棵老树，醒来就是小马驹。"

"晚安！晚安！晚安，布里奇特！"

四位探险家又爬上了瞭望台，既可以在妈妈返航的路上向她挥挥手，还可以看看湖面上有没有那张小白帆，那意味着南希和佩吉的出现。

"太晚了，她们还能来吗？"苏珊说。

"很难预料南希会做什么。"约翰说。

"夜里航行对她们来说不是什么大不了的事。"提提说。

"好吧，我们也给她们留出搭帐篷的地方了。"约翰说。

他们望着霍利豪依的小船越划越远，越变越小，最后消失在达里恩峰的后面。一直举着望远镜眺望小船的罗杰，咔嗒一声关上了望远镜，边打哈欠边揉眼睛。

他们朝营地走去。途经登陆点的时候，他们洗了洗手和脸，最后还去港口看看燕子号是不是停稳当了。然后，苏珊大副开始催大家睡觉。她发现很容易就说服探险家们钻入新帐篷、躺进新睡袋了。不过，这是他们时隔一年重返这座岛上的第一个晚上，没有人能马上入睡。一个又一个点子浮现在每个人的脑海里。有时约翰会提出一些想法，提提也是，当然，罗杰的主意最多，有时甚至连苏珊也忍不住说出她的点子，因为她担心第二天就忘了。尽管船长早已命令熄灯、所有帐篷里的灯也都灭了，但他们依旧聊个没完。最后没了动静。罗杰睡着了，苏珊可能也睡着了。提提悄声说："约翰。"

"怎么了？"

"南希说的'麻烦的原住民'，你觉得是什么意思？"

"哦，我不知道。快睡吧，要不然她们明早过来发现我们还没起床可不妙。"

第三章

马蹄湾和
亚马孙海盗

　　尽管探险家们昨晚都很累，但他们很早就醒了。太阳从湖东岸的山林后升起，阳光从树林间倾泻而下，闪耀在小小的白色帐篷上，光线如此强烈，没人能睡得着。与其躺在帐篷里盯着耀眼的光点，不如起身看看周围的青山绿水。

　　罗杰醒来听着外面的动静。树叶沙沙作响，细浪拍打岩石。第一次一个人睡在帐篷里，醒来竟感到一阵孤独。罗杰马上爬了出去，看其他的帐篷是不是还在原地，然后他透过敞开的帐篷口，看见其他人都在里面。约翰和苏珊有可能还在睡觉，但提提已经用一只胳膊肘支着身子，向外张望。

　　"早啊，罗杰！"她跟实习水手打招呼，他来到她的帐篷门口往里看。

　　"早啊，提提！"罗杰说。

　　"我们真的在这里呢！"提提说。

　　"没错。"

　　"我从没想过我们还能再来这里。我们去游泳吧。"

　　"约翰和苏珊还在睡觉。"罗杰说。

　　"嘿！"约翰说，"亚马孙海盗们昨天夜里来了吗？"

　　"这儿只有我和罗杰。"

　　"再睡一会儿吧。"苏珊说。

　　"我们要去游泳了。"罗杰说。

"约翰，现在几点了？"

"六点半。"

"他们还有一个小时才能去取牛奶。"

"我可以把火拨开，再加一些柴，弄点烟出来吗？"提提问。

"那就麻烦一等水手来帮忙啦。"大副说。

"反正也睡不了觉了，"船长说，"我们都去游泳吧。"

几分钟之后，鹦鹉被放了出来，它在阳光下高兴地尖叫，登陆点附近的浅滩里也溅起了四朵大水花，燕子号的五名船员一致觉得，一天真正开始了。

"罗杰，把头压下去，"大副说，"立刻压下去。后面你想怎么游都行。"

"噗！"罗杰又从水里钻出头，直喘粗气，"我直接潜到了水底。这里比游泳池好玩多了。来吧，提提，我们比一比谁一次捡到的珍珠多。"

游完泳后，就要生火、烧水了。但他们并不急着烧水，所以等火刚烧起来，罗杰和提提就去水边捡来几把湿叶子扔进火里，一股浓烟立刻冒了出来，穿过林子随风飘向北边。

"如果她们看向这个方向，肯定能瞧见这些烟。"提提说。

"她们可能还没起床呢。"苏珊说。

"我很高兴我们没有赖床。"罗杰说，"现在是不是到取牛奶的时间了？"

"我们都去吧。"苏珊说。

"给妈妈写封信怎么样？"约翰说。提提钻进她的帐篷拿出了文具盒。

这盒子正好可以当作写东西的桌子。提提执笔，大家在一旁七嘴八舌地出主意。下面就是这封信：

我（这个词被划掉了）我们最亲爱的妈妈：

早上好！我们每个人都睡得很香。大家都很好。我们希望您也很好。替我们向船宝宝、保姆和杰克逊太太问好。我们刚刚游泳去了。亚马孙海盗们还没有来。今天晴天，刮南风，轻级。现在我们要去取牛奶了。

爱您的约翰、苏珊、提提和罗杰
还有波利

她在信封上写上"霍利豪依的沃克太太收"，然后在信封左上角用小字写上了"本地邮政"。

提提在信封上写字的时候，其他人就在信上签了自己的名字，然后约翰去港口取燕子号。他划着船穿过礁石群来到登陆点，大家已经在那里等着上船了。划船过去并不远，但是今天的风太友好了，似乎不扬帆航行有点可惜，即使是穿过鲨鱼湾去往迪克逊农场的小渡口也不错。

"真的是鹅！"罗杰说，这时他们刚爬过陡坡，穿过李子林去往农场，"我就知道那是鹅！"

"对呀，"迪克逊太太走到门口说，"就是鹅，但是你们不用害怕。"

"我们才不怕呢，"罗杰说，"至少——（这时，一只老公鹅冲他伸长脖子，发出嘶嘶的吼声）不那么害怕。"

"嘘嘘，"迪克逊太太发出嘘声赶鹅，"嘘嘘。"那些鹅就前往院子的另一头，"你只要对它们发出'嘘'，然后装作要给它们点颜色瞧瞧的样子，它们就不会烦你了。噢，非常高兴我们又见面了。我想起了去年那场暴风雨过后，我提了一桶粥给你们送去当早餐，你们吃得津津有味，你们可是给我带来了很多欢乐啊。不过，眼下你们不能经常见到露丝小姐和佩吉小姐了，还有她们的吉姆舅舅。"

（露丝是南希的真名，但她更喜欢南希这个名字。）

"她们要来的。"提提说。

"我在想，如果她们和老特纳小姐待在贝克福特，很可能出不了门。因为特纳小姐从小就极为拘谨、不爱出门，一直都这样。她从不赞同她们开着船随处乱跑。咦，苏珊小姐，你们的牛奶罐呢？能见着你们早上来取牛奶，感觉一切跟从前一样。"

没过多久，她提着满满一罐牛奶回来了。

"哎呀，"他们正要走，迪克逊太太突然说，"我忘记给你们拿太妃糖了，我早准备好了。"

她转身返回厨房，门外的探险家们听见她说："去吧，没什么好担心的，他们只是孩子。"接着，屋里传来铁钉靴在石板地上刮擦的声音，迪克逊先生走到了门口，用手背擦着嘴。

"今天的天气真好啊。"他说。

"您还好吗？"探险家们问候他。

"非常好，"迪克逊先生说，"嗯——嗯，我很高兴见到你们。"说完，他就返回了厨房。

迪克逊农场

"那是他的真心话，"迪克逊太太说，她拿着一袋太妃糖又来到门口，"迪克逊从来不是一个会说话的人。"

探险家们向她道了谢，沿着田野走到他们的船上，然后驾着小船返回小岛。

吃完早饭、洗好餐具后的很长一段时间里，他们就守在瞭望台上等待亚马孙号的到来。他们不停地往火堆里扔湿树叶，可始终看不见小白帆的影子。早早出发的几艘轮船经过小岛，开往不同方向。汽艇也开始在湖面来回穿梭。很多小船沿着湖岸漂浮，船上都坐着一个渔夫，他们在寻找浅滩钓鱼。偶尔有几艘大游艇出现在湖面上。阳光很好，湖面上生机盎然，但亚马孙海盗们一直没有出现，她们的绿色羽毛箭还在营地里等着她们呢。

"很奇怪她们还不来。"约翰说。

"我在想迪克逊太太的话到底是什么意思。"提提说。

"也许她们明天才来。"苏珊说。

"我们开始探险吧，不要等她们了。"罗杰说。

"去哪儿？"约翰说。

"去我们去年离开的地方，"提提迫不及待地说，"我们去马蹄湾。那是个美丽的地方。离开之前我们都没时间好好看几眼。不知道沿着那条小溪会走到哪里。我们走走看，去找它的源头，然后在我们的地图上画上标记。"

"马蹄湾的确是座好港口，"约翰说，"而且在那里可以看见野猫岛。这样就能在我们走后看看她们有没有过来。大副，我们的口粮准备好了吗?"

"现在快到吃饭时间了啊。"苏珊说。

"我们就去马蹄湾吃吧。"提提说。

"好呀!"约翰说，"大副，带上干肉饼吧。去年离开后，我们就没吃过。"

"那么一起来吧，船员们。"苏珊说。

半个小时后，野猫岛的营地空荡荡的，唯有那只鹦鹉留下来看守——笼子里放了很多糖，足以让它高兴好一阵。火已经被熄灭了，大副不想在没人的时候让火继续烧着，有鹦鹉看着也不行。他们把一只背包装上了燕子号，背包塞得满满的，里面有面包、苹果、茶、糖果、巧克力、一瓶果酱、迪克逊太太送的一袋太妃糖（糖蜜）、一听压缩牛肉干（干肉饼）、一瓶牛奶、一把茶匙和几只杯子。然后，他们把小船推离了登陆点。

船长扬起船帆，大副掌舵，一等水手看管货物，不让它们滚来滚去或洒出来或撞碎，实习水手在桅杆前面负责瞭望远处。他们先顺风航行去船屋港看了看，以为弗林特船长回到了船屋，他的外甥女们也跟他在一起。但是船屋看上去和先前一样沉闷，前甲板盖着防水布，舷窗拉上了白色的窗帘。接着，他们迎风驶在了湖上，经过野猫岛向马蹄湾开去。

马蹄湾因它的形状而得名。它是一座小湖湾，形状酷似马蹄，位于湖西岸的两个岩石岬角之间，正好在野猫岛南端的西南方向。树木一直覆盖到岸边，不过再往南一点就是绿色的田野了。在马蹄湾深处，树木顺着铺满石楠和蕨丛的陡峭山坡往上长。迎风调转三四次方向后，燕子

号来到马蹄湾的入口，这样大副就可以把船从两个岬角之间开进去了。

"左舷船头方向有礁石。"罗杰大叫道，这时他们刚刚拐入湖湾。

"太险了，"约翰说，"我记得去年没见过啊。"

"现在的风向开进去没问题，"大副说，"但我可不想在夜晚撞上它。"

"上次我们来的时候，前一天刚下过暴雨，湖水涨得很高。今天的水位一定低了不少。"

他们看着浪花拍打一块露出水面的尖石，它正对着小湖湾南边的岬角。

又过了一会儿，他们离开了宽阔的湖面。燕子号的三角旗不再飞舞，主帆索也松弛下来，小船缓缓穿过那座安宁的避风港，朝着密林下的一片白色鹅卵石滩驶去。

"不要开到小溪的入口，"约翰说，"水流冲下来的泥沙在那里形成了小沙洲。去年南希指给我看过。最好的登陆点就在这边。很好。不能再好了。罗杰，准备好系船的缆绳！"

"遵命，船长！"船一到岸边，实习水手就跳了下去。

降下船帆后，苏珊在船尾装了满满一壶水提上岸，然后寻找去年她在小溪边搭的老灶台——那个地方就在小溪入河口附近。冬天的一场洪水已经把它冲得无影无踪，不过周围有很多石头，足够再搭一个新的。苏珊开始搭新的石头灶台，约翰、提提和罗杰沿着洪水退去后的高水位线捡拾一些上好的浮木。那里还有不少可以用来引火的干树叶，以及干芦苇——它们可以搭成拱形，罩住燃烧的叶子。今年还没有人来过这座小湖湾，所以可以捡到很多适合烧水的大块浮木。壶里已经装满了水，火也烧得很旺了，就在这时，一阵欢快的叫喊声从湖面传来，探险家们吓了一跳。

"啊嗬！啊嗬！燕子号！啊嗬！"

一艘涂着清漆、与燕子号差不多大小的小帆船正从两个岩石岬角之间驶进来，不过它挂着白色的帆，而燕子号的船帆已经晒成了棕色。小帆船的桅顶有一面黑旗，旗上印着白色的骷髅头和两根交叉的骨头。船员是两个戴着红帽子的小姑娘，其中一个掌舵，另一个挥着手，倾身向前准备把活动船板①拉上来。

"是她们！"提提大叫，"太好了！现在我们真的可以去探险啦！"

"你们好，海盗们！"罗杰喊道。

"嗨！南希！嗨！佩吉！"

"你们好，小伙伴们！"掌舵的女孩大喊，"佩吉，把活动船板拉起来。对，就这样……准备解开升降索，降下船帆。"

小船的白帆缓缓降下，这时可以清楚地看见船头两侧印着它的名字——亚马孙号，它漂进了马蹄湾平静的水面，在离燕子号很近的地方搁浅了。燕子号的船员们丢下柴火堆，赶紧跑去帮忙。他们把船往里拖了一点，南希和佩吉跳上了岸，小伙伴们热情地相互握手。

"你们看见我们生火冒出的烟了吗？"提提问。

"昨天晚上，吉姆舅舅爬上小山抽烟的时候看见了，"南希说，"玛利亚阿姨不喜欢屋里有烟味。"

---

① 活动船板可以绕枢轴扯起，以减少船在浅水区的吃水深度。

"我们直到今天上午很晚的时候才脱身，"佩吉说，"后来我们经过里约港，恰好看见燕子号的棕色船帆驶进马蹄湾。"

"我们等了好久，"约翰说，"我们认为来这里是个不错的决定，因为我们在这里就可以看见你们去没去野猫岛。"

"我们本来可以悄悄溜到岛上，不让你们知道，"南希说，"假如我们刚才进来时不喊你们，你们也不会知道我们开船出来了。"

"我们正忙着生火呢。"苏珊说。

"不过你们的帐篷呢？"约翰问，"我们给你们留出了老地方。今年我们带了四顶帐篷，其中一顶旧帐篷是专门用来放杂物的。"

"新帐篷很漂亮，"罗杰说，"我也有一顶帐篷了。"

"真见鬼，"南希船长说，"你们不明白吗？我们在柴火堆上留了一封信，信里告诉你们，我们遇到了大麻烦。我们现在能来这里是万分侥幸。我们还得赶回去，换上最体面的连衣裙出席晚餐。我们不能露营。对了，一等水手，那些羽毛呢？还有那只鹦鹉？"

"它换掉的羽毛没几根，"提提说，"不过我弄到了八根品相非常好的羽毛。波利在小岛上值勤呢。"

"真的有大麻烦吗？"苏珊问。

"当然是真的，要多糟糕有多糟糕，"南希说，"我们一制定计划，计划就泡汤。没有露营，不许淘金，不能当海盗——除了在饭点之间能偶尔玩一玩。每天晚上都必须穿最华丽的连衣裙，有时还要穿半天呢。岂止是大麻烦，简直不能再糟糕了。"

"弗林特船长在哪里？"提提问。

"他明天才能来。"佩吉说。

"我们不是告诉你们了吗？他也被困住了。今天是他当家，所以我们才能开溜。"

"他要去霍利豪依农场喝茶，"苏珊说，"昨晚妈妈告诉我们的。"

"我们没有在船屋那里见到他，"罗杰说，"他还把大炮遮起来了。"

"他被禁止去船屋上住了，"佩吉说，"他只能睡在家里。"

"不过你们真的不来野猫岛了吗？"

"要等到她走了以后才行。"

"等到谁走了？"

"当然是我们的姑奶奶，"南希船长说，"她就在你们来的前一天刚到。"

"可是你们不必带着她一起。"提提说。

"如果我们能把她放逐到荒岛上就好了，"南希说，"你们能想出什么好主意吗？"

"每晚当我们要睡觉了，南希就会想出一个新花招。"

"没错。"南希说，"她为什么不在我们上学的时候来？那样就不会招来这么多麻烦了。"

"但是你们来岛上和我们一起露营也没事吧？"约翰说。

"可是我们来不了！"南希说。

"她在监视我们，"佩吉说，"始终监视着我们。"

"我们的姑奶奶不那样。"罗杰说。

"我们大多数的姑奶奶都不会那样，"南希说，"有几个一点也不像原

住民。其中有一个还差点成了海盗。但这位姑奶奶就是与众不同，我们能怎样呢？在她走之前，我们不得不像原住民那样规规矩矩的。她要是能走就好了。如果只有我们俩，我们早就逃跑了，但是她扣押了妈妈和吉姆舅舅。他们比我们更怕她。你们知道的，他们是她一手抚养大的。"

"你们真的不能来了吗？"罗杰问。

"我们必须回去吃饭。"南希说。

"水快烧开了！"苏珊说，她想起了她正在准备的午餐。虽然他们的计划被打乱简直糟透了，但是饭还是要吃的。"你们有杯子吗？"她一边朝火堆跑去一边回头问。

"当然带了，"佩吉说，"我们还带了口粮呢。我们的背包里有一块蛋糕和几只杯子，还有一块肉饼。那是为昨天的晚饭准备的，但姑奶奶觉得它太咸了，今早厨娘让我们最好带上它，因为要是姑奶奶看见了，肯定也会扔掉。这样我们就偷偷把它带了出来。其实一点也不咸，我们在航行的路上用手蘸了蘸里面的汤汁，尝了尝它的味道。"

她爬回亚马孙号上，把背包递过来，然后小心谨慎地捧着肉饼上了岸。

"不好意思，我们没带格罗格酒，"南希说，"厨娘忙着听姑奶奶差遣，没时间酿酒。"

"我们有很多牛奶，可以掺进茶里。"苏珊说。

不一会儿，燕子号的四个船员和亚马孙号的海盗们围坐在苏珊搭的火堆旁，一边喝着茶，一边抨击姑奶奶对肉饼的拙劣看法。吃完肉饼后，约翰拿出他的那把新刀具，用上面的开罐器打开了一听干肉饼罐头，然后用小刀把肉饼切成六份。他们很快就吃完了。不过还有面包和用来做布丁的果酱，然后是蛋糕，最后是苹果和巧克力，直到填满肚子。

"我们留些巧克力在探险时吃吧。"提提说。尽管他们的计划出了些差错，他们仍决定今天就去马蹄湾的那条小溪深处看看，没有什么能阻挡他们。

"你们准备去哪里探险？"南希问。

"我们要顺着小溪往里走。"提提说。

"你们只会走到马路上去。"佩吉说。

显然，如果和南希、佩吉聊下去，今天就不会有什么探险了。她们想要的就是谈论她们的姑奶奶、学校生活和去年圣诞节之后发生的各种事情。姐妹俩已经厌倦了只有彼此一个听众。你只要看看约翰和苏珊，就知道他们倒是很乐意坐在火堆旁听她们讲，她们能讲多久，他们就愿意听多久。

提提和罗杰也听了好长一段时间，有时甚至会抛出几个问题。不过，罗杰终于按捺不住了，他开始玩起空中抛石子的游戏，一次抛两颗，突然一颗石子落进他的杯子，要是里面没剩一些茶，那杯子很可能就碰碎了。提提想起了地图上那些空白的地方，于是站起身，招手让罗杰过去。

"你们要去哪儿？"苏珊问。

"去探险。"提提说。

"不要走太远啊，"苏珊说，"早点回来……佩吉，你刚刚说什么来着？"

一等水手和实习水手钻进了灌木丛，消失在密密麻麻的绿叶后面。

第四章

一等水手和
实习水手探险记

成就伟大的事业，做出重大的发现，

离不开相互之间的信任和帮助。

——蒲柏译《荷马史诗》

一等水手和实习水手在溪边的灌木丛和小树林里艰难地前进。有那么一会儿，他们还能听到其他人的谈话，南希和佩吉的声音洪亮又清晰，而约翰和苏珊说话没有那么大声。渐渐地，他们只能听到南希和佩吉的声音了。后来，只有南希一个人的声音了，比他们脚下潺潺的流水声稍微大一点。再后来，他们连南希的声音也听不到了，只是偶尔隐约听见远处欢快的笑声，毫无疑问，那笑声肯定是她发出来的。之后，他们什么也听不见了，除了哗哗的流水从十五厘米高的瀑布倾泻而下，汇入布满卵石的激流中。小溪太宽，他们跳不过去，不过溪水里有不少石头，可以踩着跳过去，如果运气好的话，还不会弄湿脚。溪流两侧长满了树，溪水在某些地方几乎是从树根底下穿流而过。一路上有好些小水坑，在溪流汇入的地方，水面翻腾着白沫。经过一段平缓的浅滩，溪流又变得湍急起来，汇成一道小瀑布顺流而下。

"水里有一条鱼。"罗杰说。

"在哪儿？"

"现在不见了，刚才就在那儿。快看！快看！又有一条！"不过，没等提提顺着罗杰指的地方看过去，那条鱼也游走了。

"它们没必要这么害怕啊，"一等水手说，"我们又不是苍鹭。你要是再看见鱼，就站在原地，也不要用手去指。"

罗杰往前跑了几步，眼睛始终盯着面前的溪流。突然他一动不动地站住了，就像一条狗在收割完的田地里嗅到了鹧鸪的气味那样。提提弓着身子悄悄地走到他身旁。

"在那儿，"罗杰说，"那块长满苔藓的石头附近。快看！它的脑袋浮出来了。"

水面荡起的涟漪已被溪流冲散，不过提提还是借此发现了目标。她看见一条小斑点鱼在清澈的小溪里纹丝不动，仿佛悬在溪流中。她正看得入神，小鱼突然跃出水面，水面再次荡起涟漪。

"它一点都不像我们在湖里捕到的鲈鱼。"罗杰说。

"也许是条鳟鱼吧。"提提说。

"真希望我们带上了钓竿，"罗杰说，"这样我们就能钓好多好多鱼，带回去犒劳大家了。"

"我们不能在这片树林里钓鱼。"提提说。

"噢，这里有很多鱼呢。"罗杰说。

"不管怎样，我们现在不能钓鱼。我们是探险家，是受探险队其他成员委托，来丛林里探路的。我们绝不能想别的事情。没准在我们盯着鱼看的时候，一阵叫喊声……"

"是那种让人毛骨悚然的叫喊声吗？"

"没错，飞镖和箭也会嗖嗖地射过来。就算我们没有被当场射死，那些野人也会把我们绑走。等其他人来找我们的时候，他们也会落入同样的陷阱。"

"那是什么声音？"罗杰猛地说道。

那是汽车的喇叭声。他们都知道这一点。但这个声音出现得正是时候，他们可不想浪费这个可以继续把故事编下去的好理由。

"是野人的号角，"提提说，"没准这片丛林里有一条大道呢。我们一定是快到丛林尽头了。"

又是一声喇叭响，这回的声调有所不同。然后他们听见了摩托车发出的刺耳轰鸣声。

"号角和手鼓，"提提说，"野人的侦察兵在吹号角传递信号呢。我们不能再往前走了，苏珊说我们不能走太远。"

"好吧，我们能走多远就走多远。"罗杰说。

这片林子里都是一些小树，不过长得密密麻麻的。有榛树、橡树、桦树；有随处可见的白蜡树和长满粗刺的冬青；还有孤单的松树，伸展着羽毛状的叶子在其他小树上挥舞；也有忍冬，它们一簇一簇地缠绕在一起。这是一个人人都向往的地方。溪流穿过丛林，汇入大湖。

提提和罗杰继续往前走。忽然，他们发现左手边的树林里好像有一块空地。他们跨过小溪，穿过灌木丛，朝空地走去。他们发现了一条崎岖不平的小路，直通树林边上石墙上的一个洞。也许这里曾经有过一扇门，不过现在已经没有了，墙的两端也坍塌了。墙后面是一条马路，马路对面是松散的石块砌起来的另一面墙，墙上长满了青苔。另一面墙的

后面是另一片树林，落叶松、松树，还有一些冷杉，高高耸立着，直入云端。

提提最先看见了那条马路。她立刻俯卧在马路这一侧的地面上。罗杰犹豫了一下，也在她身旁趴下。

"我们不知道他们是朋友还是敌人。"提提说。

"在湖的这一边，我们只认识那两个亚马孙海盗。"罗杰说。

"嗯，我们还知道她们现在在哪儿，所以经过这条马路的一定是其他人。"

一辆汽车从石墙的洞外一闪而过。有那么一会儿，他们看见一缕阳光透过树林照在什么东西上，明亮耀眼，然后那亮光移到洞口，最后消失了。接着，三个骑自行车的原住民经过墙洞，去往另一个方向。这时，又传来一阵声响，似乎预示着事情会往好的方向发展。那是马蹄踏在石子路上发出的声音。

"马儿是在小跑还是在走路？"罗杰问。

"可能是在走路，"提提说，"往往听起来像小跑的时候其实是在走路。呀，有好几匹马。"

好久之后，那几匹马才进入他们的视野，但是等待是值得的。提提和罗杰透过墙洞看见马儿们从眼前经过，那是三匹红棕色的壮马，每匹马都套上了挽具，排成一队往前走，后面拉着两辆大红木轮车，车上用铁链拴着一根大圆木——比野猫岛上的灯塔树还大出四五倍。一个人骑着最前头的那匹马，还有一个人抽着烟斗，高高地坐在圆木的细末端——这一端已经悬在第二辆木轮车之外的路面上。他背对着提提和罗杰，要不然他坐得那么高，很容易就发现他们。

"他们要把木头拉去哪里？"罗杰问。

"也许拉去造船吧。"提提说。

马路对面的松树林比他们来时穿过的藤蔓缠结的林子，看起来要好走一些。

"我们可以慢慢挪到离马路近一点的地方去吧？"罗杰说，"这样趁没人注意的时候，就能横穿到马路对面了。"

"不可以，"提提说，"那里不停地有人经过。"

她还没说完，又有一辆汽车按着喇叭从马路上开了过去。

"嘿，"一两分钟后，罗杰说，"如果我们从马路底下穿过去，原住民就看不见我们了。"

"他们当然看不见。"提提说。

"溪水流过的地方，"罗杰说，"一定有一座桥。"

"这个主意好极了。"

"我想这样也许行得通。"

"我们这就回到溪边去吧。"提提说。他们仔细听了听，能听到小溪就在不远处，他们只是好奇林子里那块空地——也就是那条崎岖不平的小路穿过的地方，才离开了小溪。他们跳起来，又钻回了灌木丛，找到小溪后，就沿着溪边快步往前走。他们发现了一座拱形桥，离他们趴着窥探马路的那段老墙上的洞口处不到五十米，桥洞低矮却很宽，爬满了常春藤。桥上就是那条马路，但桥洞里的常春藤茂密成丛，旁边还长了不少树，探险家们发现他们可以顺着小溪走进桥洞，这样就没人会注意

到他们，除非碰巧有原住民从桥上往下看。透过桥洞，他们看见对面的松树林里一片亮绿，阳光洒在水面上闪闪发光。

提提席地而坐。"罗杰，把鞋脱下来吧。"她说。

"遵命，长官！"罗杰说。

"把两根鞋带绑在一起，这样就可以把鞋子挂在脖子上。"说着，她已经脱掉了她的鞋子。鞋子没穿上脚的时候，鞋带更容易解开。她解开了鞋带，把两根鞋带的末端系成了一个蝴蝶结。"你不用系得太紧，"她看着系鞋带的罗杰说，"到了对岸还得穿上鞋呢。好了，现在紧跟着我，我的脚放在哪儿，你的脚就放在哪儿。"

她蹚进了水里。第一步迈出去，水没过了她的脚踝；迈出第二步时，水差点淹到膝盖；再后来水就没那么深了，桥洞下方是片浅滩。

"慢慢过来吧。"一等水手说，"你的腿再长一些就好了。当心弄湿你的短裤。尽量把裤腿卷高一点。沿着这边走。"

"遵命，长官！"

"千万当心，不要摔倒了。"

他们扶着头顶的矮桥拱，在清澈的浅滩里慢慢踩着石头走，水里的石头长满了青苔，特别滑，所以穿过桥洞时，他们小心翼翼。

这时，一辆大卡车从他们头顶开过，那座古老的桥也随之震颤起来。罗杰不安地看着提提。还好有惊无险，提提又用脚探了探桥下水里的石头，想找牢固的踩着上岸。

"不要紧，"她说，"贴着墙走。不要踩那块大石头，它已经松动了，不过这块没事。"

47

探险家们

没有任何意外，两位小探险家都安全地上了岸。他们在桥下紧挨着彼此坐下，这样就没有人能从马路上发现他们。他们用手帕擦干脚，再穿上鞋，等了片刻，趁没人经过的时候，快步冲进了松树林。

现在，他们在崎岖不平的松树林中向高处攀爬，溪流从石阶上飞溅下来迎接他们。他们沿着小溪越爬越高，直到松树林的尽头，再过去就置身于长满榛树和橡树的林子了，跟马路另一头的林子一样。提提和罗杰继续走着，突然，树不见了，他们来到了森林边缘辽阔的天空之下，眺望远方，绵延数里的荒原青紫相间，那是绿油油的欧洲蕨在迎风摇曳，齐膝高的帚石楠绽开了紫色小花。荒原之外，青山耸立，阳光倾洒在山銮和峭壁上，从这里望过去，那些山比从野猫岛或霍利豪侬农场远看时显得更高大。

"我们一定要给其中一座山取名叫'干城章嘉峰'。"提提说。

"哪一座？"

"最大的那一座。"

溪流翻腾着从荒原上蜿蜒而过，在他们脚下流入森林。冬天，水势迅猛，冲走了大石块周围的泥土，为自己辟出了一条深壑。因此，尽管他们知道小溪就在那边，却只有走近时才能看见。

"我们要继续往前走吗？"罗杰问。

"放心，如果一直沿着小溪走的话，我们不会迷路。"提提说。

她又沿着羊肠小道继续往前走，穿过了溪边的石楠丛。罗杰吃完一块巧克力，赶紧去追提提。有的地方蕨叶长得太高，他们几乎看不见彼此。那条羊肠小道贴着溪边蜿蜒而上，绕过浅灰色的石头，又拐进了密密麻麻的紫色帚石楠中间。小溪一直给他们带路,这时,一阵声响吸引了他们的注意。那是瀑布声,跟他们刚才在松树林里攀爬时听见的一样,不过这里的水声更响,在空旷的荒原上听和在林子里听的感觉也不同。

"快看,"提提突然说,"就在那里。"

他们急忙跑到瀑布下方,停住脚步。瀑布从高处倾泻而下,拍打着一块又一块岩石,哗哗作响。如果他们还要继续往前走,只能从瀑布旁边的岩石爬上去,或是从蜿蜒狭长的沟谷走出去——那是溪流在荒原上为自己开辟的沟壑。

提提犹豫了。这次想往前走的人是罗杰。还没等她下定决心,罗杰已经开始往上爬。不久,提提也爬了起来。他们一起爬到了瀑布旁边干燥岩石的顶上。

"爬上来不难嘛!"罗杰说,"哈啰……"

他们两个都没想到,爬到顶上看见的会是这样一番景色。这是荒原中的一座小溪谷,它的另一头也是瀑布——不到一百米远,溪谷两侧是陡峭的山坡,山坡上长满帚石楠,探险家们一抬头,能看见的只有天空。此时此刻,青翠的山峦仿佛消失殆尽,而溪谷也如同悬在半空。站在瀑布顶上,除非他们转过身回头望,才能看见那片荒原、树林和湖对岸的山丘。

"对强盗们来说,这里真是个理想的地方。"罗杰说。

"彼得·达克生活在这个地方再合适不过了,"提提说,"这是世界上最隐蔽的溪谷!"

彼得·达克慢慢长大,成了提提最忠诚的伙伴之一,罗杰有时会提到它,尽管没人笑话它,其他人也并没有把它放在心上。那些冬夜,小

探险家们和南希、佩吉、弗林特船长在船屋的船舱里一起编故事，而彼得·达克就是故事的主角。它是一只从小就在海上漂泊的鸭子，也是一个老水手。在这个故事里，它跟他们一起航海去了加勒比群岛，然后回到洛斯托夫特港——它的口袋里装满了掠夺来的黄金。提提对创作彼得·达克的贡献最大，她和罗杰在一起的时候、更多是她一个人的时候，她把它描述成了一个神通广大的角色。对彼得·达克来说，不论发生什么事情，它都能转危为安。在提提看来，玩具娃娃没有任何意义，因为彼得·达克比它们有用得多。它总把自己收拾得干干净净，也不会到处乱跑，更不像玩具娃娃那样漏出木屑。最厉害的是，它有一颗随时出发去探险的心。

"它可以躲在这里不被人打扰。我相信它没有去过比这更好的地方。我们到顶上去看看这座小溪谷吧。"

罗杰已经开始行动了，他从一块石头跳到另一块石头上，穿过小溪。

"你从那边上去，"提提朝他大喊，"我从这边，然后我们瞧瞧这座溪谷是不是真的那么隐蔽。"

他们从溪谷两侧爬到了顶，然后回头看看对方。他们发现只要从边缘退后几步，就看不到溪谷了。站在两边石楠丛中的提提和罗杰，如果不知情的话，恐怕永远也猜不出他们之间竟然隔着一座溪谷。

"简直太完美了！"提提大喊道。

"我也是这么想的！"罗杰大声回应。

接着他们又爬了下去，在谷底会合，然后沿着小溪朝上游的瀑布走去。途中经过几个小水洼，他们看见水里有小鳟鱼。当他们来到瀑布底下的大水潭时，一条大鳟鱼跃到半空追一只苍蝇，很快又落入水潭，溅起一片银光。

"彼得·达克可以在这里钓鱼，"提提说，"它一直喜欢钓鱼。你还记得它总是在双桅纵帆船的船尾用钩子钓鲨鱼的事情吗？"

"我们也可以钓鱼。"罗杰说，"对了，我们的下午茶呢？"

这是罗杰的坏习惯——不论何时何地都想吃东西。

"吃我的巧克力吧，"提提说，"我又不吃。"

"真的？"罗杰说。

"当然。"提提说。

"我们等等看那条鱼会不会再跳起来，"罗杰说，"我可以一边吃巧克力一边看。"

提提把她的巧克力递给罗杰，回头俯瞰溪谷，她的视线扫过脚下 V 字形的豁口、湖对岸的山丘，落在更远的群山上。要不是头顶的天空这样澄澈明净，她也许会把那些山想象成天上的云。从溪谷的最高点，她看不见瀑布底下的荒原，也看不见来时爬过的林子。她看了看溪谷和两侧的陡坡，右边几乎就是悬崖峭壁，崖壁的石缝中长着帚石楠；左边没那么陡峭，一片绿意盎然，那是欧洲蕨，松动的石块点缀其间。她希望自己随身携带了地图，这样就可以把这条溪流和新发现的山谷标上去了。这时，她看见一只龟甲蝶歇在她身旁的石头上，沐浴着阳光，平展着那双夹杂着棕色、蓝色、橙色和黑色的翅膀，却纹丝不动。

"真美啊！"提提说，话音未落，那只蝴蝶震颤了几下翅膀，从石头上飞起来，贴着地面向溪谷飞去。

"它很快会再找个地方歇一下，再次伸展它的翅膀。"她说。的确，那只蝴蝶不一会儿就停在灰岩陡壁低处的一簇帚石楠上。

提提踮着脚尖向它走去，眼睛一直盯着它。然而，当她伸手就能够到那簇帚石楠时，她全然忘记了蝴蝶的存在，甚至连蝴蝶飞走时也没有注意到。

"罗杰！罗杰！"她大喊道，"这里有个洞穴！"

尽管瀑布声很吵，罗杰还是听见了她的叫喊，可是没听清楚她到底说了什么，不过她的声音听上去十分急切，罗杰只好把鳟鱼搁置脑后。她发现了什么？罗杰跑着赶过来，这时，提提正盯着石楠丛看，原来那里的石灰岩壁上有一个黑漆漆的洞。洞口上窄下宽，弯着身子就能钻进去，斜在外面的一块岩石将它隐蔽得很好，洞口上方的石缝和两侧覆盖着茂密的帚石楠，很容易让人以为那只是岩石上的一道裂缝，不注意看的话根本不会发现它。两位探险家一起蹲下，探着头想把黑洞里面看个清楚。

"是狐狸洞，"罗杰说，"或者是熊窝。对熊来说，里面足够大。"

"真希望我带着手电筒，"提提说，"今天我连一盒火柴都没带。"

他们捡起一些石子往洞里扔。他们以为会有一些东西跑出来，可什么也没有。提提抓着一旁的帚石楠，把另一只胳膊全部伸了进去摸索，一会儿工夫就抽了回来。

"里面更大，"她说，"也更高。我觉得我们可以站在里面。我们要进去吗？不过里面黑咕隆咚的。要不还是进去？"

"我们去拿手电筒吧。"罗杰说。

"好，"提提说，"我们去把船长和大副叫来。我们把彼得·达克留在这里看守，等我们回来。这是它的洞穴。我估计它早就知道这里了。走吧。"

他们顺着溪谷往下跑，从较低的那道瀑布旁的岩石爬了下去，然后沿着帚石楠和欧洲蕨丛中的羊肠小道赶路。小溪就要离开荒原奔流进高耸的树林，他们来到了荒原和树林的交界处，这时，提提停住了脚步。

"亚马孙海盗们也在啊！"她说。

罗杰看着她，上气不接下气。

"她们几乎把所有地方都探索过了，"她说，"不过也许她们并不知道那个地方。我们可以告诉她们溪谷，但是不要把山洞说出去，就当是为了我们和彼得·达克。"

"我们告诉约翰和苏珊吧。"

"我们带他们来看这座溪谷，然后告诉他们山洞的事，让他们大吃一惊。那个山洞太妙了，越少人知道越好，否则就白费了。当然啦，"她又补充了一句，"如果他们不愿意来看这座溪谷，我们就告诉他们有关山洞的事。"

他们飞一般地穿过林子，脱掉鞋，从桥底蹚了过去。没等脚丫子干透，他们又穿上了鞋，气喘吁吁地跑回马蹄湾的岸边。

像以前的许多探险家一样，他们发现，探险一回来就遇上了麻烦。茶早已煮好，喝茶的时间也过了，其他人还出去找过他们，因为亚马孙海盗们急着回去，大副也想知道他们为什么离开了这么久。留给提提和罗杰的茶都快凉了，他们被催促着登上了燕子号，茶只能在回去的路上喝。亚马孙海盗们已经晚了，如果不立刻出发，她们恐怕来不及看野猫岛上的新帐篷就要走了。

燕子号和亚马孙号起航之后，提提和罗杰便开始滔滔不绝地说起他们的探险故事。他们抢着说，但很快罗杰就败下了阵。毕竟，提提更擅长讲故事。提提讲了树林高处的荒原、瀑布和瀑布上面的小溪谷，小溪谷是如此隐蔽，无论是谁都可以永远藏匿在里面。

"你敢以海盗的名义发誓？"南希大声说，她已经朝马蹄湾出口划着亚马孙号，"这是真的，还是你编出来的，就像彼得·达克的故事？"

"彼得·达克当然在里面，"提提说，"不过我讲的都是真的。"

两艘小船都出发了。亚马孙号上的南希和佩吉在马蹄湾外等着燕子号，然后和它保持着适合交谈的距离，一起驶向野猫岛。

"那是长矛石。"南希指着南边两个小岬角正对着的那块礁石说，"如果湖水水位没有降得这么低，你们是看不到它的。"

"我们来的时候就看见它了。"约翰说。

"那块礁石太像锯齿了，"佩吉说，"吉姆舅舅说他见过一艘渔船撞上它之后就沉了。"

提提还在燕子号上继续说着那座秘密溪谷。"没有人能找到那里，"她说，"除非他们事先知道。"

"没准她说的是千真万确的，"南希在亚马孙号上说，"我们从没有去过那处荒原。你肯定吗，一等水手？真的有一座秘密溪谷？"

"如果不走进去，你根本不可能知道它在那里。"罗杰说。

"姑奶奶不许我们玩帆船，我们正好可以去那个地方。"佩吉说。

"你以为我没想到这一点吗？"南希船长说。

"你差点害我打翻杯子。"罗杰说，因为提提用手指轻轻捅了捅罗杰。

"她们不知道那个地方呢。"她压低声音说。

"我们明天就去，怎么样？"南希的声音从水面传来。

"同意！同意！"罗杰和提提不约而同地说。

"为什么不呢，我觉得没问题。"约翰船长说。

约翰和南希驾着他们的小船驶过野猫岛最南边的港湾，途经内部航道，到达登陆点。

"就去看一眼，"南希说，"我们已经晚了。"

"我们总是晚回去，"佩吉说，"但在姑奶奶看来，晚回家这件事是很严重的。"

她们快速离开登陆点，跑到营地里环顾四周。苏珊感谢她们准备的柴火。提提钻进她的帐篷，拿出一只信封交给她们，信封里装着她收集的八根绿色羽毛。约翰从堆在杂物帐篷里的箱子后面拿出了那支箭。两个亚马孙海盗一起逗鹦鹉说"你好啊""八个里亚尔"，但鹦鹉一见到绿色羽毛就什么都不想说了，一个劲朝他们高声尖叫，尽管提提也想让它展示一下自己的本领。亚马孙海盗们看了看她们以前搭帐篷的地方，情绪颇为低落。她们夸赞了燕子号船员们的新帐篷，然后就匆匆忙忙跑回登陆点，爬上亚马孙号，离开了。

"明天怎么办？"在最后时刻，苏珊问道。

"明天我们去看提提说的那座溪谷，"南希大声回答，"也许会很有趣。妈妈要带姑奶奶出去吃午饭，所以我们赶在喝下午茶之前回家都不要紧。明天早晨我们就驾船去马蹄湾。来打个赌吧，我们一定比你们先到。燕子号，再见啦！"

四个燕子号船员爬上瞭望台，看着亚马孙号小白帆朝着达里恩峰的方向驶去，渐行渐远，越来越小。

"我搞不懂为什么今天早上她们没来这里。"苏珊说。

"看到我们在这里安营扎寨，她们却不能，这对她们来说肯定不好受，"约翰说，"毕竟她们最先发现了这座岛。"

这时，亚马孙号已经开出很远了，所以海盗们听不见喊叫声，更不用说窃窃私语了。对一等水手和实习水手来说，保守他们的秘密很难，他们很想说出那个秘密，可终究还是忍住了。

"我们还发现了一个更有意思的东西。"提提说。

"比我们告诉你们的那些更好玩。"

"是什么？"苏珊说，"毛毛虫吗？"

"噢，"罗杰说，"蝴蝶确实帮了点忙。"

"要不是那只蝴蝶，我们就不会发现它。"提提说。

"到底是什么啊？"约翰问。

"是彼得·达克朝思暮想的东西。"

第五章

约翰船长
坚持到底

老人说："我要一直航行，

直到船帆破碎，桅杆断裂。"

这涨红脸的疯子说到做到，

直到后桅落进大海。

听听水手的历险吧，

那是海上的古老传说！

——梅斯菲尔德《阿赫雷湖的传说》

　　清晨，约翰船长已经为扬帆出发做好了一切准备。现在只等他的船员了，他们吃完早饭后一直忙着收拾营地，因为大副从不允许饭后不收拾就出去。

　　"她喜欢把营地保持得干干净净的，最好看上去像是没人在这里吃过东西，连一星半点饼干碎都不行。"约翰没好气地自言自语，尽管他知道大副是对的。不过，他有理由这么着急。

　　他很早就看见亚马孙号在湖面上飞速前进。然而，野猫岛上的探险家们还在睡大觉，这样他们根本不可能抢在南希和佩吉之前到达马蹄湾。南希说过亚马孙号会最先到达那里，看来她说到做到。不仅如此，约翰船长还观察到风力条件对她们极为有利。从望远镜看过去，他发现远处

的湖面上涌起了大浪。从港口高处的岩石上，他看着亚马孙号驶过鸬鹚岛后继续往前开，一路来到马蹄湾狭窄的入口附近。然后通过望远镜，他看着南希和佩吉熟练地转帆，改变了船帆的方向，驶入小湖湾，消失在视野中。当然，他一边看，一边计划要怎样开着燕子号穿过那里。现在刮东北风，正好从野猫岛吹向马蹄湾。约翰船长决定把帆转到左舷，顺风航行。他想，这样一来，不用在强风劲浪中转帆也能把船开进湖湾了。他头脑里的计划很清晰，现在他就想着快点起航，赶在风向改变或什么意外发生之前穿过那里，否则他的计划就会泡汤。在他看来，风好像越刮越猛了，可是他并不想把船帆收起来，因为正如他所见，刚才亚马孙号一直是扬帆航行。他真想马上出发，可今天大家似乎都在忙一些可有可无的事情。从早饭的时候就开始了，提提煞有介事地吵着要带手电筒，好像在夏日里人人都需要手电筒一样。而他傻乎乎地妥协了，竟准许她把他的手电筒放进了行李中。

终于，他听见了其他人的脚步声。

罗杰提着水壶走在最前面。然后是提提，她拿着一篮鸡蛋和一口平底锅。最后面是苏珊大副，她挎着两只背包，一只塞满了毛巾和泳衣，另一只装着探险时的口粮。"我们不用带太多东西，"她说，"因为亚马孙海盗们得赶回去喝下午茶。"她边走边清点包里的东西，"饼干、面包、香籽蛋糕、汤匙、小刀、果酱、黄油……"

"你忘带鸡蛋杯了，"罗杰说，"因为我们没有。"

"真烦人！"大副嘟囔着把背包扔在地上，转身向营地跑去，"我忘记带盐了！"

船长不想小题大做，但仍然有些不安。他急着出发，而且他已经等了很长时间，大副却在这时忘了带盐，导致船要晚出发两三分钟，真有点不走运，船长因此没平时那么小心了。

最后，所有的东西都装载完毕，船员们也登上了船，船尾朝外的燕子号准备起航了。这时，大副发现由于她的疏忽又忘带手电筒了。

"反正我们也用不上它。"她说。

"现在谁也不准回去拿，"约翰说，"扶稳船中间的舵柄，我把船划出去。"

"不要紧，"提提说，"我们带了三只手电筒。"

"好大的风啊！"当燕子号避开登陆点外的礁石群后，大副感慨道。

"所以我才那么着急。"船长说，"好啦，松开主帆索，这样帆桁就能摆出去了。现在我要升起船帆。大家准备好了吗？"

"准备好了，船长！"大副说。

约翰把船桨挂在帆桁上，然后升起棕色的船帆。帆桁随风向船舷外转，所以此刻的船帆还不如一面大旗帜。约翰赶紧从船尾跑到船中间的舵柄旁，一把一把地用力拽主帆索，让风把船帆吹鼓起来，燕子号开动了。接着，他抬高舵柄，改变航向，直至船头对准马蹄湾。桅杆顶端的小三角旗在风中飘向前方。小船加速前行，船头下方翻腾着白沫。

"现在我可以去船头瞭望一下吗？"罗杰问。

"不可以，"约翰说，他开始感觉到风力强劲，"我们要把所有的重量集中在船尾。你和提提都尽量往船尾靠。"

风从正后方刮来，这时他们已经驶离野猫岛的避风港和湖东岸的山丘，每前进一米，风就刮得更猛。苏珊坐在船尾座板上，提提和罗杰挤

在船尾的底板上。为了让燕子号保持航向、平稳地前行，这是约翰唯一能做的。大风猛烈地刮着船帆，好像要将船舵一把提起，在这种情况下，保持航向就变得非常困难。

"我们的船现在跑得比摩托艇还快。"罗杰说。

"我们是不是应该收一下船帆？"大副问。

"亚马孙号可没有收帆。"船长咬紧牙关说，一只手紧紧拉住主帆索，另一只手拼命握住舵柄，使出浑身解数不让燕子号偏离航线。

"提提，你在说什么呢？"大副问。

"我在跟罗杰讲一位老人在大海上不顾艰难险阻航行的故事，"提提说，"这是爸爸在法尔茅斯讲给我们听的。"

"燕子号的船帆不会被风撕破，"约翰说，"它的桅杆也相当结实。"

不过他的结论下得太早了。

要是风向稳定，或许不至于太糟糕，可事实偏不如此。时不时就会刮来一阵强风，迫使船头换向，而约翰只能赶紧转舵，让船又回到正轨。每出现一次这种情况，约翰的计划成功的可能性就越来越小。他不得不转两次帆才能把船开进马蹄湾——先向右舷方向转，然后再转回左舷。在约翰看来，那些风来得不是太猛就是太急，把燕子号刮向北边，远远偏离航向，也就是说风不再从正后方吹来，而是来自船帆同一侧。桅杆顶端的小三角旗已经不再飘向前方，也不是与船帆飘向同一方向，如果是这样，船就是安全的。这时，船帆转向左舷，桅杆顶端的三角旗却飘向右舷，这表明风可能会扯住船帆的下摆把它转向右舷。这种非人为的转帆是约翰试图避免的。他已经下定决心，要在不转帆的情况下把船开过去。

"我们应该能做到。"他大声说道，但他有点拿不准了。

"小心我们昨天看到的那块岩石。"苏珊说。

"那块长矛石。"提提说。

"如果我们开进去的时候正好遇上这样的一阵强风，那么这一侧就很容易触礁，"约翰说，"我们真应该早点收帆。现在的风比几分钟前猛烈多了。但是迎着风收帆是非常困难的事情。何况我们就要到了。我相信它能做到……"

"亚马孙海盗！"罗杰大喊。

约翰一直牢牢盯着桅杆上的三角警示旗和随风抖动的船帆下摆，听到罗杰的喊声后，他才看见南希和佩吉在湖湾入口的岩石上向他们挥着手。就这么定了，他现在不能放弃那个计划。用不了多久，他们就能摆脱肆虐的狂风，安全地驶入岬角之间。还有二十米。船帆下摆摇动得很厉害。还有十米。他能做到，还是做不到？他能。毫无疑问他能做到。

"快看打在长矛石上的浪！"罗杰说。

这时，就在马蹄湾入口附近，距离安全地仅有几米远了，一阵狂风突然向他们呼啸而来，打在船帆的另一面，使它不停地旋转。

"大家快低头！"约翰大喊，但这已经没什么必要了。提提和罗杰蜷缩在小船的底板上，大副及时闪避了，约翰也一样。帆桁猛地撞击过来，还好没打到人。约翰一直用力握着舵柄，不让燕子号偏离航向。船跑得飞快。突然，船帆被风吹起，船舵失去了平衡。很快，狂风在帆的背面肆虐，船舵完全失灵了。燕子号开始打转，不受任何控制，然后砰的一声巨响，撞在了长矛石上。船停了下来。横座板上的桅杆折断了，扯着

船帆一起倒在船头。

一声尖叫传来，原来是站在湖湾入口岩石上的佩吉·布莱克特。不过燕子号上没人尖叫。

一切发生得太快。船撞上岩石时，所有人都猛地向前倾。他们立刻抓住身边最近的东西，横座板、船舷或舵柄。燕子号被岩石反弹向后滑去，罗杰第一个开口了。

"船进水了。"他说。

没有呼天抢地，只是平淡地叙述事实。燕子号船头的吃水线下方被撞了一个窟窿。水很快灌了进来，就要淹没横座板了。他们曾经无数次想象过船只失事的情景，这次真的发生了。

"罗杰，跳下去，游上岸，"约翰船长说，"快点，当心被升降索绊住。从这边过去。快跳！"

罗杰看看大副，又看看约翰，意识到他不是在开玩笑。接着他看了看岸边。他们离岸边只有几米远。佩吉站在水边的岬角上，南希不见了。

"快点，"约翰说，"别等了，船很快就要沉了！"

罗杰打了个滚，翻到了另一边。他一把抓住船舷上缘。"冬天一直上游泳课，看来没白上啊。"说完，他就跳进水里，安全地游上了岸。

"提提，现在到你了。苏珊，还有你。快点！"

苏珊和提提一前一后跳下了船。提提奋力向岸边游去，手上还托着什么东西。苏珊踩了一会儿水，等着约翰。

"约翰，快点。"她说。

约翰站在船头，在水里摸索着什么。

船只失事

"小心！"他大喊道，"快让开！"

他拿着燕子号的小船锚站起来，用力把锚抛向岬角。这个举动让他失去了平衡，他摔倒了。就在这时，船身突然倾向一侧，水立刻淹没了船舷上缘。约翰踉跄着爬起来，用脚一蹬正在往下沉的燕子号，跳进了水里。不早不晚。

南希见情况危急，便立刻跑回亚马孙号停靠的地方，从船上拿出一盘绳子，那是她用来在野猫岛港口停船时拴船尾的绳子，然后她又飞快跑回南边的岬角上，那里正对着燕子号触礁的地方。她本来想把绳子另一头扔进燕子号，这样约翰就可以抓着绳子，然后在燕子号沉没之前，他们一起将它拽上岸。但是，风从这边吹向她，绳子扔不到燕子号那么远。不过绳子落在了罗杰附近。罗杰抓住了绳子，以最恰当的方式获救——南希和佩吉把他拉了上来。苏珊和提提打着水花紧跟在他后面上了岸。最后上岸的是约翰船长。

燕子号彻底看不见了，只有一双船桨和一只背包漂浮在长矛石和岬角间的水面上。

"船沉下去了！沉下去了！"提提湿淋淋地站在岸边的岩石上，看着燕子号沉没的地方说道。

"我们靠游泳得救了。"罗杰说。

"太可怕了。"佩吉说。

南希船长看着约翰船长。这是她头一回不知该怎么开口。

"我拿到了望远镜。"提提最后说。

"提提，真有你的！"约翰船长说。

约翰知道对于一位船长来说，失去自己的船是多么痛心。现在埋怨自己为什么不早想到风力会那么猛，也为时已晚。没错，他显然应该早点收帆。如果他收了帆，转帆就不是什么麻烦事了。再说了，他们又不是在比赛。他本来可以把船帆转向右舷，往前走一段距离后再谨慎地转帆，甚至逆风也没关系，等到了马蹄湾的入口再把船帆转回左舷，就能把船开进去了——就像他先前计划的那样。一切都是他的错。现在才是假期的第三天，燕子号却已经沉没了。他父亲是怎么说笨蛋来着？还不如淹死算了。约翰也这么想。突然，许多不好的、可怕的新念头涌上心头，就像归巢的鸬鹚一样挥之不去。燕子号的主人是霍利豪依的杰克逊先生。他们会怎么说呢？佩吉和罗杰还在七嘴八舌地谈论沉船事件，这也很好理解。他知道提提刚才湿淋淋地站在岸边看着浪花拍打那块可恨的石头，心里在想什么。对提提和他来说，燕子号是有生命的。然而，现在燕子号沉了，他们还怎么继续住在野猫岛上呢？令人愉快的事情还会发生吗？妈妈会怎么说呢？毕竟，他们很可能差点就淹死了。尽管妈妈通情达理，但是这个夏天她还会允许他们继续探险吗？无论约翰怎么想，问题似乎越来越严重。好像这个夏天化身成燕子号上的货物，随着小船一起沉入了湖底。

"嘿，苏珊呢？"佩吉突然问。她四处张望，搜寻着另一个大副的身影。

就在这时，他们听到了苏珊的哨声，那哨声是从湖湾深处传来的，尖锐刺耳，却没有往常那么清脆。

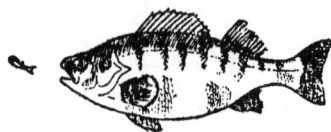

第六章

打捞沉船

　　苏珊大副总是有办法，她知道就算现在是世界末日，也没人应该穿着湿衣服闲逛。办法就是抓紧时间生火。当其他人还在回想刚才发生的事情时，苏珊已经跑到昨天她搭石灶的那片沙滩上——也就是溪流汇入湖湾的地方。昨天烧火留下了几根焦黑的干树枝，她又捡了一些枯树叶，然后在上面堆放干树枝和干芦苇，像以往那样搭成一个拱形，仿佛这是为野炊而不是一场沉船事故准备的一堆火。她每动一下，身上的水就不停地往下滴，不过她尽量让那些树枝保持干燥。然后，她摸了摸衬衫口袋里的一盒火柴和她的哨子，那是她随身携带的物品。火柴盒在她指间已经四分五裂，火柴也泡烂了。尽管哨子里也进了水，但没什么大碍，火柴没办法点着了，于是苏珊吹响了哨子。

　　"去看看大副那边需要什么。"约翰船长说。罗杰便飞快地跑开了。

　　其他人还在岬角那里，看看有没有别的东西会从沉船的地方浮出、漂过来。那双船桨就是这样被打捞上来的，这会儿，佩吉正用其中一支船桨去捞另一样漂浮着的东西——塞满毛巾和泳衣的背包。那只背包浸透了水，差点就要沉下去。佩吉用船桨把它往岸边拨，当她刚好能够着的时候，便一把抓起它，然后带着它去追赶罗杰。

　　"约翰船长，"南希·布莱克特终于开口说话了，"为什么在船沉下去之前，你就把锚扔出来了呢？"

　　"因为我要把它打捞起来，"约翰说，"如果我们能找到锚，它就能帮

我们把船拖到浅水区了。"

"她需要火柴!"他们听到罗杰在大喊。

南希摸了摸她的口袋,不过大家又听到佩吉在喊:"我这里有!"

苏珊一点着火、看见第一缕火苗从树枝里冒出,就从佩吉手里接过背包,把里面已经湿透的泳衣和毛巾一股脑全倒在了沙滩上。"还算走运。"她说,"罗杰,快脱掉你的衣服,穿上泳衣。之后你就可以去玩水了,想怎么玩就怎么玩,我来烤干你的衣服。我们都要换衣服。其他人在做什么啊?"

"他们还在岬角那边。"佩吉说。

苏珊又使劲吹了几声哨子。

"她在叫我们过去。"提提说。

"来了!"约翰和提提大声回应。南希和他们一起匆匆越过岬角那边的岩石,跑到火堆旁与大家会合。

罗杰已经费劲地脱下了湿衣服。

"你们俩最好换上泳衣。"苏珊说。

"没问题,我这就去换,"约翰说,"我正要下水看一看燕子号。"

"还有你,必须换,不管你要去做什么,"苏珊对一等水手说,"然后再去弄些柴火来。"

"很有一套嘛,大副,"南希·布莱克特说,"让你的船员忙得停不下来,他们就没时间跟你作对了。"

最后,为了小伙伴们,亚马孙海盗们也换上了泳衣。然后,她们像野人那样东跑西窜,拾来了很多木头,把火堆烧得很旺,那火大得可以开一场篝火晚会了。苏珊拿出刚才用来营救罗杰的绳子，把它做成一根晾衣绳。他们用力拧干他们的湿衣服，把其中一些搭在绳子上，另一些就铺开晾在火堆附近的石头上。

不久，苏珊说火已经烧得够旺了，约翰和南希便离开了，他们再次回到燕子号沉没的地点附近。

"我们也可以去吗？"罗杰问。

"一旦你开始觉得冷，"苏珊说，"就立刻跳进水里用力游。"

提提和罗杰在他们之后也离开了，留下两个大副守着火堆。他们到得很及时，正好看见约翰跳入水中又迅速浮出水面，朝长矛石游去。突然，他侧转身子往水底潜去，没有溅起一朵水花。现在刮的是南风，也没有先前那么猛烈。似乎在击沉燕子号之后，老天爷都觉得可以歇一歇了。但是湖面依然泛着涟漪，岸上的几个观察员被灿烂的朝阳晃得睁不开眼，完全看不清约翰在干什么。

他在水下待了很久，最后终于从长矛石附近冒了出来。他倚在那儿，一只手抓住那块岩石，另一只手举着苏珊的黑色水壶。

"太好了！"南希欢呼道。

"苏珊，"提提大喊，"约翰找到那只水壶啦！"

约翰蹬腿离开了那块岩石，他一只手划着水，另一只手拖着水壶——他把水壶沉在水里，这样就不重了。然后他游上了岸。

"你看到鸡蛋了没？"苏珊问。她和佩吉一听到南希的欢呼声就马上从火堆附近跑了过来。

"或是平底锅？"提提问，"我带了一口平底锅，还有一篮子鸡蛋。"

"有平底锅，"约翰说，"但是我没见着鸡蛋。肯定是从篮子里掉出来沉到湖底了。我一会儿再下去看看。这里没有我想象的那么深。"

他又游走潜到了水里。他找到那口平底锅，把它扔上了岸。

再一次潜水的时候，他捞到了装有口粮的背包。他双手托举背包，只用腿蹬水，游回了岸上。

苏珊焦急地打开背包。"压缩干肉饼还能吃，"她说着就把那听罐头拿了出来，"还有汤匙、小刀、果酱、黄油……不过面包和香籽蛋糕都泡坏了……而且白糖粘得到处都是。"

"我们有面包，"南希说，"不过我们还指望喝你们的茶呢。"

"还有牛奶吗？"苏珊问。

"牛奶瓶是完好的，"约翰说，"但是里面的牛奶已经变成水下的一团云了。"

"我们可以去斯温森农场弄到牛奶，"佩吉说，"我们经常去。那里也不远。"

"燕子号损坏很严重吗？"提提问。每次约翰从水里浮上来的时候，她都想问这个问题。

"我实在看不清，"约翰说，"断裂的桅杆和船帆挡住了船头，乱七八糟的一团。我知道船被撞破了，但没法说到底有多严重，得打捞上来才知道。"

"我们能把它打捞上来吗？"南希、佩吉、提提、苏珊和罗杰不约而同地问。确实，涟漪荡漾的湖面上，除了那块可恨的长矛石，什么都看不见，很难相信燕子号还在。

"我不知道。"约翰说。

"他们经常打捞沉船。"佩吉说。

"不会有事的,"南希说,"弗林特船长今天要来,到时他一眨眼工夫就能把小船拉起来。"

事情就这么定了。失去小船已经让探险家们够难受了,要是让今年第一次来这里的弗林特船长发现燕子号沉到了湖底,那可真是雪上加霜了。约翰钻出水面,坐在一块岩石上休息,盘算着接下来要怎么做。

"我们不能让火熄了,"苏珊说,"你们俩快去捡柴火,能捡多少就捡多少。在衣服还没干之前,你们都不能停下,也不要四处瞎晃悠。我看看香籽蛋糕还能不能处理一下。"

"如果我们把它放在火边烤一烤,再切成小块煎一下,应该可以吃。"佩吉说。

两位大副、一等水手和实习水手回到了火堆旁。

等他们走了之后,南希船长看着约翰船长问:"你有计划了吗?"

"可能行不通。"约翰说。

在燕子号即将沉没的瞬间,约翰望着近在咫尺却无法抵达的岸边,脑子里冒出了那个计划。在某本书里,某个人在某个地方也有过类似的经历。就是这个模糊不清的计划——甚至不能称作计划,支撑他在最后时刻使出浑身力气将燕子号的锚抛向了岸边。他之前常常希望燕子号有只更重些的锚,可是今天他庆幸锚很轻。不过说到底,他为这个计划做了些什么呢?真说不上来。但是他潜到水底找到了燕子号。湖水没有他担心的那么深。弗林特船长和其他一些身强力壮的原住民能把燕子号捞

上来，他对此毫不怀疑，但又不仅仅满足于此。他想凭一己之力把燕子号捞上来，多亏了那只被抛到沉船和岬角之间的锚，他觉得他能做到。因为锚索是系在燕子号船头的圆形螺栓上的，如果不是这样，他就要经历被船帆和绳索缠住的危险了，那样的话，他只能放弃整个计划。不过，现在锚索已经系好，他只要找到锚，就可以拉着锚索上岸……他暗自庆幸其他人都回到火堆那边了。他甚至希望南希也不在。但如果计划真的行得通的话，他还是需要人来帮忙的。

约翰仔细判断长矛石到岸边的距离，然后又游了出去，再次潜入沉船的地方。燕子号躺在那里，四周暗淡无光。只有当他游到一个坚实的物体附近，把眼睛凑过去看，才确定那就是燕子号。他非常轻松就找到了水壶、平底锅和背包，因为他知道那些东西放在什么地方，它们都被塞在船里最宽的地方，也就是船中部横座板底下。本来他只要用手摸或用眼看，就能找到他想要的任何东西。但现在不同了。他不敢太靠近船头，因为桅杆、帆绳和船帆全都缠在一起，而他需要的锚索就拴在那里——绳子另一端则系着锚。他潜到沉船的尾部，双脚蹬水，手摸着湖底的岩石往前游，他试着绕沉船游了半圈，然后又在沉船与湖岸之间游了半圈。他坚信在那个半圆的某个地方一定能找到锚索。比起在学校的泳池底捡小碟子，这可困难得多。他默默地在心里数着……十五、十六、十七……数到二十必须要上去换气……十八、十九、二十……二十一……在那边！是那根绳子，但是他已经忍不住往上浮，不一会儿就冲出水面，扑哧扑哧地吐气。

他缓了一口气，又潜进水里。沉船就在那边。现在没必要从船尾绕

潜入水中寻找船锚

圈游了，因为绳子在另外那个半圆里，应该就在他附近。看啊……那是……一条又细又长的灰色的"蛇"在阴影中蠕动。他一把拽住它，把它从湖底拉起来，然后用拇指和食指圈住它，沿着它往前游……还没游到跟前，他就看见了锚。他放开绳子，抓住一只锚爪，拽起了锚。现在他踩着水往前进，锚随之移动了一米、两米、三米，直到绳子绷紧，他再也无法屏住呼吸。

"我找到它了，"他一冒出水面就急促地说，"我还把它往里移了一些。"

然而没看见南希的身影。约翰想了片刻，想到他在水下待的时间太长，可能南希跑去告诉其他人他出事了。不过，还没等到他大声欢呼证明自己没事，就看见南希从岩石那边匆匆跑到了岸边。她手里拿着亚马孙号的锚索。

"你找到锚了吗？"南希问。

"没错。"约翰说。

"为什么不试试把这根绳子绑在锚上，这样我们在岸边就能把它拉过来，在水下拉它实在是个苦差事。"

约翰知道这样行得通。南希真是个行家。他自己本应该想到这个办法的。他上岸休息了一会儿，然后抓着南希的绳子一端游走了，南希在岸上给他放绳子。

"多放点。"约翰大声说，接着，他用嘴咬着绳子末端潜了下去，因为他觉得只靠一只手是潜不到底的。这次，他不费吹灰之力就找到了那只锚，很快就把绳子系了上去，接着飞速冲出水面，游到岸边。

南希已经开始往回拉绳子。绳子慢慢移动，直到完全绷直。接着，南希猛地一拽。

"拉动了！"

绳子松弛了，又再次绷紧。南希还在拉着绳子。突然，约翰踩进了水里。燕子号的锚露出了水面。他一把抓过它，爬上了岸。

"太棒了，南希！"约翰说，"要不是你想到这个好主意，也许要很久才能把它拉上来。"

"你的船员们都很棒，"南希说，"如果他们没有按规定把锚索卷好，现在肯定就是一团乱麻，而且，你可能连锚都抛不出去。"

虽然只是站在岸边，只是找回了燕子号的锚，只是通过拉紧绳子感觉另一头的燕子号，但这足以让事情出现转机。

"我们现在可以把它拉上来了。"南希说。

"湖底崎岖不平，"约翰说，"全是石头。我要先去把船上的压舱物清理出来。"

"有多少？"

"一共有六个铅块，五块小的，一块大的。"

"我真希望我会潜水，这样就能和你换班了，"南希说，"但是我不会，我就是不能在水下憋气。"

"不要紧，"约翰说，"我一点也不累。我过会儿把你的绳子系在一块压舱物上。我拽两下绳子，你就开始拉。"

他把燕子号的锚固定在岸边的岩石间，然后解开南希的绳子，把它拖在身后游了出去。他潜了下去，一只手抓住燕子号的座板，同时双腿

夹紧座板，然后一边在心里默数，一边以最快的速度把绳子的一头从压舱物顶端的圆环里穿过，打上两个半结，将铅块拉到一旁。他拽两下绳子，就急匆匆地浮了上去。

"你刚刚说有几块?"南希问。

"还有五块，"约翰气喘吁吁地说，"不过剩下的就简单多了。我已经知道该怎么做了。"

"把两块系在一起吧，"南希说，"它们在水里不会很重的。"

但真正麻烦的是打绳结。这项额外的工作——把绳子穿进两个而不是一个铅块的固定圆环再打上绳结——让约翰不堪重负，他根本来不及打绳结就要浮上去喘口气。就这样，他放弃了这个计划，继续每次只拉一个铅块。他又潜了五次水，五次南希都是等绳子动两下后才开始拉;每次铅块被拉上岸的时候，约翰就钻出了水面。

"好了，"约翰系好最后一个铅块后游上了岸，"我没有拆下桅杆和船帆，那样于事无补。如果撕破了船帆，我们还要补。我们试一试能不能把船拉上来吧。不过，船头并不是朝向这边的。我们试试吧，慢一点。"

他们握住燕子号的锚索开始拉，先是轻轻地，然后越来越用力。他们感觉水下有东西动了动，手里的绳子也在震颤。他们继续拉，仿佛可以听见燕子号在湖底移动的声音。

"停下，"约翰说，"我要去下面看一看。"

他扑通一声跳进水里，但是很快又钻出了水面。

"船头已经转过来很多了，"他说，"不会有问题。"

他们又继续拉。随着绳子一点点收上来，他们可以感觉到燕子号在湖底的石头上滚动。清理走压舱物之后，小船的重量轻了很多。

"我看见它啦！"约翰屏住呼吸说，仿佛在讲述一个奇迹。

"我们没办法从这里把它拖上来，"南希说，"这里的岩石实在太陡了。我们要先把它拖到马蹄湾，然后再拖上岸。嘿，佩吉！佩吉！我们得叫几个人过来帮着拉绳子，然后我们两个下水去推它。"

佩吉跑了过来。

"你拿着锚，"南希说，"慢慢地绕到岬角后面去。不要太用力。"

"他们把船弄上来啦！"佩吉声嘶力竭地大喊道。

"他们把船弄上来啦！"罗杰尖声重复着，扔下怀里抱着的浮木，拔腿往岸边跑。提提紧跟在他身后，苏珊又看了一眼火堆，确保不会有衣服被烧焦，也在他们后面跑出去了。

"稍等，"约翰船长说，他又下了水，只把头露在外面，双手在水下摸索着船头，"我要割断升降索，这样我们就能弄出桅杆和船帆。谁有刀？"

大家都穿着泳衣，所以没人带刀。

"佩吉，去我们的船上把刀拿来，"南希说，"快一点！你去的时候，我会抓着锚。小刀跟我们的衣服放在一起。"

"不用了，"约翰一边在水下摸索一边大声说，"我已经把帆桁从帆索架上解下来了。现在应该可以了。噢，不好，卡住了！我忘了横杆是扣住的。"为了对付那根被水浸透的绳子，他煞费苦心，不过让他高兴的是，佩吉最后拿来了刀。他割了一刀，然后用力扯了几下，帆桁和船帆就从残骸中掉了下来，那根折断的桅杆却独独被升降索缠住（燕子号和

亚马孙号都没有侧支索①），像一根被拴住的木头在水里上下浮动。南希跳下水去帮忙。当他们把棕色的船帆拖上岸时，苏珊和提提就从岩石上飞奔下去和他们会合。船帆还系在帆桁上，因为浸透了水而变得很重，颜色也几乎是黑色的了。他们一起把它拉上了岸。

"损坏严重吗？"约翰问，他正忙着从那根折断的桅杆上解开升降索。

"撕开了一大块，"苏珊大副说，"还有一小块，不过不要紧。没有我们修不好的东西。"

"把它铺在岩石上晾干吧。"

接着，折断的桅杆和升降索也被打捞上来了。桅杆的残余部分不知为何卡住了，还在水下的燕子号上。尽管船还在水里，但站在岸上的人已经可以看到约翰和南希正用双手推着它。此情此景与燕子号消失在长矛石附近时截然不同，虽然那里的水只有两三米深，它却像沉入了几十米深的海底，永不见天日。现在，大家心里都充满了希望，声音里也透着喜悦。

"你们俩来拉绳子，帮帮我的大副。"南希船长高声说，她就是忍不住要发号施令，"苏珊和我要防止它撞到这边，约翰船长要注意船头下面的暗礁。"

"你们准备好了吗？"佩吉问。

"慢一点！慢一点！不要太快了。"约翰大声说。

"嘿哟！"南希喊着号子。

"船出来啦！船出来啦！"

---

① 侧支索，用以固定桅杆侧向的拉索。

"不要太快！"约翰又说了一遍，"慢点来！湖底到处都是坑坑洼洼……"当时他正站在沉船外侧紧邻深水区的地方，他的话刚说完，就咕咚一声滑倒在水里。

他们绕过岬角进入湖湾之后，走起来就容易多了。很快，他们就拖着小船沿着一段地势缓倾的湖底前进。

"嗨，南希，"约翰说，"我们抬着它走怎么样？"

"停下，你们拉绳子的几位。"南希喊道，"好的，船长。你准备好了吗，大副？"

于是，南希、苏珊和约翰一起抬着燕子号空壳般的船身——船还在水下，所以很轻——朝浅水区走去。

"就从这里把它拖上岸吧，"南希说，"如果我们能做到的话。好了，各就各位，一起拉绳子！嘿哟，升上来哟！嘿哟，升上来哟！"

燕子号的船头露出了水面，接着大部分船舷也浮出来了，不过船尾还在水下。

"慢一点，"约翰说，"不要拉得太快。得让船上的水流出去。现在好了。"

"噢，可怜的船儿。"提提说。

燕子号的船头刚露出水面时，提提就看见了船壳板上那个可怕的大洞，现在船舱里的水迅速通过那个洞涌到船外，和涌进船时一样迅疾。

他们稍作休息，然后继续拉船。他们同心协力，终于拉出了半个船身。船底板虽然移动了一些，但是卡在了横座板下面，所以它们没有漂走。约翰把它们取了出来。舀水斗还在船上，罗杰跳进去，开始把船尾

的积水舀出去。苏珊发现了牛奶瓶，她倒掉了瓶子里仅剩的一点浑浊的灰色液体，出发前她倒进去的可是浓稠的鲜牛奶。接着她又发现了水壶盖。然后，他们一起从侧面扶起船身，清空了船舱里最后一点积水。最后，他们把燕子号彻底翻转过来，看看要怎么修补。

这种倾斜船身的检查至关重要。那些在太平洋某座岛屿的黄金沙滩上搁浅的海盗在检查船底时，也没有这几位小探险家检查燕子号的损坏程度时那么忧心忡忡。船身有不少地方的漆被刮掉了，但是，就目前来看，最严重的损伤还是船头撞出的大洞，那是因为长矛石撞破了两块船板。

"好了，"南希说，"你们已经把船打捞上来了，这才是最要紧的。"

"这仅仅是个开始呢。"约翰船长说。

就在他们把燕子号的残骸倒扣在沙滩上检查船壳板的破洞时，湖湾入口附近传来一阵呼喊声，他们全转过身去。原来一艘划艇飞快地驶进了岬角之间。划艇上只有一个身材魁梧的男人，他把双桨压在膝盖下面，脱下宽檐帽，用一块红绿相间的大手帕擦着头上的汗水。

"你好！吉姆舅舅！"佩吉朝他大喊。

"弗林特船长总算来啦！"提提说。

"太好啦！"罗杰说。

"现在你不用发愁啦，"南希看着约翰说，"燕子号又不是在海底。"

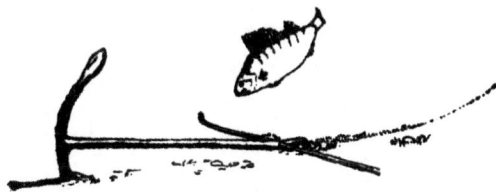

第七章

弗林特船长：
船木匠

快去取一捆绸布，

和一卷麻绳，

把船舷包裹住，

不要让海水涌进来。

————《斯彭斯歌谣》

"你们好！"弗林特船长说，"出了什么事？桅杆断了吗？"

他刚刚已经看到了铺在岸边岩石上的船帆以及它旁边那根折断的桅杆。

"比那严重得多，"罗杰兴致勃勃地说，"我们不得不游上岸。"

这完全不是燕子号船员们期盼的与弗林特船长见面的方式。自从去年圣诞假期以来，他们就没见过他，那时他们在他的船屋里编出了彼得·达克的故事。他们本来期望在他的船屋找到他，而他在桅顶挂上大象旗，准备再次发射他的大炮，决一死战，最后走向灭亡，掉进挤满大鲨鱼的海里。然而，在他们去往野猫岛的途中，弗林特船长却不在那里，更没有鸣炮迎接他们，尽管罗杰之前已经和提提讨论过这个问题，觉得他鸣一次炮也不会浪费火药。不过在那段时间里，弗林特船长根本没住在船屋，他不得不回归陆地居民的生活。这都怪那个奇特另类的姑奶奶。

昨天他甚至没和南希、佩吉在一起，现在，他终于来了，看见的却是小水手们和船的残骸在一起，茫然无措。也许罗杰是个例外，他向来顺其自然，只要天没塌下来，他就满足了。

弗林特船长顾不上和他们几个寒暄。他看见发生了严重的事故，就立刻把小艇划到岸边跳了下去，然后拖着他的小艇停在离水面稍远的地方，来到受伤的燕子号旁边，与其他人会合。

"桅杆折断了？还撞出了一个洞？嗯，这样的事总是要发生的。"

就像南希·布莱克特常说的，她的吉姆舅舅最大的优点就是他从来不问你为什么闯祸。

他仔细察看燕子号船壳板上的大洞，除了问鹦鹉的情况，其他的什么也没有问。

"它很好，"提提说，"正在野猫岛上守着呢。它还不知道燕子号出事了。"

"那你把老朋友彼得·达克也留在岛上了？"

提提看了看他，一时不太高兴。不过，毕竟大家都对彼得·达克了如指掌。

"你知道它只是虚构出来的家伙啊。"她说。

"我知道，"弗林特船长说，他弯着腰，把手伸进洞里，摸一摸船的肋板有没有被撞坏，"我知道。不过，自上次我们的海盗船在加勒比海遭遇海上龙卷风、它带领我们安全回家之后，它还是很忙吗？"

"没有，"提提说，"它就一直待在它的船上，钓钓鱼什么的。"

弗林特船长又站了起来。

"这活儿得找个修船工来干。"他说,"我划船过去,让他们派一支救援队过来。"

"我们不能修好它吗?"约翰说,"我想在告诉妈妈之前,先带它去里约港,看看修理要花多少钱。所以我们才把它打捞上来了。"

"打捞上来?"弗林特船长说,"那它原来在哪里?"

"我开着它撞上了长矛石,然后它很快就沉了。"

"我们都不得不游上来。"罗杰说。

"你们就是从那里把它打捞上来的吗?"

"没错。"

"就靠你们几个人吗?真了不起!你们是怎么处理压舱物和船锚的?"

"在船沉下去之前,我就把锚抛出来了。这在我们打捞它的时候帮了不少忙。"

"那压舱物呢?"

"约翰反复地潜到水下,我们每次拉一个铅块上来。"南希说。

"太棒了!"弗林特船长说,"你们不用担心修船的事,不会花太多钱的,我刚从出版商那里拿到了一大笔钱。你们知道吧,要不是你们帮我找回了那本书①,它永远不可能出版,所以你们至少可以和我平分这笔钱。钱的事,你们就不必麻烦你们的妈妈了。"

苏珊和约翰对视了一眼。罗杰几乎没听进去,他正盯着弗林特船长小划艇上的一只箱子,那只箱子挺让人好奇的。提提问:"是真的吗?"

---

① 《形形色色的苔藓》,作者"滚石",一九三〇年出版,一九三一年第八版。

"当然，"弗林特船长说，"你们去寻宝，然后找到了我的书。我的书又变成了出版商的支票。它们是仅次于西班牙金币的最好东西呢。这就好比你们在鸬鹚岛上发现了一两桶西班牙金币呢。所以你们别担心钱的问题。"

"无论如何我得告诉妈妈，"约翰说，"看看接下去我们要怎么办。我们没准得回霍利豪依农场。"

"还有再也不能驾船出来了。"提提说。

"但是我们才刚刚开始度假啊。"罗杰说，他从提提的语气中听出事情很严重。

"我们必须做点什么，"南希迫切地说，"当然我们可以把亚马孙号借给他们。"

"不，不，不。"约翰、苏珊和提提一口回绝了她。罗杰倒不介意，尽管他没怎么想过在亚马孙号上当个瞭望员——亚马孙号的桅杆前没有足够的空间。

弗林特船长环顾了每一个人，然后又看了一眼燕子号撞坏的船板。

"明智的做法只有一个，"最后他说，"你们遭遇了海难，为什么不从这个角度来看问题呢？留下来把能做的都做到最好，直到船修好，重新出海。"

"妈妈绝不会同意的。她本来就认为我们不应该来到湖的这一边。"苏珊说。

"为什么不行呢？"佩吉说，"对我们来说，来这里不是问题啊。"

"这里比野猫岛真远不了多少。"弗林特船长说，"听着，你们就在这里找个地方过夜，把帐篷搭好。南希和佩吉会帮你们把东西运过来。我和你们的船长看看有什么办法修好燕子号。等我们去里约港的时候，会把沃克太太带过来，我打赌要是你们表现真的不错，她会让你们留下。就这么定了。行动起来吧，小海盗们！喂，船长，我们要怎么堵上这个洞？我可不想在去里约港的路上沉船。"

"在那首《斯彭斯歌谣》里，"提提说，"他们用绸布和麻绳裹住了船，但海水还是照样灌了进来。"

"我们必须比他们做得好，"弗林特船长说，"我们要用防水油布什么的。"

"我们可以用旧的防潮布，"约翰说，"那顶杂物帐篷里就有一块多余的。"

"波利看守着那顶帐篷。"

"嘿，提提，你要一起过去吗？"南希船长大声问道，她已经登上亚马孙号准备出发了。

"我们也去。"弗林特船长说，"一等水手，我们可以捎上你。"

不一会儿，弗林特船长坐上了他的小划艇——载着约翰和提提，他拼命地划桨追赶亚马孙号。南希掌舵亚马孙号，苏珊和罗杰也在船上。只有佩吉留在马蹄湾照看火堆及那些湿衣服，铺在石头上的衣物晾干一面后，她还要给它们翻个面。因为只有苏珊知道营地里的东西分别放在哪儿，所以她不得不和大伙一起上岛去撤营，照看火堆的工作也只好交给佩吉了。

要不是大家都忙得不可开交的话，从野猫岛上撤营会比现在更令人

感伤。弗林特船长和约翰顾不上取其他东西，他们一拿到那块闲置的防潮布和锡制工具箱就迫不及待地离开了，那只工具箱里装有渔具和他们急需的工具——比如锤子和各种钉子。南希船长像对待奴隶那样对其他人发号施令。"快点，快点！"她说，"赶紧的！在船彻底散架之前，尽你们所能多抢救些东西。"

"可这不是一艘船啊，"罗杰说，"这是一座岛。"

"你们真走运，这船造得很牢固，"南希说，"要不早就解体了。"

"而且，潮水可能会突然袭来，卷走所有东西。"提提一边说，一边忙着卷起她的睡袋。

"一趟只能运这么多，"南希看着满满一船东西说，"我们可不想翻船。一等水手，当心点，鹦鹉笼子正好挡住了帆桁，会被打到水里的。把笼子塞进帐篷和睡袋的下面。嘿，罗杰！快来。我们还要跑一趟。用力推船头。尽量不要弄湿帐篷。快爬上来。"

当亚马孙号满载一船货物第一次从野猫岛返航的时候，弗林特船长和约翰船长早就停船上岸开始繁重的工作了。他们从防潮布上剪了一大块补丁，（"船遇难的时候，"弗林特船长说，"你想都不想就会去找一块防潮布。"）三下两下就把它钉在那个洞上。然后，弗林特船长再用锤子使劲敲那些钉子。"听呀，修船师傅开工了！"提提说。这时，亚马孙号刚刚驶进马蹄湾。

弗林特船长沿着补丁边缘钉上了一排整齐的小号平头钉，这样那块防潮布便紧紧地贴在船板上。约翰不停地从一只旧烟草盒里挑出最小的平头钉，那只旧盒子是霍利豪依的农夫给他的，里面装有各种型号的钉子。弗林特船长嘴里叼着两三枚钉子，钉好一枚就换上一枚。"上一次我干这个活，"因为嘴里叼着钉子，他说话时有点口齿不清，"还是在爪哇岛附近，我的船撞上了另一艘船。不过，那次的补丁比这次的要好（砰——敲击钉子的声音）。我们熔化了一些橡胶，用它来补洞，非常合适。（砰！）一滴水也渗不进来。（砰！）必须渗不进水。（砰！）要不我的船就开不回来，我也不会在这里了。（砰！）船长，我还要一些钉子，我只有最后一枚了。"

亚马孙号上的货物都被卸在了沙滩上，然后船又返回野猫岛继续装货。这一次，苏珊留在马蹄湾，佩吉重新回到船上，跟其他人一起去野猫岛。佩吉刚才看他们修补燕子号，差点忘了火堆的事。除此之外，苏珊大副想到大家今天游泳和潜水耗费了不少体力，船长和其他船员这时吃点东西会比较好。她打开一听干肉饼罐头，用刚从野猫岛带来的面包做了一些夹着厚厚的肉糜的三明治。之前带的那些面包都跟着燕子号沉到水底，根本不能食用了，尽管罗杰和佩吉始终觉得那块香籽蛋糕处理一下还是可以吃的。

当亚马孙号运来第二批货物、南希船长报告说岛上已经搬空的时候，苏珊大副已经准备好了三明治。弗林特船长也补好了船上的破洞，然后他召唤大家一起帮忙把燕子号重新翻转过来。小船翻了个身，船底板也放置进去了，他们把它推下了水。湖水瞬间就从水下的补丁渗进船里，弗林特船长却大声喊着要他们把压舱物放进船尾。约翰、佩吉、南希和苏珊立刻沿着布满石头的岬角跑向堆放压舱物的地方，南希把那些铅块从湖里拉上来后全都堆在了那边。他们一次搬来一块，然后蹚水过去，

把它们放进燕子号的船尾。每放一块，船头就向上翘起一点，直至那个打着补丁的地方全部露出水面，湖水便不再往船里渗了。这时，罗杰跳到船上，开始拼命舀船里的积水。接着，他们从船尾抛出了锚，让船停在岸边，然后弗林特船长提议他们最好休息一下，吃点东西，吃完再来看这段时间里有多少水渗进来。

"我还没煮茶。"苏珊说。

"茶？"弗林特船长说，"谁要喝茶？我差点忘了，那里有一箱姜汁啤酒（他指了指他的小划艇上的一只箱子，也就是罗杰曾饶有兴致地盯着看的那只箱子）。我觉得它们可能会派上用场，所以就带来了。厨娘告诉我，她还来不及准备格罗格酒，小海盗们就离开了。"

任何人只要看一眼马蹄湾的这片沙滩，就会知道这里曾发生过沉船事故。沙滩上堆放的全是从野猫岛营地搬来的东西——装有日用品的锡铁箱子、随意卷起的帐篷、小毛毯、鹦鹉笼子、睡袋和钓竿，还有苏珊的火堆，以及挂在绳子上和铺在岩石上晾晒的湿衣服。只有亚马孙海盗们的衣服是干的，不过她们的衣服也堆在那边，因为在开船出去救援的时候，她们把衣服扔在了沙滩上。现在没人能分辨出到底哪些人遭遇了海难。在吃饭前，燕子号和亚马孙号的所有船员冲到湖里最后游了一次泳。然后，弗林特船长坐到了他们中间，他穿着法兰绒裤子和白衬衫，袖子挽到胳膊肘，一边拿着酒瓶喝姜汁啤酒，一边大口吃着巨无霸三明治，看上去就像海难中唯一幸存的水手坐在一群身着花衣服的矮个子野人中间。

小船员们围坐在火堆旁，弗林特船长听他们你一言我一语地聊天，他偶尔会问几个问题，不过问得不多，最后总算把故事听完整了。他听说了罗杰是怎么在狂风大浪中被拉上岸；听说了南希和佩吉是怎么看着燕子号从野猫岛乘风而来；听说了他们是怎么打捞船桨和其他漂流的货物；听说了提提是怎么抢救望远镜，还有约翰是怎么在最后时刻将锚抛向岸边，然后在船下沉的时候迅速逃离；听说了他们是怎么潜水去打捞水壶、平底锅和压舱物；还听说了最后他们是如何把燕子号拖到马蹄湾，对它进行倾侧检修。虽然故事的细节不是按顺序讲述的，但是弗林特船长在脑子里将它们拼凑在一起，终于搞清楚了事情的经过。

"我要说一件事，"最后他说，"你们的大副是我见过的最有头脑的大副。遇到这种事，很多大副只会到处咆哮，拿系缆绳用的栓子敲打那些可怜的年轻家伙的脑袋，上千个大副里也没有一个会想到要生火、做晾衣绳、给全体船员烘干衣物。你们船长的衣服晾得怎么样了，大副？"

"没有之前那么湿了，"苏珊说，"不过靠近火的话，还是会冒一些蒸汽。"

"哦，抓紧时间烤一烤。我和约翰很快就出发，他一会儿要穿上那身衣服。走吧，船长，我们去看看船上渗进了多少水。"

约翰蹚水来到小船那里，发现船舱里的积水真不少，尽管打着补丁的地方已经在水面以上。

"肯定会有些积水，"弗林特船长说，"要是撞得很厉害，积水会比现在多得多。如果你想扬起船帆把它开到里约港，我想是可以的。你将顺风而下，现在吹的是南风。把船头拉上岸，我们来看看怎样给它做一套应急装置。"

约翰把燕子号的船头拉到沙滩上，与此同时，南希和佩吉飞速跑到岬角那边去取桅杆和船帆，船帆还是很湿，虽然不像刚打捞上来时那样浸透了水。弗林特船长切掉那些又薄又尖的碎木片，然后把折断的桅杆放回原处。约翰把帆收起来，拿到船上。当他们试图把船帆升起来的时候，发现船帆还是太大了。那根折断的桅杆如今短了不少，以至于船帆上缘升到了最高处，帆桁还留在船舷上。

"我们能解决这个问题。"弗林特船长说。

帆桁上有可以卡住桅杆的钳口。弗林特船长把这些钳口拉了出来，这样就能够转动帆桁了。他不停地转动它，边转边把帆卷起来。这面帆上窄下宽，也就是说船帆卷到帆桁上之后，帆桁会伸到船帆外面。随着船帆越卷越小，直到帆桁碰到斜桁①较低的一头，一面小三角帆便做好了——这面帆的确很小。

"它会带你去里约港，"弗林特船长说，"我们给船帆的前后缘底部套上几圈绳子，再把钳口卡在桅杆上，防止绳子松开。卷好的船帆也不会散开，现在你的这面船帆已经做好了抵抗飓风的准备。"

他们升起船帆，这一次帆桁离船舷足有半米远。

"衣服可以穿了吗？"约翰问。

苏珊大副已经把船长的衣服烘干了。他迅速脱下泳衣，换上了衬衫和短裤。他带上了沙滩鞋，不过放在燕子号中间的座板上，让它继续晒太阳。

"船旗怎么办呢？"提提问，在折断的桅杆和船帆被捞上来的时候，

---

① 斜桁，主桅上的斜杆，在主桅后面，一端固定在主桅上。

她就卸下了那面燕子旗。

"最好是升上去。"约翰船长说。

他又把船帆降了下来，以便船旗的升降索穿过桅顶的小滑轮。等到桅杆重新立起来，提提就迅速升起燕子旗并把它固定好。船帆再度升起，一切都安排妥当，可以起航了。

"快上来，船长！"弗林特船长说，"桅杆已经就位，你坐在船尾，加上那些压舱物，就能让船头翘起来。不，不，锚也放在船尾。你要把所有重量都集中在船尾。"他跑着把燕子号推进水里，"嘿！南希，你还是继续做南太平洋岛民吧……把船拉到岬角那边试试。"说着，他跨上了自己的划艇。

南希沿着岸边涉水前进，一路拖拽着燕子号，直到抵达岬角，这时，桅杆残根上的棕色小船帆立刻在风中鼓了起来。

"好了，"约翰说，"它已经准备好了。出发吧。"

他开始掌舵，让帆桁成直角摆出去，燕子号高昂着船头，在风中鼓着小帆，驶出了马蹄湾。船上唯一保持原样的只有提提的燕子旗了，它在那根应急桅杆的顶端神气地飘着，似乎从没听说过沉船事故。

"南希，再见！到时你帮他们搭搭帐篷。"弗林特船长大声说，他的划艇飞快穿过岬角间的水路。

"我们随后就去！"南希大喊着，匆匆跑回湖湾。其他人已经为亚马孙号做好了起航准备。提提、苏珊和罗杰都在船上，佩吉把它推离了岸边。南希船长在最后一刻爬上了船。他们拼命划桨，直到来到湖湾入口。南希升起帆开始加速，因为她要追赶前面的船。没过多久，亚马孙号就

和另外两艘船并驾前行。燕子号在应急船帆下翘着船头，看上去更像一只航标而不是一艘船。

"这样很好，"弗林特船长最后说，"我们非常希望你们能一起去，但是在我们把沃克太太带过来之前，必须得把营地收拾得井井有条才行。"

"煮茶的牛奶也没了，"苏珊说，"我们还不知道去农场怎么走呢。"

亚马孙号走了一小段路，便绕过那艘划艇和受了伤却无所畏惧的燕子号，迎着风准备返回马蹄湾。就在这时，船上的全体船员朝着那两艘船高喊："祝你们好运！"约翰船长继续向里约港驶去，弗林特船长跟在他后面，时不时地划几下桨，让他的小划艇与燕子号保持便于交谈的距离。

操纵应急装置

第八章

里约与霍利豪依

　　"他们看上去很高兴呢。"弗林特船长说，他看着亚马孙号拍打着涟漪荡漾的湖面往马蹄湾驶去。

　　"他们才不高兴。"约翰船长说。

　　"我知道他们不高兴，发自内心的高兴当然很好，但看上去高兴也不错。"

　　约翰船长知道自己看上去也不高兴，因为他真的高兴不起来。

　　"不管怎么说，这都不是他们的错，"约翰最后说，"全都怪我。"

　　弗林特船长用力划了一下桨，把他的小划艇划到受伤的燕子号旁边，与它齐头并进。

　　"你以前开船的时候撞过几次呢？"弗林特船长平静地问。

　　"从来没有，"约翰说，"至少没有这么严重的。"

　　"那算你走运了，"弗林特船长说，"这种事迟早会碰到。"

　　"要是我当时收帆的话，这种事就不会发生了。"约翰一边说，一边目不转睛地盯着里约港的入口，"要是我当时收帆，就不用想着两次转帆的事了。我应该在乘风出发前就收帆的，而且我应该想到船帆被挂住后，强行把船开过去是没有好下场的。我应该想到无论我想不想，船帆都是会偏转的。我本来有充足的时间。我应该……"

　　"得了，"弗林特船长说，"人没事就好，你们的货物差不多都打捞上来了，燕子号也被拉上来了，你现在正驾着它扬帆驶向港口。事情本来

可能会更糟糕呢。你不要过分自责。事情已经做了，就是做了，如果做得不对，那下次就吸取教训。优柔寡断可成就不了一个好水手。"

"不是优柔寡断，"约翰说，"我只是恨自己做出那么愚蠢的事。"

"嗯，"弗林特船长说，"我不介意打个赌，在这件事发生之前，你肯定也干过不少傻事。我们所有人都会干傻事，只不过偶尔才会被人发现。"

约翰想起了去年夏天在夜间航行的事情，湖水拍打那块礁石的声音在他耳畔响起，那时燕子号正要停靠进一座岛屿的背风处，却差点撞上那块礁石。当时可能会发生更可怕的事情。那次他做的事情至少和今天早上做的一样傻，只不过当时没出什么事故，今天可怜的燕子号却撞破船头，沉到湖底。他沉默了好一会儿。事情原本可能会更糟糕。不过，燕子号已经从湖底被打捞上来了。要是当时和一艘轮船相撞，然后沉到深水里，那该如何是好？要是罗杰或提提也跟着沉下去，那可怎么办？

"真想知道妈妈会怎么看这件事。"他说。

"即使你们就在湖的那一边，她要是知道你们在荒岛上待了些日子，也会不高兴的，对此我并不会感到意外。"

这正是约翰担心的事情，他担心妈妈会觉得他们是傻瓜，会不同意爸爸的观点——爸爸认为傻瓜最好淹死得了。要是她不允许大家在剩下的假期里驾船该如何是好？

他朝右边望去。达里恩峰已在他正右方，而霍利豪依湾也向他们敞开了怀抱。他们离得太远，所以他不能确定坐在农场外面的那个人是不是妈妈。约翰希望是爸爸在外面。他不想让妈妈看到原本整洁灵巧的燕子号在遭遇沉船事件后颠簸着驶进里约港。当他们驶离港湾另一边的岬角之后，他才变得开心起来。

现在看不见霍利豪依湾了，燕子号和它的护卫船正朝着里约小镇的方向行驶在长岛和湖岸之间，在阳光的照耀下，小镇上空青烟缭绕。里约港沿岸是一排造船厂，他们制造划艇、像燕子号那样的小帆船、竞赛帆船，还有不会操作帆船的人驾驶的汽艇。这里还有船库和小船坞。离湖几米远的地方盖了一些棚屋，旁边有几条直通湖上的铁轨，上面停着运船的货车，可以把船运到湖里，也可以把船从湖里拖上来。其中一辆车上装载着一艘竞赛帆船，它的桅杆比棚屋的屋顶还高，船帆被整齐地卷了起来，外面盖着帆罩，船身的清漆和油彩在太阳下闪烁着亮光。它随时准备下水，像其他船只一样在水上施展它的生命。

船库和棚屋阻挡了吹进湖湾的大部分风。弗林特船长把船划到燕子号前面，往木码头中间看去，停在木码头旁的大多是摩托艇或游艇。他在寻找一个最佳位置，好让受伤的燕子号靠岸。他找到了一个，然后等燕子号靠近的时候大喊："船长，把船停到这里来。"

约翰解开了系在船中央座板上的升降索，然后迅速走到前面把斜桁从活环上取下，跟船帆一起平放在船上。他一走到前面，燕子号的船头立刻下沉，那块补丁也随之没入水里。湖水从补丁四周涌进来。不知怎么回事，燕子号在来的途中已经积储了大量的水。他又爬回船尾，那里的水已经淹没了压舱物。

"幸亏我把沙滩鞋放在座板上继续晾干，"他说，"要是刚才穿上，现在肯定湿透了。"

他用一支桨把燕子号划进了一栋绿色大棚屋下的两座木码头之间。弗林特船长把小划艇停在它旁边，跳下了船。

"到目前为止，情况还不错，"弗林特船长说，"可以说相当好。我马上回来。"说完，他就朝两栋棚屋之间的窄巷子走去，留下约翰船长照看两艘船。

在这里，约翰觉得自己更像一个船工，而不是船长。他整理了一下可怜的燕子号，降下它的船旗，卷好后放进小划艇的船头。一艘轮船经过时荡起的波浪震得小划艇左摇右摆，约翰见状赶紧将它往岸边拖了一两米。当他尽全力把两艘小船停泊好之后，就开始了眼睛、鼻子、耳朵的好奇之旅。这里有一些令它们感到愉快的东西。首先，这里弥漫着一股柏油绳的气味，这是最让他感到兴奋的一种气味。其次，这里不停地传来锤击声，快敲两下接着重击一下，循环往复，原来是一个男人和一个与约翰年龄相仿的男孩在绿色棚屋里忙着给一艘小艇的船壳上铜螺钉。除了锤击声，还有沉着的沙沙声，那是刨子在削木头，长长的、卷曲的刨花落下，一支船桨就要做好了。棚屋深处，还有锯木材的声音。至于另一栋棚屋，约翰只要往燕子号旁稍挪几步就能看见那里有一只长长的木箱往外冒着蒸汽。那只木箱既不是太深也不是太宽，但是比半栋棚屋还要长。约翰知道，那只箱子是用蒸汽加热木材的，这样木材就能弯曲成适当的形状用来造船。

这里的时间似乎过得很快，不过弗林特船长也只走了几分钟。他带着造船工头一起回来了，那是一个又矮又壮的男人，红润的脸庞露着愉快的笑容，眼里透着亲切友好的神情。他跟约翰说今天是个好日子，想到今天发生的事情，约翰完全不赞同他的说法。那人看了看燕子号外壳的补丁，敲了敲补丁周围的船板，摸了摸里面的支条，然后拿出那根折断的桅杆，好像他认为船只失事是再平常不过的事了。当他检查燕子号的时候，可能没人知道它是这片湖上最重要的一艘船，至少有六个人的假期就指望它了，立马修好它，才能继续过暑假呢。

"唔，特纳先生，"他说，"我们现在非常忙，实在抽不出人手来……"

然后，弗林特船长拉起他的胳膊，走进小巷不见了。几分钟之后他们就回来了，那位造船工头满脸笑容，事情似乎突然有了转机，不像约翰几分钟前想的那样希望渺茫。

"你们真了不起，自己就把船从湖底捞上来了，也没找我们去帮忙打捞，"造船工头对约翰说，"这至少给我们节省了一到两天的时间，我们这儿太忙了。我们要拆下那些撞坏的船板，然后换上新的，再看看还有没有其他需要修补的地方，不过我保证我们会抓紧时间。"

"它真的能修好吗?"约翰问。

"比一艘新船还好。"造船工头说，"它会比一艘新船还好，是吧，罗伯特?"后一句话是对另一个造船工说的，那人从棚屋里走出来，身穿短袖衬衫，边走边掸裤子上的锯木屑。造船工和弗林特船长握了握手，朝约翰点了点头，然后敲敲坏掉的船板，从里到外看了个遍，就像第一个人那样。

"撞得不算严重。"最后他说。

"没错，"造船工头说，"不过我们会把它修补得比新的还要好，

是吧？"

"那还用说！"造船工说。

"这样就太好了，"弗林特船长说，"别忘了，我们可是指望着你们尽快完成这项任务啊。"

"没问题，"造船工头说，"我们可没时间浪费。"

弗林特船长跳上他的小划艇，约翰跟在他后面也上了船，造船工用力推了一把，那艘船便飞快地从码头中间驶出去，没有碰到停泊在两侧的摩托艇。

"我们要划四支桨。"弗林特船长说。然后，当他们拿出船桨的时候，他又接着说："呃，造船工总是答应得很好，不过我觉得这次老詹姆斯是真心的。我跟他说，没有燕子号的一天就是荒度的一天。我想他听进心里了。好了，现在去霍利豪依！"

约翰觉得去霍利豪依很有可能比去里约港还要糟糕。他不知道当妈妈听说他们四个人都得从沉船中游上岸时会说什么，尽管他们只游了几米远。然而，弗林特船长飞快地划着桨，约翰只好跟着他一起使劲地划，根本没时间担心接下去会发生什么。

"停下右桨！划左桨！"弗林特船长大声喊道，这时，他们迅速转弯，绕过岬角进入了湖湾，驶向霍利豪依的船库。就在两天前，燕子号和它的船员们才从那里出发，出发时大家都那么高兴。

没过多久，弗林特船长放慢了速度，约翰终于可以回头迅速看一眼。他们已经快到码头了。向上看，能看到田地那边的旧农舍，有个身穿蓝色连衣裙的人坐在户外的椅子上。那肯定是妈妈，她身边一小团蓝色一定是在草地上玩耍的布里奇特。

"停下！"弗林特船长说。

不一会儿，约翰爬上了码头。

"你来把船绳系上，"弗林特船长说，"我去找你妈妈谈谈。要是你去告诉她的话，你肯定会先说燕子号的事，那她会以为一半船员都溺水了呢。最好让我去和她说，这样她一开始就会知道，她没有失去你们当中的任何一个人。"

还没等约翰回答，弗林特船长就跳到码头上，穿过一扇门，大步朝田地走去。

约翰有些疑惑不解。弗林特船长会从他弄沉燕子号开始讲起吗？这还用问，当然会了。要不还能怎么说？弗林特船长究竟会怎么开始呢？

他抬头看着那片又长又陡的田地。一年前的一天，爸爸发来电报说他们可以驾驶燕子号出航，还可以在岛上露营，当时罗杰兴奋得像一艘帆船那样在田地里抢风航行。他看见弗林特船长挥舞他的帽子，用那块红绿相间的大手帕擦他的光头，先后和妈妈、小布里奇特握了握手。然后，约翰看见他坐在了草地上。一切看起来是那么安详喜悦，似乎没有任何船只失事的消息。突然，妈妈从椅子上跳了起来。

"他告诉她了。"约翰自言自语。

不过她很快又坐下去了，这次看上去不是那么舒服，她身体前倾，好像是在问问题。她往后仰了一下头。"他把她逗笑了。"约翰说。接着，他看见布里奇特穿过大门走进农舍，农场主杰克逊先生从谷仓那边拐了

过来，弗林特船长走过去和他说话，他们还握了手。"他在告诉他关于燕子号的事呢。"然后，布里奇特又跑了出来，头上戴了一顶蓝色遮阳帽，手上还挥舞着另外一顶帽子。保姆也来到通往花园的小门前。妈妈戴上了布里奇特拿给她的蓝色遮阳帽。"布里奇特在帮妈妈绑帽子上的带子。她总是这样。"约翰喃喃自语。就在这时，他看见保姆站在门口挥手，布里奇特也挥手和她道别。然后，妈妈和弗林特船长沿着田地朝船库走来，布里奇特一直在他们旁边蹦来跳去。

妈妈在笑，他敢百分百确定，笑得好像什么事都没发生一样。一切都会好起来的。

"你好呀，布里奇特！"约翰说，她跑着扑向他的怀里。但是他的眼睛盯着妈妈和弗林特船长，他们正绕过船库的拐角处，朝码头走来。

"这是我唯一能为他们做的。"约翰听见弗林特船长说，"他们为我找回了那本《形形色色的苔藓》，所以我至少要帮他们修好燕子号。再说，他们已经做了大量救援工作，接下来把船修好不是什么大工程。可是，要让他们一直等到船修好的话，他们的假期计划就完全被打乱了。您也知道，现在已经够糟糕了。我们制订了很多计划却不能实施，因为我的姑妈来了。"

"到那座马蹄湾有多远？"

"比去野猫岛远不了多少。"

"但是在湖的另一面。"

"玛丽·斯温森每天都会划着船把牛奶从农场运到镇上，我很乐意给孩子们捎信、送东西。当然他们也可以坐我的船。"他补充道。

"我不喜欢他们当讨厌鬼。"妈妈说。

"太太，他们不是讨厌鬼。"弗林特船长说。

约翰看着妈妈，妈妈也看着约翰。他们互相亲吻了对方。妈妈又看着他，眼里露出一丝不易察觉的笑意。

"噢，"妈妈说，"这么说来，你们都变成鲁滨孙那样漂流到荒岛上的人了。你们变得还挺快的嘛。"

"我们不是故意的，"约翰说，"都是我的错。我原以为我可以不用转帆就能把船开进湖湾，没想到突然刮来一阵狂风，接下去的事情就在一瞬间发生了。"

"我以前经历这种事时也是这么想的，"妈妈说，"那一次，我在悉尼港把我堂兄的小船弄翻了。当时不到几米我就要靠岸了。不过，我始终认为那天的天气情况很糟糕，就算我没有顽固抵抗，大风同样会掀翻小船。"

约翰为之一振。

"您也经历过这种事吗？"他问。"我想知道，"他激动地补充，"我想知道，爸爸是不是也遇到过这种事。不过我估计从来没有吧。"

"即使有，我也不会吃惊的。"妈妈说。

"大多数人或早或晚都会碰上这种事，"弗林特船长说，"除非他们能用独轮手推车推着船走。"

"最重要的是，"妈妈说，"没人被淹死。你确定大家都平安无事吗？"

"妈妈！"约翰有些不悦地说。

"太太，我清点过人数，"弗林特船长说，"六个人不多不少。您的四个孩子加上我的两个外甥女。"

"好吧，"妈妈说，"我想您没有数错。如果您不介意的话，回去的时候顺路捎上我们，我和布里奇特很高兴亲自去清点一下人数。"

"我能数不止六个数。"布里奇特说。

"我相信你可以。"妈妈说着就跳进小划艇，然后伸出双臂，"现在数一二三，往下跳。我会接住你。"

不一会儿，约翰和弗林特船长再次划起了桨。他们慢慢离开了达里恩峰下的霍利豪依湾。不过他们的速度没有刚才那么快了。恰恰相反，他们现在不慌不忙，因为他们想给其他人多留点时间，把一切收拾得井井有条。除此之外，船上还有客人，世上最好的原住民和船宝宝并排坐在船尾，要是他们划得太快，大家就不能轻轻松松地聊天了。

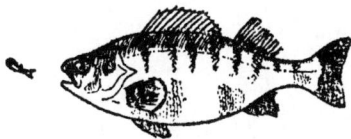

第九章

斯温森农场

要把马蹄湾沙滩上的一大堆东西收拾妥当，把它们塞进五顶帐篷，同时给四位小探险家留出休息的地方，似乎是一项很难完成的任务。

"如果不立刻行动起来，我们就永远收拾不完了。"苏珊说。

"有我和佩吉帮忙，很快就能收拾好。"南希说。

"我们真是太幸运了，还能从沉船上打捞出这么多东西。"罗杰说。

"呃，这算不上什么，"提提说，"鲁滨孙·克鲁索用木筏运了好几船呢，他把一只五斗柜拖上了岸，还有满满几桶火药。"

"不过他弄丢了一些东西，"罗杰说，"而我们把东西全找回来了。"

苏珊大副环顾四周，想赶紧找一个最适合扎营的地方。其实没有太多选择。密林里的树木一直长到了湖湾狭窄的沙滩，几乎没有可以扎营的开阔地方，除了那块布满鹅卵石的平坦空地，小溪从那里流出森林汇入湖水。

"这是个适合潜伏的好地方，"南希船长说，"但是并不太适合扎营。虽然今天不会下雨，可一旦下雨的话，小溪就会发生洪水，淹没这里。不过也没有其他地方能容下四顶帐篷了。当然，你们也可以把帐篷搭在林子里的不同地方。"

"那样可不行，"苏珊说，"我们都是一艘船上的。我们不能让一等水手和实习水手单独住。"

"尤其在陆地上，"提提说，"没准会有野兽出没。这跟在岛上不一

样。我们还是不要在这里扎营，往前走走看，去我和罗杰发现的那座溪谷吧，要不是因为船只出事，我们早就带你们去看了。"

"那我们这就出发吧！"罗杰说。

"净说废话，"苏珊说，"我们还是赶紧收拾营地吧。让妈妈看看我们没什么好担心的。弗林特船长去接她了。不能浪费时间了，必须把营地收拾出来。要是妈妈允许我们留下，明天我们再去找一个更好的地方。但是今天她来的时候，这里看起来必须像是我们已经住了很久的样子。可是现在，你们看看！"

大家没再议论了。确实，这里看上去乱七八糟的，大包小包和好些锡铁盒堆成了一座小山，最上面放着鹦鹉笼子，绿鹦鹉在里面喋喋不休地嚷着"八个里亚尔"，还夸自己漂亮。苏珊吓唬它说如果它再不闭嘴，就把它的笼子罩起来，不过她最后让提提喂它一块方糖，堵住了它的嘴。

亚马孙海盗们精通扎帐篷，这一点毋庸置疑。很快她们就把杂物帐篷挂在了两棵树之间，苏珊和佩吉开始往里面放杂物，南希又去帮提提搭睡觉的小帐篷，罗杰一会儿在这边帮帮忙，一会儿去那里打下手，南希和提提需要帐篷钉时，他就一枚一枚递给她们，他还飞快地跑到沙滩上抱起饼干盒或其他重要的东西送进杂物帐篷。马蹄湾看起来不像是发生过沉船事故的地方，更像是探险家们的大本营。不一会儿，这里彻底变成了一座营地，接下来只要把凌乱的东西收拾利索就可以了。没有人比苏珊更擅长这件事，但是她收拾的时候不喜欢太多人在场，所以她得把人也清理一下。但最棘手的是人长了腿，把他们从一个地方清走，你在别的地方又会碰上他们。好在苏珊突然想起他们还没去取牛奶，还得让一位亚马孙海盗带他们去。

罗杰跑去游了一会儿泳，回来时身上还在滴水，所以苏珊把他从帐篷里赶了出去。之后，他又跑到水里，继续游了一会儿。他觉得沉船后自己太快就被救起，所以又重演了两三遍营救的场景。他游泳横穿过湖湾，然后被佩吉拖上岸——佩吉也对收拾营地失去了兴趣。然后，罗杰试着想象如果自己是唯一一个从船难中幸存的人会怎样。他一直游到双脚可以踩到湖底的地方，缓缓蹚过浅水区，拖着身子避开冲上岸的大浪（轻轻松松就能办到，因为湖中根本没有波浪），疲惫不堪地躺在了沙滩上。他听到苏珊说什么农场的事，而佩吉说她会给提提带路，所以他立刻跳了起来，说他也要去。

苏珊小心地摸了摸晾着的衣服，然后把它们从晾衣绳上取下，说衣服已经干透，可以穿上了。

"真不赖，"南希说，"你们选在热带地方翻船，这里的石头白天晒得发烫，摸都不能摸，所以湿东西很快就晒干了。但是好好想想，如果你们是在冬天的北极游上岸，没有太阳，也没有木柴生火，附近什么也没有，除了积雪、海豹和北极熊，那会是怎样的情景。没准小木船早就粉身碎骨了，你们身上也会一直湿漉漉的。"

"北极熊才不在乎我们是湿的还是干的，"罗杰说，"它们有可能更喜欢我们浑身湿漉漉的。"

苏珊大副把牛奶罐递给了他们，就这样，除了南希船长和那只鹦鹉，其他人都被打发走了。这样更好。毕竟，她还可以请南希船长带上望远

镜去其中一个岬角上看看弗林特船长的小划艇有没有来。鹦鹉待在笼子里，她就不用担心它会乱跑了。现在苏珊可以静下心来看一看了，东西已经各归各位，每个人的睡袋在各自的帐篷里已经铺好，帐篷的门帘也绑得很整齐，一切都井井有条。这时，壶里的水烧开了。

佩吉大副带着实习水手和一等水手往小溪上游走了一小段路，然后从一棵歪倒的树旁向左拐进森林。林子里有一条崎岖的小路，正是昨天提提和罗杰探险时发现的那条小路。他们沿着小路往前走，直至来到了大马路，然后横穿了过去（因为取牛奶是原住民都会做的那类日常的事情，完全不同于探险），接着他们钻过马路对面石墙上的豁口。那条小路也从豁口继续延伸，向左蜿蜒穿过森林，尽头是一座白色的旧农舍，旁边有一眼泉和一个石头水槽，不少鸭子嘎嘎地挤在水槽边喝溢出来的水。他们还听见有人用低沉嘶哑的声音唱着一首古老的猎歌——年轻人来唱的话，那一定是高亢激昂的：

去年冬天的清晨，霍尔姆班克来了一位

英勇高尚的冒险家，他的名字叫斯夸尔·桑迪斯，

他们来猎狐啦！狡猾的狐狸必死无疑。

他发号施令，振臂高呼：

"呔嗬！呔嗬！听，向前向前！呔嗬！"

"那是斯温森老先生，"佩吉·布莱克特说，"他九十岁了。"

"那边是什么声音？"罗杰问。

"有人在制作黄油。"佩吉说。

她走到阴凉的白色门廊下，敲了敲开着的门。

歌声突然停止了。

"请进！"屋里两个人异口同声地说。

佩吉、提提和罗杰走了进去。尽管屋外烈日当空，那间低矮的农舍厨房里却生起了火。火堆两边各坐着一位老人，老头坐在高背椅上，挂着拐杖向前探着身子，只管唱着他的歌谣；老太太坐在摇椅上，忙着缝补一条百衲被——搭在她膝盖上的被子有一大块拖到了地上。她的脚边放着一只装苹果用的大笸箩，里面堆满了五颜六色的碎布，也许某一天就会被缝在被子上。

"噢，亲爱的，"斯温森太太透过眼镜看着他们说，"一个是布莱克特家的小姑娘，那么其他几个呢？我想着布莱克特家只有两个孩子。哎呀，你都长这么大了。怎么感觉你外婆来这里玩就是不久前的事啊，时间过得太快了，那时她和你现在一般大，我也才结婚。"

"六十年了。应该是六十五年。"斯温森老先生说，"我把她从比格兰的教堂娶回家都已经快七十年了，她第一次进这个家就坐在这张摇椅上。"

"亲爱的，这两个是谁呀？"斯温森太太问，"他们看起来不像布莱克特家的孩子，也不像特纳家的。"

"他们是我们的朋友，"佩吉说，"他们的船出事了。"

"船出事了？"斯温森老先生说，"这让我想起了一首歌……"

"好了，奈迪，"斯温森太太说，"等会儿再唱，让我先听他们说……你刚才说什么来着，亲爱的？"

"他们的船出事了。"佩吉说，"如果可以的话，我们想弄些牛奶。我们自己带了罐子。"

"我们本来有很多牛奶，"罗杰说，"可惜跟着船一起沉下去了，全洒到了水里。"

提提没有说话。她四下环顾这间低矮的农舍厨房。角落里放着一台老爷钟，顶部有一只圆环，圆环里嵌着一枚月牙，表盘周围是一圈花纹装饰。黑色的壁炉搁板上放着一支曲形猎号，猎号上方的墙上挂着一杆旧枪和一支长长的大邮号，几乎有一人高。低矮的窗户上挂着白色的花边窗帘，飘窗上摆着几盆灯笼海棠和一些大的斑纹贝壳。每只贝壳底下都垫着一块厚针织垫，那些花盆下垫着托盘，托盘下再垫着针织垫，跟那些贝壳一样。提提回头看看壁炉搁板，想确认一下那支曲形猎号下面是否也有一块针织垫。但对她来说太高了，看不见。壁炉搁板上的猎号旁还放着几只锡镴杯了和陶瓷烛台，还有一只铜水壶，提提觉得苏珊看见这个东西一定很喜欢。

斯温森老太太知道他们是来取牛奶之后，立刻提高嗓门喊了起来，她的音量让大家出乎意料。

"玛丽！玛丽！玛丽！"

搅拌黄油的声音停止了，转而听见的是木屐踩在石板地上的咔嗒咔嗒声，一个高挑的年轻女人从牛奶场穿过长廊走过来了，她的衣袖挽到了胳膊肘，双颊绯红，因为她之前一直在不停地摇动搅拌器的把手。

"佩吉小姐，最近还好吧？"她说。

"非常好，谢谢！"佩吉说，"他们是我们的朋友。这是提提。这是罗杰。他们的船出事了。"

"我们是一艘船上的，"罗杰说，"我们游到了岸上。"

"噢，我的小亲亲，"斯温森太太对提提说，"你觉得我最小的孙女怎么样？"

玛丽·斯温森笑了。

"她总是问这个问题。"她说。

"我觉得她挺好的。"提提说。

"说明你眼光不错，"斯温森老先生说，"这又提醒了我，有一首不可多得的好歌唱的就是……"

"不要提什么歌了。"斯温森太太说，"玛丽，今天早晨挤的牛奶还有吗？那些奶牛短时间内还回不来。"

"你们跟我一起去，"玛丽说，"我给你们灌一些牛奶。只要有生人来，爷爷就唱个不停。"

"可是我喜欢他唱的歌。"罗杰说。

老人一听这话，乐得直拍膝盖，通红的脸上笑出了眼泪。

"我们俩合唱的话，保准能拿冠军。"说完，他又开始笑个不停。

不过玛丽·斯温森把他们全都从厨房带了出去，穿过长廊，来到牛奶场。

"你们中得有一个人来帮忙摇这个把手，"她说，"我给你们冲洗罐子。制作黄油的时候必须不停地搅拌。要是我们刚才留在那边听爷爷唱

歌，恐怕得一直听到天黑，到时你们的牛奶等不到取走就已经馊了。"

就这样，他们开始轮流摇动搅拌器的把手，玛丽·斯温森把罐子冲洗干净之后，从一只棕色的大陶碗往罐子里加满了牛奶。

"小家伙们，欢迎下次再来玩！"玛丽带着他们匆匆穿过厨房正要离开的时候，斯温森老太太说道。

"我们非常愿意！"提提说。

"到时你可以和我一起唱歌。"老先生边说边朝罗杰眨眨眼睛，他使劲地挤一只眼睛，使它完全消失在浓密的白眉毛下。

"我要跟你们说再见了，"玛丽·斯温森说，"要不然黄油就会馊掉了。"她把佩吉、提提和罗杰安全地送到门廊外，然后又咔嗒咔嗒地走回农舍。

"我真想听他多唱几首歌。"当他们离开的时候，罗杰这样说。不过没走多远他们就听见斯温森先生用他那把嘶哑的老嗓子高唱道：

> 不知道前方的狐狸去了哪儿，
>
> 猎人和随从们在后面追啊追。
>
> 猎犬也完全不听指挥，
>
> 五小时呀，跑了十万米。

"他总是喜欢唱歌，"佩吉说，"而斯温森太太总是在缝被子。她肯定已经缝了数百条了。"

"你们看没看见那只铜水壶？"提提问。

"我倒想听他吹号，那支长长的号，"罗杰说，"可以让我拿牛奶罐吗？今天早上我都没机会拿它。"

"或许，"他们默默地沿着林子里的小路走了一段之后，提提说道，"或许，我们根本不能从农舍弄到牛奶。我们是被冲到岸上的，荒凉的海边也没有人家。当然，我们可以抓来一头野山羊，挤点羊奶。我们肯定就是这么干的。"

"没错，"罗杰说，"野山羊会用角抵撞人吧？所以我们有两个人抱住了它，另外那个人挤奶。"

这就很好地解释了牛奶的来历。接下来要处理的是那条大马路。它就在那里，一边是湖岸的树林，另一边是坡地的树林，汽车、摩托车，甚至是肉贩的大篷货车都会从马路上驶过。在新发现的区域里看见这样一条马路真让人心烦。当哥伦布发现新大陆的时候，绝不会为这样的事情头疼。

"你们会拿这条路怎么办呢？"提提问道，这时他们已经穿过马路，找到了马路另一侧前往小溪的土路。

"怎么了？"佩吉说。

"这条马路太吵了，而且都是原住民，还不是那种友好的原住民。"

"我们不去管它就是了，"佩吉说，"至少回到马蹄湾之前别去管它。它在我们领地的边界，所以我们根本不受它影响。从湖边要走很远才到这里呢。"

"昨天，"提提说，"阿兹特克人攻占了这条路。他们沿路吹着喇叭通风报信——我说的是哨兵。"

"这个设想不错，"佩吉说，"我相信甚至南希都想不到这个。但如果你们去荒原的话，就必须穿过这条马路呀。我猜你们是等到他们不注意的时候，伺机冲了过去。"

"我们才没有呢。"罗杰说，他正要告诉佩吉他们在马路底下找到了一条路而不是从上面横穿过去的时候，他们听到了南希在高声叫喊，尽管相隔很远，是从树林那边传来的，但他们听得清清楚楚。

"帆船！帆船！"

三个人拔腿就朝前方跑去，不过罗杰很快停了下来，因为牛奶从罐子里洒了出来。其他人也停住了，佩吉从他手里接过了罐子。

"快点，"她说，"我来拿牛奶。你跑的时候步子稳些，别上下晃，就洒不出来了。"确实如此，她几乎和其他人跑得一样快，甚至还得爬过灌木丛，她手里的牛奶也只溅出一点点。

她把牛奶罐放在了杂物帐篷门口。提提和罗杰冲出树林往沙滩跑去，只剩鹦鹉还待在它的笼子里，独自看守着火堆。两个岬角之间就是马蹄湾狭窄的入口，北边岬角的尽头，有一支船桨插在岩石缝中，船桨上飘着一条大毛巾。南希和苏珊站在它底下，轮流拿望远镜观察远方。其他人也加入了她们。

"准确说来，那不是帆船。"罗杰说。

实际上那是一艘小划艇。他们不用望远镜也能看清划桨的是弗林特船长和约翰船长，妈妈和布里奇特坐在船尾。

"你们顺利拿到牛奶了吧？"当其他人爬到岩石上的时候，苏珊问道，"好的。现在一切准备就绪，只不过……"

第十章

最好的结果

哪怕是苏珊、提提和罗杰，都从心底深处隐隐担心妈妈来了以后会让他们回霍利豪依，而他们是那么了解妈妈。南希和佩吉已经暗暗认定肯定会是这样的结果。她们搞不懂，既然如此，这些遭遇船难的探险家为何还一直盼望着妈妈的到来？不过，探险家们毕竟有不少事情要告诉妈妈，他们也有种说不清道不明的感觉，当她看到他们新搭好的营地时，一定会大吃一惊，完全不会想到这里发生过很严重的事故。在那艘小划艇停靠沙滩之前，甚至在它刚出现在他们视野里的时候，他们就知道，其实这是一个很好的机会，最坏的情况并不会发生，他们的探险也没有终结。

"没事了，苏珊，"提提一看见那艘小划艇就大喊道，"一切都很好。布里奇特也来了。一切都会没事的。"

佩吉盯着提提，不过南希和苏珊立刻懂她的意思了。如果今天是以这种方式结束——小探险家们打包回家去过普通人的生活，那么妈妈是绝不会带布里奇特一起来的。罗杰完全没有心思想这些，他迫不及待地等着告诉妈妈他们是怎么游上岸的。罗杰从来不会想得太长远，但是对其他人来说，布里奇特出现在船上是意义非凡的。

当那艘小船拐进两个岬角之间的时候，小探险家和他们的同伴爬过岩石来到马蹄湾的沙滩上，跟妈妈在这里见面了，这次见面比原本以为的要欢快得多。沙滩上非常热闹，每个人都争先恐后地发言，但是刚开

始谁也没有提大家都担心的那个问题。妈妈一边清点人数，一边摸他们的衣服，同时还想弄清楚这一切究竟是怎么发生的。经历危险的船员们开始讲述事情的全部经过，然后他们也想听听约翰和弗林特船长说说可怜的燕子号在里约港的情况。但是没有人开口问他们可不可以继续探险，而妈妈也没有说他们必须回家之类的话。约翰似乎开心多了。布里奇特看上去并不知道发生了什么不对劲的事情。弗林特船长说苏珊搭建了一座顶级营地，这话让苏珊欣喜不已。

大家在沙滩上谈的都是关于船遇险的事情，如果不听他们的谈话，没人能想到就在几个小时以前，马蹄湾还是一片荒地。看着眼前这欢乐的景象，不会有人想到一艘小船今天早上在这座宁静的小湖湾入口触礁沉没，也不会想到那边整洁的营地是几个水手在下午匆忙搭成的，而那几个水手几个小时前还不得不游泳逃命。

四顶睡觉用的帐篷分别搭在小溪两旁，一边两顶帐篷，小溪就从帐篷门前流过，溪里的流水可以煮来喝，也可以洗东西，非常便捷。这些帐篷后面是那顶用来存放杂物的旧帐篷，半隐在树林里。火堆里的大火已经任其熄灭了，水壶煨在齐整的石头灶上，就在今天早上，沙滩上的这个石头灶里还燃着旺盛而猛烈的大火。搭在晾衣绳上的已不是船员们的湿衣服，而是一排泳衣和毛巾。没错，那条飘舞的大毛巾——它挂在岬角的船桨上——已经清楚地表明，这里有船员遇到了险情。不过现在妈妈来了，他们便取下了毛巾，以免其他人看见后以为这里有人在请求救援。当然，认识他们的人肯定会好奇，看到了亚马孙号和弗林特船长的划艇，还有燕子号的全体船员——从船长到那只鹦鹉都在沙滩上，却没看见燕子号？

"燕子号怎么样了？"提提终于抓住机会可以私下问约翰船长了。

弗林特船长听见她的话，便回答了她。"等下水还要一星期到十天，"他说，"他们要把破损的船板拆下来，再换上至少两块新木板。然后还得上漆，但是不能涂在湿木板上，所以上漆前得把湿木材蒸干。这样一来，就至少需要一星期到十天。"

"不过真能修好吗？"

"到时会像新的一样。"

"那我就一点都不在乎撞船的事了。"

"我想你不用放在心上了，"弗林特船长说，"谁在乎呢？"

约翰、提提和弗林特船长互相对视了一眼，提提知道她的猜测是对的，妈妈会同意他们留下来继续探险。

确实如此，妈妈仔细查看整洁的营地之后，感觉高兴多了。她没上岸之前就清点了人数。她还摸了他们的衣服，亲眼见到了每一个人，确认燕子号的船员一个也不少。她已经知道约翰没事，因为他在她之前就坐上了弗林特船长的小船，帮着他一起划船带她来到湖这边。但是，至于其他人，她仅仅是听说他们没问题，这还不足以让她放心。毕竟，她知道他们的小船沉没了，他们被迫游泳上岸，就算她是大家心中最通情达理的人，她还是非常希望能来这里亲自确认（比如亲吻一下或碰碰鼻子什么的）全体船员一个也没有傻到落水淹死。

"你们的船出事的时候，布里奇特不在船上真是太好了。"妈妈终于开口说。

在马蹄湾

一等水手提提正和船宝宝一起玩耍。她听妈妈这么说立刻抬起了头。

"我认为她在船上。要是她不在的话就说不过去了。布里奇特，你在船上，对吧？船下沉的时候，我们把她抱到一块木筏上，然后木筏随着墨西哥湾流之类的洋流漂走了。如果不是您划着独木舟刚好经过并发现了独自待在木筏上的船宝宝，我们就永远见不着她了。"

"一定是这样，"妈妈说，"她乘着木筏漂流，身边什么也没有，除了一只甜甜圈，不过她还是把甜甜圈分享给一只海鸥，那只海鸥停歇在她的木筏上，一副饿坏了的样子。"

"噢，很高兴您发现了她。"一等水手说。

在他们几个船员中，罗杰首先提出要带妈妈去岬角看看燕子号沉船的地方，还有长矛石——那块礁石现在看起来真够无辜的。约翰船长和弗林特船长划船经过那里进入湖湾的时候，一句话也没说。不过妈妈似乎很想亲自去瞧一瞧。罗杰给她引路，带她越过岩石来到岬角尽头，其他人也跟在她后面，除了苏珊和布里奇特——苏珊有自己的事情，她倒乐意可以清静一会儿，布里奇特留下来给她打下手。

"准确来说，燕子号是在哪里沉的？"妈妈问。

"就在那块岩石附近。"罗杰说，"去年夏天我学了游泳是不是很幸运啊？"

"我想是的。"妈妈说。

"嗯，要是不会游泳的话，我就到不了那么远，也就够不着绳子了，她们用绳子把我拉上了岸。"

然后，妈妈问了几个问题，弄清楚了他们是怎么上岸，怎么把水壶、

平底锅、压舱物，还有燕子号打捞上来的。罗杰早就准备好了答案，因此回答了她的大部分问题。提提也回答了一些。约翰说得很少。不过总的来说，大部分情况她还是从南希和佩吉那里获知的。

"那么最后，是你们自己把它打捞出水、拖上岸的吗？"

"南希和佩吉帮了大忙。"约翰说。

"我肯定她们会这么做，"妈妈说，"你们都很棒。好了，现在我不想再聊这个了。幸好目前的情况不太糟。"

"如果换作其他一组船员，太太，"弗林特船长说，他一直在听着，没有说话，"如果换作其他一组船员，事情可能会变得相当糟糕。不过我猜，除了岸上的旁观者，大家并没有陷入恐慌。"

"我只尖叫了一次，"佩吉生气地说，"谁碰上这种事情都会尖叫的。"

"您看，太太，"弗林特船长说，"甚至连岸上的人都很镇定。总的看来，这次船只遇险似乎并不是坏事，反而是值得骄傲的事。"

"唔，我还是宁愿他们不会有下一次了。"妈妈说。

"不会了。"约翰说。

就在这时响起了大副欢快的口哨声，他们听见布里奇特在营地里大喊茶水已经准备好了。

早在南希观测到远处的划艇之前，苏珊差不多就把一切准备就绪了，水壶里的水就要开了，其他食物都被放在杂物帐篷里晾着，直到吃的时候再端出来。现在，水烧开了，茶也泡好了。当其他人在岬角上谈论沉船事故的时候，苏珊把旧防潮布（就是从上面剪走一块补丁钉在燕子号破洞上的那块）对折起来当作餐布，这样一来，等他们听到哨声和布里奇特的喊叫声之后回来时，看到的会是赏心悦目的茶点，饼干盒盖子上堆着高高的香籽蛋糕切条（佩吉把它们烤干了，尝起来确实不错）和圆面包三明治，还有果酱和黄油。在岛上，一般最好把面包切厚一点，等吃的时候再抹黄油，以免在发生突发情况的时候——这种事总是经常遇到，一面抹上黄油的面包不能立刻被吃掉。但是今天，切片很薄，也抹好了黄油，跟几块小三明治整齐地叠在一起，形成金字塔状，使人联想到这里安定有序，不会发生任何意外。

"我之前就讲过，现在再讲一次，"弗林特船长看见苏珊所做的一切后说，"我从未见过哪支探险队中有比你们的大副还好的大副。"

事情如他所愿般顺利。当船员们请大家坐下喝茶时，面对这样一顿美餐，没人还会担心沉船的事，那已经过去了。不过，即使是罗杰也还不敢问他们能否继续留在这里。等喝完茶，妈妈夸赞了苏珊和布里奇特准备的下午茶很美味，然后告诉了他们答案——他们每个人都十分关心的那个问题的答案。

"好了，"她说，"如果你们真的不想回霍利豪依做暑假作业，那我就得走了，我要去见那位玛丽·斯温森，和她聊聊。"

"我们在哪里都可以做暑假作业。"约翰说。

"如果在屋里做暑假作业，"提提说，"那就不是真的暑假作业，最好还是叫家庭作业吧。"

弗林特船长抱起布里奇特架在他的肩上，跟大家一起带着妈妈往小溪上游走，沿着小路穿过林子，来到那条马路上。他们在那儿看见玛丽·斯温森正和一个年轻小伙子说着什么，那小伙子骑在一匹杂色的大

马上。

"是那个伐木工!"提提说,"我和罗杰去探险的时候,看见他带领三匹马拉了一根大木头!"

这时,那个伐木工调转马头,骑马走了,路上传来嘚嘚嘚嘚的马蹄声,他回头朝玛丽挥手,玛丽也朝他挥了挥手。

"你们留在这里,"妈妈说,"我和特纳先生去马路对面和玛丽说几句。"

"我也要去。"布里奇特说。

"那我还是继续扛着你吧,省得把你放下来。"弗林特船长说。

四位探险家和他们的两个伙伴在林子里等着,妈妈、弗林特船长,还有他肩上的布里奇特穿过马路,去和玛丽·斯温森说话。他们在马路对面和玛丽聊了几分钟,然后就和她一起沿着小路往前走——这条小路会带领他们穿过林子抵达斯温森农场。他们已经走了很长时间,南希和佩吉突然想起那个被沉船打乱的计划,她们原本打算去荒原瞧瞧那座秘密溪谷呢,于是她们开始向提提和罗杰询问关于溪谷的全部情况,比如它到底在什么位置之类的。提提和罗杰尽可能地回答了她们的问题,不过他们很谨慎,没有提彼得·达克山洞的事情。

"我们下一次探险就去那里吧!"南希说。

当妈妈、弗林特船长和布里奇特回来的时候,大家都看得出妈妈对眼前的一切很满意。弗林特船长提着一篮鸡蛋,布里奇特在啃苹果。

"她真是个又懂事又善良的好女孩,"妈妈说,"我也很喜欢那座农场,还有那两位老人。"

"他有没有唱歌给您听？"罗杰问。

"嗯，他唱了，一直唱到斯温森太太和玛丽叫他停下。"

"老奈迪是个好老头，也是个音乐迷。"弗林特船长说。

"那就定了，"约翰说，"我们能留下来吗？"

"是的，"妈妈说，"我想你们可以留下来。不过请记住你们爸爸说过的话。"

"太好了！"罗杰欢呼道。

后来，等他们回到马蹄湾的时候，弗林特船长说："还有一件事，他们必须另找一个地方扎营，否则下第一场雨就会把他们冲走。"

"哎呀，我早该想到这个。"妈妈说。

"不过湖岸沿线还有很多更好的地方，"弗林特船长说，"起码不会被淹。"

"就是没这么隐蔽。"佩吉说。

"我们会给他们找到一个好地方的。"南希说。

"我们去溪谷吧，"提提说，"那是世上仅次于野猫岛的最好的地方啦！"

"什么溪谷？"妈妈问。

提提和罗杰把溪谷的事仔仔细细地解释了一通。

"我知道那个地方，"弗林特船长说，"不过这二十年我都没去过了。那里真是个适合露营的好地方，如果我想的和你们说的是同一个地方的话，那儿还有一个……"

"哎呀！"罗杰大叫一声。

"不要讲！不要讲……这是个秘密……如果说了……"

提提及时阻止了弗林特船长。他满脸疑惑地低头看了看她。

"如果说了会怎么样？"

"你小点声告诉我，"提提说，"哦，没什么。是别的秘密。"

"那我可以继续讲了吗？"弗林特船长说，"我刚才要说的是那座溪谷上面有一片湖，湖里有不少鳟鱼呢。我可以在那里教你们怎么捕鳟鱼。"

"我们在小溪里就看见了不少鳟鱼。"罗杰说。

"那里离斯温森农场有多远？"妈妈问。

"比这里到农场远不了多少。"弗林特船长说。

"我们还没去那里看过呢，"约翰说，"我们原本计划今天去的。不过最好还是选一个湖附近的地方吧。"

提提一度高涨的热情瞬间又近乎熄灭，不过还好，毕竟最要紧的是探险并没有结束。

"我不管你们去哪里扎营，"妈妈说，"只要在玛丽·斯温森可以找到你们的范围内就行。我通过她和你们保持联络，她去村子里送牛奶的时候，会顺路来看我。"

"您和布里奇特要来看我们啊。"苏珊说。

"还有弗林特船长。"提提说。

"我倒想看看你们在船只遇险后的表现，会不会像你们在去年那场战争中的表现那么出色。"弗林特船长说。

"这次船只失事可是真的。"约翰严肃地说。

"姑奶奶真烦人，"南希说，"要不是她，我们就会一起来这里，也经历一场船难。"她几乎咬牙切齿地盯着停在划艇旁的亚马孙号，"你们可以做各种事情。你们可以去探索亚马孙河的源头，也可以来找我们。没有什么是你们不能做的。而我们要等到姑奶奶走了以后，才能做一些值得做的事。"

"天哪，"弗林特船长说，"幸好你们提醒了我。我们都要回去喝下午茶，如果不抓紧时间走的话，恐怕连晚饭也赶不上了。希望沃克太太您不要介意。"

"不过你们可以告诉她，有船出事了啊。"罗杰说。

"跟她说船出事也不管用。"弗林特船长说。

"我和布里奇特也该回去了，"妈妈说，"快到她睡觉的时间了。"

于是他们准备离开。等妈妈、布里奇特和弗林特船长上了船，约翰和苏珊一起把划艇推到了水里。提提和罗杰帮忙把亚马孙号推下水。然后四位探险家跑到北边的岬角上，挥手跟他们告别。留在岸上的船员突然有一种奇怪和不对劲的感觉，因为他们知道，即使他们想回去，也没有船可以下水了。

"今晚早点睡啊，"妈妈大声说道，"遭遇了船难，最好早点休息。"

遭遇船难的探险家看着亚马孙号的小白帆消失在里约港那边的岛屿之间，接着，划艇经过达里恩峰山脚的湖面，也不见了。他们突然感到筋疲力尽，当苏珊说马上要开饭的时候，也没人在意。他们吃了一顿美味的晚餐——面包加牛奶，吃完后大家好像没什么要聊的，发现三只手电筒都不亮的时候，也没人开口说什么。手电筒之前装在背包的口袋里，跟着小船一起沉到了湖底。他们睡觉时有烛灯就足够了。他们钻进睡袋

时也没有在帐篷里说话，小溪在帐篷门外汩汩地流淌着，那声音与湖水拍打岛上礁石的声音完全不一样。约翰喊了声"熄灯"，小探险家们很快就进入了梦乡。

第十一章

提提指挥官

　　太阳在湖对岸的东部山区升起，几顶帐篷之间没有树木遮挡，阳光和从营地中间奔流而过的小溪大清早就唤醒了约翰船长。他醒来感觉很沮丧，于是在睡袋里翻了个身，很想再睡一会儿。昨天晚上，他以为船只遇险这件事当中最坏的部分已经过去，但现在他才意识到这只是刚刚开始。

　　他犯了一个愚蠢的错误，坚持扬帆航行，而且没有转帆，直到大风将帆掀到另一舷，这是他最不想看到的一幕……小船就是这样遇难的。不过船沉没之后，他们做了打捞的工作，把燕子号拉上了岸。然后就是修补小船，挂起应急帆冒险开到了里约港，路上还渗进了水。这段时间里，大家都为了燕子号的事忙个不停。昨晚有段时间他心里很不是滋味，看着划艇和亚马孙号离开，他知道自己没办法跟着他们一起去。不过当时他还有其他事情需要考虑。今天早上，他该面对现实了。

　　他醒来时，想到要把燕子号开到鲨鱼湾，去迪克逊农场取牛奶。突然，他记起燕子号并不在这里。这里一艘船也没有。他们靠着湖岸，仿佛倚着大海，只不过他们被困在了陆地上。除了在水里游泳，那片湖水对他们来说什么都不是。他们的航行计划暂时告一段落了。

　　当约翰发现自己很难再次入睡也无法忘记那些恼人的事实时，他干脆爬出了睡袋。不一会儿，他就在湖湾里游泳了。他一直游到入口处，从两个岬角之间游了出去。这是一个静谧无风的清晨，湖面几乎没有一丝涟漪。只有长矛石潜在水下的那块地方偶尔会泛起微波，好像有一条鳟鱼慢慢浮到水面，静静地吞掉一只苍蝇，却又没有把头钻出来。约翰继续向前游，没过多久爬到了长矛石上休息，在清晨阳光的照耀下，他就像一只浑身湿漉漉的粉色海豹。他一边休息一边越过湖面望向野猫岛。他想起了他们在那个四面环水的小岛上的生活，小船稳当地停在港口，随时都可以起航，那时多么开心啊。他还想起了去年他们在达里恩峰和霍利豪依度过的时光，天天都在等爸爸的电报，期盼他能同意他们开着燕子号去岛上。而现在的等待要更加煎熬。他们曾经拥有一座小岛、一艘帆船，现在，两样都失去了。

不久，约翰回头看了看马蹄湾，一缕青烟正从林间升起。

"苏珊！"他大喊道。

"哈啰！"

几乎就在同时，他听到一声尖叫。那肯定是罗杰把脚趾伸进了水里，想试试水温。即使是在八月，小溪汇入湖湾的水也很凉。然后他听见"扑通扑通"两声巨响。一定是提提和罗杰接连跳进了水里。约翰主意已定，他像海豹那样蜷起身子从长矛石上滚下来，潜进水中，没有溅起一点浪花，接着他又探出头来，最后看了一眼野猫岛，游进了两个岬角之间。

他朝湖湾尽头的白色帐篷游去，山涧的溪流正是从帐篷门前流过汇入湖湾。那里的水面上浪花飞溅不停。罗杰仰面躺着，双手放在水下，腿不停地击打水面。提提伸着一只胳膊划水，一圈一圈地打转，变出一个大旋涡。

"提提！"约翰大叫道，这时他已游到足够近的地方，透过水花声也能听到他的叫喊。

大旋涡随即平静下来。

"嗨！"提提说。

"提提，你看，"约翰继续说，"你觉得从我们拿牛奶的斯温森农场到溪谷到底有多远？"

"不会太远。"提提说。

"比这里到农场远吗？"

"远不了多少。也许并不远。我们没准能在马路对面找到一条小路。我们要去吗？那走吧！"在接下来的一天里，大旋涡又成为了探险家。

"谁要去拿早餐的牛奶？"苏珊在火堆旁大声问。

"我们都去，"约翰说，"但是我们不会把牛奶带回这里。为什么不去山上吃早餐？我们先拿牛奶，然后就去看看他们说的溪谷。"

"太好了！"罗杰欢呼道。

"我在考虑或许我们应该把营地搬去离湖岸稍远的地方。一是因为洪水，二是因为疟疾。很难预料在丛林和大海的交汇处会发生什么。"

"可能会有鳄鱼！"提提一边说一边踏着浪花上岸，"或者河马。如果有一头大河马莽莽撞撞地闯进我们的新帐篷，那就完蛋了。"

"住在湖边却又没有船，真是太难受了。"约翰说。

"好吧，"苏珊说，"但是你们刚游完泳，得吃点东西。我煮几只鸡蛋带上吧。已经生好了火，不利用一下怪可惜的。"

"先吃点巧克力也行，"罗杰说，"过会儿再吃一顿丰盛的早餐。"

"你们认为把帐篷留在这里安全吗？"苏珊问。

"除了亚马孙海盗，不会有人来这里，再说她们今天也来不了，那个姑奶奶看着她们呢！"

就这么定了。煮鸡蛋的时候，一天的食物也被分装进四只背包里，有圆面包、干肉饼、黄油、一瓶果酱、四只苹果和两听沙丁鱼罐头。约翰带上了指南针，提提拿着望远镜和借来的鸡蛋篮子，罗杰提着空牛奶罐，苏珊带着水壶，当然，他们都同意在途中互相交换背包。

"一等水手，带路出发吧。"约翰船长说，这时一切已准备就绪，他们也吃了一点巧克力和一大块圆面包——苏珊给大家分了面包以补充游泳消耗的体力。

"遵命，船长！"提提说，她刚给鹦鹉喂了足够的食物和水，还有三块糖作为它今天的口粮，"罗杰，走啦！"

在他们离开前，苏珊大副仔细检查了一遍营地，确保一切都正常。约翰急着出发，他想尽快让自己忘掉他没有船的事实。

一等水手负责指挥这次探险，但是当她领着他们从那条小路旁经过时——昨天他们带妈妈去斯温森农场就是从这里拐弯走上小路的，约翰忍不住问："我们不是应该从这里拐弯吗？"

一等水手停了片刻。

"你也可以走那条小路，"她说，"如果你要穿过马路的话，从那里走没问题，去拿牛奶也没问题。但是罗杰和我发现了一条更好的路，哪怕有野人沿路监视着我们，我们也可以到达马路对面而不被他们发现。"

"噢，听着，提提，"苏珊说，"这是你编的彼得·达克的故事吧。"

"这根本不是一个故事。"罗杰说。

"彼得·达克当然也会觉得那是一条不错的路线。"提提说。

"那它比穿过马路远很多吗?"约翰说。

"那条路更近,这就快到了。"

一等水手领着他们经过小溪的拐弯处,来到一座低矮的拱桥前,拱桥掩藏在茂密的常春藤和低垂的树木后面。

"我们就从这里穿过去,"一等水手说,"即使马路这一头到那一头都有侦察兵把守,他们也不会知道我们是怎么从他们眼皮底下穿过去的。"

"这条路线真不错。"约翰说。

"上次过去的时候,罗杰和我还脱掉了鞋,"提提说,"不过我们不脱应该也没事。"

"最好别试了,"大副说,"何必弄湿鞋子再把它晾干?"

"下一段路如果光着脚走,会刺痒的。"罗杰说,他想起马路对面的林子里铺满了落叶松的松针。

他们都脱掉鞋子,弯着腰,从桥底下逆着溪流蹚了过去。

"要是水再多一些,就不能从这里穿过去了。"大副说。

"如果发洪水的话,只能游过去。"约翰说。

"可以抱着一截木头漂过去,只要把头探出水面就行了,"提提说,"就算敌人监视着河流也不要紧。"

"如果被冲到下游怎么办?"约翰说。

"那就躲到船上去啊。"提提说。

"但是我们一艘船也没有。"罗杰说。

刹那间，大家都沉默了。他们再次想起了那场船难。

不过当他们从桥底钻出来、走进另一边的松树林时，就又把那件事抛在了脑后。他们蹚水上了岸，晾干脚后，穿上鞋，然后决定派两个人去拿牛奶。苏珊和罗杰提上牛奶罐子和鸡蛋篮子，沿着石墙根走到那条通往斯温森农场的小路上，打算取好牛奶后就去小溪上游与其他人会合。同时，一等水手和约翰船长沿着溪流往上穿过陡峭的绿松林，途经一道又一道小瀑布，直到他们看不见那条马路。那片松树林里没有什么矮灌木丛，鲜绿的落叶松底下只有去年落下的松针铺满一地，仿佛一层红棕色的地毯，在这里藏身比在其他林子里要难得多。那条马路刚从他们的视野中消失，约翰就打算停下来，一等水手却坚持要往前走。"没有多远就走出松树林了，"她说，"而且，只有几步就能走到前面那条路上了，到那边就可以吹哨子了。在这个地方吹可能会被其他人而不是苏珊和罗杰听见。"

就这样，他们继续往上爬，出了松树林来到两片林子的交界处，再过去就是另一片长满榛树和橡树的林子了，与湖边的树林很像。他们在松树林边上停住了，尽管这次约翰想继续往前走，可是提提觉得是时候休息一下了。

"我认为这片林子并不大，"约翰说，"如果我们再往前走一点，就能走出去了。"

"正是这样，"一等水手说，"新领地就在那边。我们所有人最好一起走出这片林子。"

"好的，"约翰船长说，"听你指挥。无论如何，那个地方是你的新发现。"

"还有罗杰。要不是他从瀑布旁边爬了上去,我们早打道回府了。不过说真的,贡献最大的是那条小溪。我们为了搞清楚那声响的源头,就一个劲往前走。等我们一爬上荒原,你就会听见那个声音。"

于是,船长和一等水手仰面躺在铺满红棕色松针的平缓山坡上,透过青翠的落叶松枝向头顶高高的蓝天望去。一只松鼠从树枝间飞快窜了出来,看见他们躺在那里,吓了一大跳,朝他们叽叽喳喳地叫着,假装很生气而不是害怕。他们听见松鼠的叫声,仍然躺着不动,只是转了转眼睛,看见了它毛茸茸的红尾巴和竖得老高的长满绒毛的耳朵。

"它得快点离开,"一等水手说,"过一会儿我就要吹哨子了,它不会喜欢的。苏珊现在应该取好牛奶了,要是那位老先生不留他们听他唱歌的话,他们应该已经从农场出发了。我们得吹哨子了,要让他们知道往哪里走。"

"嗯,再给他们一点时间吧。他们不会迷路的,因为有这条小溪。不管他们从哪里过来都没什么要紧的。"他说话时动了一下,那只松鼠立马开始在枝头逃窜,它从一根树枝跳到另一棵树的枝丫上,前一根树枝刚把它弹起,后一根树枝就被它压弯再弹起,就像在赶它走。

"现在不要紧啦。"提提说着坐起来,吹响了大副的哨子。

树林不远处传来猫头鹰的叫声。

"他们在那边,"提提说,"位置比我们还高呢。"她又吹了一下。

猫头鹰应了一声。约翰一下子跳了起来,提提也跳了起来。

"快,"提提说,"他们爬得比我们高。也许他们会先走出这片树林。"

不过船长和一等水手沿着小溪的岸边往上爬了不到二十米，就听见大副和实习水手的说话声，没过多久就在不远处的树林里看见了他们。

"这边有条小路。"大副大声说道。

"是通往这个方向吗？"一等水手大声问。

"没错，一直往上。"

"路况好吗？"约翰船长大声问。

"我想我们穿过松树林的那一段路还可以，不过从这里开始似乎根本没人走过。"

"也许那是羊踩出来的路。"罗杰说。

"你们沿着它继续走，"约翰大声说，"不管怎样，我们都会碰头的。"

于是，约翰和提提沿着小溪的岸边继续往上爬，几米远之外，苏珊和罗杰钻过树丛掩盖下的小路，离他们越来越近。

他们同时走出了树林，在边界处会合。放眼望去，目之所及是一片广阔绵延的荒原，而他们正前方就是那条小溪，它穿过荒原奔流而下，叮叮咚咚淌过石楠花丛迎接他们。

"不要在那条小路上走岔了，"约翰大声说，"它通往哪里啊？"

大副停在原地，看着前面的那条小路。

"从这里看，它更像是兔子跑出来的路，"她说，"但是可以清楚分辨出它的走向。"

"它不会是通向小溪上游吧，是吗？"提提急切地问。

"它一直通到你面前的小溪。"

"等一下。"约翰喊道。他沿着林子边缘一个箭步来到大副和实习水手站着的地方，然后弯下腰小跑着向前。

"有人走过这条路，"他大喊道，"这里有鞋后跟的印子！"

"噢，不会吧？"一等水手说。

"没错，"约翰说，"它通向小溪，就在这儿。还有一些踏脚石。是的，它一直延伸到小溪对岸，然后沿着树林边上往那边去了。"

"没什么大不了的，"一等水手说，"只要不是通向我们的溪谷就好。"

"离你们的溪谷还有多远？"大副问。

"不是很远了。"一等水手说。

"如果现在开始吃一只甜甜圈，"罗杰说，"非常慢地吃，那么等走到那里的时候就差不多吃完了。"

"罗杰想吃他的早餐了。"提提说。

"我们都该吃早餐了，"苏珊说，"就在这里吃吧，这样我们也不用去远的地方捡柴火了。"

就连提提也认为这是个好主意——她可是急着要去她的溪谷呢。毕竟，就好像这次探险是历经了整夜的奔波，在新的一天开始的此刻，终于停下来享用早餐。再也没有比这更要紧的事了。至于那座溪谷，似乎越远越好。探险家们很快把背包卸在地上，开始准备做早餐。

"在小溪附近扎营有一个好处，"大副说，"那就是取水很容易。看，这里有个适合生火的好地方。"

她在溪边找到一块小洼地，里面全是灰得发亮的鹅卵石，曝晒在炎炎烈日之下。洼地附近有一些大点的石头，她把这些石头码成一个圆圈，其中最大的三块分散成三角形，这样她就可以把水壶稳稳地放在上

面，壶底还有足够的空间生火。她找来一些干枯的欧洲蕨，准备用来引火，当她准备完毕的时候，其他探险家也抱回了很多来自森林边界的干树枝。

"没有人在这里生过火，"提提说，"这边地上的柴火多得用不完，就算我们把火烧得比南希船长烧的还要旺，这些柴火也够烧一整年。"

约翰船长再一次想起了野猫岛、燕子号还有那些他不想记起的事，不过没有想很长时间。早餐还没准备好，他的心思就又回到了这次新的探险之旅上，这一回他们要去探访一等水手的秘密溪谷。

"如果我们要保守溪谷的秘密，"他一吃完早餐就说，"最好别留下任何痕迹。在原住民出现之前，我们还是尽快赶路吧。"

因此，尽管这个石头灶台搭得很好，他们还是拆掉了它。他们搬走大石头，把火堆里的灰烬倒入小溪，让它随流水冲进湖里，最后把煮鸡蛋的蛋壳埋到土里，所以不仔细看的话，谁也想不到这些探险家在去往一个未知领地的途中曾在这里落脚，还吃了一顿早餐。

他们沿着小溪这边的羊肠小道继续走，翻越岩石，钻过石楠花丛，一步一步地爬上荒原。一等水手提提走在最前面，约翰船长跟在她身后。罗杰一开始在第一位，不过他每遇到一个水洼都停下来，看里面有没有鳟鱼，如果不是大副停下来催他加快速度，同时也看看前面的人有没有落下要紧的东西，他很快就会掉队。

他们总是能听到从前面传来的瀑布声，走得越近，响声就越大。没过多久，他们就看见一道白色的瀑布在不远的前方奔泻而下。

提提离她的溪谷越近，步子就越急，心里也越不敢确定它是不是真

在路上吃早餐

的如她所想的那样。很多时候，她原以为美好的东西，带其他人看过后，就会变得黯然失色。她开始担心她的溪谷也会是这样的结果，所以她加快了脚步，一方面是因为她想给自己吃颗定心丸，另一方面如果它让人扫兴的话，她也想尽快结束这一切。

当提提走到瀑布底下时，她已经喘不过气了，不过她一鼓作气爬上了瀑布旁边的岩石，第二次抬头望向那座小溪谷。它就在眼前，正如她记忆中的一样，前面还有另一道瀑布，两侧是陡峭的岩壁，岩壁的缝隙里长着欧洲蕨和帚石楠，宽阔平坦的谷底被险峻挺拔的岩壁遮掩。回头将目光越过低处的那道瀑布，就只能看见头顶的蓝天。除非从它的边缘往下看，否则从外面更发现不了这座溪谷。没错，这个地方仍如她所想的那般美好。她转过去朝约翰挥挥手，他正跟在她身后往上爬，尽管他并没有加快脚步的理由。

"先不要抬头，"她说，"一直看着地面，直到你爬到顶上来。从这边过来。好了，现在看吧……"

约翰爬到顶上站在提提旁边，抬起头向溪谷望去。

"这真是个好地方啊！"他说。

虽然他没有多说什么，但是听他的语气，提提知道没什么好担心的了，船长对这座溪谷的感觉至少和她差不多。

第十二章

燕子谷

"罗杰，快点！"苏珊大副说，"要不就掉队了。"

"这里非常安全，"罗杰说，"不像在丛林里，还可能有野人藏在树后面。这里一望无垠。哎呀，提提去哪里了？还有约翰呢？"

"看不见了，"大副说，"他们已经爬到瀑布顶上去了。如果我们看不见他们，那么可能还会有很多其他人是我们看不见的。来吧，快点，我们得追上他们两个。"

实习水手加快了脚步。他刚才发现一只红黑相间的枯叶蛾幼虫在吃帚石楠的叶子，这耽误了他一点时间。现在他的思绪回到更重要的事情上，急忙追赶大部队。苏珊是对的，掉队可不行。再说约翰船长和一等水手已经爬到了瀑布上面，进入了秘密溪谷，那个地方可是他和提提一起发现的呢。

几分钟后，苏珊和罗杰到达瀑布底下，开始往岩石上攀爬。接着他们也从瀑布顶上消失了，从下面往上看的话，没人能看见他们。那道白色的瀑布从高处奔泻而下，两侧就是长着帚石楠的岩壁。然而谁也想象不到，从瀑布底下的溪流边抬头看去，就在几米远的地方还有一座山谷，上百个探险家都能藏在那里安营扎寨。

"嗨，嗨！等等我们！"罗杰一边大喊，一边喘着粗气往溪谷爬去。

提提和约翰回头看了看。他们已经快到上面那道瀑布附近了。

"快点!"提提喊道。

不过现在开小差的人变成了苏珊。她一眼就认定这座溪谷是安营扎寨的绝佳地点,此刻她望着把山谷掩蔽起来的陡峭岩壁,还有溪流旁边的平地,想着她会把帐篷搭在哪里,以及在哪里生火、哪里最适合洗餐具。

"那个地方可以生火,"当他们爬到一半时,她说,"还有这个水池,再也找不到比这个更适合洗餐具的水池了。"

"哪个水池?"罗杰问。

"这一个。"

"这个水池里有一条鳟鱼,"罗杰说,"我和提提见过的。不过也许它不会在意我们在里面洗餐具。没准它还会喜欢呢。"

"那就要看餐盘上剩下的是什么了。"苏珊说。

"我们没有芥末。"罗杰说。

"快点呀!"一等水手又大喊一声。

"走吧,"罗杰说,"她正等着给你看一个秘密呢。"

"来啦,来啦!"苏珊说道,不过她对秘密并没有强烈的好奇心,所以还是不紧不慢的,"小溪的这一边可以搭四顶帐篷,杂物帐篷也可以放在这边,如果我们需要的话,"她既是说给自己听,也是说给罗杰听,"要不然我们可以把杂物帐篷搭在对面。"

"还是快点走吧!"罗杰说。

"赶紧!"提提说。

终于,大副、实习水手与一等水手、船长会合了。

"实习水手！"一等水手说，"你有没有跟大副说那件事情啊？"

"没有，"罗杰说，"我只说了我们要带她去看看。"

"你看见了吗？"她问苏珊。

"看见什么？"苏珊反问她。

"约翰也没看见，你们俩都从它旁边经过了。"

"从什么旁边经过？"约翰问。

"彼得·达克的山洞！"提提说。

"不是真的山洞吧？"约翰问。

"是真的啦，所以我们才不得不带上手电筒，幸运的是，苏珊的手电筒没进水。"

"哦，山洞在哪里？"

提提和罗杰回到苏珊想搭帐篷的地方。

"在这里。"提提说。

约翰和苏珊观察着四周，却根本没有发现任何山洞的蛛丝马迹。

提提向前走到陡峭的灰色岩壁旁，那里的石缝中长满了一簇簇的帚石楠，她指给他们看石楠丛下面的一个豁口，除非凑近仔细看，否则会以为那里不过是岩石上的一道裂口。

"要不是看见一只蝴蝶飞到这片石楠丛上休憩，根本没人会注意到这个山洞。"提提说。

"你们进去过没有？"约翰问。

"没有。"提提说。

"还没。"罗杰说。

约翰扭动身子挣脱背包的肩带，把包扔到了地上。苏珊也卸下背包，在里面翻找她的手电筒。幸好在遭遇船难那天，她急着出发而落下了手电筒。她把它递给了约翰。

"约翰，你进去看看吧。"苏珊说。

约翰打开手电筒，猫着腰从洞口钻了进去。

"我能去吗？"罗杰问。

"等一会儿。"苏珊说，"喂，约翰，当心洞顶。里面还好吧？"

"都是坚硬的岩石，"约翰说，"而且很高。我刚好能摸到它。我要站起来了。噗，灰尘真多啊。"灰尘年复一年地堆积在洞里，现在约翰每走一步，脚底就立刻升起一团尘土。

"里面还可以进更多人吗？"苏珊问。

"可以进很多人，"约翰说道，他的声音从洞穴深处传来，听上去他好像是在一个深不可测的洞底喊叫，还伴有回声，"不过进来的时候要小心，别撞到头。"

其他人爬了进去，然后一个接一个地站了起来，他们用手在黑暗中摸索，看着手电筒的光在洞里扫来扫去，照亮了粗粝的墙壁和洞顶，这个洞是在坚硬的岩石上开凿出来的。

"其实这里不太大。"约翰说。

"但是对彼得·达克来说，这里足够大了，"提提说，"如果我们受到野人、海盗或别的什么坏人的袭击，它会让我们躲进这里。"

"为什么是彼得·达克呢？"苏珊问。

"哦，首先我们没有多余的帐篷给它住，其次它应该拥有一个这样的山洞。"

"这里是个储藏杂物的好地方,"苏珊说,"里面很凉爽。找不到比这更好的储藏室了。"

罗杰开始咳嗽。

"你先出去吧,"苏珊说,"等我们清除了灰尘,你再进来。"

罗杰跌跌撞撞地出去了,外面阳光明媚,他抖抖胳膊,眨眨眼睛。那会儿,他假装自己是一只在正午受到惊扰的蝙蝠,但在其他人注意到他在假装蝙蝠之前,他又变回了探险家和实习水手。

提提和苏珊跟在他后面出来了,随后是约翰。他们的嗓子都被灰尘呛到了。

"这里不能住人,"约翰说,"不过里面的空间大得可以放下我们的帐篷和所有东西。"

"我们可以让彼得·达克在这里看守,"提提说,"然后我们住在自己的帐篷里,如果看见敌人来了,我们就把所有东西藏进这个洞穴,这样一来,没有人会知道我们的大本营在哪里。这个地方太棒了!"

"真可惜我们并没有什么敌人。"罗杰说。

"我们也许有不少呢。"提提说。

"你永远不知道陆地上会发生什么,"约翰说,"而且亚马孙海盗们肯定想要一些战斗之类的,或者别的什么。"

"看看去年她们是怎么攻击我们的,"提提说,"当时她们说野猫岛是她们的岛,不是我们的。不管怎样,她们不能说这是她们的溪谷。况且没人知道这个山洞。这么看来,这里比野猫岛还要好。这一路甚至连

个火堆都没有，也就是说，以前没有人来过这里。我们独自发现了这座溪谷。"

"肯定有人挖了那个山洞。"约翰说。

"也许它在那里已经很长时间了。总之，现在这是彼得·达克的山洞。"

"可是彼得·达克只活在故事里啊，"苏珊说，"这真不可能是它的山洞。"

"噢，不管怎么说，它是我们中的一员。只要我们说是它的，那就是它的。要不然是谁的？"

约翰表示赞同。提提有一些不容别人反驳的事，其中之一就是彼得·达克。反正连约翰都觉得彼得·达克是近乎真实的存在了。他们在圣诞假期编撰的故事中就把彼得·达克说得活灵活现的。那它为什么不应该拥有一个山洞呢？

"再说了，"约翰说，"如果我们把这个地方叫作'彼得·达克山洞'，以后碰到原住民或者坏人，而我们又要提起这个地方的时候，我们就可以说'到彼得·达克那里去'，或者'去彼得·达克那里拿一下'，或者'我把它落在彼得·达克那里了'，或者'我们去彼得·达克那里会面'，这样一来，没人能猜得出我们指的是一个山洞。'彼得·达克山洞'是个不错的名字。不过这座溪谷我们给它起什么名字好呢？"

"我已经给它取了一个名字，你们看看行吗？"提提说，"我们叫它'燕子谷'。地名一般来自国王啦、王子啦，还有各种各样的人名。以一艘船来命名一个地方更有趣啊。我们就以燕子号来命名这座溪谷吧。"

没人反对。现在，有了这样的山谷可以露营，还有那样一个山洞，就连约翰也不那么介意听到那艘小船的名字了。毕竟，它不久就能修好，与此同时他们在这里……

"大家都同意吧？"

他们都同意。

"好，"约翰说，"那它的名字就叫'燕子谷'。"

"直到永永远远。"提提说。

"明天我们就把营地搬过来。"约翰说。

"燕子谷只有一点不好，"苏珊说（提提很开心听到她用了这个名字），"这里有大量的水，却没有树木。我们将不得不去荒原下面的树林里拾柴火。"

"每次我们去取牛奶的时候，就尽量多带些柴火回来。"约翰说。

"我认为从这里到斯温森农场比从马蹄湾到农场远不了多少，"苏珊说，"取牛奶很简单，但是把柴火搬到这里要比我们去年把柴火搬到船上艰难得多。"

"不过我们可是遭遇了船难，"提提说，"我们应该要经历一些磨难，否则说不过去。"

"那好吧，你们越早经历磨难搬来柴火，就越早可以生火做饭。"

"我们这就出发吧。"罗杰说。

"我们得先勘探一下，"约翰说，"得找一个好的瞭望台。我们必须有一个放哨的地方，这样哨兵们就能观察四周，要是有原住民从丘陵上冲下来，或是从林子里往上爬，他们就会通知我们。"

"好吧，"苏珊说，"我要先搭一个灶台。"

"那么等灶台一搭好，我们就去下面的森林里拾柴火。这会儿我们去探险吧！"约翰非常清楚大副喜欢用自己的方法搭灶台，其他人也插不上手，"你们两个快点。你们可以把背包留在这儿，不过，带上望远镜啊。"

提提和罗杰把他们的背包放在了彼得·达克山洞的入口，跟着船长去往溪谷北侧。

途中，他们要避开脚下松动的碎石，不然就会滑倒，还要爬过岩石，抓着石楠丛往上攀。到达谷顶，他们眼前是一片广阔的荒原——帚石楠、欧洲蕨、被黑脸羊啃得参差不齐又被夏日的骄阳晒成焦褐色的草地。再往远一点，他们可以看见那条溪流弯弯曲曲穿过荒原。越过荒原的北部和西部，还可以看见绵延的大山。

"那一头最高的山是干城章嘉峰，"提提说，"现在山上已经没有雪了，但是冬天山上肯定有很厚的积雪。"

"亚马孙河的发源地就在那座山的山脚下，"约翰说，"我在地图上见过，那座山叫……"

"我们就叫它干城章嘉峰吧！"提提说，"这样我们就可以在探寻亚马孙河源头的同时爬干城章嘉峰。真正的探险……"

"不管怎样，干城章嘉峰是个非常了不起的名字。"约翰说。

"到时我们要带上登山绳。要是山上有积雪就好了，冰镐就能被我们派上用场了。"

"看啊，那边是里约港！"罗杰说。

刚才，他们是如此着迷于眼前的荒原和延伸至远方的青紫色山脉，来不及回头去看下面的湖。现在，他们转身看见了它，那片缎带般的湖在远处闪着泛蓝的银光，树木繁茂的深绿色岛屿点缀其间，轮船、扬着白帆的游艇和一些黑点——那是原住民的小划艇，以及里约镇的灰色屋顶，团团簇簇环绕着湖湾。从荒原往下看，透过树林间的缝隙，他们可以看见这一切，只不过看不见野猫岛，它在脚下离他们太近，被他们刚上来时穿过的那片树林完全挡住了。

"望远镜呢？"约翰问。

提提把望远镜递给他。

"可以看到霍利豪侬。我之前就是这么想的。"

"让我看一看。"罗杰说。

于是他们轮流看。千真万确，在湖的另一边离里约港不远的地方，就是黑森森的长满松树的达里恩峰，再远一点是一片绿色的田野，从一座小湖湾向上延伸。田野之上是一片李子林，一座白墙灰顶的农舍筑在其间。

"那个移动着的小白点肯定是保姆的围裙，"提提说，"也可能是布里奇特。"

"真好，"约翰说，"如果我们需要什么，甚至可以给妈妈发信号，或者她也可以给我们发信号。那边的那块岩石可以用来作瞭望台，尽管它离燕子谷有点远。"

在大约一百米远的地方，有一块四四方方的平顶岩从石楠丛里凸了出来。

不过今天没有时间去看那块岩石了。往下朝湖的方向望去，他们可

以看见那条流经燕子谷的小溪离开荒原进入树林，然后一路向下奔着马蹄湾而去。这时他们发现有什么东西正沿着小溪往下游走。罗杰举起了望远镜。

"大副在下面干什么啊？"他突然说。

"在哪里？"

"那边，她刚走进树林。"

"哎呀，糟了！"约翰说，"她搭灶台的速度太快了，现在她去捡柴火了。她可能以为我们把这事忘了呢。快点，我们得追上她。不管怎样，那块岩石是很适合作瞭望台的。快点，沿着羊肠小道穿过石楠丛，千万要当心脚下！"

"为什么？"罗杰说。

"蝰蛇。"约翰说。

"是野蛇吗？"

"没错，"提提说，"当然是野蛇，毒性还很强。"

"会咬人吗？"罗杰问。

"你不踩到它们就没事，"约翰说，"只要你不惹它们，它们就会给你让路。不过如果你踩到了一条盘起身子晒着太阳的蛇，那就完蛋了。好了，我们还是快点吧，让大副瞧瞧你们在她之前能捡回多少柴火。"

"遵命，船长！"提提说。

"遵命，船长！"罗杰说，"谁在前面开路？"

约翰铆足劲沿着羊肠小道向树林冲去，用奔跑回答了罗杰的问题，看上去就像他要跳进燕子谷低处的那道瀑布下的溪流。他拼命地跑着，有时还会从石楠丛上一跃而过。提提在后面追着他跑。罗杰追着提提跑，但没有那么快。被老烧炭工放进卷烟盒里的蛇没什么危害，他们了解蛇的一切习性，但是在探险第一天，如果不小心被蛇咬上一口，那就倒霉了。罗杰虽然一刻不停地往前跑着，但也万分谨慎，避免踩到蛇。

他们在树林里找到了想要的东西。那片橡树和榛树林里有一些倒掉或折断的小树苗，已经干透，几乎和火绒一样。下面的松树林里铺满了枯树枝，细长的枝上还有小节瘤，非常适合引火。只有大副走进了松树林深处，其他人就在靠近荒原边界的地方捡柴火。约翰和罗杰的口袋里都装了绳子，他们把柴火捆好驮在背上。提提捡了一大堆柴火，正想着要怎样把它们运走的时候，看见大副从松树林里朝上面走来，她步履蹒跚，背着一大捆柴火。

"你要绳子吗？"苏珊喘着气说，"我的口袋里有，不过我腾不出手来。"

提提把绳子从大副的口袋里掏出来，捆好了她的柴火，这样在路上就不会有柴火掉出来了。

"你们全都来了？"苏珊问。

"对，"提提说，"他们刚往回走。"

大副和一等水手走出树林就看见了船长和实习水手，他们背着两大捆柴火沿着小溪慢慢往上爬。她们追赶了上去。一路上没人说话。当他们四个人都爬上瀑布旁边的岩石、又回到燕子谷的时候，他们都感到非常热，不过好在这些柴火够他们烧两三壶水了，不用劳烦谁再去树林里捡柴火。

　　大副像以往那样搭了一个很棒的灶台。那些枯枝很容易就点燃了，探险家们很快就吃上了在燕子谷的第一餐饭。时间已经不早了。当那条小溪为他们冲洗餐具的时候（因为他们把弄脏的杯子、勺子和刀叉放在了几块石头之间的一个小旋涡里），他们把没用上的柴火全部搬进了彼得·达克山洞。"这样就能让柴火保持干燥。"苏珊说。她是探险队的大副兼大厨，所以会这么想。

　　"我们可能会被围困在燕子谷，没法出去捡更多的柴火。"提提说，她的想法更像是一个逃犯的想法。

　　"现在我们去看看那块岩石吧！"提提又说。

　　但是约翰船长已经开始想搬家的事，急着去树林里砍几根枝干做挑行李的扁担。

　　他们在榛树林里找到了一些合适的枝干，约翰和苏珊把它们砍了下来，然后大家帮忙把两头削平。在离开英格兰南部之前，探险家们已经找铁匠把他们的四把小刀打磨好了，现在是一个非常好的机会试试刀子到底有多锋利。两根扁担刚做好，探险家们就把他们的背包挂上去试验了一下，约翰和苏珊抬一根，提提和罗杰抬另一根，每根扁担中间都挂着一只背包。他们顺着陡峭的树林飞快地往下走，路上也遇到了一点小麻烦，因为扁担上的背包会往低处滑，除非扁担两头的人保持同一高度。不过他们已经快走到松树林的尽头了，前面就是马路，这时，走在苏珊前面的约翰突然放下他那一头的扁担。

　　"快埋伏起来！"他说，"都埋伏起来！"

"幸好这两只背包都很空。"苏珊边说边放下她那头的扁担。

"嘘！嘘！"约翰说。

四位探险家都蹲了下来，纹丝不动。从他们下面的那条马路上传来一阵马蹄声。

"是在跑还是在走？"罗杰低声问。这次还是很难说清。

"是走。"提提小声说，不过她说错了。

一匹黑马拉着一辆敞篷车稳稳当当地向前小跑。两个大人和两个女孩坐在马车上。

"其中一个大人是布莱克特太太。"苏珊说。

"另一个肯定就是那位姑奶奶，"提提说，"可是那两个人不可能是亚马孙海盗啊！"

一位极其拘谨古板的老妇人坐在布莱克特太太身边，手里举着一把黑色的小阳伞。她们对面，也就是车夫背后的窄小座位上坐着两个女孩，她们穿着荷叶镶边的连衣裙，头戴遮阳帽，裹着手套的双手紧紧抓住膝盖。真是一幅可怕的景象啊！马车在视野里消失之后，探险家们都睁大震惊的双眼面面相觑。

"这简直比遭遇船难还要糟糕。"提提终于说。

"我不相信那是南希船长。"罗杰说。

但毫无疑问那就是她。

第十三章

营地大转移

那天晚上他们回到马蹄湾后，满脑子想的都是那座神秘的燕子谷，以及更为神秘的彼得·达克山洞。他们盼望着这个夜晚快点过去，打算早点出发。第二天清晨，他们急急忙忙洗了澡，提提几乎一路跑着去斯温森农场取牛奶。他们匆匆吃完了早餐。然后，他们忙着拆帐篷、打包大部分行李。但是当要离开马蹄湾、出发去荒原的时候，大家心里都感到空荡荡的，尽管他们才吃完早餐。对水手们来说，离开大海是一件令人不快的事，虽然约翰船长昨天还一直盼望能逃离会让他想起那场船难的地方，但是今天他和其他人一样，开始觉得比起燕子号的沉没，去内陆令他们离野猫岛的生活更遥远。今天早上，燕子谷的发现者——提提和罗杰也不着急出发了。当罗杰看见一艘划艇从达里恩峰朝湖的这边驶来，而提提从望远镜中看见那正是弗林特船长的划艇时，大家都很高兴，因为这给了他们一个很好的理由，让他们不必把各自的疑虑说出来也可以多等一会儿。大家都知道，除非弗林特船长有事情要告诉他们，否则他不会划船来马蹄湾。

此刻的马蹄湾看起来似乎又回到了发生船难的那天。帐篷都已拆掉并卷起来塞进了背包里。帐篷的支柱也被拆成一节一节的，捆在一起。每位探险家都背着一只背包，除此之外，每两个人还抬着一根扁担，上面挂着一捆用毛毯或防潮布裹好的行李。苏珊和约翰抬着比较粗的那根扁担，一直在试着他们能挑起多少行李。提提和罗杰的担子就轻不少。

虽然每个人都尽了全力，但还有很多东西没有打包。显然他们还得再来一趟。

弗林特船长划着船进入马蹄湾时看见了以上这幅景象。而在他离湖湾还很远的时候，探险家们就已经知道，他带了不少东西给他们，这将大大增加他们的负担。

"他的船尾装了好多东西啊，"约翰接过望远镜之后说，"两大麻袋，还有好些包裹。"

"噢，我希望他带了一些面包，"大副说，"我们的面包差不多吃光了。"

"这下要运的东西就更多了。"约翰说，有一段时间他还想他们的探险队里有一两头骆驼就好了。

"我们总归是要拿食物的，"大副说，"大家的胃口都不小。"

"他怎么带了一根木杆呀？"罗杰说。

"好家伙，"约翰船长说，"那是燕子号的旧桅杆。"

正是那根木杆让他们为去荒原上露营的事感到开心了一点。弗林特船长立刻向他们解释了木杆的由来。

"船长，帮我抬一下这根挪威杆，"他边说边划着船靠岸，"我觉得你们可能想尽快拥有一根新桅杆。这是根好木杆，船匠们也已经削出了基本轮廓。你们只要照着旧桅杆继续打磨就行。"

约翰抬起那根光秃秃的长木杆的一端——木杆上面还留着扁斧凿过的痕迹，弗林特船长抬着另一端，他们一起把它抬到了岸上。然后他们把燕子号断成两截的旧桅杆也抬上岸。他们很难相信那根粗糙的木杆能打磨得像旧桅杆那样光洁平滑。

"我们只有小刀啊。"约翰说。

"以前那些遭遇海难的水手就是用小刀做出桅杆的，"弗林特船长说，"不过你们不用这样做，我给你们带了刨子和一把测径器。等你们准备好了，我们就去弄点亚麻籽油给它刷上。"

不知为什么，只是做一根桅杆，只是看看地上那粗糙的木头，就让遭遇船难的水手们越发相信燕子号迟早会回来，他们很快又可以在小岛过上自由自在的生活，随时扬帆起航。

"我们每天都会来这里打磨桅杆。"约翰船长说。

"你们是不是要把营地搬到河岸？"弗林特船长看着沙滩上的行李问道。

"不是，"提提和罗杰同时回答，"我们要搬去荒原上的溪谷那里。"

"就是我们告诉你的那座溪谷，"提提继续说，"你知道的，当时你还说上面有片小鳟鱼湖。"

"顺便说一句，"弗林特船长说，"如果你们说的溪谷就是我想的那座，那我就搞明白了，当我要把小湖的事情告诉你们妈妈的时候，你们为什么阻止了我。当时我不知道是怎么回事，不过现在我知道了。那里是不是还有个山洞，就在路的左边？"

提提的脸拉了下来。莫非世上所有神秘的地方都已经被人发现了吗？

"那是彼得·达克山洞。"她说。

"三十年前，我把它叫作'本·甘恩洞'。那是个露营的好地方。"

"南希和佩吉知道那里吗？"

"据我所知，她们从没到过荒原的这一边。"

"不要把山洞的事告诉她们。"提提说。

"没问题，"弗林特船长说，"但是你们要把这根木杆搬上去可要费不少劲呀！"

"我会下来做这项工作。"约翰说。

"我们都来。"罗杰说。

"你们刚刚准备出发，是吧？我船上其余的货物，"弗林特船长转过头看着划艇说，"是你们的补给，你们的妈妈让我把它们转交给大副。不管你们带不带桅杆到荒原上去，这些东西都是你们需要的。总之，你们是不是最好带上我做你们的搬运工啊？"

"太感谢啦！"大副说。

"他们一般都有原住民搬运工，"罗杰说，"所有的探险家都是。"

"可他不是真正的原住民，"提提说，"从去年的战斗之后就不是了。"

"不管怎样，我还是可以帮忙搬东西去荒原的呀。"

"那就麻烦你了。"提提说。

弗林特船长可能是有些胖，但他的身材很魁梧，探险家们恨不得把所有行李都让他背上。他的船上有一根长长的锚索，他用锚索和一块旧防潮布包扎了一大堆食物，有大罐的干肉饼罐头、饼干和面包，还有他刚从霍利豪依带来的两小袋豌豆和土豆。

"他能背得动吗？"苏珊疑惑地问。

"要是你再放一盒火柴进去，恐怕就不行了。"

于是，他们捆好了包裹。然后弗林特船长弯下腰，将绳子的另一头搭在肩膀上，顺势把包裹甩到背上。他背着包裹跟跟跄跄地往前走，还好能走得动，如罗杰所说，能一直走才是最要紧的。

"嘿，你们在忙什么啊？"湖面上传来欢快又响亮的声音，"吉姆舅舅带着什么东西逃跑啊？"

亚马孙号已经驶入马蹄湾了。大家都回头去看。燕子号船员们不敢相信，正忙着拉出活动船板和收帆的南希·布莱克特船长和佩吉·布莱克特大副——她们头戴红色针织贝雷帽，身穿棕色衬衫和蓝色短裤，跟他们昨天才见过的那两个身穿白色连衣裙、一板一眼地并排坐在马车上、跟着姑奶奶兜风的小女孩是同样两个人。

"你们是怎么逃出来的？"背着一只超大包裹的弗林特船长慢慢转过身来问道。

"姑奶奶一听说你走了，就决定趁着今天的好天气去湖的另一头。她说她想跟牧师讲讲以前是怎么做事的。她听说他现在的做事方式不太一样了。当然，妈妈也得一起去。她们要到午饭时间才能回来。"

说这话的是佩吉。

"今天很幸运，刮的是东风，"南希说，"来回都顺利。不需要转帆。所以我们逮住机会就逃出来了。"

"不过我们得赶回去吃午饭。"佩吉说。

"今天下午又要坐可恶的马车，"南希说，"不过先不管那些了。你们都在忙什么啊？"

弗林特船长顺势把包裹甩到背上

“我们在转移营地。”约翰说。

“搬去罗杰和我发现的那座溪谷。”

“溪谷那里有个……”罗杰话没说完，就看见提提的脸色变了，于是及时打住。

“噢，”南希说，“吉姆舅舅还可以帮你们更多呢。你们可以把很多其他的东西装进他的口袋。他衣服上的口袋很结实，而且真的很大。”

“约翰船长，”弗林特船长说，“如果你不让这两个海盗帮忙运东西的话，那就太浪费了。她们的时间很充足，也不用担心热着她们，扬帆回去的时候她们就又凉快了。”

“来吧，佩吉，”南希船长说，“我们拿一支桨来，让他们瞧瞧我们的厉害。”

于是，这两个海盗从亚马孙号上拿来一支桨当作扁担，挑起了一捆行李，裹住行李的那块布正是被约翰和弗林特船长剪掉一块用来给燕子号打补丁的那块防潮布。最后只剩一些小东西了，不过正如南希说的那样，弗林特船长还有很多大口袋。

探险队准备出发了。

“鹦鹉怎么办呀？”苏珊说。大家都已习惯把波利当作船上的一员，可是现在连提提也忘记了，它不能拿它自己的笼子，况且它还待在笼子里呢。

“波利和我是老船友啦，”弗林特船长说，“最好让我带着它吧。”

“噢，你只要拿着它的笼子就行，”提提说，“波利可以站在我们的扁担上，我和罗杰会抬着它走。”

"八个里亚尔!"那只绿鹦鹉落在提提手上时叫了一声,然后它跳到扁担上,当提提和罗杰把扁担抬起来时,它动了动就站稳了。

"如果你指的是我背的这一大包东西,"弗林特船长说,"那可比八个里亚尔重得多。"

"不可能吧。"罗杰说。

"嗯,感觉就是这样。"弗林特船长说,"我们出发吧,没准走起来就不会觉得这么沉了。"

于是探险队出发了,不过在出发之前,提提又提醒约翰和苏珊不要提起跟彼得·达克山洞有关的事。"现在还没到时候,"她说,"谁也不知道会怎样,毕竟,她们是海盗。"

约翰船长和苏珊大副走在最前面。苏珊大副在他们的扁担上挂上了牛奶罐子,这样她就能扶住罐子以免牛奶泼出来。他们后面是弗林特船长,他弯着身子,一只手提着鹦鹉笼子,另一只手扶住肩膀上的大包。然后是那两个亚马孙海盗,她们抬着一支船桨,上面挂着一包东西。走在最后面的是提提、罗杰和那只鹦鹉——它站在扁担上,扁担上还挂着他们的一包行李。

弗林特船长看了一眼那座桥,说桥洞太小他过不去,更别说他还背了一大包东西,他打算从石墙上的豁口穿过去,然后过马路,如果有野人发现了他,嗯,他们要是不同情他的话,那就太冷酷无情了。接着约翰指出,如果有人看见他们过马路,很可能会误以为这是原住民在运送货物去农场。这样,约翰和苏珊抬着扁担上的东西穿过了马路,就好像他们做的是原住民日常做的那种事,与探险家和遭遇船难的水手没有任何关系。就连亚马孙海盗们在最后时刻也改变了主意，她们一开始想从桥底下穿过去。其实，桥底下的空间的确很狭窄，要想弯腰穿过去而不浸湿挂在船桨上的东西，这似乎是不可能的。所以，尽管她们看起来不太像原住民，还是跟着弗林特船长、约翰和苏珊一起穿过了马路。

不过提提和罗杰坚持从桥底过去，没有什么可以阻止他们。他们挑的包比其他人的小，但即使这样，提提还是认为最好先把鹦鹉送过去，让它在对岸看守她的鞋子，然后她再回来和罗杰一起运行李。

"已经是第二次浸水了。"当他们走到一半的时候，罗杰说。

"把扁担举到头顶上，"提提说，"就像这样。"

"我正举着呢，"罗杰说，"我的指关节都擦破皮了。"

鹦鹉在桥的另一边大声尖叫着欢迎他们。他们停下来重新穿上鞋子，然后帮罗杰清洗干净指关节，包扎伤口。幸好他随身携带了一块干净的手帕。做完这些事之后，他们向前飞奔，顺着溪流沿岸爬上陡峭的松树林，扁担下挂着的那包东西左摇右晃，扁担上那只绿鹦鹉也不停地扑打翅膀以保持平衡。他们试着统一步伐，但是那包东西晃得比之前还厉害。

"就那样吧。"一等水手说，"波利，抓好了。最重要的是加快速度。"

他们在树林尽头追上了其他人，那里也是昨天他们停下吃早餐的地方。他们短暂休息了一会儿，每个人都吃了一点巧克力，连鹦鹉也吃了一小口。大副很明智地把巧克力放在了背包的外口袋里，这样她在途中就可以拿出来。接着，大家一起帮弗林特船长背上那只大包，然后又抬起各自的扁担继续往前走。探险队沿着小溪岸边的羊肠小道往荒原上爬，一会儿穿过石楠丛，一会儿绕过岩石。这一次，提提、罗杰和鹦鹉走在

最前面，南希和佩吉跟在他们身后。苏珊和约翰走在队伍的最后，因为大副真的有点担心弗林特船长的口袋太满了，会有什么东西掉在路上。

"这不是我这个年纪的人适合走的那种路啊。"弗林特船长喘着粗气说。他在岩石和石楠丛中穿来穿去、爬上爬下也有好几分钟了。

"这是条很不错的羊肠小道，"约翰船长说，"其实真的还算宽敞，只要你把脚放到合适的地方。"他已经把这条路当成是通往燕子谷的必经之路了，所以他不想听见任何人说它不好，正如他绝不允许任何人在任何时间、地点说有一艘比燕子号更好的船。

弗林特船长在接下来的几分钟里没有再说什么，只是竭尽全力地往前走。

"为什么以前我们从没想过要来这里？"佩吉说，"其实并不远。看呀，那边是……"

她说出了那座高山的名字。但是一等水手听见后，立刻纠正了她。

"那是干城章嘉峰，"提提说，"如果你指的是那座最高的山。"

南希突然停了下来，猛地扯了一下船桨另一头的佩吉。

"干城章嘉峰有何不可？"她说，"真见鬼，为什么我们不去爬那座山！"

"我们准备去。"提提说，"你们以前爬过吗？"

"曾经去过一次，"佩吉说，"很多年之前了，但不是一回事。"

"完全不是一回事。"南希说。

"哦，我们一起去爬吧，"提提说，"带上登山绳。"

"要是姑奶奶不在就好了。"南希说。

"昨天我们看见你们了，"罗杰说，"你们坐在马车上。"

"真的？"南希冷冷地问。

他们跟跟跄跄地往前走，很长时间都没有人说话。用扁担或船桨挑着沉甸甸的行李，走在这样狭窄而曲折的小路上，很难抽出精力说话。弗林特船长更是连气都喘不过来。

小瀑布的响声越来越大，走在探险队最前面的提提和罗杰终于在瀑布下面停住了。

"我们要爬上去吗？"南希说，"还要带着这些东西？"

"我可不行，"弗林特船长说，"背着这包东西不行啊。我们最好绕路从另一边进山谷。"

"直接爬上去更有趣，"南希说，"我们可以在上面把行李拉上去。只要解开这一大包东西，我们的绳子绝对够长了。"

"此外，"提提说，"我们离开小溪就会进入一片空旷的荒原，数千米之外都能看见我们。"

就这样，他们卸下了所有的行李，把它们堆在瀑布底下。南希和佩吉也解开了亚马孙号那根长长的锚索，之前她们用它把行李系在船桨上。约翰抓着绳子的一头爬到了瀑布上面。其他几位探险家和两个海盗看见绳子真的足够长，就跟在他后面爬了上去。弗林特船长留在下面依次用绳子捆住每一只包。

当燕子号船员们看见南希和佩吉对燕子谷赞不绝口的时候，他们非常高兴从马蹄湾搬来这里。南希爬到瀑布上面看见溪谷的那一刻，她就知道这真是一个好地方。"这是我见过的最好的藏身之所，"她说，"你们

想想，这么多年它一直在这里，而我们竟然不知道它的存在！"

"你还不知道它有多神秘呢！"提提说。南希对她的溪谷这么有好感，让她颇为自豪，她差点就要多说几句的时候，从下面传来一声喊叫。

"开始拉！"

南希立刻想起了正事。

"注意拉绳子的节奏！"她大喊道，"来唱支小调吧！"

"应该唱那首《哟嚯》。"提提说。

于是她领唱起来：

大清早呐，一个喝醉的水手呐，我们该拿你怎么办？

一个喝醉的水手呐，我们该拿你怎么办？

一个喝醉的水手呐，我们该拿你怎么办？

大家也和她一起唱：

大清早呐，哟嚯，把她拉上来哟！

哟嚯，把她拉上来哟！

哟嚯，把她拉上来哟！

瀑布不是很高，他们所有人一起拉绳子，弗林特船长的那一大捆东西咔嗒咔嗒地往上升，正好在他们的歌声结束之时越过岩石边缘进入了溪谷。当你有两位船长、两位大副、一个一等水手和一个实习水手同心齐力地拉绳子，还有一只鹦鹉在旁边的岩石上发出鼓舞人心的尖叫、唱起那支小调、特别是大家一起合唱的时候，就能轻轻松松一把一把地往上拉，不管东西有多沉，这让人简直不敢相信。最后，大包小包终于都被拉上去了，弗林特船长自己抓住绳子开始攀爬岩石，而两位船长、两位大副和其他船员还在上面喘着气呼哧呼哧地唱着："哟嚯，把她拉起来哟！"

"刚才那样唱完全不对嘛，"罗杰说，这时弗林特船长已经上来了，他们可以松开绳子了，"他不是歌里的'她'呀。"

"没关系，"弗林特船长说，"如果真的像歌里唱的那样，什么锚啊、包啊，都拉不上来了。"

亚马孙海盗们和弗林特船长帮忙把东西从瀑布上面转运到苏珊计划搭帐篷的地方，那里靠近灶台和一个方便清洗餐具的小旋涡。一等水手紧跟在他们身后，十分担心他们看见那个被石楠丛遮住入口的山洞。罗杰一个劲地用手指着小水塘中的鳟鱼，只要他们不去看石灰岩壁底下的那团阴影，也不去看仿佛长在石缝中的茂密的石楠丛。糟糕的是，路上散落了一些干柴枝，从灶台一直通向山洞。毫无疑问，这是昨天他们返回马蹄湾之前，搬运柴火时留下的。提提暗自抱怨他们怎么那样蠢，没想到这个问题，于是下定决心，不管发生什么，都不能再留下一点破绽了。你只要看见那些干柴枝，跟着它们就能走到那块岩石附近，彼得·达克的山洞就不再是秘密了。不过那两个亚马孙海盗完全没注意它们，要是她们不那么赶的话，还是可能会发现它们的。但是弗林特船长一直在提醒她们要赶回去吃午饭，所以她们只能扫一眼四周就又跑回到

亚马孙号上，扬帆返航了。

"别忘了前天吵架的事，"弗林特船长说，"今天可没有船难作借口了。"

"就连船难这个借口都不够好，不是吗？"南希说，"我们会抓紧时间。我们可不想把你卷进别的麻烦。"

"不是真的吵架吧，因为你们前天留在马蹄湾是为了帮我们啊。"

"不是吗？"南希说，"你不知道姑奶奶的脾气。嘿，从外面看这座溪谷是什么样子？"

"从外面根本就看不见，"提提说，她很欣慰可以让亚马孙海盗们远离那个山洞了，"过来看看。"

他们一起爬上了溪谷陡峭的北坡，向荒原望去。

"十米之外根本就看不见这座溪谷了。"约翰说。

"那块大岩石是什么？"南希指着北方问。

"瞭望台，"约翰说，"至少它将成为瞭望台。"

"呃，"南希说，"从很远的地方都能看见它。"

"这就是它适合作瞭望台的原因。"提提说。

"如果我们从荒原上过来的话，它会帮我们找到溪谷，"南希说，"我们会的，没错。只要我们能第一时间溜出来，就会给你们来个突袭。明天我们来不了。"

"我们会奉陪到底。"约翰船长说。

"要是还不赶紧走的话，"弗林特船长说，"你们以后别想溜出来了。"

"好啦，"佩吉说，"你才会迟到呢。我们不会。今天的风对我们有利。"

"什么？直到下午茶的时候我才当班。不过看在老天爷的分上，你们就不要迟到了。至少让我清静一两天吧。"

"他跟我们一样害怕姑奶奶。"佩吉向苏珊解释道。

"他怕得更厉害，"南希说，"妈妈也是，可怜的人呐。"

"他甚至还穿上了绅士风范的套装呢。"佩吉说。

"哎呀，"南希说，"我们还不是穿上了连衣裙？快点！我们的时间很紧。我都忘了我们是穿着便装溜出来的。"

她们飞跑到溪谷，拿上船桨，盘好绳子，然后向瀑布奔去。几分钟后，一直目送着她们的燕子号船员和弗林特船长发现她们消失在树林里。

"她们没有认出那个山洞。"罗杰说。

"没错。"提提说。

"老天在上，"约翰船长说，"我们就恭候她们的突袭吧！"

"不要指望她们会来，"弗林特船长说，"她们要溜出来真的有点困难。"

"我想那个姑奶奶一定很恐怖。"提提说。

弗林特船长既没说"是"，也没说"不是"，只是提醒他们，他要去霍利豪依，如果他们想写信的话，他可以捎过去。这样一来，尽管行李还堆在灶台旁边、帐篷也没有搭起来，他们还是翻出了提提的文具，写了一封急件说他们已经转移好营地，不用再担心热病或洪水，他们希望妈妈和船宝宝可以尽快过来享用下午茶，信的落款地址是燕子谷，然后每个人都签上了自己的名字。

"不过她们怎么能找到这里呢？"苏珊说。

"我会去下面打磨桅杆，"约翰说，"所以她们只要来马蹄湾就没问题。"

这个内容也加进了信里，他们折好信，放进一只信封里，然后在信封上写下"霍利豪依妈妈收"。罗杰还在信封左上角写下了"海盗邮政"。

他们写信的时候，弗林特船长就默默地抽着他的烟斗。"对了，"他说，这时他们刚写完信，而他好像突然想起了什么，"如果可以的话，我想去你们的山洞里看一眼。我想现在应该不要紧吧，那两个家伙已经走了。"

苏珊把手电筒借给他，他屈着身子钻了进去。探险家们也挤在他身后跟了进去。

"这里比我想象的要小。"弗林特船长进去之后，站起来说道。他走到入口右边，找到了用小刀刻在岩壁上的几个潦草的字母："本·甘恩"。

"我们也要把彼得·达克的名字刻上去。"提提说。

"本·甘恩会很高兴和它在一起。"弗林特船长说。

"这是你刻的？"约翰问。

"嗯，三十多年前的事了。"弗林特船长说。

稍后，他离开了荒原。他说他很想留下来和他们在一起，但是担心在干重活之后，如果不保持运动，就会浑身酸痛。不管怎样，第二天早上他还会来马蹄湾，告诉约翰怎么使用刨子和测径器。他们把他送到瀑布边，说他为搬运工作出了很多力，然后在他顺利爬到下面的小溪边时，跟他说了再见。弗林特船长朝树林走了一小段路，当他转身想和探险家们挥手告别的时候，那里一个人也没有了，而他本以为会有人在瀑布上目送他呢。原来探险家们正忙着在新营地里搭帐篷。

第十四章

适应新环境

　　现在有许多事情要做，这些遭遇船难的水手私下里很高兴，终于可以清静地做自己的事了。在需要人手帮忙的时候，原住民和海盗（弗林特船长和亚马孙海盗）倒是能出不少力，他们帮忙搬运东西，有时还帮着捎信，当然还能积极参加探险活动。但是眼下要在一个新地方搭建一座新营地，不少问题需要解决，他们就派不上用场了。那一天，燕子号船员们差一点就决定在燕子号修好返回之前，他们暂时不再是遭遇船难的水手，而是住在山洞里的野人部落，他们要在夜晚围着火堆跳舞，还要在长杆子上挂图腾，用欧石楠编成花环敬奉它们。但是约翰想起来还有桅杆的任务要完成，而苏珊说那个山洞其实也不适合居住，罗杰觉得有了自己的新帐篷而不住是说不过去的，提提知道野人们从不绘制地图，所以他们决定哪怕经历了沉船事故，还是继续当探险家和水手。他们就这个问题讨论了一番，讨论结束时，他们很庆幸没有外人偷听。他们自己可能很快就忘了这件事，但是如果有其他人在场的话，他们就很难假装从来没有对自己的角色产生过怀疑。

　　提提总结了一下大家的想法，她说："只要我们是探险家，就可以去做任何事情。想想去年吧。但如果我们是野人，去爬干城章嘉峰还有什么意义啊？我们就该一屁股坐在地上吃生肉。"

　　"而且，"苏珊说，"我们还要做我们的暑假作业呢。探险家看书是没什么问题的。"

这倒提醒了提提，当野人有一个好处就是不必学习法语动词了，不过她没有这样说。无论如何，法语动词还是要学的。

"我的作业都是代数，水手必须学好代数。"约翰说。

"我们经历了沉船事故，"提提说，"然后现在为了躲避潮汐波、巨鳌蟹和诸如此类的东西……"

"还有鳄鱼。"罗杰说。

"我们已经搬到了山区。这是唯一明智的做法。如果还在原来的地方，我们可能都会患上热病。"

"好的，"苏珊说，"就这么定了。我们继续搭帐篷吧。"

"爸爸给我们的这些帐篷真的很好，"约翰船长说，"如果是那种必须挂在树上的帐篷，在这里可就用不上了。"

"首先这里就没有树。"罗杰说。

"那杂物帐篷怎么办呀？"提提说。

"我们要利用那个山洞。"苏珊说。

"那么彼得·达克就是看守者。"提提说。

小溪谷的南边有一块非常平坦的空地，就在溪流与山洞之间，大得足以容下四顶帐篷。探险家们都把帐篷门对着小溪。帐篷后面就是溪谷的峭壁，很好地保护了他们免受强劲南风的侵袭，即使有人从荒原往溪谷这边看，如果不够近的话，就完全看不见他们。大副的灶台搭在帐篷和小溪之间，这是她搭过的最好的灶台之一，旁边就是那个似乎专门用来清洗餐具的小旋涡。

"这是我们有史以来拥有过的最好的营地。"当最后一顶帐篷搭起来後，苏珊一边环顾四周一边说道。

"当然，野猫岛的那座营地除外。"提提说。

"这里不是岛，"苏珊说，"所以当然比不上那座。但是和我们其他的营地相比，这里就是最好的了。不过还有不少事情要做呢。"

"首先，我要给上面的那个水池筑一道坝，"约翰说，"造一个泳池出来。"

"我们现在就行动吧。"罗杰说。

"我们必须先处理好这些杂物，"苏珊说，"但是在把东西搬进山洞之前，得打扫干净洞里的灰尘。"

"彼得·达克是不会介意的。"提提说。

"它当然不会介意，"苏珊说，"它也要和我们一起来大扫除。现在要派人去砍一大束欧石楠回来。你们两个去吧，我来准备做饭。"

"要是遇到小毒蛇怎么办呀？"罗杰说。

"没事，罗杰，"提提说，"我也去。幸亏那天我们都忘记了小毒蛇的事，要不然就不会发现燕子谷了。"

"不用手抓它或用脚踩它就没事。"大副说。

"只要罗杰弄出平时一半的动静，"船长说，"他们就没机会碰见毒蛇了，除非蛇睡着了。"

"快点，"提提说，"我们来比一比谁的小刀更锋利吧。对了，罗杰，我们同时还有其他事情要做。"

然后，一等水手和实习水手爬上了溪谷的北坡，他们大声说话，用力踏步，好让蛇躲开他们。他们准备砍下一大捆欧石楠给大副做扫帚。

他们这里砍一点，那里砍一点，但是始终朝着那块平顶岩的方向前进，约翰说过要把那里当作瞭望台。他们第一个发现了这座溪谷，那为什么不能第一个爬上瞭望台呢？

大副从彼得·达克的山洞里取出一些备用的柴火，开始为探险队烧火做饭，此时，船长还在搭建他的游泳池。溪谷两侧有很多松动的石头，他搬来那些扁平的大石头，在外围码上大石头之后，再用小石子填上缝隙。他正在堆一根方方正正的柱子，不太高，也不太粗。

"这是用来干什么的？"大副问。

"给鹦鹉做的，"船长说，"我想在提提回来之前把它弄完。"

他把两根长扁担中的一根切成两半。一半用来做扫帚的把手，另一半横穿过那根柱子的顶端，就像稻草人的手臂伸向两旁。苏珊帮他抬起一块大板岩，放到柱子顶上。然后，他把鹦鹉笼子放在上面，打开了笼子门。他把手伸进去，鹦鹉就跳到他的一根手指上。很快鹦鹉摆脱了笼子，稳稳地站在那根杆子的一头。它伸展翅膀动了几下。

"漂亮的波利。"鹦鹉说道。

"它确实长得漂亮，"船长说，"我想知道它能不能走回它的笼子里。"

"拿块糖试试。"苏珊说。

约翰拿起一块糖逗鹦鹉，然后把糖放进笼子里。鹦鹉侧着身子在那根杆子上慢慢移动，直到它的喙刚好够到笼子。接着它咬住笼子上的一根横条把自己拉起来，爪子不停地乱抓，直到它落在那块板岩上。然后它绕着笼子走到门前进去了。

"它会发现出来的时候更吃力。"约翰说。

但并不是这样，这只来自船上的鹦鹉不是徒有虚名。它爬上爬下，毫不逊色，而且它很快就找到了一个窍门，用喙和一只爪子把自己挂在笼子上，同时伸出另一只爪子试着去抓那根杆子。

欧石楠的韧性很强，很难切断，而一等水手和实习水手还进行了一次小探险，所以当他们各自抱着一堆欧石楠从溪谷的陡坡爬下来时，波利又一次站在了那根杆子上。火堆里的火烧得正旺，水壶里的水也要烧开了，船长在大副的安排下正在剥豌豆。

"嗨，"大副高兴地说，"你们真不着急啊。"

"我们爬到了瞭望台上。好家伙！这个对波利来说，真是太棒了。你们什么时候建的呀？以前这里可没有。"

"你们去砍欧石楠的时候。"

"我们还爬上了那块岩石呢。从上面能看见半径一百米以内的一切。"

"四面八方都能看见。"罗杰说。

"而且那块岩石上有一小块凹陷的地方，要是你躺在里面的话，没人能看见你，除非从山顶用望远镜才能看见。"

"去看看吧！"罗杰说。

"先吃饭，"大副说，"过来，一等水手，还有你，实习水手，来剥豌豆，让船长去做扫帚。等吃完饭你们都去看那块岩石，我去打扫那个储藏室。"

"是彼得·达克山洞。"提提说。

一等水手和实习水手开始剥剩下的豌豆。他们扔给鹦鹉一个豆荚，它十分利索地剥好了它，然后把壳撕碎扔到一边，不过它也把豆子弄掉

了，苏珊说这些豆子不干净，不能和其他的混在一起。豌豆全部剥完后，苏珊立刻开始做饭。这是一顿丰盛的午餐，有热气腾腾的干肉饼、放了很多奶油的豌豆，然后是日常的圆面包、果酱、巧克力和苹果。趁着饭还没做好，约翰拿来给鹦鹉做栖木剩下的那半根扁担，在扁担一头用结实的绳子绑上一大束欧石楠，他把绳子在欧石楠黑色的茎干上缠了一圈又一圈，直到最后剩一点塞进茎干中间，这样就看不出绳头在哪儿了。他做了一把很漂亮的扫帚，大副一看见就迫不及待地想拿来试试，那种急切的心情和其他人想去瞭望台的心情不相上下。不过午餐已经准备好了，没有厨师愿意让做好的饭菜在一旁变凉，所以扫帚暂时被放在岩石边，直到午餐结束、脏盘子被放进小旋涡里用清水冲洗干净。

一等水手和实习水手想过要帮忙打扫山洞，但是大副阻止了他们。

"里面太脏了，"她说，"要是我们都挤进去的话，估计连转身的地方都没有了。等我把里面打扫干净之后，你们随时可以进来。"

"过来，"约翰船长说，"没有一个好的瞭望台就不是一座好的营地。我们一定要找到一个能俯瞰整片荒原的好地方。还记得亚马孙海盗说过要来一场突袭吗？她们会来的，不过这突袭是给她们准备的。"

"不可能有比那块岩石更好的地方了。"提提说。

"嗯，让大副自己干活吧，我们去看看那块岩石。"

那块岩石就是提提和罗杰的全部希望。更妙的是，从靠近燕子谷的一侧去爬那块岩石，不管爬上还是爬下，都是最佳的路线。

约翰船长把提提和罗杰留在岩石上面，自己一个人沿荒原走了很远。然后他回头使劲往岩石那边看，以为他们还在原地没动，就挥手示意让他们出发，同时还大喊道："现在可以啦。"就在同时，他发现他们其实已经爬下了岩石，正沿着石楠丛中的羊肠小道向他走过来。

"你们太棒了！"他说，"没有比那里更好的地方了。以后每天都要派人去那里站岗，一旦有敌人出现，就立马返回燕子谷向大家发出警告。"

他们满心欢喜地回到燕子谷的时候，发现苏珊正站在帐篷旁，望着彼得·达克山洞入口上方的那侧溪谷。

"怎么了？"约翰从另一侧的陡坡冲下来，跳过小溪问道。

"看！"大副说。

"是什么？"

"看呀。"大副指着山洞入口上面的一根粗枝条说道，那根枝条穿过一簇欧石楠往外伸着，"那是扫帚的把手。我从洞里面捅出去的。刚才我在里面点了一盏烛灯，不过在做清洁的时候打翻了。然后我就看见洞顶上照进来一点微光，我用扫帚把捅了捅，竟然捅了出去。这就解释了为什么洞里的空气还不算糟糕，只是有些灰尘而已。我猜以前有人在那里住过。"

"太好了，苏珊。"约翰说，"那么以后遇到袭击的话，我们全躲进山洞也没问题。这正是我们梦寐以求的。之前我还有点担心。我要上去清理一下那个小洞。"

"这下就可以让鹦鹉晚上去山洞里睡觉了，"苏珊说，"我们没法给它支起杂物帐篷，提提的帐篷里也没有多余的地方留给它，现在洞里也通风了，它住进去正好。"

"没准是彼得·达克弄倒了烛灯，这样你才发现了那个小洞，"提提

说，"它知道那只鹦鹉要来陪伴它。"

"唔，没准是这样。"苏珊说，发现她的储藏室能正常通风，她真的非常高兴，才不在乎彼得·达克要怎么利用这个山洞。

约翰爬上岩石突起的山坡，将扫帚把推回去，这样扫帚就掉进了山洞里。他还砍掉了一些欧石楠，让更多的空气能通过那个小洞流通，但还不足以让人注意到它的存在。

然后，大家都进了山洞。苏珊把这里收拾得焕然一新。漫天的灰尘不见了。她还打了溪水洒在地上，把地扫了一遍。"下一次我要用上茶叶渣，"她说，"今天没想到这件事，茶叶渣都被我倒掉了。"饼干盒和所有小件行李已经整整齐齐地沿着墙脚摆放好了。提提和罗杰一看见那些饼干盒，就想到它们可以拿来当凳子。在一面墙上有一块突出的岩石断层，可以充当架子，虽然不是很平整，但足以放上一盏烛灯，完全不碍事。"太合适了，"约翰说，"除非是夜晚，否则没人能从山洞外面看见一丝亮光。"约翰已经砍掉通风口外面的一些欧石楠，但是只有少量光线能透进来。

大副得到了大家的充分赞赏，这时她说："好了，我们已经把柴火全用在做今天的午饭上了。营地已经收拾好了，那我们开始干活吧。大家都去捡柴火，然后写暑假作业，怎么样？"

"我还要建游泳池呢。"约翰说。

"那就得建一道水坝。"罗杰说。

"我们肯定要弄的，不然明天我们就没法洗澡了。"提提说。

"好吧，我想我们应该洗个舒舒服服的澡，"大副说，"不过我们必须先去捡备用的柴火回来。"

到了下午茶时间，山洞里已经存放进了一堆柴火，和亚马孙海盗们在野猫岛上堆的柴火垛差不多。晚饭时分，浑身上下被水花溅湿的探险家们终于歇下了，他们看着溪水拍打刚刚建好的水坝，水坝很牢固，由两层大石块搭建而成，中间还贴上了一层草皮，水坝的底部和缝隙里也塞满了小石子。水坝将水池里的水位抬高了三十多厘米，而且现在溪谷尽头的瀑布落到水池的声音也变了，这个水池用来游泳还不够大，但是比一般的浴池好很多。夜晚，探险家们钻进他们的帐篷，都不由得回味这忙碌的一天。燕子谷的生活就此开始。

燕子谷营地

第十五章

燕子谷的生活

第二天早上，探险家们都睡到很晚。他们一醒来就跑到溪谷的尽头，看看水坝有没有被冲垮。没有，一块石头也没有松动。每个人都跳进新泳池里洗了个澡。返回营地后，苏珊正要提醒大家，去斯温森农场要走很长一段路，得赶紧在早餐之前拿回牛奶，突然传来一个欢快的声音："嘿，你们过得挺舒服的嘛。昨晚睡得好吗？"原来是玛丽·斯温森正站在山洞上方的坡顶往下看着他们。她一只手提着牛奶罐，另一只手提着一只大篮子。

"这是大米布丁，"她说，"从霍利豪依带来的。沃克太太明天要来和你们一起喝下午茶，到时她会再带一块布丁过来，所以你们今天得吃完这块哦。"

"别从那边下来，"约翰说，"那边很滑。"

不过玛丽·斯温森似乎很熟悉这座溪谷。她沿着溪谷边缘往前走了几米，沿着一条小路下来了，那条小路的尽头就靠着那个泳池。

"你们建的水坝可真不错啊。"她说，这时约翰和苏珊已经迎上去从她手里接过牛奶罐和篮子，"你们说得很对，那个坡很滑。我的兄弟们以前经常从坡顶滑到坡底，磨破了很多条裤子。"

罗杰没想到那个陡坡还可以这样玩。他立马跑过去要试一试，他先从半坡滑了一次，然后爬到坡顶滑下来。那个陡坡真是一个非常好的天然滑梯。

"还有一个更好的坡在那边。"没过多久，玛丽指着溪谷的另一面说，"那边不太陡，"她补充道，"也不会把衣服磨损得很严重。"

"擦破皮了。"罗杰说，从彼得·达克山洞上方的陡坡顶往下滑了两三次后，他的裤子已经磨破了。

"跟我去农场吧，"玛丽说，"我给你补一补。估计以后要补的裤子还很多呢。对了，你们已经找到去山洞的路了，是不是？昨天特纳先生顺路拜访我们的时候说你们在这里，我就想你们一定会找到。你们进去过了吗？"

"来看看吧。"苏珊说。没有人介意玛丽·斯温森知道山洞的事，甚至连提提也觉得没关系。不过约翰告诉她，目前山洞还是一个秘密，于是她答应不会说出去。

从这一刻起，玛丽·斯温森在这几位探险家的眼中，更像是他们的一个盟友而不是一个原住民，虽然她住在荒原脚下的农场里，每天从早忙到晚。她永远值得信赖。在燕子谷的第一个清晨，她和他们一起喝了茶。早餐之后，罗杰、苏珊和提提跟着玛丽去了农场，约翰则去马蹄湾和弗林特船长会面，和他一起做桅杆。罗杰第二天又去农场补裤子。玛丽每天都要给他补两次裤子，直到他玩腻了这个"磨裤子"游戏，提提认为这个名字最适合了。

不久之后，约翰离开了湖边树林里的小路，穿过另一片树林去往马蹄湾，这时，他听见一阵锯木头的声音。弗林特船长比他先到了，正忙着打磨桅杆的底部，让它尽可能和折断的旧桅杆一样，这样才能正好卡在内龙骨的底座里。这项工作很快就完成了。约翰从营地带来了刨子，

"磨裤子"游戏

把它装在背包里。现在，弗林特船长正在教他怎么使用它。那把刨子是弯曲的，所以它能把曲面刨得很平整，就跟用普通刨子刨平面板子一样。约翰还带来了测径器和大扳手，上面有一枚小螺丝钉，可以根据需要来调整扳手的开合大小。弗林特船长向约翰演示了怎么在两根桅杆上测取相同的长度，以及怎么在用测径器测量旧桅杆的厚度时把两个弯曲的尖头卡到桅杆上。然后，他开始均匀地刨那根新桅杆，直到它正好能卡在两个尖头之间。

"记住一点，"他说，"绝不能一次刨太多。如果刨少了可以继续刨，但刨多了，就再也补不回来了。"

他们整个上午都忙着做桅杆，一直忙到将近午饭前。这时，其他人也从农场回来了，讲了很多他们在农场的事情——跟斯温森老先生一起唱歌，帮斯温森太太缝新的拼布被子，见到小猪、小牛和小马驹，还有一只他们在这世界上见过的最大的虎斑猫。"它总是跟着玛丽，但是玛丽不让它走近燕子谷。她说它害怕鹦鹉，所以如果它真的来了也不要紧。"大副邀请弗林特船长留下吃午饭，弗林特船长欣然接受，他从里约带来了五块猪肉馅饼和五只水果派，还说希望他们能喜欢。他从灌木丛的阴凉地里拿出那只装有食物的包裹，然后又从船上取出一根钓竿、一只鱼篓和一只用来抄取上钩的鱼的抄网。他把包裹放进了鱼篓，这样方便他拿东西。

"我想在吃完饭后去那个鳟鱼湖，"他说，"到时我教你们怎么用飞蝇钓法①钓鱼。"

---

① 飞蝇钓法，用仿生饵模仿飞蝇、蚊虫、蜻蜓等有翅昆虫落水，刺激水体中凶猛掠食性鱼类的钓法。

"我们都去钓鱼吧！"罗杰说。

"在那个湖里如果不会飞蝇钓法，是钓不到什么鱼的，"弗林特船长说，"不过如果你们用一两条好虫子在小溪里钓的话，很快就会钓上鳟鱼。"

"我们也带了钓竿。"罗杰说。

"好的，你们就用虫子钓，看能钓到多少。"

在燕子谷吃午饭的时候，罗杰终于问了弗林特船长那个问题，尽管他从第一天起就在想那个问题，但是出于种种原因一直没有问成。

"弗林特船长。"罗杰开口说道。

"嗯？"

"你为什么用黑布把大炮遮盖起来了呀？"

"为了不让陌生人和灰尘接触它。"

"要是不想让陌生人靠近它，一架大炮比一块布更管用啊。"

"去年你们占领我的船屋、逼我走跳板的时候，大炮并没能阻止你们，不是吗？呃，我到现在还会被梦里的鲨鱼吓醒呢。"

"好吧，我们本来还想让你开炮来着。"

"但是现在我不在船屋上住了。"

"为什么不住了啊？"

弗林特船长沉默了一会儿。大家都等着听他说。最后他终于说道："听着，罗杰，一有机会我就会带上一桶火药到船屋去，到时你要过来亲自开炮啊。"

"那我们现在就去吧！"

"他去不了，"提提说，"因为有姑奶奶在。这是南希船长说的。"

"她不会永远待在这儿的。"弗林特船长说。

鳟鱼湖距离燕子谷大约一千米远，它位于荒原顶上，是在岩石的低洼处形成的小湖，四周长满了欧石楠。燕子号船员们看见它的时候，几乎都在想要是把营地搭在那个湖边就好了。不过提提说那里没有山洞，苏珊说把柴火运到燕子谷已经很麻烦了，如果要运到鳟鱼湖的话，只会更加麻烦。"来回一趟就要多走两千米！"罗杰说。"除此之外，"苏珊说，"去斯温森农场也更远了。我们所有的时间都会用在捡柴火和拿牛奶上。"约翰和弗林特船长谈论的则是完全不同的事情，他们在谈如何钓鳟鱼。当弗林特船长坐下来组装钓竿的时候，大家都开始安静地看着他。这一点也不像在下面的大湖里钓鲈鱼。首先，钓竿上没有鱼漂，其次也没有小鲦鱼或小虫。不过，弗林特船长打开一只小铁盒，从里面取出三个虫形鱼饵，递给罗杰让他拿着。

"它们是用什么做的？"约翰问。

"羽毛和蚕丝。都是些小的假蝇鱼饵，"弗林特船长说，"在这里大鱼饵不管用。那个是用丘鹬的羽毛和橘色的蚕丝做的。那个是用沙锥鸟的羽毛和紫色的蚕丝做的，还有，这是'黑蜘蛛'，用棕色的蚕丝和雄雉脖子上油亮的黑羽毛做的。在酷暑天里来这儿钓鱼，这是最好的鱼饵，最容易钓上来鱼。"

"这些都是你亲手做的吗？"约翰问。

"当然是我做的。"弗林特船长说。

"可以让我们试一个吗？"提提问，"罗杰带来了他的钓竿。"

"没有用，一等水手，你们没法用那种钓竿试飞蝇钓法，如果你们抛出那个红色的大鱼漂，鳟鱼就会被吓跑。要是你们有不少虫子的话，可以去小溪里逮一些鱼。"

"我们只有一条虫子了，"罗杰说，"不过它很不错。"

"好，你们带着它去小溪那边，看看收获怎么样。"弗林特船长说，他已经等不及要去钓鱼了，而湖水也被风吹皱，泛起阵阵涟漪，"约翰，来吧。大副，注意不要挡道哦，你带大家站远一些。我可不想没钓到鱼，却勾到了小探险家。"

他慢慢走到湖的南边，风就是从那个方向吹来的，他一边嗖嗖地前后挥竿，一边往外放线，然后把鱼饵抛到比涟漪最外层还远的地方。等了片刻，他开始一点一点地缓缓提起钓竿，往回收线，直到他平稳地往上一拽，将鱼饵从水中拉出来，甩到身后。停了半秒钟，等线垂直，他又开始往前挥竿，把鱼饵抛了出去，鱼饵一个接一个地轻轻飘落在离岸边一米远的地方。就这样三四次之后，那个用丘鹬羽毛和橘色蚕丝做的鱼饵附近有了水花，钓竿也变弯了，不一会儿，一条肥肥的小鳟鱼上钩了。在一旁等候已久的约翰赶紧把水下的抄网提了上来。罗杰和提提想跑过去看一看那条鳟鱼，但苏珊知道钓鳟鱼是一件重要的事，如果有一群人在岸上跑的话，鱼儿就不会上钩了，所以她及时拦住了他们，他们只好远远观望。接下去，弗林特船长把钓竿交给了约翰。不一会儿，约翰就高高举起钓竿往身后一甩，然后用力挥向前方，鱼线飞了出去，直到它再次伸直，落在他前方的水面上，这样鱼饵就会像雪花那样飘落下来。"现在，往上……停……再往前，"弗林特船长说，"瞄准水面上两米

替罗杰补裤子

的地方……不要把钓竿往后甩太远……不要太用力……把这个交给钓竿头……注意，我握着你的手教你怎么做。看。"这一次示范并不是太好，两个人握竿不如一个人握竿好使。最终鱼饵还是抛出去了，但离岸边只有一两米远。突然，水面溅起了水花，约翰猛地提起钓竿，鱼饵从他头顶飞过，被后面的欧石楠绊住了。弗林特船长慢慢退回去，解下鱼钩。

"哎呀，刚才是一条鳟鱼，是吧？"约翰说。

"当然。在同一个地方再试一次。稳住。记住鱼线在你身后时别着急。要是钓竿头没有太往后也不要紧。它在那儿，逮住它。干得好！"当约翰把他钓的第一条鳟鱼拖过来的时候，弗林特船长立刻就抓住抄网，把鱼抄取了出来。

罗杰再也忍不住了。

"我们也去钓鱼吧，"他边说边打开那只装有虫子的烟草盒，"这个湖里到处都是鱼。瞧瞧他们是怎么把鱼钓上来的。已经钓到两条了。"

"我们没有飞蝇鱼饵啊。"提提说。

"没错，但这条虫子就是很好的鱼饵，"罗杰说，"这是我抓到的最好的虫子。"

"弗林特船长说我们最好去小溪里试一试。"提提说。

"小溪不够大。"罗杰说。

他们离开了苏珊，掉头向小湖和小溪交汇的地方走去。苏珊慢慢走到弗林特船长和约翰身边。"我们在这里钓吧，"罗杰说，"这里很适合下钩。"他和提提沿着小水湾的边缘慢慢往前挪，他们脚下的岩石笔直插进深暗的水中。他们一起组装好罗杰的钓竿，又一起把那条大虫子穿在鱼

钩上，这一次他们可是费了九牛二虎之力。他们还把鱼漂在鱼线上的位置调高了，这样那条虫子就可以沉到深处。然后，罗杰从岩石上把鱼饵和鱼漂抛了出去。他们松开绕线轮，放出了更多的鱼线。红色的鱼漂被风或是轻微的水流带动着漂移，一点点远离岸边，直到鱼线拉直无法让它漂得更远。罗杰握着钓竿，提提站在他身旁盯着水面。不过红色的鱼漂再也没有动静。他们坐到了地上。接着罗杰把钓竿递给了提提。提提很快又把钓竿交回给罗杰。再然后，他们索性把钓竿横在一簇欧石楠上，还把钓竿头压在一块石头下面。这样就省事多了。他们观察了好一会儿，开始谈起其他的事。后来他们认为把钓竿留在那里也没事，就开始沿着岸边走动，一直走到能看见上方那个小湖的地方。约翰、弗林特船长和苏珊都在那边。他们看见了溅起的水花，那是约翰钓上了一条鱼。那条鱼被装进了弗林特船长的鱼篓里。然后他们看见约翰把钓竿递给苏珊，他拿起篓子，让她学习飞蝇钓法。他们观望了很长一段时间，最后终于看到苏珊钓上来了一条鱼。"要是我们没离开的话，也许他也会让我们钓的。"罗杰说。

他们回头看了看他们的小水湾。

"我看不到我们的鱼漂了。"提提说。

"在那边，"罗杰大叫道，"它在动。提提！提提！有什么东西在拽它。看看钓竿！"

他们撒腿狂奔回钓竿那边，钓竿正剧烈地上下抖动。

另外三个人已经钓到了一大篓肥美的小鳟鱼，差不多有十几条，每条大约都有一百克重。"在这里基本钓不到比这更大的鱼了，"弗林特船长在他们一起往回走的时候说，"不过它们非常美味。有时候在夜晚可以看见大鱼在水里游动，但从来没有人抓到过。两百克的鱼是优品，一百克的鱼也足够好了。真正的大鱼似乎从不会在这里出现。"

"罗杰怎么了？"苏珊突然大声问。

他们听到提提声嘶力竭的尖叫："快来人啊，快来人啊！"

"他们没事，"约翰说，"他们俩都在那边。但是他们究竟在干什么啊？"

"快来人啊，快来人啊！"提提还在尖叫。

"他们钓到鱼了。"弗林特船长说，"约翰，你来拿钓竿。我带上抄网。"说完他就拼尽全力跨过岩石和石楠丛，朝他们奔去，全然不顾自己肥胖的身体，也忘了他已经很多年没钓过鱼。

"不要放手！"他大喊道。

"罗杰落到水里了！"苏珊说，"天哪，天哪！我真不应该离开他们。"

鳟鱼湖下游的一处地方溅起了凶猛的水花。现在是提提握着钓竿，他们已经从刚才下钩的那座小水湾，来到鳟鱼湖和小溪交汇处附近的浅滩旁。罗杰踏着水花跳进了浅滩，不一会儿，水花溅得更凶了。他紧紧抱着一条大鳟鱼爬向岸边。他上岸时滑了一跤，鳟鱼随之掉进水里，他立马扑了上去。等弗林特船长带着抄网赶过来的时候，罗杰、提提和那条鳟鱼已经在离水边十几米远的安全地带了。

"这鱼有一千克重，"弗林特船长说，"你们钓上来的是个鱼祖宗啊。我们钓那么多条也比不上你们这一条。还是你们的装备厉害。"

罗杰落水

提提和罗杰钓的那条鱼大得装不进鱼篓，他们就用弗林特船长的抄网抬着它走。

"妈妈今天不来喝茶，是不是很可惜啊？"提提说。

"她应该看看这条鱼。"弗林特船长说，于是他们决定由弗林特船长在回去的途中顺道把鱼送去霍利豪依。喝完下午茶没多久，弗林特船长就出发了。

"我可不想迟到，"他说，"昨天吃午饭的时候，那两个亚马孙海盗迟到了二十分钟。她们回来时正好没风了。真不是她们的错，但是今天早上我溜出来的时候，她们的妈妈还在为这件事烦恼。"

"溜出来？"提提说。

"哦，算是走得急吧，"弗林特船长说，"如果我们要做新桅杆，我必须早点来。"

"亚马孙海盗们明天会来吗？"苏珊问。

"如果她们打算来场突袭的话，还是不要告诉我们了。"约翰说。

"就我所听到的情况来看，我认为她们明天出不了门。是的，我肯定她们明天来不了。不过后天我一定尽力让她们来。"

"她们明天来不了也许是件好事，"约翰说，"关于那根桅杆还有很多事情要做呢。"

"她们不会觉得是好事。"弗林特船长说。

"她们不能来，我觉得很没劲。"提提说。

"我也这么觉得，"弗林特船长说，"但这是没办法的事。"

他们用欧洲蕨包上那条大鳟鱼，还附上一张提提和罗杰写的小纸条，

提提写的是："献给妈妈。爱您的提提和罗杰。"罗杰写的是："这是我们亲自钓上来的。"有那么一会儿，罗杰真的很舍不得跟这条圆鼓鼓、长满斑点的鱼说再见，但是，不管了，没准妈妈还要拿它做晚餐，而且弗林特船长也不能再等了。罗杰看了它最后一眼，然后把蕨菜叶子裹在一起，同时弗林特船长用绳子把它们捆好，这样这条大鳟鱼就打包好了。

弗林特船长把钓竿、假蝇鱼饵、一两根鱼线、抄网和鱼篓交给约翰和苏珊保管，他们把这些东西妥善地保存在彼得·达克山洞里。"不要浪费时间去那个小湖钓鱼，除非像今天一样有南风助力，"他离开的时候说，"你们在小溪里钓会好得多。"

大家在那天晚上一想到困扰亚马孙海盗的那个大麻烦，就有点郁郁寡欢，不过，他们也很难一心二用，没法同时想鱼的事和麻烦事。当苏珊开始处理那些晚餐吃的小鳟鱼时，她身边多出了很多帮手。每条鱼都很美味，尽管没人能分清哪条是约翰钓的第一条鱼，哪条是苏珊钓的。"我真希望这里面也有我们钓的鱼。"罗杰说。然后约翰说他是个小贪婪鬼，他和提提钓的那一条鳟鱼差不多和其他所有人钓的鱼加起来一样大。苏珊在篝火上分批煎鳟鱼时，沸腾的黄油嘶嘶作响，这让他们想起了去年钓鲈鱼的情景。

接下来的两天，罗杰一心只想着鳟鱼。那天晚上，在吃完晚饭和睡觉之前的这段时间里，他不是在玩"磨裤子"滑滑梯的游戏，就是去翻溪边松动的石头找虫子，不过找到的大多都是蚂蚁。第二天早上，在和苏珊去斯温森农场拿回牛奶、补好裤子之后，他又去了鳟鱼湖。他还想钓一条大鱼，但什么也没有钓到，就在他打算空手而归的时候，发现提提正在鳟鱼湖下方小溪那边的水池里钓鱼。提提用一些不起眼的小虫子钓上了四条小鳟鱼，那是约翰去做桅杆前教给她的方法。午饭之后，罗杰也开始去水池那边钓鱼，这次没有用鱼漂。等到约翰在马蹄湾完成了今天的辛苦工作、带着划船准时赶到马蹄湾的妈妈和船宝宝出现的时候——她们是来燕子谷喝下午茶的，罗杰已经钓到了两条小鳟鱼。他们迅速处理干净那些鱼，及时放进了锅里煎煮，这都是为了让妈妈在吃黄油面包时能尝一尝新鲜的鳟鱼。

昨天的大鳟鱼送去霍利豪依之后，他们炖了一锅鱼汤，成为妈妈和保姆的晚餐，杰克逊先生和杰克逊太太也尝了一些，布里奇特今天早饭喝完麦片粥后还吃了一些。妈妈说那是她在英格兰见过的最大的鳟鱼，不过她在澳大利亚和新西兰见过更大的。船宝宝对那只鹦鹉的专用栖木感到很好奇。妈妈喜欢那个泳池。她参观完整座溪谷后，他们终于带她去看那个秘密，他们拨开入口的欧石楠，把苏珊的手电筒递给她，让她进去看看彼得·达克山洞。让大家都很兴奋的是她对此说的一番话。

"每个探险家都梦想能找到这样一个山洞。"这句话让提提和罗杰很开心。"这里还是个非常整洁的储藏室。"这句话让苏珊很高兴。"这里几乎什么也不缺，除了一张石桌。"（约翰立刻决定要做一张。）"这真是一个藏身的好地方。"这句话让大家都很兴奋。"但是你们不要睡在这里面啊。"苏珊立即解释说不会有人在里面睡觉，除了那只鹦鹉。"还有彼得·达克。"提提补充道。

"那是当然了。"妈妈说，"嘿，这是什么？本·甘恩？"

她正盯着墙上看，苏珊的手电筒照亮了那块地方，弗林特船长很多

年之前就在那上面刻下了"本·甘恩"的名字。现在另外一个名字也被

加到了它的下面，还用括弧把它们连在了一起。

"你看，本·甘恩属于弗林特船长，彼得·达克属于我们。"提提说。

其他人也都眯着眼看那面墙。上面写着：

本·甘恩 ⎫

　　　　⎬ 伙伴

彼得·达克 ⎭

这些字大小不一、歪歪斜斜，但是借着一盏烛灯，用一把小刀刻成

这样已经很好了。

"不过你是什么时候刻上去的啊？"苏珊问。

"今天早上你和罗杰去拿牛奶的时候，"提提说，"约翰还去了瞭

望台。"

"瞭望台？"妈妈问，"那是什么？"于是他们把她带到了那里。她抱起

船宝宝交给约翰，接着自己爬了上去，她回头望向下面的大湖和远处的霍利

豪依，然后越过荒原眺望群山。他们告诉她，其中某一座是干城章嘉峰，还

说将来有一天他们会和亚马孙海盗一起去爬那座山。

"两个可怜的姑娘，"妈妈说，"据我所知，她们过得相当糟糕。"

"真可怕，"约翰说，"我们看见过她们坐着马车在外面逛。"

"还戴上了手套。"提提说。

"那个姑奶奶究竟是什么人？"苏珊问。

"我们驾驶小船去野猫岛的第二天，她是不是上门喝茶了，还要和你们交朋友？"提提问。

"我想她不是来交朋友的，"妈妈说，"她纯属好奇。她让布莱克特太太带她过来，是因为她想知道我们是什么样的人。"

"不过她看到您这么好之后还不想和您交朋友吗？"

妈妈笑了。

"也许她并不这么看。"接下来的时间里，她没有再谈到姑奶奶，她在瞭望台上待了一会儿，在燕子谷喝了下午茶，然后全体探险家护送她穿过丛林。在返回马蹄湾的途中，她把以前在澳大利亚的灌木林里钓鱼、钻山洞、露营的经历讲给大家听，还说那里有比蟒蛇更可怕的毒蛇。

那天他们穿过树林往营地折返的路上，提提对约翰说："妈妈也不喜欢那个姑奶奶。"

"没错，"约翰说，"我敢肯定她不喜欢。不管怎样，也许亚马孙海盗们明天会从她身边溜出来，来燕子谷发动突袭。"

第二天，约翰相信她们一定会来突袭他们，所以他早上大部分时间都在燕子谷或是瞭望台那边。提提和罗杰被派去拿牛奶的时候，约翰还让他们一分钟也不要耽误，因为他担心海盗们会趁他们不在的时候发动突袭。后来，苏珊说必须去捡柴火了，于是他们派出三个人去捡柴火，一个人在瞭望台站岗，必要时给他们发信号。捡柴火的那几个人只在树林边上捡，每隔几分钟就会望向燕子谷之上的瞭望台，看有没有发出信号。但是整个上午就那样过去了，到了下午，约翰肯定亚马孙海盗们会认为这么晚不值得穿过荒原跑一趟，就去了马蹄湾。到那里他才发现，弗林

特船长已经在那里做了一上午的桅杆。约翰接着做，整整忙了一下午。弗林特船长把一张留言条钉在桅杆上，说他明天不会过来了，于是约翰决定明天要写暑假作业。当他傍晚回到燕子谷把这件事告诉苏珊的时候，苏珊同意他的决定，暑假过去一周了，而他们还没有开始写暑假作业，明天他们应该坐下来写作业了。

"我不认为亚马孙海盗们真的会来突袭我们，"约翰说，"不管怎么说，今天应该不会了。因为她们不像去年那么自由。"

"她们可能没法脱身吧。"苏珊说。

"连弗林特船长也脱不了身。"约翰说。

然而在他们搬来燕子谷的第四天、大家都不抱任何希望的时候，突袭发生了。

第十六章

奇　袭

那天早上，提提拿上望远镜和一本法语语法书爬到了瞭望台上，在那里写她的暑假作业。她时不时就举起望远镜扫视地平线，但是除了羊群，丝毫没有动静，于是她又放下望远镜，接着看课本。她已经牢牢掌握了法语中"有"这个动词的直陈式现在时变位，但是对它的直陈式未完成过去时变位还混淆不清，至于它的简单过去时变位就彻底不抱希望了。罗杰没有暑假作业，他本来想让提提和他一起去钓鱼，但现在他正小心谨慎地四处寻找蝰蛇。没过一会儿，他就玩腻了，于是爬上瞭望台，趴在了提提身旁。他举起望远镜，向荒原的北端望去，接着扫向东南方的树林，再穿过湖面转到对岸的里约和霍利豪依。他盯着一艘轮船看了好一会儿，直到他再也看不见它。然后，他慢慢地把望远镜转回北面，望向荒原远处的边缘，地势从那里陡降，下面就是亚马孙河的一座隐蔽溪谷。

"嘿！"罗杰说。

"闭嘴！"提提说，"那边什么也没有。J'eus，tu eus，il eut……"

"但是那边确实有动静。"罗杰说。

"Nous eûmes，vous……vous……vous……罗杰，真讨厌，现在要看哪一页，我都搞糊涂了。"

"是一顶红帽子，"罗杰说，"像一只红蜘蛛……跑得非常快。"

提提夺过望远镜，不一会儿，那些法语动词就被她抛之脑后了。

"是南希，"她说，"或佩吉。没错，那边还有一个。两项红帽子。她们相距很远。她们在欧洲蕨草丛里把身子趴得很低，一定是爬着前进。不过她们真傻啊，还不把红帽子摘掉。罗杰，快点，不要站起来。往后挪到边上，慢慢下去。我先下去。她们肯定会往这边看的。不要让她们看出我们已经发现了她们。幸亏我们没戴什么红帽子。"

"我再看一下。"罗杰说。

提提把望远镜递给他，用嘴衔起法语语法书的边缘，这样就空出了双手，然后她把脚挪到靠近营地这一侧的岩石边缘，那里的岩壁就像石阶，她踩着爬下去了。

"罗杰，快点！把望远镜递下来。小心！"

平趴在岩石上的罗杰把望远镜递下去之后猛地翻了个身，将双脚探出岩石边缘。他不停地挪动双腿，膝盖也露了出来。他下半身悬在空中，一只脚在摸索最高的一级石阶。提提冒着被踢的危险，一把抓住他的那只脚，把它放到石阶上。很快，罗杰也安全着陆了。

"躲到岩石后面，不要让她们发现，"提提说，"快点！我们必须去截住约翰，要不他就去鳟鱼湖写代数作业了。苏珊也会去。"

他们躲闪着穿行在石楠丛中，不一会儿就跑到了燕子谷的边缘，然后连滚带爬地回到谷底。他们站起身，拔腿跑向帐篷。约翰正把三个假蝇鱼饵绑到一根鱼线上，旁边地上还摊着一本代数书。钓竿已经准备好，就靠在彼得·达克山洞入口附近的岩壁上。苏珊拿着一本作业本和一支铅笔，正忙着写地理作业，同时还留意着旁边的煮锅。因为约翰建议准备一些煮鸡蛋给大家当干粮，但是锅里的水迟迟没有烧开。

提提冒着被踢的危险，一把抓住罗杰的那只脚

"快，快！"提提大喊道，"她们来了，从荒原那边过来了。"

"我们看到了她们，"罗杰尖叫道，"她们两个都来了。我看见了她们的红帽子。她们还试着不让人发现。"

"她们离这里多远？"约翰迅速收好鱼线，连同其他渔具一起放回了鱼篓里。

"就要到荒原边界了。"

"不知道还有没有足够的时间。要是让她们发现我们只撤走了一半，那就太可笑了。"

"她们还有很长一段距离呢，"提提说，"我肯定我们来得及。"

"好，你们俩先去拆你们的帐篷，我和大副去侦察侦察。要是时间不够，我们也能很快重新搭好你们的帐篷。"

"快点，罗杰，我们来比赛，"提提说，"你准备好了就说'撤营'，然后我们就一起开始拆卸帐篷。"

苏珊和约翰匆忙爬上燕子谷的陡坡消失了，与此同时，罗杰和提提热火朝天地拆卸帐篷，解开拉绳，拔帐篷钉，把竹子做的帐篷支柱拆成小节，叠好浅米色的帆布。他们卷起各自的睡袋，把它和帆布、帐篷支柱一起用防潮布包裹好，然后将每顶帐篷的帐篷钉放进各自的小帆布袋，再塞进它们各自的包裹中。

提提本来可以最先完成，不过她落下了一枚帐篷钉，只好翻出小帆布袋，再把钉子放进去。当约翰和苏珊爬过溪谷边缘赶回营地的时候，他们都坐在各自的帐篷包上，上气不接下气。

"我们不会有问题，"约翰船长说着，快速将钓竿拆成一节节，"但是时间不多了。好了，大副，如果你能一个人收拾做饭用的那些东西，我就来拆我们的两顶帐篷。一等水手，你来负责那只鹦鹉怎么样？"

"它不会出声的，"一等水手说，"我们把它的笼子罩上，确保万无一失。波利，你不会介意，是吧？"

十分钟之后，燕子谷里的营地就凭空消失了，仿佛从没有人来这里扎过营，或者，至少好像荒废很久了。只有苏珊的灶台上熏黑的石头能看出有人在这里生过火。大家派苏珊最后去看一眼，因为他们都相信，要是有什么落下了，她绝对能发现。果不其然，她在一簇欧石楠上发现了一条晾着的浴巾，她收起浴巾，再也没发现别的什么了。

这时，有人在她身后压低嗓子朝她喊了一声。

"快点！"

大副又上下扫了一眼废弃的溪谷，然后就去彼得·达克山洞跟其他人会合。她一进去，约翰就立刻把入口处的一大簇欧石楠拉下来，掩住了洞口。

山洞里已经点亮了一盏烛灯，就放在石墙那段凹凸不平的狭窄岩架上。提提和罗杰屏住呼吸，紧靠在烛灯底下，坐在他们打好包的帐篷上。那些装着食物的铁盒整整齐齐地摆放在柴火堆旁，柴火堆顶上是鹦鹉笼子和罩着它的那块深蓝色的布。当大副渐渐适应了昏暗摇曳的烛光以后，她看见提提已经把做饭用的那些东西整齐地排成一行，而她之前出去时还靠在柴火堆旁的钓竿现在也立在角落里，不再碍事了。

"彼得·达克很享受现在的这一切，"提提说，"它说这才是它的洞穴应该有的样子呢。"

"大副，"约翰船长一边说，一边从又低又窄的洞口转过身，"刚才的行动很棒。你的船员们都很机灵。每人奖励一块巧克力吧。"

"罗杰，别动，"大副说，"你坐着就行。不要碰烛灯。我特意拿出了一些巧克力。就在这些铁盒的最上面。"

不知为什么，声音在山洞里听上去有些空洞。大家接过巧克力时都小声说了句"谢谢"，那声音听上去却像另外一个人说的，连说话的人也觉得是这样。而当一只半空的饼干盒滑落到洞里的石头地面上时，那爆炸般的声响吓坏了大家。

"嘘！嘘！"约翰说，"现在她们可能离我们非常近了。尽管她们穿过石楠丛和欧洲蕨的时候把身体压得相当低，但是她们速度很快。她们不知道我们已经发现她们了。"

"听！"苏珊说。

在山洞里除了潺潺的溪水声，似乎完全听不见外面的动静。约翰躲在石楠丛后面，趴在地上，脑袋贴在洞口附近。其他人看见他用手势示意大家安静。好几分钟过去了，除了那只鹦鹉在它的栖木上摩擦了一下喙，四周一片寂静。

突然，外面响起一声又尖又长的哨音，不但是约翰，其他人也全听见了。那声音听上去就像是从头顶传来的。接着又是一声哨响，这次是从溪谷另一面传来的。然后是一阵欢呼声——从两个不同的方向一起喊着"亚马孙号万岁"，还有石头滑落的声音和匆匆的脚步声，再之后又是长久的寂静。直到最后，南希船长的声音出现在山洞入口附近。

"活见鬼，他们去哪儿了？"

在彼得·达克山洞里

"他们肯定已经离开了。"这是佩吉的声音。

她们的声音听上去充满困惑。

"你不是说你他们在瞭望台上吗？"

"我以为那里有人。"

"但是整座营地都不见了。他们转移走了。"

"没准他们也挨训了。"

山洞里除了那只鹦鹉，没人敢大声喘气。

这时，南希又开始发声了，伴着石头砸在石堆上的声音。

"嘿，他们不可能走了很久。这些石头还发烫呢。苏珊在这里生过火，然后匆匆忙忙处理掉了。小溪里还有一根烧过的木柴。灶台里没有灰烬，不过石头热得烫手。他们已经把灰烬倒进了小溪里。没错。那边又有一根烧过的木柴。他们肯定是看到了我们，才把火灭掉，逃跑了。"

"如果他们跑去了马蹄湾，我应该就看见他们了。除非他们很早就走了，否则我肯定可以看见他们，因为在来的路上，我一直都能看见溪水流入树林的地方。"

"好吧，"南希又在说话了，"那他们一定是去鳟鱼湖那上面了，吉姆舅舅说他们在那里钓了一条大鱼。要是他们沿着小溪偷偷溜到那里去的话，是有可能不被发现的。不过他们怎么能带上他们的帐篷和所有行李呢？真奇怪，不是活见鬼是什么！"

约翰在一张纸片上草草地写了几个字。他没有离开他的位置，始终趴在山洞入口附近。他拿着纸片在身后挥了几下，然后往后递过去。苏珊默默地接过那张纸，在烛光下读了起来。

"你能让鹦鹉说点什么吗？"

苏珊把它拿给提提看，于是提提从柴火堆上取下鹦鹉笼子，蹑手蹑脚地走到山洞入口附近。她拍了拍约翰的肩膀，他回头看了一眼，见到笼子后就挪到一边给它腾出了位置，于是提提把笼子放到了洞口附近，这样一来，从洞口照进来的光全洒在了那块蓝色罩布上，而正是那块罩布一直让鹦鹉保持着安静。

这时，外面传来了佩吉的声音。"我们已经晚了。"

"快！"南希说，"快跑起来！他们不可能去到比那个小湖还远的地方。"

接着，一阵急促的脚步声沿着小溪向泳池那边去了。

"时候到了！"约翰小声说。

提提掀掉了鹦鹉笼子上的蓝色罩布。

"八个里亚尔！"吓了一跳的鹦鹉号叫道。提提立刻又把布盖上，鹦鹉这次发出了一声长长的愤怒的尖叫，此时，它更像是一只被关进笼子的来自丛林的野生鹦鹉，而不像那只温驯的、会说话甚至会一点点乘法口诀的鹦鹉。

"他们在哪儿？"外面传来南希的声音，这次她又回到了溪谷。

"听上去那只鹦鹉就在这附近。"佩吉说。

"我知道，你这个呆子！它当然在这附近。但是到底在哪里？他们应该是把鹦鹉藏在了石楠丛里。不过正如我们所见，他们几个不可能在这里。"

"我们去那个瞭望台，从上面看看吧。"

"这是你想到的最好的点子。不管他们在哪儿，我们都能发现他们了。"

她们踩着水花，穿过小溪，跑向了溪谷另一头，地上松动的石子也随之发出咔嗒咔嗒声。

约翰等了一会儿，然后小心翼翼地挪走洞口的欧石楠，探出头去张望。

"安全啦，"他说，"出来吧，快点。"

片刻之后，大家就都站在阳光下，一个劲地眨眼睛。

"等一下，"苏珊说，"我忘记拿柴火了。"

她又钻回洞里，然后抱着一堆柴火和一把用来引火的干树叶出来了。约翰把石楠丛放回到她身后的洞口附近。

"我有火柴。"他说。

苏珊狂奔到灶台那边，很快就堆好柴火准备点火了。

其他人围坐在灶台四周，仿佛他们整天都在那里一样。苏珊点燃了干树叶。浓烟冒了出来。提提又一次掀开了鹦鹉笼子上的罩布，鹦鹉立刻兴奋起来，发出一长串尖叫，还把它记得的所有单词全说了一遍。"漂亮的波利，漂亮的波利。八个里亚尔。两个。两倍。波利。两个。两个。两个。"说完又是一声尖叫。

两个亚马孙海盗站在溪谷边缘，向下望着燕子谷，满脸疑惑。

第十七章

迟到，迟到

"我的天哪，"南希船长说，"你们是怎么做到的啊？"

"你们刚才去哪儿了？"佩吉问道。

"你们大获全胜。"南希船长说，"任由你们处置。不过你们的东西呢？你们把帐篷弄到哪儿去了？"

"我们告诉她们吧。"罗杰说。

苏珊看了看约翰。

"说吧。"他说。

"我们刚才在彼得·达克山洞里。"提提说。

"彼得·达克什么？"

"彼得·达克山洞。"

"不是真的山洞吧？"

"当然是真的！"罗杰说。

"提提和罗杰发现了它。"约翰说。

"那山洞在哪儿？"

"这儿！"燕子号船员们一起回答道。

亚马孙海盗瞪大眼睛望着他们。

约翰把半遮住洞口的那一簇稀疏的欧石楠拨到了旁边。

"进去看一看吧。"他说。

"不要耍花招哦，不会是你们设下的陷阱吧？"南希说，"我们还得赶

回去。"

"不是，不是。现在停战了。"约翰说，"你们就进去看一眼吧。里面有灯。"

南希弯下腰从山洞的入口先钻了进去，佩吉紧跟其后。其他人也挤在她们身后进去了。当亚马孙海盗借着岩架上的烛灯发出的闪烁而昏黄的烛光，看见山洞里粗粝的墙壁、柴火堆、堆放整齐的盒子、大包小包、钓竿和厨具时，她们表现出的震惊甚至超过了提提的预期。接着，约翰把一些欧石楠拉回到原来的地方，演示他们是怎么埋伏等候并辨听外面的动静的。然后他们又出了山洞，在阳光下不停地眨眼睛，约翰用那一大簇欧石楠把入口遮挡住。真的，除非事先知道，否则你绝对想不到那里会是山洞的入口。

"难怪你们要搬来这里，而不是留在湖边，"南希说，"除了野猫岛以外，这里是方圆几千米之内最好的地方。"

"你们几乎可以住在像这样的山洞里啊。"

"没有人能找到这里。"南希说。

"嗯，"约翰说，"刚才亚马孙海盗突袭营地的时候，就见识到它有多隐蔽了。"

南希笑了。

"要是你们不自己出来、鹦鹉也没有叫唤的话，我们可能已经回家并告诉吉姆舅舅你们搬走了。"

他们又钻进了山洞。

"我们躲在这里吧，让姑奶奶找不到。"佩吉说。

"那可不行，"南希说，"还有妈妈呢。"

"真希望我们在野猫岛上也有一个山洞。"提提说。

"等我们回到那里去挖一个吧。"

"没问题！"

"好了，好了，伙计们，"苏珊大副对一等水手和实习水手说，"现在让我看看你们多久可以重新搭好帐篷。"

"我们来帮忙。"南希说。

"那我去准备午餐。"苏珊说。

"我们没带多少东西，"佩吉说，"我们本应该回去了。"

"我们有应急口粮，"南希说，"就是在路上吃的一点东西。"

"不要紧，"苏珊说，"我们这里有很多食物。那边的角落里有一袋土豆。要是你们不嫌弃的话，我们还可以吃干肉饼。"

"我们馋死干肉饼了，"南希说，"这些天我们一直老老实实坐在饭桌前吃饭，还得说什么'请''谢谢'，搞得我们根本不想吃饭了。"

不一会儿，燕子谷就热闹起来了。苏珊连忙生好火，同时在水壶和煮锅里烧上水，然后打开了一大罐干肉饼罐头。佩吉在削土豆皮。约翰、南希和提提在搭帐篷，他们把东西从山洞里搬出来，让属于不同帐篷的东西各归各位。他们想帮一把罗杰，可是罗杰不愿让别人帮忙。他搭得有点慢，不过没出任何差错，最终他第一次独自搭好了他的帐篷。这个任务要比拆帐篷难得多呢。

营地又恢复了原来的样子，帐篷都搭好了，鹦鹉笼子被再次放到了

那根石柱上，（"哦，原来是这个用途，"南希说，"我们没有想到呢。"）他们看着罗杰仔细地系紧拉绳。这时，提提问南希："那个姑奶奶是不是变本加厉了？"

南希说："如果只针对我们也就罢了，我们可以忍受。但她还会找妈妈的碴。那天我们帮你们转移营地，因为回去的路上风停了，到家晚了，她就劈头盖脸地又骂了我们一顿。怎么说呢，夏天里晚点回家不是很正常吗？但是，只要她看一眼手表，觉得该到吃饭的时间了，她就不会安稳地等着，而是开始在屋子里先敲一两下锣，然后拿到院子里猛敲个不停，以防我们在山上听不见。紧接着，她就到餐厅里等。可那个时候十有八九饭还没有做好。她就又开始敲锣，一直敲到饭做好为止。妈妈夹在姑奶奶和那个可怜的老厨娘之间，不知道要怎么办。等到饭菜端到她面前，她又不吃，直到人都到齐了才动刀叉。吉姆舅舅不在的时候，她的态度更差劲。昨天夜里，她把妈妈弄哭了。"

提提瞪大了眼睛，惊讶得张开嘴巴却说不出话。她使劲在想，要是有人把她的妈妈弄哭，她会怎么办。

"不用说，是关于我们的事。她还把爸爸扯了进来。我们知道这些，是因为我们上床后，不经意间听见吉姆舅舅和妈妈就在我们的窗外说话。吉姆舅舅说：'鲍勃更喜欢让她们做自己。'他还有几次叫了妈妈'莫莫'。然后我们故意弄出动静，妈妈就说：'快点睡觉，你们两个小傻瓜。'说完，还假装笑了。但是她根本笑不出来。"

南希突然转身离开，不一会儿，她又回来了，脸上红红的。

"要是我们能让姑奶奶离开就好了。她迟早会走的。"南希说，"她一

般不会待一个星期以上。我想她这个时候留下来，只是因为她知道要是
她不在，妈妈就会让我们过来和你们一起露营。"

倒霉的是，锅里的土豆好像也感染了他们的坏心情。佩吉和苏珊不
停地戳它们，但是不知道什么原因，那些土豆就是煮不烂。两位大副准
备为大家献上一顿丰盛的午餐，等热好干肉饼之后，就同时端上土豆，
而不是等吃完肉菜再上土豆，因为那样会破坏巧克力或苹果等餐后甜点
的味道。

如此一来，这顿饭很晚才开始，而且持续了很长一段时间。他们慢
慢地吃着干肉饼，都希望在吃下最后一口之前土豆能熟。由于开饭很晚，
又吃了很长时间，等到吃完时，南希船长把苹果核扔进火堆，让约翰船
长看看他的航行表，已经过去四个小时了。显然，就算南希船长和佩吉
大副一路狂奔回去，也赶不上喝下午茶了。

她们沮丧地看着彼此，正当她们打算越过荒原赶往家里的时候，南
希猛地想起，客厅的下午茶不等人，所以就算匆匆忙忙跑回家，再换上
连衣裙，又有什么用呢？"不管怎样，我们现在已经晚了，"她说，"谁也
没办法。而且，就算我们现在回去，也没有下午茶了。"

"那晚餐无论如何也不能出什么差错了。"佩吉说。

"如果有什么差错，下场会很惨。"南希说。

就这样，她们留了下来。吃完饭一洗好餐具，苏珊就立刻把火烧旺，
煮水泡茶。午饭吃得晚，所以没隔多久就喝上了下午茶，不过在炎热的
八月里，这是一件令人愉悦的事。当海盗和探险家们刚喝完第二杯茶的

时候，他们听到一块大石头从上方的瀑布附近滚落下来的声音。

他们抬头去看。一个原住民跑进了溪谷。他又热又累，上气不接下气地沿溪边小跑过来，手里还拖着一根绳子，绳子另一头系着一只土灰色的大麻袋。他跌跌撞撞地跑着，还没看清楚这是什么地方，就已经跑到了营地中间。他突然刹住了脚步。

"你们一会儿会看到一群猎狗从这里经过，但是不用害怕。"

"天哪！"南希急切地跳了起来，"是猎狗寻踪比赛吗？"

"是的，"那个人说，"是我们的一项传统。大概有二十条猎狗，都是来自洛恩德和附近的一些地方。"

"猎狗寻踪比赛是怎么回事？"约翰问。

"到时你就知道了。"南希说，"它们什么时候出发？"

"等我回到洛恩德之前就会开始。"

"您要喝点茶吗？"苏珊问道，她已经快速地洗完了她的杯子。

"太好了，谢谢你。"那个原住民说，"今天真是个大热天。"他端起杯子一口气喝完了，然后继续赶路。

"你们不要害怕，那些狗不会注意你们的。"他回头喊道，紧接着消失在小溪的那一头。

"怎么了？"罗杰问，"是不是有人在追他？"

"是寻血猎犬吗？"提提说。

"不，不是的。那都是一些很可爱的狗。"南希说，"他拖着的那只麻袋里装满了带特殊气味的东西。他们会让所有的猎狗一起出发，它们寻着麻袋留下的踪迹飞奔在丘陵和山坡上，然后再回到山脚，整个过程没有人跟着。等它们快回去的时候，还会听到猎狗的主人们对着他们的猎狗大声欢呼，但每个主人的叫法都不一样，而猎狗们都能听出独属于自己的欢呼。听！你们听！洛恩德那边已经有猎狗的叫声了，就在码头附近，它们等不及要出发了。"

他们仔细去听，听见从湖下游远处的山谷里传来一阵阵猎狗的叫声。

"它们不会把帐篷撕成碎片吧？"苏珊说。

"不会的，"南希说，"它们只是路过这座营地。它们不会无缘无故停下来。我们先去你们的瞭望台那里看它们从远处跑来，然后再回到这里，看它们从瀑布旁跳下来。"

她给燕子号船员介绍了本地的猎狗寻踪大赛和向导比赛。向导比赛中，年轻的小伙子们划着船穿过湖面，爬上一座山峰的山顶，然后又下山回到各自的船上，再返回。她给他们介绍了摔跤和撑竿跳高，还有牧羊犬选拔赛。牧羊犬选拔赛中，牧羊人只做一个手势或吹一次哨子，牧羊犬就把羊赶到一起圈起来，还要从羊群中单独圈出一只羊。接着，她又开始讲起猎狗寻踪比赛的事，那些小白点飞过石楠丛，从陡峭的山坡上落到欧洲蕨草丛中，越变越大，直到最后在观众声嘶力竭的呐喊声中，胜利的猎狗欢快地奔跑进赛场，一场猎犬寻踪比赛结束了。没有赶上在贝克福特吃正餐、姑奶奶，还有别的事情，都被南希抛到脑后了。

她还在激动地说个不停，猎狗的叫声在远处的山谷中变得越来越响、越来越急，接着戛然而止。

"它们出发啦！"她大叫道，"走吧！"

"要不要带望远镜？"提提说。

"带上，带上。"南希说，她已经爬到了燕子谷的上面。

他们都爬上了瞭望台，过了好一会儿，还是什么也看不见。突然，正举着望远镜搜索整片山林的南希大喊道："它们在那边！"

"哪儿？哪儿？"

"正从朗费罗森林里出来。快看！它们全从树林狂奔出来，钻进石楠丛里了。"

"都靠得很近。"佩吉说。

"不是，那边还有很多条。"

"在哪里？在哪里？"罗杰问。朗费罗森林对他来说没有什么意义，因为他不知道那到底是什么地方。南希把望远镜递给他，让他自己看那些猎狗在哪里，不过她很快又把望远镜拿了回去，看了几眼后再递回给他。望远镜就这样在大家手里传递着，每个人都看了一遍。

"现在它们分散开了。"约翰说，他已经知道了猎狗们的方位，所以不用望远镜也能看见那些白点，"有一个白点遥遥领先了。"

"现在它们在爬布罗克石。"南希说，"已经看不到领头的那几条了……它们又出现了，就在那边，跑得跟风吹电闪一样。"

远处的白点在岩石堆和石楠丛中若隐若现，逐次落入洼地，又出现在荒原的陡坡上，然后消失了。更远处，只见一两个白点因为找不到踪迹而徘徊不前。不久它们也消失了，似乎所有的猎狗都已经跌进了悬崖，或是被山间的某座隐蔽峡谷吞噬了。"我们看不到它们了。"提提说。不过南希知道这是怎么回事。

"我们过一会儿就能再见到它们。"她说，"它们一定会经过这里，因为那个拖着麻袋的人刚才经过了这里。等它们从山那头的森林里出来，我们就能看见它们了。就在那个方向。它们肯定会从那边过来。"

"有一条狗落单了，"苏珊说，"就在鳟鱼湖旁边。噢，不，那边还有一条！"

南希一把接过望远镜。"是的。它们来了，还是成群结队过来的。快！快！它们很快就到了。我们下去瞧瞧它们怎么从瀑布旁边跳下来吧。"

"那得把鹦鹉放到别处去，"提提说，"它不懂发生了什么，会吓坏的。"

他们急忙从岩石上爬下去，往营地赶，接着鹦鹉第二次被放进彼得·达克山洞里。他们做得很及时。

"你们快看呀！"南希说。

一条瘦瘦的白色猎狗出现在瀑布边缘，它的肩上和腹部长着黄色和黑色的斑点。紧接着，它就从岩石上跳了下来。

"好样的！好样的！"佩吉喊道。

"安静！安静！"南希说，"不要跟它说话。"

那条猎狗在泳池边停了下来，四处张望，然后舔了舔池子里的凉水。

"它不应该那样做。"南希说。

这时，七八条猎狗蜂拥而至，它们从岩石上狂奔下来，仿佛雨后暴涨的洪水从天而泻。领头的那条猎狗领先它们不超过十几米了。"刚才它喝水的时候，后面的那些狗一定追了四五十米。"佩吉说。

所有的猎狗都不管这里是什么营地，而是直接穿了过去，奔向燕子

谷的谷底，消失在下面的那道瀑布附近。只有迟来的几条猎狗停下来在四周看来看去，它们似乎没有把比赛当回事。

"你们这样不好，"南希对它们说，"快追上去呀！"

"其他的狗已经领先好几千米了，"提提说，"要是再不抓紧时间，就永远追不上啦！"

这几条猎狗继续追了上去，也消失了。

突然，从荒原下面很远的地方，从湖的下游，传来一阵未曾听过的喧闹声，有呐喊，有怒号，有刺耳的口哨，有尖叫，还有号叫。

"就像一群鹦鹉和猴子同时在吼叫。"提提说。

"比那更厉害。"罗杰说。

"那是猎狗的主人们。"南希说，"他们肯定已经看到了领先的那条猎狗。听！噢，我真想看看比赛结果。"

喧闹声越来越响，紧接着爆发出一阵狂热的欢呼。又过了一会儿，那些声音逐渐变弱，最后归于寂静。

"比赛结束了。现在，主人们一定在轻拍他们的爱犬，奖励它们糖块，跟它们说它们有多棒。"

突然，南希欢快的声音变样了。"要是我们晚饭迟到了一分钟，姑奶奶可不会说我们有多棒。快走吧，佩吉。现在几点了，约翰？"

约翰看了看他的手表，不过没有换算成击钟时间。情况已经太严重了。

"三顿饭都迟到了。"佩吉说。

"这次我们彻底完蛋了。"南希说,"快点。我们直接走马路,那样真的能快点。没准有人可以捎我们一程。但无论如何,我们都完蛋了。"

燕子号船员们面面相觑。如果南希·布莱克特船长提出要走大路,甚至还希望有原住民能捎她们一程,事情一定糟糕透了。

"你们把猎狗寻踪比赛的事告诉她,应该就没事了,"约翰说,"她能理解你们必须等到比赛结束才离开。"

"跟姑奶奶说什么猎狗寻踪比赛是一点用也没有的。"南希说,"之前的船难说给她听,都不起任何作用。"

"我们这次是真的想按时回去吃饭。"佩吉说。

"你们就这样跟她说呀。"提提说。

"她只会看着妈妈。"南希说。

"我们把她们送到马路上吧。"苏珊跳起来说。

"好。"约翰说,"走吧,罗杰。"

"没关系啦,"佩吉回过头喊道,"别麻烦了。"

"我们要去农场拿牛奶。"苏珊说。

"我还想去打磨一下那根桅杆。"约翰说。

事实上,他们想要尽可能多陪一下他们的小伙伴。他们恨不得跟她们一路回到贝克福特,见识一下那位姑奶奶。

"提提,你不去吗?"约翰问。

"得有个人留下来照看火啊,要不然就把它灭掉。"苏珊说,一边拿起了牛奶罐。

"我留下来吧,"提提说,"我想留下来。晚安,南希船长。晚安,

佩吉。"

南希和佩吉沿着燕子谷匆匆往下赶，她们穿过树林来到马路上。那条马路从湖边一直通向贝克福特，她们沿这条路就能回家，同时也回到了那堆麻烦里。她们走得如此之快，其他人费了很大力气才能跟上她们。

等他们一离开燕子谷，提提就去了彼得·达克山洞。洞里伸手不见五指，烛灯已经熄了。她回到她的帐篷，拿出一盒火柴，然后又钻进了山洞。果然，她完全猜对了。烛灯非常烫，所以蜡烛熔化得很快，那个往外凸出的岩架上面积满了厚厚的一团白色烛油。

第十八章

胡思乱想

一等水手提提并不是太了解亚马孙海盗的妈妈。提提只见过她两次，一次是去年在野猫岛经历了那场暴风雨之后，那时她总是欢声笑语，还有一次是今年，她忧心忡忡地和姑奶奶并肩坐在马车上，当时南希和佩吉就坐在她们对面，看上去完全不像海盗。其实，她此刻想的还真不是布莱克特太太，她想着的是自己的妈妈。当南希告诉大家姑奶奶是怎么弄哭布莱克特太太的时候，提提就想过要是有人这样对她的妈妈，她会有怎样的感受，没过多久，她感觉好像姑奶奶真的把妈妈弄哭了，于是她要想方设法阻止她。

她感到自己仿佛站在一幢大房子的门前，只是轻按了一下门铃，门铃却一声接一声地响着，好像永远不会停止一样。

"我要是从没那样想过就好了。但我不是故意的。我不是。我只想把她赶回海边。"

"漂亮的波利。漂亮的波利。"鹦鹉说话了，它刚刚吃完了那块糖，想看看有没有机会再要到一块。

提提泪眼婆娑地看着它，突然开始怀疑她是不是真的做了什么事。

就在这时，其他人爬上了燕子谷。

"一个驾着马车的农夫捎了她们一程。"实习水手大声说道。

"她们照样会迟到很久，"约翰严肃地说，"要是她们在猎狗寻踪比赛结束之前走就好了。嘿，提提，到底发生了什么事？罗杰，去彼得·达

克山洞里取些柴火出来。一进去靠近洞口的地方就有。"

等罗杰刚进山洞，提提就把事情原原本本地讲了出来。

"提提，你真是胡说八道。赶紧去洗锅吧，"苏珊说，"我们马上吃晚饭。"

苏珊把散落的柴火搭在一起，灶台里很快燃起了火焰。刷锅让提提感觉好多了。

可是深夜里，苏珊听见提提在帐篷里不安地翻来覆去。苏珊从她的帐篷底下伸出一只手，伸进了旁边提提的帐篷里。提提发现了那只手，紧紧握住了。

第十九章

没有消息就是好消息

提提早上从一个混乱的梦中醒来，在梦里，她千方百计想要营救被猎狗追赶的姑奶奶，姑奶奶还在不紧不慢地走着，不知道猎狗们已经循着她的气味赶上来了。要是她能发出一点点声音就好了。但她的嘴唇之间连一丝低语也发不出来。她醒来时几乎要窒息，不过听到外面潺潺的溪水声，看着她的小帐篷凉爽又干净的篷布，她又感到开心极了。

她爬出睡袋，去了泳池，跳进冰冷的水里，把头伸到瀑布下。昨天她真够傻的。什么事情都不会发生。苏珊说得很对。她一向如此。但她非常想确认一下。她匆忙赶到斯温森农场拿早晨的牛奶。罗杰也去了，让他颇感意外的是，提提没有催他离开，而是等在一旁听斯温森老先生唱完一首又一首的歌。斯温森老太太询问她接下去缝什么颜色的布块到她的拼布被子上。玛丽·斯温森拿着牛奶罐忙进忙出，还把昨天获得寻踪比赛冠军的猎狗的名字告诉了他们。（它叫梅洛迪。）很明显，斯温森农场里还没有人听说贝克福特的姑奶奶的消息。

但是，在提提拿着牛奶回到燕子谷之前，她突然想到时间还早，就算昨天夜里在贝克福特发生了什么不好的事，也不会很快传到湖的这一头。于是她跟约翰说她非常想和他一起去马蹄湾做桅杆，约翰听了很高兴。

"弗林特船长也会来吧？"她问。

"他说只要他能脱身就立马赶来。"

罗杰去钓鱼。苏珊带着她的地理课本跟他一起去了，不过她发现自己总在看以前看过的那点内容。

偏巧弗林特船长没有来。打磨桅杆的工作进行得很顺利，所以其实并不需要弗林特船长了。不过提提上午大部分时间都在马蹄湾北面的岩石上，望着湖的上游，巴望着那个退隐的海盗划着小船出现，他会给他们带来贝克福特的消息。当然，一切都不会有什么问题，但在收到消息之前，她还是不能完全放心。

当船长和一等水手刚回到燕子谷准备吃午饭时，大副就问他们："他来了吗？"约翰回答："没有。"从他们对话的语气中，提提听出他们也很想知道贝克福特的消息。船长和大副觉得，亚马孙海盗们迟到的事，他们也负有一定责任，虽然确实是那场猎狗寻踪比赛的错。他们想知道，南希和佩吉那么晚到家，遭遇的麻烦是否比他们担心的还要严重。只有罗杰一个人没有这种担忧。让他烦心的是别的事。他没钓到鱼，他觉得可能是小虫的问题。他记起了约翰去年从迪克逊农场带回一种长着黄色圆环的红色虫子用来钓鲈鱼，于是他想问问玛丽·斯温森，她的农场里能不能找到那样好的虫子。

那天下午，大家都去了马蹄湾，除了那只鹦鹉。桅杆已经做得差不多了，现在它和那根旧桅杆几乎一模一样了，就是没那么光滑。罗杰去了斯温森农场，玛丽给了他一把耙子，让他自己去农场里找虫子，在他抓了半盒各种各样的虫子之后，还帮他洗手洗脸。正如罗杰所说，那些虫子是"他见过的最鲜活的虫子"。他在斯温森农场待了很长一段时间，因为没有人催他离开，他和斯温森老先生正好逮着机会一起唱了很多歌。

"他们有没有提贝克福特的什么事情？"提提看到罗杰拿着虫子回来就问他。

"没有，"罗杰说，"不过斯温森先生说怪不得我钓不到鱼，因为马上要下雨了，鱼儿们知道这一点。"

约翰、苏珊和提提都心神不宁地抬头看看天空。云层确实很厚，空气中弥漫着沉闷的气息，他们还以为是他们心情不好导致的呢。也许这只是意味着马上要下雨了。他们顿时振作起来。

"我们多捡些柴火放进彼得·达克山洞吧，"苏珊说，"这样就不必在用的时候再烘干了。"

"我们还没试过在新帐篷里躲雨呢。"约翰说，"我们去捡柴火吧，要在暴风雨来临之前把一切安排好。"

约翰把刨子和测径器放进他的背包，准备带回燕子谷。很快大家都来到山顶的树林附近捡干树枝。当他们沿着小溪往回跋涉时，可以看见荒原远处，山巅后面，天空已经变成了紫黑色。

那天晚上雨下得很大。第一阵雨是在他们吃完晚饭收拾餐具时落下的，不过那只是一场阵雨。直到船长喊了"熄灯"之后，雨才开始正经地下了起来。几乎没有风，只有从天而降的滂沱大雨。

"小心别碰你们的帐篷壁。"约翰大声说。

"我没碰。"罗杰说。

"雨水从帐篷支柱流下来滴到我的脑袋边了。"提提说。

"不要让水流进睡袋里。"大副说。

"苏珊，你的帐篷怎么样？"

"还没有进水。"

有一段时间，四位小探险家就那么躺着，听雨点在离他们的脸庞只有几厘米远的地方敲打着薄薄的帐篷壁。突然约翰想起了帐篷的支索，他立刻爬出睡袋，脱掉睡衣，像个赤裸身子的野人那样冲进了雨中。

"你在做什么？"大副问。

"松开帐篷的支索，"那个"野人"回答，"然后在黑暗中被它绊倒了。"后面那句是他砰的一声倒在地上时说的。

"你会把睡裤弄湿的。"

"不会的。"约翰说，"幸好我想起了这个。这些绳子已经变得跟电线一样硬了。"

雨点打在松弛的帐篷上又是另一种声响。约翰爬回他自己的帐篷，尽量擦干身子，又躺下准备睡觉。

"听小溪的声音。"提提说。

此刻的小溪奏出了一种全新的调子，急切、仓促，不为任何人停留，与小探险家们在燕子谷里听惯的那种小瀑布发出的恬静的音乐大不一样。

"如果明天还下这么大的雨，亚马孙海盗们肯定来不了。"苏珊说。

"而且也做不了桅杆。"约翰说。

提提打了个哆嗦。那意味着又将有一天的时间听不到贝克福特的消息。

"斯温森先生说下雨的时候最适合钓鱼了，它们很容易上钩。"罗杰说，他还在想着钓鳟鱼的事。

接下来很长一段时间里，小探险家们醒着躺在那儿，听雨点打在帐篷上的声音，听哗哗的溪流声，听瀑布的轰鸣声。不过，现在雨变小了，雨声也稳定下来了，最后连提提也睡着了。第二天清晨，他们从帐篷里爬出来，发现到处都被雨水浸透了。雨已经停了，但每一块石头都闪闪发光。欧石楠上缀满了雨露，在淡淡阳光的照射下，闪烁着细碎的光。被雨水浸透的欧洲蕨几乎要倒在地上。瀑布白沫翻滚，中间还夹杂着褐色的泥沙。穿过燕子谷的小溪变得非常浑浊，溪水变成了黄铜色，水位暴涨，绕过了苏珊的石头灶台，只差一两米就淹到帐篷了。

"我们没有继续在马蹄湾露营，真是太好了。"苏珊说。

"水坝被冲垮了，"约翰大叫道，他已经跑到那边看过了，"至少半边没了。"

"我可以去拿牛奶了吗？"提提问，不过就在这时，玛丽·斯温森拿着她的牛奶罐爬到了燕子谷。

"太好了，"她说，"我还以为你们被水冲跑了。这样我就放心了，这对沃克太太来说是个好消息。你们没有干柴火怎么办？"

"我们在山洞里储存了不少呢。"苏珊说。

"太棒了。我爸爸说现在雨停了，天气又要转晴了。"

苏珊拿出了他们的牛奶罐。玛丽·斯温森把她罐子里的牛奶倒了进去，然后转身准备离开溪谷。

"留下来喝杯茶吧，就像前天那样。"提提说。但玛丽有急事，她要划船去对面的村子，而且还要去霍利豪依替他们报平安。

提提追上了她，一直陪她走到低处的那道瀑布附近。

"您有贝克福特的什么消息吗？"提提提心吊胆地问。

"消息？没有。什么消息啊？"

"没听说那里有人病倒了或类似的事吗？"

"一个字也没听说。"玛丽说。

"没有特纳女士的消息吗？"

"没有。如果那里有人生病的话，我肯定听说了。昨天晚上我见到了杰克，他在贝克福特那边装载圆木，工作到很晚才回来。他没听说谁生病的事，要不他就告诉我了。"

听到这里，提提觉得心满意足了。

那天，弗林特船长又没来马蹄湾，也没有亚马孙海盗们的任何消息。但到了下午，就在约翰收拾工具，而提提爬到岩石上希望最后看一眼弗林特船长会不会出现的时候，他们的妈妈划着船来马蹄湾了。

妈妈来到了燕子谷，摸了摸睡袋，发现它们全是干的，就夸赞苏珊火生得好，还会充分利用阳光，知道把受潮的东西放在太阳底下晾干。

不过她也没有贝克福特的消息。

"我估计她们遭受了一顿严厉的训斥。"苏珊说，她把南希和佩吉从马路上跑回家却还是迟到的事情原原本本告诉了妈妈。

"我知道那次沉船的事也让她们惹上了麻烦，"妈妈说，"她们那次也是晚回家。可怜的孩子，任何人都有可能迟到啊。"

"我真想知道她们到底怎么样了。"苏珊说。

"她们也许被关起来了，只能吃面包、喝水。"约翰说。

"更有可能的是，她们被迫留在大人身边，喝下午茶什么的。"妈妈说，"怎么了，提提？出什么事了吗？"

　　提提和妈妈一起往燕子谷上面走去，去看水从水坝一边的豁口往外泄。罗杰正想和她们一起去的时候，约翰及时拦住了他。提提把所有的事都告诉了妈妈，还跟她说了姑奶奶是怎么把布莱克特太太弄哭的，说自己只是想让姑奶奶离开布莱克特一家，让他们开心地过日子。当妈妈和提提一起回到营地的时候，提提看起来比前两天高兴多了。这时，苏珊已经烧开了一壶水，还在地上铺好了供大家坐下喝茶的防潮布。

　　到了晚上，他们一直把妈妈送到马蹄湾，他们还带上了罗杰白天在小溪里钓的六条小鳟鱼，这时约翰说："妈妈，如果您听说了亚马孙海盗前天晚上的任何事，能不能写一封信让当地的邮差捎给我们？"

　　提提说："我们都去那边见见她们吧，这样我们很快就知道了。"

　　可是妈妈说这样只会给布莱克特太太带去更大的麻烦。

　　在突袭发生后的第三天，他们还是没有收到任何消息。弗林特船长也没来。小溪的水位在大雨过后又降了下去，整个上午他们都在修补水坝。下午和傍晚，他们待在马蹄湾，苏珊在那边生了火，他们喝了下午茶，直到快吃晚饭的时候，他们才回到燕子谷。桥底下的水位还很高，他们很难从桥下穿过去，再说他们对亚马孙海盗的遭遇颇感郁闷，所以横穿马路也不是什么大不了的事了，毕竟南希和佩吉也是从那条路回家的。他们过马路的时候，看见了玛丽说的那个樵夫，他正赶着三匹马，拉着一车圆木经过那边，他刚和玛丽说完话，而玛丽正沿着那条小路往农场赶去。他们及时喊住玛丽，她立刻就折返了。

　　"今天早上我见到了杰克，"玛丽说，"他碰巧经过这里，然后我让他去打听一下贝克福特有没有出什么事，刚才他就在跟我说这件事。你们

真该听听，反正我听了很震惊。"

提提僵住了，但不是她担心的那件事。

"杰克见到了贝克福特的厨娘，她是杰克的兄弟——汤姆的妻子的表姐妹。她客观地评价了一下那位特纳女士。杰克说，特纳女士是个固执己见的人，完全没有办法满足她。而布莱克特家的两个小姑娘并不是不懂事，但她老是在她们的妈妈面前对她们说三道四。有两个晚上，她们回家晚了，她就大发脾气，再不准她们出门。如果特纳女士还不走的话，厨娘就要向布莱克特太太请辞离开了。杰克说厨娘明明做得一手好菜，老特纳女士却怪她用不热的盘子盛菜。"

提提听到这番话，总算松了一大口气。不过对其他人来说，这证明他们猜对了。南希和佩吉迟到太多次了。

"这个假期，所有事都不对劲，"约翰说，"先是我撞沉了燕子号，现在亚马孙海盗们也完了。"

"真想见到弗林特船长啊，"苏珊说，"她们可能会请他捎信过来。"

第二天，信来了，但不是弗林特船长捎来的。

第二十章

欢迎之箭

这天开始就不对劲。他们很晚才吃早饭，之后就去捡柴火，等后来约翰到下面去做桅杆的时候，他发现弗林特船长来过又走了。他对桅杆做了很多改进，尤其有两项是约翰非常想完成的工作。桅杆顶端装上了一只用来套船旗升降索的带孔眼的硬木圆螺帽，这是用凿子精心雕琢出来的，它底下安了一只主帆升降索滑轮。为了让滑轮轴与桅杆齐平，桅杆顶端已经用砂纸打磨光滑了。约翰用手抚摸那个地方。

"我要是亲眼看到他是怎么做的就好了。"他自言自语。

还不止这些。弗林特船长在桅杆旁边给他们留下了很多食物，还有一大卷粗砂纸和一大罐亚麻籽油。那卷砂纸上还附上了一页纸，那是从笔记本上撕下来的，上面写着："抓紧时间，把它打磨光滑，多刷点油。"

约翰把那些食物收拾进他的背包，里面只放了一把刨子，他以为可能会用得上。然后他就开始了辛苦的工作，用砂纸打磨整根桅杆，直到像弗林特船长打磨的桅顶那样光滑。

忙着做这个的时候，他很快就把对亚马孙海盗的担忧抛到了一旁。打磨桅杆让他没空去想别的。在砂纸的摩擦下，那根木头变了色，颜色越来越浅，这样就很容易看出还有哪些地方没有打磨到。仿佛颜色每变化一寸，离燕子号归来就近了一步。完成一半的时候，约翰突然想起了时间，他看了看他的航行表，然后背起装满食物的背包，赶紧朝燕子谷走去。

回到燕子谷，他发现苏珊、提提和罗杰虽然对桅杆快要完工感到欣喜，但是对他错过弗林特船长感到失望。

"他为什么不来燕子谷呢？"苏珊问。

"搞不好他也变成原住民了。"罗杰说。

"噢，不，他不会的，"提提说，"今年不会的。除非迫不得已。"

"他把桅顶做得可漂亮了，"约翰说，"如果他变成了原住民，他才不会费这些心。"

听上去有些道理，但还不足以让探险家振奋精神。吃完午饭，罗杰说他想去钓鱼。提提说她也要一起去。苏珊说她很忙，要把捡来的柴火全部堆放进彼得·达克山洞。罗杰和提提说他们可以帮点忙，苏珊说不用麻烦他们。约翰说他要去马蹄湾继续打磨那根桅杆。

他在马蹄湾忙得忘记了下午茶的事，他一直在用砂纸打磨桅杆，直到整根桅杆摸上去像天鹅绒般丝滑。他用手指摸了摸，然后从不同的侧面检查，看有没有粗糙的地方，最后他终于觉得没问题了。给打磨得这么好的桅杆上油似乎有点可惜。但他很快发现，抹上油的桅杆看上去更美观。他从油罐的把手里找到一团废棉布，用它给桅杆擦上油，等油干透之前，这根桅杆就像从湖里捞出来的卵石，闪闪发光。这根洁净的挪威杆吸油很厉害，约翰时不时把枕在木垫上的杆子旋转九十度，一遍又一遍地给它上油。

"我相信这根桅杆比旧的好，"约翰自言自语，"不知道南希船长会怎么评价它。"

想到这里，他突然记起，除了玛丽·斯温森带来的八卦，亚马孙海盗们仍然没有消息。

就在他一边休息一边看着那根金光闪闪的桅杆时，突然听见一阵汽艇发出的突突声朝湖的下游传来，那声音听上去似乎比他今天听到的大部分汽艇和轮船都更靠近岸边。或许只是因为他忙得顾不上去听那些声音。现在，新桅杆已经完工，还上了油，他得给它一点时间让第一层油渗进去，这样他就能抽出时间去听听周围的动静了。在他听来，突突的声响离岸边实在太近了，于是他溜到马蹄湾北边的岩石上，去看看到底是怎么回事。

没错，是一艘汽艇，他也猜对了，它离岸边非常近。

"他们到这里之前得绕绕路，"约翰船长对自己说，"不然会撞上长矛石，就像我们那样。"

他看着那艘汽艇改变了航线，突然开始意识到它有些眼熟。噢，他明白了。这是布莱克特家的船，是从贝克福特开来的，他第一次见到它是借着一只手电筒的光在亚马孙河的船库里，后来再见到它是一年前那场大暴雨过后的清晨，布莱克特太太乘着它来到了野猫岛。

"太好啦，"他大声欢呼，"没事啦！她们被饶恕啦！她们来这里啦！"他跳了起来，不过就在他准备向她们挥手的时候，他又想还是先算了。那艘汽艇的船头有好几个人，毕竟他也有可能搞错，最好等他确认清楚了再说，后面有的是时间挥手。于是他藏了起来，像蛇那样鬼鬼祟祟窜到了马蹄湾的入口附近。汽艇的突突声越来越近。最后，当约翰小心翼翼地从石楠丛和北面岬角的岩石间探出脑袋时，那艘汽艇离他不到十几米远了。

他的判断是对的。那是从亚马孙河船库开来的汽艇。他庆幸刚才没有挥手。

汽艇的前部是露天的，周围有一些座位，布莱克特太太和一位神情冷酷的年长女士坐在那里，后者正是燕子号船员们在树林里见过的那位，那天下午，她坐着马车经过那条马路。这会儿，她们两个都背对着马蹄湾，佩吉·布莱克特也在上面，她看起来完全不像一个海盗大副，而像是学校一年一度授奖演讲日或游园会上的一个普通女孩，她一会儿指指野猫岛，一会儿又指指湖另一边的树林，那两个大人的注意力全在她那里。

约翰没看到南希·布莱克特，他想她是不是被罚留在家里了，也许是她自己情愿留在家里吧。突然，他看到了她。

汽艇驶过了马蹄湾入口附近。约翰甚至能看见中间的小船舱，舱内的桌子上散落着几杯喝剩的茶。船尾也是露天的，弗林特船长在那里驾驶着汽艇，他的衣着整齐利落。南希·布莱克特也在那里。她蹲下身子，这样船头的人就看不见她在做些什么。而弗林特船长似乎一直忙于掌舵，无暇顾及她。她穿了一条漂亮的连衣裙，和佩吉一样看起来不自然。不过，当她蹲在那里时，约翰看见她的手上握着一把弩。他瞧见她透过船舱的玻璃窗朝前面看了一眼。那时，大家似乎正好都顺着佩吉手指的方向朝湖的另一边望去。就在汽艇经过马蹄湾入口的时候，南希射出了她的箭。约翰以为他在马达的轰鸣声中听到了弓弦的声音，不过也可能没听见。那支箭飞过湖面，扎进南面岬角岩石间的一簇欧石楠里，那里也是约翰他们沉船后上岸的地方。

那会儿，约翰又想跳起来挥手，这一次是想表示他看到了那支箭。不过，射出箭之后，南希船长就不再往岸边看了。没过多久，她就把弩藏到了驾驶舱的一个座位下面，然后悄悄穿过船舱，来到船头和大家交谈，她的表现看上去和佩吉一样得体。弗林特船长连看也没看马蹄湾一眼。不一会儿，汽艇驶到了南面岬角的后面，约翰看不见它了，不过他还是能听见汽艇突突地往湖的下游开去。

这时，他听到有人在树林里喊了一声"喂"，那里正是小溪汇入马蹄湾的地方。

"嘿！"他喊了回去，然后匆匆忙忙翻过岩石，绕过湖湾去找那支箭。

罗杰跑出树林，摸了摸刚抹完油的桅杆，然后闻了闻自己的手。

"提提跟在我后面，"他说，"苏珊让我们来告诉你，因为你没有喝下午茶，她要早点做晚饭。现在她已经开始做了。而且她还说，不能迟到。你一定不能迟到啊！提提和我每人钓了两条鳟鱼，很肥的鱼，我们一人吃一条。苏珊这会儿正在做鱼，还有……"

"你看见那艘汽艇了吗？"约翰问。

"我只听到了它的声音。"罗杰说，这时提提也来到沙滩跟他们会和了。

"那是从亚马孙河开过来的亚马孙海盗家的汽艇。去年我们在船库里看见过的。南希船长也在上面，她从上面射出一支箭，落到了南面的岬角那里。船上还有布莱克特太太、佩吉、弗林特船长和……"

"姑奶奶没什么事吧？"提提问。

"她在上面，好着呢。"约翰说，"我们去取那支箭吧。它扎在那边的

石楠丛里。"

"南希真的是朝你射的箭吗？"罗杰说，"这是开战了吗？"

"我想她没看见我，"约翰说，"不过她当然知道我会来这里做桅杆。快点，我们去拿那支箭。"

提提已经翻过了岩石，约翰和罗杰在后面追她。

她很容易就找到了那支箭，它一头扎在石楠丛里，羽毛箭尾高翘在空中。

"这是一支新的箭，"约翰说，"比不上她们去年用的那些箭。做得还没有之前的一半好呢。"

提提看着那支箭上的绿色羽毛。

"她们应该刚做好它，"她说，"这是我今年带给她们的其中一根羽毛。我认得它，因为当时我用剪刀剪其他东西时不小心剪到了它。"

"如果那只鹦鹉知道她们用它的羽毛射我们，它肯定会不高兴的。"罗杰说。

"看起来她不太像是这个意思，"约翰说，"她是偷偷摸摸射出的箭。"

他仔细检查那支箭。在接近绿色羽毛的地方绑着一条奇怪的、宽宽的带子，上面还整整齐齐地缠上了细红绳。约翰很快掏出他的小刀割断绳头，解开绳子。

"不要弄坏了她们的箭。"提提说。

"噢，她们可是用它来射我们啊。"罗杰说。

约翰解开了细红绳，几乎就在同时，他们发现箭尾缠着一张折起来的小纸条，正好被绳子遮住了。

"这是一张留言条，"提提说，"快点，我们看看上面说了什么。"

那张小纸条被取下来之后，仍然紧紧地卷在一起。约翰理顺了纸条。他们一起看了起来。

上面的字全是大写，而且是用亚马孙海盗经常用的红色铅笔写的：

把羽毛拿给鹦鹉看。

没有签名，只有黑色墨水画的一个海盗标志——骷髅底下交叉着白骨。

"这张留言条真让人摸不着头脑啊。"罗杰说。

"我搞不懂它是什么意思。"提提说。

"没有任何解释，"约翰说，"你甚至不能说这是宣战。"

他们慢慢地走回马蹄湾的旧营地，约翰又给桅杆涂上一层亚麻籽油，其他人都帮他一起涂。

"她们在那边。"约翰突然说，他用手指着林子外的两座岬角之间。贝克福特的汽艇开到了湖的另一边，正沿着对面的湖岸行驶。燕子号船员跑出林子，爬到岩石上，看着那艘汽艇消失在野猫岛后面。

"她们要扔下我们上岛了。"提提愤愤地说。

但是她们并没有。那艘汽艇很快又出现在岛的另一头，他们看着它飞速地朝湖上游开去，甚至在经过船屋时也没有停下，最后消失在达里恩峰后面。

"这件事最有趣的就是，"约翰说，"南希煞有介事，仿佛这件事真的

很重要。"

"也许真是这样，"提提说，"只是我们没弄明白。真希望南希船长没那么聪明啊。"

"她没有约翰聪明。"罗杰说。

约翰默默不语。"把羽毛拿给鹦鹉看。"在他看来，这句话似乎毫无意义。

最后，罗杰提醒他们苏珊说过今天的晚饭会提前。于是，又给桅杆涂了一遍油之后，船长、一等水手和实习水手就出发返回燕子谷。那里有四条鳟鱼等着他们，当然，也等着苏珊。至少罗杰不会忘记那几条鱼，尽管其他人可能已经忘了。他们带上那支箭，匆匆沿着小溪往上爬，他们没有从桥底下走，而是直接穿过了马路，然后爬过陡峭的树林，来到了荒原上。

第二十一章

聪明的波利

他们回到燕子谷后，发现大副的心情很糟糕——因为处理和烹饪四条鳟鱼的缘故。油煎鳟鱼应该一出锅就吃掉，不能为了等人把它们放在锅里一直炸。如果炸得太久，它们就会变干，你可能根本不想吃了。想想看吧，把鱼处理干净，用盐腌上，然后生好火，在煎锅里放上黄油融化，最后把四条小鳟鱼放进油锅里，那嘶嘶声就像在召唤大家赶紧吃它。然而做完所有这些麻烦事之后，却连一个船员的影子也没有看见，无论是谁都会变得烦躁的。苏珊尽她所能让鱼晚点出锅，但是等其他人回到燕子谷时，那些鳟鱼至少出锅二十分钟了，他们错过了最佳品尝时间。罗杰闻了闻它们的香味，开心地说："回来得很及时嘛！"

"才不是呢！"苏珊说，"你们应该在半小时之前回来的。我吩咐你们，让你们马上回来。下一次最好换你来煎鱼，我出去逛逛，然后'及时'赶回来。"

罗杰本打算说，要是她真那样做的话，也许他就把鱼全吃光了，但他看见约翰朝他使眼色，领会到了船长的意图，这个时候就不要去惹苏珊了。

"我看见亚马孙海盗了。"约翰说。

"她们不是来吃晚饭的吧，是吗？"大副说，"我们只有这四条鱼。"

"我没有跟她们说话，"约翰说，"她们在汽艇上。南希朝长矛石附近的岬角射了一箭。箭上绑了一张字条。"

"姑奶奶很好，"提提说，"约翰看见她了。"

"我们吃完晚饭再说吧。"大副说。

"我们把箭带回来了，"罗杰说，"就在这儿。"

"那是你的面包和黄油。"大副说。

"这些鱼真新鲜，"约翰说，"做得太好吃了。甚至比我们和弗林特船长一起去钓鱼那天吃到的鱼还要好吃。"

之后一段时间里，大家没聊别的，聊的都是鳟鱼和晚饭。提提和罗杰讲了他们是怎么钓到鱼的，一条是在泳池里钓的，其他三条是在燕子谷谷顶和鳟鱼湖之间的小水池里钓的。罗杰还说要是他们不打瞌睡的话，就能钓到更大的鱼了。大家都夸这顿晚饭美味极了。当他们吃完最后一条鳟鱼、把鱼骨头扔进篝火的时候，都不由得想，探险队里有一个像苏珊这样既是好厨师又是好大副的队友是多么幸运。苏珊还烤了四只苹果配米布丁吃，她把它们装进一只饼干盒，埋在热灰里。大家都很享受这顿晚餐，吃完之后，苏珊主动把话题转回那支箭上。她刚提起这件事，罗杰就把箭递给了她，接着，大家开始谈那艘汽艇和射箭的事——只有约翰一个人看到了事情经过。

"箭上绑了一张字条，"约翰说，"不过似乎没多大意义……'把羽毛拿给鹦鹉看'……你看。"他把那张卷曲的小纸条递给苏珊。

她展开纸条，看了看上面的字。

"看起来好像没有任何意义啊。"她说。

"但是南希射出这支箭的时候，她躲到了船舱后面，看上去好像这是一件十分要紧的事。"

"这不像是她们去年的那些箭，"罗杰说，"一点也不闪亮。"

这倒是真的。他们正在营地里盯着看的这支箭非常粗糙，好像是匆忙赶制出来的。箭头不锋利，木质箭体也没涂上清漆。

"我猜那些是波利的羽毛。"苏珊说。

"是的，"提提说，"这一根是去年我们回家后它掉的第一根羽毛。从去年冬天起我就一直保存着它。因为我失手用剪刀剪到了它，所以我认得。另外一根是我们来这里度假的前一天掉的。她们来岛上的时候，也就是我和罗杰发现燕子谷的那一天，我把保存的羽毛都给了南希，它们就是其中两根。"

"所以这肯定是一支新箭。"

"看上去像是她们刚刚做好的，"约翰说，"没有人帮她们。"

"我们就按照纸条上说的去做吧。"提提说。

"什么？"

"把羽毛拿给波利看。它可是非常聪明的。"

"它还没那么聪明，"约翰说，"如果我们都不知道是什么意思，它更不会知道了。"

"不管怎么样，我们就照着南希说的做吧。她可能会问我们有没有那样做。"

提提拿起那支装饰着绿色羽毛的箭走到鹦鹉旁边，它正在栖木上沐浴晚霞呢。

这时，那只鹦鹉大声尖叫起来，立刻用喙和一只爪子去夺那支箭。

"小心！"约翰说，"快拦住它！它会把羽毛拔出来的。箭的两头只有

一根细线把它们绑在一起。它会把箭拆烂的，到时南希会怎么说？"

但是为时已晚。

只听见一声木头开裂的声音，那只鹦鹉不仅把它的旧羽毛从箭上撕了下来，还把那支箭从绑羽毛的接合处折断了。

"嘿！嘿！快拦住它！你们看呀！"约翰跳起来大叫道。

"不，波利，快停下，"提提说，"把它给我，这不是你的！"

鹦鹉从开裂——现在已经断开了的箭体中把什么东西扯了出来。提提及时把它抢了过来。

"波利，干得好！"她说，"南希早就知道你会这么做，因为她以前见你这么干过。"

鹦鹉没有理会。它才不想要提提攥在手里的那张叠得很紧的小纸条。

"漂亮的波利，漂亮的波利。"它心满意足地说着，一边从箭上撕下碎木屑，撒在它的栖木周围。

现在没人去管那支箭了。提提颤抖着双手展开纸条。她看见纸的最上面画了一个海盗标志，下面是用红色铅笔写的密密麻麻的字，她把纸条交给了约翰船长。

"大声念吧。"她说。

"这是写给我们所有人的一封信。"约翰说，然后开始读信：

燕子号船长和船员们：

你们好！这声问候来自我们这两个痛苦万分的水手。我们不被允许离开原住民的视线。姑奶奶无时无刻不在盯着我们。不出我们

"嘿！嘿！快拦住它！"

所料，我们那天迟到了，我们正在改过自新。乌云背后总有一线光明（这是引用的一句俗语），再难读的课本也有最后一页。现在苦日子就要结束了。下面是重点。明天，你们一早就出发，沿着我们上次来的路线。从荒原最高处一直朝北走，你们会看到四棵冷杉，那里以前是一片树林。你们跟着它们指的方向走，走到石墙那里，然后沿着石墙走到马路上。马路对面两块田地远的地方有一条河。你们要去找一座石头谷仓。距离谷仓大约一根电缆远的地方有一棵橡树，靠近河边。在那里你们能找到一艘原住民打仗用的独木舟。"贝克福特"这个名字就在船尾板上……

"它不可能真的是独木舟，"约翰停下来说，"那是一艘划艇。独木舟没有船尾板，它的两头都是尖的。"

"原住民也许有他们自己的独木舟，"提提说，"并不是所有的原住民都有一模一样的独木舟。"

约翰继续往下读信：

你们登上船，不要害怕，顺流划到潟湖那里。你们知道那个地方，就是罗杰以为有章鱼出没的那个潟湖。

"后来我才知道它们是一种花，"罗杰说，"睡莲。"

"不要打断船长，"提提说，"接着念吧。"

于是约翰又接着念：

穿过潟湖，把船划进河右岸的灯芯草丛里。派一名侦察兵到林子里去。让他悄悄穿过林子，学猫头鹰叫，然后在那里等着。你们轻装上阵，带上两天的食物和睡袋。干城章嘉峰在召唤你们。我们有登山绳。今天晚上我们就为你们把独木舟藏到那棵橡树下。你们不会找不到的。别让原住民看见你们。那只鹦鹉真是好样的。要是用它的羽毛做箭，它就会咬烂它们。不要让我们失望哦！

南希·布莱克特船长

佩吉·布莱克特大副

暂时的战俘

燕子号和亚马孙号万岁！

"读完了？"罗杰说。

"读完了。"约翰说。

这几位探险家面面相觑。

"你觉得这样不会有问题？"苏珊终于开口说话。

"噢，会出什么问题呢？"约翰说，"整个行动都是在陆地上进行。不会有夜间航行。只要一等水手和实习水手准时上床，我们在哪里睡觉都是一样的。"他立刻明白了苏珊担忧的是哪些问题。

一等水手和实习水手屏气凝神地听着。

"还有牛奶，"苏珊说，"带上两天的牛奶可不是什么好主意，如果天气像今天这么热的话。"

"亚马孙河谷那边应该有很多农场，"约翰说，"南希和佩吉肯定知道在哪里都能弄到牛奶，只是我们可能得带上我们自己的牛奶罐。"

"但是要离开营地整整一个晚上啊。"

"不要紧，"提提说，"彼得·达克会看守它。我们把东西都藏进彼得·达克山洞里。那个地方足够安全。"

"波利怎么办呢？"

"它会陪着彼得·达克。我会让它住进山洞，在山洞里给它留很多食物和水。它不会介意多睡一会儿觉，再说就这一次。或者它就看守山洞，和彼得·达克一起值勤。我想它以前住过很多山洞，是那种真正的海盗们住的山洞。"

"你们都知道，我们从来没有试过露天睡在睡袋里。要是下大雨怎么办？"

"只要不下雨就没事。如果要下雨的话，我们就不去了。"约翰钻进他的帐篷，很快又钻了出来，"气压计非常稳定。还有另外一件事。要不是燕子号快修好了，弗林特船长绝不会急着完成桅杆的工作，还给我留言让我抓紧时间打磨和上油。我认为燕子号已经涂上漆了。天气这样热，油漆很快就会干。它随时可能回到我们身边。而我们不能同时去爬山又开船。如果我们打算去爬干城章嘉峰，那就趁我们还在这里的时候去吧。"

"妈妈确实说过，如果我们想去爬干城章嘉峰，她是没有意见的。"苏珊说，大家知道她动摇了。

他们在准备休息之前，一起去了瞭望台，他们从它最陡的一侧爬了上去，当作练习。他们站在岩石顶上眺望荒原和远方的群山。太阳在他们身后慢慢落下。此时，干城章嘉峰看上去就像是从深紫色的硬纸板上剪下来的一样。它的左侧和右侧分别是其他山脉，探险家们知道，他们将在荒原边上的某个地方找到那座亚马孙河谷。再往右转，他们看见了森林的边缘，越过森林，可以瞥见湖面和里约后面的山峦。

"亚马孙海盗们从荒原上过来的时候，我们最先是从那里看见她们的，就在那块岩石的另一边。"提提指着大约五百米外石楠丛中一块锯齿般的岩石说。

"没这么近吧。"罗杰说。

"那就是我们要走的路，"约翰说，"那块岩石差不多就位于这里和干城章嘉峰北面连成的一条线上。"他把指南针放在岩石上，等指针停下来，"它大约在西北偏北的方向。明天我们先到那块岩石那儿，然后就往北走。"

这时，从他们的头顶高处传来嘎吱嘎吱的声音，就像有人在很快地摇一扇铰链需要上油的门。他们抬头望去。

"天鹅！"约翰不假思索地说。

天空中一共有五只白色的大鸟，它们伸着长长的脖子，稳定而有力地扇动着翅膀，快速地朝落日飞去。

"它们要飞去哪儿？"罗杰问。

"那边还有一个湖。"约翰说。

西边，在石楠丛尽头是昏暗的远山，石楠丛一直延伸到山脚，就像海上的地平线一样。那里是未知之地。

"也许天鹅能看见那个湖,"提提说,"它们飞得那么高。"

"我想它们能看见。"约翰说。

天鹅往远方飞去,等到再也看不见它们的时候,探险家们才从瞭望台上爬下来,拖着沉重的步子往燕子谷的营地走去。一路上他们都在想,前方等着他们的会是什么。

他们围坐在火堆旁聊天,这要比平时晚了很多。正如苏珊所说,他们总是在早起出发的前一晚熬夜。有太多要想的事了,想睡也睡不着。当他们真要睡觉的时候,星星已经在夜空中闪闪发光。

等到每顶帐篷里的烛灯都熄灭很久之后,约翰坐了起来,拿上背包,又爬到了外面。他还拖出了他的睡袋,然后从背包里的衣服下面摸出了薄薄的睡袋防水罩,他在帐篷里用不上这个。他把睡袋放了进去,这样他就用不着防潮垫了。他钻回了睡袋,在里面翻来覆去,直到他找到了舒服的睡姿才停下来,这回终于可以睡觉了。他的背包里塞满了东西,正好可以作他的枕头。

"你在干什么?"苏珊的声音从黑暗中传来。

"试试睡在帐篷外面感觉怎么样。"

"我们都来试试吧。"罗杰说。

"你为什么还没睡?"苏珊说。

"你能看见星星吗?"提提问。

"嗯。"约翰说。

"不知道那两个战俘能不能从她们的牢房里看见星星。"

"她们根本不在牢房里。"约翰说。

　　"如果她们不能想出来就出来，那种感觉跟关在牢房里就没有什么不同了。"

　　"晚安。"约翰说。

　　"晚安!""晚安!""晚安!"住在三顶帐篷里的探险家也纷纷说道。第四顶帐篷里没有人，约翰正舒舒服服地躺在他的睡袋里，伸展着身子，头枕着背包，仰望着星空，感觉比之前更不想睡觉了。至少他一点也不觉得困。

　　不一会儿，他在想数星星和数钻过篱笆缺口的绵羊是不是同样管用。当他还是一个小男孩的时候，妈妈告诉了他数羊的方法。他在睡袋里蜷起身子，只把鼻子以上的部分露在外面，开始数天上的星星。事实上，还没等他去数旁边那些更大的星星，他就睡着了。可能是数星星的方法起作用了，也可能是他辛苦工作了一天的缘故，打磨新桅杆、给桅杆涂亚麻籽油，真的很累啊。

第二十二章

出发之前

营地的气氛一大早就活跃起来了。苏珊立刻开始为接下来的征途做准备。提提醒来后想到了一个计划，她告诉了罗杰，然后他们拿上背包就往树林跑，去之前还打包票马上就回来。约翰经过树林时遇到了他们，他们在往背包里塞小松果，当时，约翰正拿着牛奶罐匆匆忙忙往斯温森农场赶——他在帐篷外睡了一夜，精神很好。提提和罗杰比他先回到了燕子谷，因为他要先去马蹄湾，给桅杆上最后一遍油，然后才去农场拿早餐的牛奶。他还告诉玛丽·斯温森，因为他们今晚打算在外面过夜，所以下一次拿牛奶要到第二天晚上了。

"我刚要划船去村子，"玛丽说，她用村子来指代里约，这是本地人的叫法，"有什么东西需要我捎给你们吗？"

"我想您该不会是去霍利豪依吧？"约翰说，"我想告诉妈妈一声，让她今明两天不要过来，因为我们不在。"

"哎呀，当然没问题，我很乐意给你们捎话，"玛丽·斯温森说，"你等一下，我给你拿一张纸，你可以把你想告诉她的话写下来。"

不过，这时斯温森老先生在厨房里喊了起来，招呼约翰进去。

"玛丽！"他喊道，"你让他站在外面干什么呀？小家伙，快进来，坐到桌子旁边去。你要想点写什么，就在那儿写。"

约翰进了屋，向两位老人家道了"早上好"。玛丽从一只抽屉里拿出一支铅笔和一张纸，让约翰在厨房的桌子旁坐下，紧接着她就噔噔蹬地

赶去装牛奶。斯温森太太继续缝着她的拼布被子，老先生一边看着约翰写东西，一边半哼半唱着一首歌，那首歌唱的是一个小伙子跟他要离开的人说"再见"。

约翰写道：

今天和明天，请不要来燕子谷，因为我们要去亚马孙河那边爬干城章嘉峰。我们会带上睡袋。船员们都会准时睡觉。明天我们就会回来。一切都很好。桅杆已经完工了。燕子号很快就会回来，所以我们现在去爬干城章嘉峰正好。爱您的全体船员。约翰敬上。

他把纸折了起来，然后在外面写上"霍利豪依的沃克太太收"。

他写信的时候，斯温森老先生一直在旁边盯着他看。

"呃，你用铅笔写得可真快啊，"老人家说，"在我还小的时候，没人教我们这么快写字。不过，在唱歌方面，你比不上你的弟弟。他唱歌有天赋，真的。但是他写字可能没那么快。我连字也不会写，这一点不假。五十多年来，我从没写过一封信。我只会唱歌。好了，提到唱歌……"

约翰不知道该怎么办。其他人还在等着早餐的牛奶，营地也要撤掉，探险队要上路，如果老人开始唱歌的话，天知道他什么时候才能离开。不过幸运的是，这时玛丽·斯温森走了进来，收起他的信，把牛奶交给他，送他到了外面，这一切进行得那么快，几乎像是她把他赶出了农舍的门。约翰完全不知道事情是怎么发生的，但是他非常感谢玛丽。他匆匆穿过树林，抄近路回到了燕子谷。回去的路上，有那么一会儿他还听到了从农舍传来的老人家的歌声。

当他爬到瀑布顶上望向燕子谷的时候，很难相信那是他不久前才离开的地方。四顶米色的小帐篷已经不见了。其他人拆掉了自己的帐篷，也拆掉了他的帐篷，此时的山谷看上去不再是一座营地。营地与其他地方的最大区别就在于帐篷。现在，这里再次成为了一座荒凉的山谷，正如他们第一次来时见到的那样。它看起来不像任何人的家，约翰知道等他们返回野猫岛之后，燕子谷看起来就会像是他们从未在那里生活过一样。第一场真正的山洪会彻底冲垮他们在泳池搭建的那座水坝。一切都将回到它原本的样子，他们的燕子谷，连同那里整洁的帐篷和欢乐的篝火，都将变成一段回忆，或是他在一本书里读到的只言片语。这是一个奇怪的想法，让人不舒服。不过，眼下篝火还在燃烧着，所有迹象都表明，早餐只等着他的牛奶了。

"牛奶来了，"约翰说，"我给霍利豪依寄了快件，告诉妈妈我们要去哪里。"

"嗯，很好。"苏珊说。

"你提醒她不要告诉其他人了吗？"提提问。

"我忘了这码事。"

"她应该不会说的，"提提说，"除非她确定一切都没有问题。"

"斯温森先生有没有唱歌？"罗杰问。

"唱了。他还想让你去和他一起唱呢。"

"我会去的，等我们回来之后。"罗杰说。

"今天喝粥，"大副说，"我们要走很长的路，我煮了足够每个人喝两碗的分量。光喝牛奶可不行，我们很快就会饿的。"

"东西都存放好了？"约翰问。

"全部在彼得·达克山洞里。"提提说。

"吃完早餐再说，"大副说，"过会儿去山洞看一看。里面很空，可以放很多东西。比亚马孙海盗们来的时候强多了。"

"它看上去几乎像一家商店。"提提说。

"只是里面所有东西都是我们自己的。"罗杰说。

他们吃了一顿丰盛的早餐，探险家们出发去陌生之地远征之前，就应该吃这种早餐。苏珊煮了一大锅粥——分量比以往要多得多，煎了一大堆松脆的培根，还有每天都吃的圆面包、果酱和大杯茶。他们吃面包和果酱的时候，苏珊又在煮锅里煮上了八只鸡蛋，等着熟透后就带上路。

"一直到后天我都不用吃饭了。"罗杰说，当时，他们已经吃完了早餐，苏珊给他们每人分了两只鸡蛋，让他们放进背包的外口袋里。

"好了，不管你怎么说，把鸡蛋装起来。"苏珊说。

"我不想带。"罗杰说。

"那你最好也别带巧克力了吧。"苏珊说。罗杰又想了想，然后和其他人一样装起了他的鸡蛋。

接着，他们把最后几件要留下的东西放进了彼得·达克山洞。事实上，他们只带了很少几样东西：每个人的背包里装有一只睡袋和套在睡袋上的防水罩、一只公用的大杯子、一块公用的肥皂、一人一把牙刷和食物，食物已经分好了，有人带这个，有人带那个。一共有四只圆面包、两罐干肉饼、煮鸡蛋、一大堆巧克力和几只苹果。大副用一束欧石楠擦拭水壶，直到上面的黑色污迹都被擦掉了。她把壶盖放进她背包的外口袋里，把壶身绑在背包外面，合上背包的翻盖，拉紧绳子。约翰也用同样的办法带上了空的牛奶罐，按照大副的指令，罐子已经在小溪里洗干净了。其他两个人就轻松多了，不过也无妨，因为他们想往包里塞满松果。"用来作吉普赛路标。"提提解释道。

"不过吉普赛路标是给其他人指明怎么跟上我们的啊。"

"这些是用来找到回去的路的，"提提说，"你看，荒原上没有树可以刻记号，我们也不能留小纸条。但是荒原上没有松果，所以如果我们一路上用松果作路标，等我们从干城章嘉峰往回走时就不会迷路了。"

苏珊和约翰知道什么时候跟提提争论是毫无用处的，所以只要她和罗杰把睡袋装进背包，他们就可以把从树林里捡来的松果随便往背包里塞。

他们一起挤进了彼得·达克山洞，借着一盏烛灯的光最后看一眼里面。这盏烛灯是大副点燃的，她把它和其他三盏烛灯一起放在了老地方——那个岩架上。苏珊把这里收拾得非常妥当。山洞的一边是整整齐齐的柴火堆——柴火已经被劈成合适的长度，上面并排放着四顶卷好的帐篷，每顶帐篷都跟各自的帐篷支柱和装帐篷钉的小袋子放在一起。它们在上面一点也不碍事。去年露营用过的旧防潮垫铺在了柴火堆对面的地上，上面放了卷好的杂物帐篷、装着主要存货的铁盒子、备用的衣物，还有另外三只铁盒，一只装着渔具，一只装着提提的文具，一只装着书、燕子号的文件和气压计。

"嘿，大副，"约翰船长说，他注意到了那只铁盒，"我不是很想把这些东西留在这里。"

"带着它们也没什么用，"大副说，"我们又不是开船出去。再说你还要带指南针和望远镜。不管怎样，我们只出去一个晚上。"

"彼得·达克会看守它们，"提提说，"它知道这些东西有多么重要。它会和那只鹦鹉一起守好这里的。"

"你最好现在就把那只鹦鹉带进来。"苏珊说。

只要能让鹦鹉舒服些的办法，他们都试过了。他们在笼子里放了一条可以撕着吃的培根，还有三天的口粮——葵花籽和充足的水。提提还小心翼翼地和它解释他们有多信任它，它也要不辜负大家，守好山洞，这样彼得·达克可以偶尔休息一下。要不是彼得·达克这时碰巧出去了，提提也要嘱咐它很多事情，所以她就干脆把事情都跟鹦鹉交代清楚。那只鹦鹉比平时在营地的时候更吵了，它不停地说着"两倍，两倍，二，二，漂亮的波利，八个里亚尔"，还有几次发出了疯狂的尖叫，表明它知道大家在谋划着什么事情。不过等到他们把它放进山洞，它就立马闭上了嘴，尽管它的笼子被放在一个非常好的地方——那堆铁盒的最上面。很明显，它认为自己遭到了不公平的对待。

"明天我们就回来啦，"提提说，"再说你不会喜欢去山顶的。"

然而那只鹦鹉一个字也没说，它的眼神，比它可能说出口的很多话，还要让人感到可怕。

"我们不可能带上它。"苏珊说。

有那么一瞬间，提提想她也许应该留下来照看彼得·达克和波利，不过她很快改变了主意。

"热带雨林可比这里暗多了，"她说，"就连中午也不例外。所以你最好讲点道理。"她掏出三颗糖给了鹦鹉——她一直为它把糖留到了最后一刻，然后就匆匆跑出山洞来到阳光下。她挎上她的背包，把剩下的一些小松果塞进了口袋，准备出发。

苏珊吹灭了烛灯，跟在提提后面出了山洞。她用一大簇欧石楠遮挡住了山洞的入口，这样就不会有人知道那后面还有个山洞。石头地面上没有任何通向山洞或者从山洞里出来的脚印，约翰和罗杰把那些可能会暴露山洞位置的碎枝条都收拾干净了。当四位小探险家爬上燕子谷北面、回望空荡荡的山谷时，那里真的什么都没有了，只有灶台里烧焦的石头和支帐篷留下的浅色印记才能看出那里曾经是一座营地。

出发

第二十三章

从陆地到
亚马孙河

约翰船长又认真看了一遍亚马孙海盗的信。"她们说的是'朝北走'，但其实我们要往西北偏北的方向才能走到那块岩石附近，"他看着指南针说，"西北偏北的方位是我昨天傍晚观测后得出的，不过我们还要去瞭望台再看一看。"

爬到瞭望台顶上后，大家轮流把望远镜对准了里约和霍利豪依，不过今天那里似乎没什么人。接着，他们转到另一边去观察迎着晨光高耸入云的干城章嘉峰。很难相信他们要爬上它的顶峰。

"就是西北偏北。"约翰一边测量那块锯齿状岩石的方位一边说道。亚马孙海盗试图对营地发起突袭的时候就是从那块岩石旁边过来的。

"但是我们没必要直接从石楠丛里穿过去。"苏珊说。

"如果能找到小路的话就没必要。"约翰船长说。

这里似乎有两三条路通向那边。约翰选了一条中意的路，探险队员们很快就离开瞭望台上路了，他们排成一列纵队，沿着石楠丛中的狭窄小路往前走，约翰在最前面，紧接着是罗杰，然后是提提，苏珊走在最后。

不过这个顺序没有维持多久。

"不要浪费松果，"一等水手说，"傻瓜，我们才刚离开瞭望台。等我们真正进入那块岩石外面的未知之地时，我们会用上所有的松果。"

然而罗杰的口袋里塞满了松果，每走十几米，他就停下脚步，把两

颗松果放在路中间，一颗横放，一颗指向前方。然后，不必说，他还得停下来防止提提和苏珊误踩到它们。一次又一次地，大副发现自己被蹲在地上摆路标的罗杰挡住了去路。还有提提，尽管她已经嘱咐罗杰不要浪费松果，却照样也守着路标，确保它们不被从旁边经过的大副踢到一边去。于是，苏珊干脆让一等水手和实习水手自己去摆弄路标，她很快走到了他们前面，紧跟在船长身后。

离那块锯齿状岩石还有很长一段路的时候，罗杰的口袋就空了，他还想从他的包里拿出些新的松果，这一次提提决不允许了。

"你想想吧，"她说，"如果你继续像那样把它们摆放在路上，路标很快就会用光的，等我们到了最需要它们的时候，也就是走到最艰险的那段路时，我们就没有路标可用了。"

空荡荡的口袋让罗杰醒悟过来，他们商量好一次只放一颗松果，因为不管怎样，他们都知道要往哪个方向走，他们还同意两颗松果之间要隔得远一些。

"我们不用有规律地摆一长串，"提提说，"我们只要偶尔能找到一颗，确保走在正确的路上就可以了。"

在锯齿状的岩石那里，他们追上了其他人，这时他们往后看了看。

"到目前为止，我们本来一颗松果也不用放的，"提提说，"从这里能看见瞭望台。只有在没有记号就找不到路的地方才用得上路标。"

然而现在，未知之地向他们敞开了怀抱。

从他们选定的第一个目标、也就是那块岩石开始，他们尽可能地朝正北方向前进。船长一直盯着他的指南针，选择正北方的一块岩石、一簇欧洲蕨或欧石楠当作目标，直接朝它走去，然后以同样的方法选择下一个目标。

他们走在一片连绵起伏的壮阔荒原上，所以他们往往只能看到两三百米远的地方，有的时候甚至更近。不过有时，当他们站在山脊顶上——那山脊就像横跨荒原的波浪浪尖，他们可以看到山脊往右侧下方一直延伸到远方的一片松林中。松林下面一定就是那个湖了。有时，他们还可以看到荒原落入山脊的另一边，高高的树木长在石楠丛中。他们还在那个方向瞥见了远方的一条河，但即便通过望远镜也没有看见河上有船。

"也许那个地方还没被发现呢。"提提说。

"那些天鹅就是往那边飞的。"约翰说。

荒原并没有全被欧石楠覆盖。那里还有大片又高又绿的欧洲蕨，以及被太阳晒成棕色的矮牧草。灰色的岩石不时就从草里和石楠丛中冒出来，这块贫瘠的大地仿佛铺上了一床深紫色的破旧被单——上面还缝有湖滨绿和锈棕色的补丁，地表隆起的地方从被单的破洞中露了出来。他们头顶上方盘旋着几只田凫，突然朝他们俯冲下来，翻腾一阵后，猛地又往上飞走了，还冲他们尖叫，仿佛在说他们无权来到这里。一只长着细长弯曲嘴巴的麻鹬从上空经过，它要飞向另一座山谷，这时它也发出了厉声尖叫。突然，一只松鸡从石楠丛中飞了出来，呼呼地拍打着翅膀，似乎喊着"回去，回去，回去"。

"不，我们不会回去！"罗杰说。

"如果它们知道我们要做什么，就不会叫我们回去了。"提提说，"它

们以为是跟它们有关的事，所以就朝我们大叫。"

那座他们一致同意叫作干城章嘉峰的大山一直在他们前方，就在他们前进路线的西边，要是他们乘着燕子号的话，他们就会说那是在左舷船头的方向，那座山并没有太远。他们越往北走，那座山的形状看起来就会有略微变化。它看上去已经不那么像一座孤峰了，他们可以看见一道深深的沟壑通向它，就在覆盖了山脚的树林之上。

等到他们第一次停下来休整的时候，罗杰背包里的松果已经全部用完，提提的背包也不像之前那么满了。很久之前他们就看不见瞭望台了。往东边望去，除了波浪起伏的欧石楠，什么也看不到。西边的欧石楠要少一些，而荒原似乎在这里突然到了尽头。他们前方的路似乎还在往上升，不过他们知道它迟早会往下降直至落入亚马孙河谷。他们离山脊的尽头不远了。他们一路朝着正北方穿过荒原，这条路线比他们驾船从野猫岛去往亚马孙河要直得多，在湖面航行总是要绕开里约港以及湖上的岛屿，更不用说还得考虑风。幸亏约翰船长认真地用指南针探路，他们在荒原上行进的路线直得就像乌鸦的飞行航线。

他向罗杰解释了一番。

"对乌鸦来说，这很容易。"罗杰说，"乌鸦保持翅膀不动，也可以继续往前飞，但如果我们的双腿停下一分钟，我们就不会前进。我们只会留在原地。"

"这是个歇脚的好地方。"大副说，"那边有块扁平的岩石可以当桌子。我们走的路程肯定过半了吧。放下你们的背包，我们吃苹果吧。"

"好，"船长说，"为赶路而累坏了自己，这样可不好。我们不知道到河边还需要做什么。"

他们把背包扔在那块扁平的岩石上，拿出了苹果。没过多久，他们四个就全躺在岩石旁边干燥的草地上（大副仔细地摸过了，说地上不潮），一边啃苹果，一边用手挡住眼睛，透过指间的缝隙望向蓝天。只有盘旋在头顶的几只田凫知道小探险家们在这里。

他们再次出发，又走了半个小时，来到高地的边缘。他们向亚马孙河谷底下望去，河水流入湖泊的地方被他们来时经过的山脊挡住了，但是还能看到脚下远处的绿草地上泛着水光。往右边看，在树木茂盛的山脊脚下，他们看见一条长长的白芦苇带延伸到一个波光粼粼的小湖两旁就突然变成了一大片。

"那肯定是潟湖！"约翰说，"贝克福特小船应该就在那片树林的拐角处。"

尽管他们看不见亚马孙河汇入湖泊的地方，但他们能看见那片湖，湖的最北端是他们从未到过的广袤的土地，在他们的地图上，那里就是"北极"，那里有高大的群山。

"不知道那边的山有没有像干城章嘉峰一样高的。"约翰说。

"它们都没有那么高。"提提说。

"平缓多了。"约翰说，干城章嘉峰在他心中的地位已经和燕子号、燕子谷、野猫岛不相上下了。

面朝干城章嘉峰的方向，他们可以看见亚马孙河谷在这片高地的下方蜿蜒而去，而大山远在另一头。他们脚下的树林沿着陡峭的山坡一直延伸到山脚的绿草地。

"我们直接向潟湖进发吧,"罗杰说,"大家都知道亚马孙海盗就住在湖的另一边。"

"傻瓜!"约翰说,"我们从那边穿过田野的时候,几千米外的人都会看见我们。再说如果那是最好的一条路,她们肯定就告诉我们了。"

"也许没人会看见我们。"罗杰说。

"原住民很可能到处都布置了哨兵,"提提说,"不管怎样,我们得先找到那艘独木舟。"

约翰船长又一次打开了藏在南希·布莱克特的箭里的那封信。他从头到尾读了一遍,然后望向下方的山谷,接着把目光投向荒原与草地之间的斜坡上的那片树林。

"你们会看到四棵冷杉,那里以前是一片树林。"他大声读了出来。

提提拿着望远镜,她把望远镜递给了他。

"看那边,"她说,"看上去好像曾经有过一片树林。"她指了指稍稍偏左的方向,那边紧邻荒原下方,有一片矮灌木丛和零星散布的岩石、蕨类植物,还有几棵孤零零的橡树和桦树。

"冷杉在那边!"约翰大喊道,"走吧。我以为只有两棵,但那是因为它们全长在了一条线上。快点走吧。"

提提只剩三颗松果了。她一次只给罗杰一颗,罗杰认真地把它们放在空地上,很容易就被人看见。

"那些树会指引我们找到它们的,"提提说,"有这排成一行的四棵树,我们不会找不到它们的。"

最后一个吉普赛路标放到位之后,一等水手和实习水手就飞奔下山坡去追船长和大副，他们的背包在他们的背上不停地撞来撞去。

穿过一大片石楠丛时，他们的脚步稍微慢了下来，之后，他们就小心翼翼地往前走，一路上经过了矮小的灌木丛、刚栽种的树苗、长满蕨草和苔藓的岩石，以及一些仍留在地上的巨大的老树桩。

"不要走那么快！"罗杰气喘吁吁地说。

约翰和苏珊已经领先他们老远了。

不过，当约翰船长来到四棵冷杉那里的时候，他停了下来，那正是他们从荒原望见的四棵树。他又掏出了那封信。

"没错，就是这几棵树，"正当他说着的时候，罗杰和提提神采飞扬地跑了下来，"'你们跟着它们指的方向走'，信上这么说，而它们指着山下。'沿着石墙'……在那边！它们正好指向它。"

那是一堵摇摇欲坠的老墙，像这里所有的墙一样，它是用粗糙的石头堆砌起来的，没有使用砂浆。墙上有好几个大口子，那是被山羊撞出来的，它们总是会撞倒一些墙，不过哪怕墙没了、只剩散落在地上的石头，任何人都能看出那里曾经有一堵石墙从下面的山谷一直延伸到山上。

"快点，"约翰说，"但是不要出声。马路就在前面。"

他们沿着那堵老墙，从一段比较好走的路进入了灌木丛生的林子里，那片林子非常像马蹄湾附近的树林。

"她们选择这条路，"约翰说，"就是因为没人能看见我们。嘿！你们听！停下！"

就在他们前面不远的地方传来一阵汽车喇叭的声音。小探险家们像受惊的野兔僵在原地不动。喇叭声消失了，约翰发了一个信号，他们就继续

前进，艰难地穿行在榛树丛中，那堵老墙的废墟一直在他们的右手边。

"大副，停下！"约翰压低声音说，"我去看看岸边安不安全。"

"一等水手，停下！"苏珊立刻停下脚步，低声说。

"实习水手，停下！"提提低声说。

"罗杰，停下！"实习水手自言自语。

"嘘！"提提说。

约翰看见前方不远处有一堵不同的墙，比那堵老墙保存得好得多，而且高一些，他马上猜到那条马路一定就在墙的另一面。墙边有一棵高大的紫叶山毛榉，它的树枝越过了墙头，约翰小心翼翼地爬了上去，直挺挺地趴在树枝上，暗紫色的树叶覆盖了他。他掀开几片树叶向外看。马路上什么也没有。马路对面又是一堵墙，那堵墙之外是一片刚修剪不久的草地。不过，再往左边几米远的地方就没有草地了，接着是另一片树林。

"下面应该这样做，"约翰自言自语，"我们穿过马路，进入那片林子，然后一直沿着田边走，直到我们走到河那里。'两块田地远'，她们是这么说的。"

他轻轻地吹着口哨，很快有人拍了一下他的脚。大副赶过来了。

"把其他人也叫来吧，"他低声说，"我们得穿过马路。"

他听到树枝断裂的声音，紧接着罗杰坚定地说了一声"没事"。他的脚又被人拍了一下，然后又是树枝断裂的声音。大副和水手们都在石墙下，整装待发。

就在这时，他们听见一阵急促的马蹄声，伴随着笨重的车轮轧过地面的嘎嘎声。格外清晰的是，有人用响亮欢快的口哨吹着一首曲子。

悄声说话似乎没用。

"这是什么情况？"大副问。

三匹马一路小跑，后面拉着两副大车轮——平时这马车是用来运载树林里的大原木的，玛丽·斯温森的樵夫坐在车轴上吹着口哨，那响声和最大嗓门的乌鸦有得一拼。动静这么大，说话就很安全了。这一次车上没有运大圆木，路又是小小的下坡，那三匹大马前前后后排成一列，像精力过剩的小马驹一样不停地向前小跑着，涂着红漆的大车轮在它们身后咔嗒咔嗒直响。马儿拉着马车浩浩荡荡地过去了，很快就在马路的拐弯处消失不见，不过之后的一段时间里，小探险家们还是能听见马蹄和车轮的声音，有时还能听见樵夫尖锐刺耳的口哨声。

"我看见他们了，"罗杰说，"通过墙上这个洞。我想这应该是给兔子留的洞吧。从这里能看得很清楚。那是玛丽·斯温森的樵夫。"

"我听见口哨声的时候就想到他了，"提提说，"不用说，这肯定就是我们以前穿过的那条马路，它一直往下通到马蹄湾。玛丽·斯温森说过他们在贝克福特附近的山谷里运木头。要是我刚才也看看他们就好了。还是一样的三匹马吗？"

"你们两个先不要说话了，"苏珊说，"约翰说要安静地听一听。我们要偷偷地从马路上溜过去。"

轻轻的砰的一声，约翰跳到了墙另一边的草地上。苏珊爬到约翰之前的位置上。约翰已经穿过马路了，他正在找翻过另一堵墙的地方。他发现墙上有一块石头向外凸着，于是很快踩了上去。

"就是这里，"他压低声音说道，"很容易爬。一个一个来。让罗杰先来。"

"再——见！"罗杰爬上那棵山毛榉，凑到苏珊身旁，对她说道。

"我们一会儿就来！"提提说。

可是罗杰已经蹦蹦跳跳地穿过了马路。等他来到墙脚的时候，马路拐弯处传来一阵汽车的喇叭声。

"快！"说着，约翰伸手去帮他。墙上乱作一团，苔藓飞溅得到处都是。在约翰的拖拽下，罗杰拼命往上爬，等爬上墙头，他就翻身跳到墙后面的树林里。一辆满载原住民的汽车从荒芜的马路上飞驰而过。

"提提，"那辆汽车一开过去，苏珊就立刻说，"现在轮到你了。快，趁下一辆车或什么过来之前。"

提提从暗色的山毛榉树叶中爬出来，跳到下面。

"等等，"她说，"最后一个吉普赛路标。这样我们返回的路上就知道要从哪里翻过去了。这里可能有不少像这样的树。"

她拔起一棵草，把它紧紧地塞进墙半腰的石缝里。

"如果返回的时候，我们从这个地方爬，"她说，"就能找到墙背面的那格台阶。"

"快点，提提！"约翰喊道，一等水手跑过马路，很快就从石墙那边翻到了另一边的林子里，她在那里见到了罗杰，他仍心有余悸，上气不接下气。

"不知道他们有没有哨兵在那辆汽车里。"他说。

"反正他们什么也没看见。"趴在墙头上的约翰说，"嘿，苏珊！从这边爬最容易了。"

现在没什么可以阻挡他们前进的脚步了，他们匆匆忙忙穿过树林，向亚马孙河奔去。他们从草地上望过去，就能看见河在那边。"两块田地之外，"约翰说，"有一座石头谷仓，然后是一棵橡树。"

"那边是石头谷仓，"苏珊说，"就在正前方，这块田地的拐角处，几乎和树林连在一起。"

树林已经没有那么茂密了，当他们来到谷仓的时候，他们离河边的灯芯草丛只隔着一块狭窄的草地。

"橡树在那边，"约翰说，"大家先停一会儿，我去查看一下。"

他小心翼翼地钻出树林，观察四周。

"解除警报！"他说，四位探险家撒腿就朝那棵大橡树跑去，那棵枝繁叶茂、树枝低垂的大树就长在河边。

"亚马孙河！"提提郑重其事地说，"我们应该趴在它旁边，用双手捧起河水喝下去，让我们干渴的喉咙凉快凉快。"

"呃，"苏珊说，"你吃完苹果没多久吧？"

不过提提还是捧起了一点水放进嘴里。

"真清爽，"她对罗杰说，"它的确是陆地上了不起的大河！"

"是吗？"罗杰说，"船在哪儿呀？"

约翰和苏珊望向大树两边的灯芯草丛，寻找那艘独木舟。

"也许她们出不来，还没把船弄过来。"约翰说。

"我看见它了。"罗杰大叫道。

他爬进了橡树的树枝下面，一直爬到伸手能碰到粗大树干的地方。

橡树的另一边，树枝低垂在河面上，枝头轻拂水面，一艘又长又窄的原住民划艇就拴在其中一根树枝上。那艘船是如此隐蔽，不管是从河上还是岸边看，都很难发现它。

"在这种事情上，没人能胜过亚马孙海盗。"约翰说。

"但那不是独木舟啊，"罗杰说，"它和弗林特船长的划艇还有霍利豪依的船是一样的。"

"它可能就是去年我们在贝克福特的船库里见到的那艘划艇。"约翰说，"不管怎样，她们把它藏得太好了。"

他爬上橡树的一根树枝，从上面解开系船的绳子，然后又爬下来，把船拖到了岸上。

"没错，这就是她们的船，"他说，"船尾刷上了'贝克福特'。上船吧！大副，你去船尾。我们要顺流而下。我去船头拿桨。"

没过多久，四位探险家就都蹲坐在船上，他们抓住挡在他们前面沙沙作响的橡树枝，把船拉了出去。

"幸好我们没有戴帽子。"罗杰说。

小船被他们一点一点地从树枝底下拉了出来。等小船完全出来的时候，约翰就开始划桨。他时不时地使劲划两下，让船能顺着水流前进，河两旁是迎风摇曳的浅绿色芦苇，而他们就静静地在亚马孙河上往下游漂去。

一艘隐蔽的船

第二十四章

正午的猫头鹰

这是提提第一次在亚马孙河上漂流。去年，其他三个人已经来过一次了，当时他们在黑夜里划船到了潟湖，南希和佩吉正航行去野猫岛，而岛上只有提提一个人看守。不过黑夜里看不清河的样子，所以他们很高兴能在白天看到它。除此之外，再次回到船上也是一件开心的事，尽管这不是一艘帆船，只是一条和原住民的普通划艇很像的独木舟。没过多久，他们就厌倦了漂流，约翰调转船头，换到船中间的座板上，开始划桨，罗杰来到了船头约翰的位置上。苏珊不停地喊着"划右桨"或"划左桨"，这样约翰就可以不用回头看方向而直接划桨，也不用担心把船头划进芦苇丛里。

"我们从荒原过来也没有多长时间。"约翰说。

"荒凉的高地啊。"提提几乎在自言自语，她靠着大副坐在船尾，抬头望着荒原上隆起的山脊——那是他们从燕子谷一路走来的地方，透过芦苇丛的缝隙，她依稀可以看见草地。

"确实没多久，"约翰说，"不过她们要我们尽量快点。"

"到潟湖了。"苏珊说，这时小船划进了一个小湖，湖面几乎全是大片的宽叶睡莲。就算是白天，船桨也很难不被它们缠住。

"那天晚上能划出这个地方，我们真的很幸运啊。"约翰说。

他们沿着河道在一片片睡莲中开辟出的航线穿过了潟湖。河两岸的芦苇再次向他们逼近，他们又回到了狭窄的河流。在河的右岸，大树长

到了水边。

"停下，"大副说，"我们应该很快就要看见那座房子了。我已经可以看见它的屋顶了。这应该就是她们说的树林吧。"

约翰回头看了看，收起右桨，用左桨轻轻地往回划。小船调转方向驶入了芦苇丛，伴着一阵低沉的沙沙声，船一直往前开，直到连坐在船尾的苏珊和提提都被芦苇包围。小船慢了下来。约翰起身用一支船桨当撑杆。小船在芦苇丛里又前进了一米，接着又走了几十厘米，然后他问："罗杰，你能跳上去吗？"

实习水手跳上岸的时候，船尾猛地震颤。紧接着小船又一颤，系船的绳子被拉紧，实习水手把船头拉上了土质松软的岸坡。

约翰船长最后认真地读了一遍亚马孙海盗的信，然后将它交给了大副。

"我可能会成为俘虏，"他说，"如果到时候不得不吞下它，那就太遗憾了。"他跳到了岸上。

"随时准备好起航，"他说，"如果你们遭到突袭，就划到河对岸去。不要离开船。留在船上或待在它附近。我想你们会听见猫头鹰叫。不过要是听到别的声音，不管是什么，都不要过来。很好，罗杰，不用把绳子系得太紧。随时准备划船逃走。"

苏珊大副准备好了船桨，不过没有伸到船外，这样一来，如果她要在匆忙之中开船，船桨就不会缠到芦苇上。她上岸去看罗杰是不是站在干燥的地面上，有没有弄湿脚，因为芦苇那么茂密，她在船上什么也看不见。大副侧耳倾听有没有树枝断裂的声音或是去年的枯叶发出的沙沙声，通过这些声响可以判断出约翰的位置。然而什么声音都没有。那片林子里的树很密。原住民很可能会从他们身旁悄悄经过，在靠近岸边的地方猛地冲出来把船抢走。大副认为大家最好都待在船上。罗杰发现系船绳的长度刚好可以绕过草丛再回到船头，这样他就能坐在船上，抓着绳子，随时准备松手。苏珊给每人发了一块巧克力。

"他走了至少十分钟了。"大副说。

"差不多快一个小时了。"罗杰说。

这时，猫头鹰的叫声响了起来。"咕呜呜呜呜——咕呜呜呜呜——"听上去是从离河很远的地方传来的。

"他叫得可真像！"大副说，"我以前从没听过他叫得这么好。"

"谁都会以为那是真的猫头鹰吧。"提提说。

"一些真的猫头鹰叫得还没有他一半好呢。"罗杰说。

安静了大约一分钟，接着他们又听到了猫头鹰的叫声，很远，但是他们觉得不是在同一个地方了。接着，是一段长时间的沉寂。

"也许他中了埋伏。"提提说，"我们是不是最好去帮一下忙？"

"他说过我们要坚守在船这里。他可能要走很长一段路才能返回。"

他们静静地坐着，竖起耳朵听，几乎不敢喘气。很长一段时间里，四周一片寂静。突然，树枝嘎吱响了一声，有人走到了河岸，没过多久，约翰拨开芦苇丛，走了出来。

"嗨，"他说，"她们过来了吗？"

"没有。"罗杰说。

"她们快过来了，至少我是这样认为的。"

"你看见她们了吗？"苏珊问。

"她们被关起来了吗？"提提问，"或者她们逃了出来？她们是不是乔装打扮了一番？对了，约翰，你有没有看见其他人？"

"嘘！"约翰说，"听！"

他们仔细听，却什么也没有听见。

"太可怕了。我在那座房子前面的草地上，也就是树林另一边，首先看到的就是弗林特船长、布莱克特太太和那个姑奶奶……"

"她看起来很好吧？"提提问。

"当然很好了。她拿着一根棍子在草地上走来走去，东戳戳西指指。我看不见她指着什么。于是我偷偷溜回林子里，直接绕到了房子后面。然后我就学猫头鹰叫了几声。"

"我们听见了。"罗杰说。

"南希·布莱克特马上来到了二楼的一扇窗户旁。她用手捂住嘴，似乎是让我不要出声。接着我看见南希和佩吉从后门偷偷溜了出去，往相反的方向去了。这样一来，我不得不又学猫头鹰叫，就是为了告诉她们我在哪里。谁知道她们听见了却跑得飞快。"

"如果她们看见了你，也听到了猫头鹰叫，我们就不必再做什么了，"大副说，"她们知道我们在哪里，因为我们完全是按照她们说的做的。"

"嗯，希望没出什么岔子，"约翰说，"其他人一定也听到了猫头鹰叫。"

"叫得真像啊。"罗杰说。

"那是什么？"约翰尖声说道。

林子里的脚步声越来越近了。

"是她们。"

突然，脚步声更重了。有人在拼命奔跑，接着就在离他们很近的地方——那片灰白的芦苇和深绿的树叶后面，他们听到嘎吱声戛然而止。

"嘘！你这个呆瓜！"这是南希的声音，紧接着她却用另一种完全不同的语气说，"吉姆舅舅，你是敌人还是朋友？"

"我是中间派吧。"这是弗林特船长的回答。

"躲起来，躲起来。"约翰低声说，四位探险家立马蹲伏在船里。那些声音离他们只有一两米远。

"中间派，"弗林特船长正在说，"我不知道你们要干什么，我也不会问。不过你们一定是有什么事情要做吧，我想说的是，如果你们在五点之前不回来的话，你们的妈妈和我就要替你们遭殃了。记住，今天是最后一天。我会为你们处理好的，我要开车带她到处逛逛。但如果我们回来的时候你们还没出现，那么这件事我就摆不平了。"

"一言为定！我们会准时回来。"

"那就好。"弗林特船长说，"我怎么还没看到你们的小伙伴们？我最好还是别和他们见面了，要是你们碰巧见到了他们，请替我告诉他们，如果他们想在大中午发信号，就选择画眉或松鸦，不要学猫头鹰了，这样对他们更好。你们的玛利亚姑奶奶还想写信给自然历史博物馆告诉他们这件事。她说她从没在大中午听过猫头鹰的叫声。你们告诉他们，下次换松鸦叫吧。这样我也好解释。"

"过来见见他们吧。"这回又是南希的声音，"他们一定就在附近。"

"我不关心他们在哪里。我没见过他们，我宁愿不知道他们的事。中午的猫头鹰已经让我感到良心不安了，更别提那首《卡萨比安卡》啦！"

这话把他们逗乐了，南希没有说话，弗林特船长的脚步声渐渐远去。

约翰穿过灯芯草丛又跳上了岸。这时，南希船长背着一只大鱼筐，佩吉大副拿着一只白色的大水壶，拨开树枝，从林子里走了出来。

"好样的，船长！"南希一见到约翰就大喊道，"你完完全全做到了。其他人都在这儿吧？嘿，大副！你们刚才听到我的大副尖叫了吧？她真是个呆瓜，一个唯命是从的呆瓜。任何人都可能听见了她的尖叫。嘿，罗杰！你好啊，一等水手！我们上船吧。一分钟也不能耽搁了。你们听见弗林特船长说的话了吧？"

"他说的《卡萨比安卡》是什么意思？"提提问。

"不是这个，我指的是我们必须在五点半之前回去的事。我们确实得赶回去，给你们指完路，我们就要往回赶了。佩吉，快点。拿着格罗格酒，当心点。"

"噢，你来拿吧，"佩吉说，"它实在太沉了。还有，你没必要拿我的尖叫来说事。刚才那样谁都会尖叫出来的。我以为我们完了。"

"那更有理由闭嘴啊，"南希说，"你的问题在于，你永远不知道什么时候该闭嘴。"

"不，我知道。"

"你不知道。你在《卡萨比安卡》那件事上差点就说漏了嘴，差点连累吉姆舅舅和妈妈。"

"好了，现在是谁在唠唠叨叨个没完？"

"都是因为你。"南希压着嗓子说，"约翰船长，我们走吧。如果姑奶奶发现你们在这儿，那就太可怕了。"

"大家都坐下吧。"约翰低声说。

苏珊、提提、罗杰、南希和佩吉在他们原来站着的地方——船尾和船中间就地坐下了。约翰用一支桨从船头把船推了出去。现在，这条独木舟载满一船人——比以往任何时候都更像一艘划艇，穿过芦苇丛，刚驶到开阔的地方，小船就开始顺流而下。现在轮到南希发出尖叫。

"真见鬼，"她说，"快把桨伸出去。快！快！再有十米，我们就会到那片林子下面，从草坪上能把我们看得清清楚楚。"

大家慌慌忙忙地把桨伸出去，其中一支桨打在水面上时还溅起了浪花。就在那时，佩吉立刻学起鸭子叫，她学得确实太像了，罗杰还到处张望，以为会看到鸭子从芦苇丛里冒出来。

"好样的！"南希船长说，"她真的很擅长学鸭子叫，而且经常能派上用场。"

现在，约翰把桨放在船头的桨架上，使劲划了几下。独木舟又沿着树木茂盛的河岸向上游前进。

"真是九死一生啊，"南希说，"他们从草坪上很容易看见我们。"

"他们在草坪上做什么啊？"约翰问，"姑奶奶好像一直不停地指着什么给布莱克特太太看。"

"可能是那些雏菊吧，"南希说，"她在为那个责骂妈妈。她说以前的

草坪上从来没有长过雏菊，现在却长了这么多。她每次把妈妈带到花园里，都要反反复复地跟她抱怨雏菊的事。"

"雏菊？"罗杰瞪大眼睛说道。

"她不放过任何一天，"佩吉说，"每天都是那些事。好像妈妈能不让它们长出来一样。"

"约翰船长，沿着河道直线航行，"南希说，"继续前进！"

"不过弗林特船长说的《卡萨比安卡》到底是什么意思啊？"提提又问道。

"他很有运动精神，"南希说，"要不是他的话，我们现在就不会在这里，而你们会白跑一趟，所有的一切都会被打乱。你们不知道这几天我们是怎么熬过来的……"

"你们那天晚上看完猎犬比赛之后回去是不是很惨？"苏珊问。

"太惨了，"南希说，"我们被禁止出门，而且不能进入船库……"

"我们想援救亚马孙号，只好在半夜起床，然后偷偷溜出去。"佩吉说。

"我们不可以再和你们见面，"南希说，"这就是我为什么以那么秘密的方式给你们报信的原因……"

"从船库回去的路上，我们经历了非常可怕的时刻。"佩吉说，"我们以为她已经睡了，没想到她竟然伸着头往外看，正好看见我们在月光下低着头从她卧室的窗户下经过。"

提提打断了她们俩。

"那天晚上你们从燕子谷回去，姑奶奶是不是生病了？"

"生病？"南希说，"生病？她从没那么精神呢！那天晚上是她来这里以后把我们骂得最惨的一次。你怎么看起来这么开心啊？"

"哦，没什么，"提提说，"请你们继续说《卡萨比安卡》的事吧。"

"说到这个，"南希说，"佩吉，请你闭嘴，安静一会儿。嗯，有件事要告诉你们，她明天就要走了……"

"真的？"约翰说，他突然停止了划桨。

"是的。不过请你继续划桨啊。在我们安全之前，还要走很长一段路呢！她明天就要走了，直到明年我们才能再见到她。希望如此，如果她要来，最好就在我们上学的时候来。"

"万岁！"罗杰喊道。

"嘘！"苏珊说。

"她今天下午想让我们陪她坐车出去逛逛，算是给她送行。那时我们刚把一切安排妥当。我们用箭把信发给了你们，昨天夜里逃出去把船藏在了橡树底下，我们还告诉厨娘你们要过来，她就给我们做了这么多格罗格酒，多得都能淹死一个舰队司令了。她还往这只篮子里塞满了食物，把它挂在后门背面，这样我们就能趁着姑奶奶不知不觉的时候把东西带出去。然而莫名其妙地，姑奶奶猜到了我们在密谋什么事，所以她就叫我们下午跟她一起出去。那时我们一直在等你们的猫头鹰叫。我们不能告诉她这件事，于是我们只是对她说我们宁愿待在家里。她实在是讨厌，说什么她在这里这么长时间，一直没听过我们背诵什么诗，今天是她在这里的最后一天了，我们下午可以在家准备，等她回来之后背给她听，她要出去给大家送卡片——告诉他们她要离开的好消息。"

"当时的情况看起来对我们非常不利。"佩吉说。

"她说妈妈和吉姆舅舅以前每个星期学一首诗，我们知道这个，因为他们告诉过我们那有多可怕。然后，幸运的是，她问吉姆舅舅选哪一首诗让我们学比较好。他救了我们，说《卡萨比安卡》，接着妈妈急急忙忙走出了房间。"

"不过他怎么是救了你们呢?"提提问，"那是一首长诗。"

"因为我们已经掌握了那首诗，吉姆舅舅知道我们会背。我们在学校学过了。"

"男孩站在燃烧的甲板上，众人都已逃离了那里。"佩吉一口气背了出来。

"这样一来，她的阴谋没有得逞，"南希说，"所以我们来到了这里。"

第二十五章

溯流而上

潟湖上方的水流似乎更加湍急，约翰开始希望这艘独木舟吃水不要太深。他发现南希不停地看河岸上的芦苇，他知道她在想他们前进的速度怎么这么慢。果不其然，不久南希就说："你们知道的，我们现在还不安全。拿出另一对船桨吧，划快点。姑奶奶的车会绕到湖的源头，从尤德尔桥过河，我们最好早点划过去，免得被她看见。要不然姑奶奶的车经过那里的时候，如果碰巧看见我们和你们在一起，那妈妈和吉姆舅舅就要跟着我们倒大霉了。"这之后，约翰和南希一起划桨，佩吉告诉他们往哪一边用力，他们飞快地向河上游驶去，速度快得好像没有水流的阻力。

"我们现在要干什么？"罗杰问，佩吉刚要回答，南希就制止了她。

"等我们到第一道瀑布那里再说，"她上气不接下气地说，"不要在我们划船的时候谈论计划的事情。这不公平。"

独木舟摇摇晃晃地逆流而上，经过了那棵大橡树。

"要不是我爬到树枝底下去，我们就发现不了这艘小船。"罗杰说。

"那是这条河上最隐蔽的地方。"佩吉说，"小时候，有一次保姆四处找我们，我们就躲到那棵树下，像河马那样蹲在水里，只伸出脑袋，然后她从那棵树旁边经过也没发现我们。不过，你们不知道昨天晚上我们费了多大力气才把船弄过去，还在黑夜里把它系在树下。"

"你们是在夜晚做的吗？"罗杰说。

"当然啦。"佩吉说，"划右桨，划右桨！"

河流在橡树上方拐了个弯，然后是一段笔直的水路，岸边长着一些小灌木，没有了芦苇，在这段水路的上方是一座很宽的石拱桥，经过桥的马路一直通向湖的上游。

"我们要过桥吗？"提提问。

"坐船过去？"罗杰问。

南希回头看了一眼，紧接着一边继续用力划桨一边和约翰说话。

"我们不能就这样逆着水流划过去。"她喘着气说，"我们全速划到桥下，收好我们的桨，然后用手抓着桥洞把船拉过去。一旦划到开阔的地方，你就立刻再把桨拿出来，一定要拼命划。等到要收桨的时候，佩吉会告诉我们。她知道怎么做。我们两个人已经做过很多次了。有人在一旁提醒就更容易了。好了，再加把劲！"

之前她就一直用力划得很快，但现在她划得更快了。好在约翰以前做过类似的事，所以能跟上她的拍子。河上水花四溅，但这一点也不重要。最重要的是速度。

罗杰激动地半站了起来，但是两个船长用力一划把船向前猛推了一下，罗杰又一屁股坐了下去，根本用不着苏珊大副吩咐他坐好。

"右边！右边！……就这样……左边……再过去一点。前面就到了……"佩吉大声命令道，"再划两下……收起你们的桨！"

听到最后一个字的时候，约翰已进入石桥的阴影里。伴着一阵嘎嘎的撞击声，四支桨全都从桨架上被拿了下来，收进了船舱里。

"快！快！"南希喊道，"让船继续往前走！"她站了起来，弯下腰去抓桥拱下面一块又一块石头。

约翰也这样做。

"把它拉过去！"南希大喊，"别让它往后滑！"船头慢慢地从桥洞底下钻了出去。约翰已经穿过去了。

"快把桨伸出去！"南希大叫道，"快！它要转弯了。别让它转弯。没关系，（一支桨的桨叶打在了石墙上。）快划！好样的！噢，太棒了！它过去了。"南希很快也伸出她的桨，等她看见约翰的桨叶划向前时，她就跟上他的节奏一起划了起来，"水流这么大，划船太不容易了。都是因为前几天夜里的那场大雨。"

"你手上流了不少血。"苏珊说。

"没事，"南希说，"我经常这样。有些石头非常锋利。我们差不多快到了，一会儿我再去洗手。我们还不能停下来，得绕过那个拐角才行。"

河道又开始拐弯。林子遮住了那座石桥。前方传来一阵震耳欲聋的水花声。在他们前方不远的地方，平缓的水面走到了尽头，再过去就是泛着白沫的礁石和一排低矮的瀑布，那是山涧溪流和平静小河分界的标志，小河从那里开始蜿蜒穿过草地，汇入湖泊。

"第一道瀑布！"佩吉说。

"没人能划上去。"罗杰说。

"谁都不会去冒这个险。我们从那边上岸，就在那片水花旁。这里有一个旋涡。"

南希回头看了看。

"现在安全了。"她说，"约翰船长，你收桨吧。我熟悉这个地方，最

好让我把船划进去。"

约翰收起他的船桨，南希继续划船，他们离那排瀑布越来越近。突然，南希用尽全力猛地划了两下，紧接着把桨高高地举出水面，小船飞快地从两块岩石中间驶了过去。南希又划了几下，不一会儿，小船靠近了瀑布，约翰在船头感受到冰凉的水雾迎面扑来，小船穿过一片静水区，最后停靠在河左岸的一块倾斜的岩石上。

"下来吧，船长！"南希提高了音量，好让大家在波涛汹涌的水声中听到她的叫喊，"下船吧。把船系在那棵小花楸树上。船尾的人，抓住岩石，要不然船在瀑布底下会打转。这船以前就遇到过这样的事，结果沉了。"

约翰已经抓着系船绳上了岸。苏珊及时抓住了岩石，直到南希紧随约翰也上了岸，她才松手。这时佩吉扔给她一根绳子，她把绳子系在了船尾的一只环形螺栓上。几分钟之后，贝克福特号独木舟停泊在了岩石旁，船头的系船绳绑在那棵小花楸树上，船尾也用一根长绳系在一块大岩石上。

"现在卸货吧！"南希兴奋地说。苏珊、罗杰、提提和佩吉把燕子号船员们的背包和亚马孙海盗的大鱼筐、水壶往岸上递了出去。

约翰和苏珊很高兴这一阶段的探险终于安全结束了。不过他们对亚马孙海盗的一些事情感到很费解。显然，她们被禁止和燕子号船员来往，也被禁止碰她们的船，因为她们不能靠近船库，她们此刻本来应该坐在某个地方认真地背诵诗歌。然而，她们还是联系上了燕子号船员，因为她们发射了装有密信的箭，射箭的时候，她们的敌人正和她们一起郊游；

在亚马孙河上

　　她们还在深夜里闯进船库，一次是为了解救亚马孙号，还有一次更了不起，她们把小划艇弄到了河上游，藏到橡树下；此刻她们在这里，做着姑奶奶执意不让她们做的事情。当然，下面这一点也值得一提，那就是弗林特船长和布莱克特太太私下里似乎是支持南希和佩吉的。同时，幸好他们已经过了桥，消失在河流的拐弯处，等姑奶奶坐车经过的时候，就不会看见这群小盟友划着船逆流而上。如果她看见了他们，整件事情就会变得有口难辩，不管布莱克特太太怎么看，燕子号船员远在霍利豪依的妈妈肯定不愿意他们被牵扯进去。苏珊甚至希望他们从没来过这里。如果姑奶奶就要走了，为什么南希不能多等一天呢？约翰自然知道，要是南希多等一天的话，那就不是南希了。提提没从这个方面考虑问题，她非常想问问姑奶奶是不是要去海边，或者只是去某个普通的地方。至于罗杰嘛，经历了徒步到贝克福特、带走亚马孙海盗、拼尽全力过了桥、在瀑布旁停好船之后，他想的是肯定早过了吃饭时间。然后他就说起了这个。

　　"我们已经吃过了。"佩吉说。

　　"我们还没有。"罗杰说。

　　"我们并没有吃很多，"佩吉说，"我们打算再吃一点。"

　　当南希打开那只大鱼筐的时候，大家都没怎么说话。燕子号船员早饭吃得很早，从燕子谷徒步到亚马孙河的路上，他们每人只吃了一只苹果和一些巧克力。因为担心会发生什么紧急情况，他们到了大橡树底下也没有停下来吃东西，而是赶紧划船赶往贝克福特。他们现在一想到吃的，又看见南希打开了装食物的鱼筐，就饥饿难耐，一时顾不上别的事了。

苏珊大副本来想打开两罐干肉饼罐头中的一罐，但是南希没让她打开。

"你们留着当晚餐吧，你们可是要在那上面过夜的，"她说，"另外一罐在干城章嘉峰顶上吃。"

"再说了，"佩吉说，"我们带的东西吃不完再拿回去就不好了。厨娘不喜欢这样，下次她就会给你们准备得少一些了。她把这只旧鱼筐塞得真满啊。"

的确如此。约翰和苏珊立刻明白，在贝克福特至少有一个人不会反对南希船长和她的大副的一举一动。厨娘给她们准备了一块肥牛卷，就像那种个头更大些、味道更好些的香肠。还有足够的苹果布丁，装在一只小铁盒里的生菜、萝卜和盐，一大堆切好的全麦面包和黄油，以及一大块——足够十二个人吃的——黑乎乎、多汁又粘牙的水果蛋糕，不过给六位水手吃就刚好。厨娘还为这些好吃的配上了满满一壶海盗们最爱的格罗格酒，有些人也许会以为那是柠檬水。不管是柠檬水还是格罗格酒，都太解渴了。总之，他们在靠近第一道瀑布的岩石上吃起了午饭，饭后他们都觉得有点犯困，不过睡意消失之后，他们就又生龙活虎了。

"你之前说我们今晚要睡在哪里？"苏珊终于说了出来。

"半山腰。"南希一边说一边把杯子里的最后几滴柠檬水倒进嘴里。（厨娘在她们的筐子里放了两只杯子，她和佩吉共用一只，约翰和苏珊共用另一只。提提和罗杰共用探险队从燕子谷带来的那只杯子。）

"半山腰？"提提说着，抬头望向树林，树林挡住了后面的山。

"半山腰，"南希说，"那里是露营的好地方，就在那片树林上面。跟

你们说，接下来这样安排。明天姑奶奶离开，所以我们可以去燕子谷和你们一起露营……"

"很好。"约翰说。

"等一等，"南希说，"还有一件事。燕子号差不多快修好了。吉姆舅舅说只要刷一点漆就可以了。"

"真的？"提提跳起来。

"难怪他给我留言，让我抓紧时间把桅杆做好。"约翰说。

"哦，那么等燕子号一回来，你们就会搬回野猫岛吗？"

"没错。"约翰说。

"到时你们也要来啊，我们在那里挖个山洞，就跟彼得·达克山洞一样。"提提说。

"无论如何，"南希说，"我们都想要驾船航行。你们不能同时又航海又爬山，我们也不能同时在燕子谷和野猫岛露营。所以明天晚上我们去燕子谷，今天我们先爬干城章嘉峰。这就是必须给你们通风报信的原因。我们省下了整整一天的时间。"

"不过现在你们也不能爬干城章嘉峰，"苏珊说，"你们得在五点半之前赶回去。"

"所以你们要在半山腰休息。不管怎样，半山腰适合露宿。你们看啊，姑奶奶明天早上八点走。"

"是七点五十五分，"佩吉说，"我听见他们盘算到里约、再到火车站要花多长时间，然后他们说必须提前五分钟出发，免得赶到最后一分钟匆匆忙忙出门。"

"他们不想让姑奶奶错过火车。"南希说,"等他们走了两分钟以后（我们要花两分钟换上海盗装备），我们就尽快划船去河上游，把船停在那里，然后沿着我们将要指给你们的路爬上山，在半山腰的营地与你们会合。九点之前我们就能碰头，我们会带好登山绳，然后我们一起向山顶冲刺。"

"你们到时还得再回贝克福特去拿帐篷和行李。"

"明天一早我们就把帐篷全都装进亚马孙号。等我们征服干城章嘉峰之后，我们就能一起驾船去马蹄湾了。"

"不要忘记比赛的事情。"佩吉说。

"噢，是的。吉姆舅舅说燕子号会和以前一样好，他想让我们比赛，看看亚马孙号能领先它多少。妈妈也同意让我们去燕子谷了，她还要你们去贝克福特玩一玩。她之前就想叫你们去，但因为姑奶奶的缘故，她一直不好开口。沃克太太和维姬也会来……"

"是布里奇特。"提提说。

"等燕子号一返回，我们就来比赛。我们比谁先跑到湖的上游。吉姆舅舅说他会给我们当裁判。终点在贝克福特，到时迎接我们的是一顿大餐。"

"没问题，"约翰说，"扬帆航行。不允许用桨。"

"要不要我们让一让你们啊？"罗杰说。

"哼！"南希船长说，"如果你是我的船员……"

"你可真幸运，你不是她的船员。"佩吉大副说。

"好啦，"南希说，"真没有太多时间了。我们还得给你们带路。先别

管水壶和鱼筐了，我们回来的时候再拿上它们。我们帮你们背包吧。一等水手，把你的背包给我，我的大副背实习水手的包。你们已经辛苦一天了。"

"刚上路时，我们的背包比现在重，"罗杰说，"里面装满了松果。"

"装那个干什么？"佩吉问。

"用来作吉普赛路标，"提提说，"再合适不过了。我们穿过荒原的时候留下了一长串，这样回去的时候就不会迷路了。"

"哦，明天你们用不着它们了。"南希说，"等我们从干城章嘉峰下了山，我们会乘亚马孙号回去，这样就不用徒步了。"

"我和罗杰打算沿着我们的路标走回去，"提提说，"要不我们放上松果是为了什么。"

"是的，"罗杰有点迟疑，但很快就变得坚定多了，"亚马孙号的桅杆前面已经没有多余的地方了。去年我还凑合，但现在我长大了。"

"出发之前我们是不是应该去弄些牛奶？"苏珊说。

"我们去沃特斯米特拿牛奶吧。我和佩吉回去的时候得经过那个地方。"

他们沿着林子和小河之间的石岸匆匆赶路，现在小河哗哗地流淌着，很难相信它就是那条静静地穿过大橡树下和山涧草地的小河。在这里，小船不能通行，哪怕是一艘小独木舟也会被石头撞成碎片。尽管两岸是成片的树林，但是透过林子，小探险家们还是看见了绿色的原野和吃草的牛群。有时，在小河的拐弯处，他们还瞥见了他们要攀登的那座山。

"上面真的有野山羊吗？"罗杰问。

"没有很多，"佩吉说，"不过有一些吧。"

南希终于在一条小溪前停下了脚步——她一直在前面带路，步伐飞快，其他人都累得上气不接下气——那条小溪很宽，没有船是过不去的，它从树林里倾泻而出，最终汇入小河。燕子号船员们眼前的这条小河沿着干城章嘉峰和荒原大山脊之间的山谷顺流而下。他们正是从燕子谷出发，一路沿着荒原的大山脊跋涉而来的。

"农场就在这片林子里。"南希说着，把一等水手的背包扔到地上，"约翰船长，拿出你们的牛奶罐。要是你愿意，也一起去吧。"

她和约翰拿着牛奶罐匆匆消失在树林里。他们很快就回来了，但牛奶罐里只装了四分之一的牛奶。

"他们还没有挤奶，"南希说，"我太傻了，竟然没想到这个。不过这些足够配茶了，等奶牛们一回来，他们就会给你们加满牛奶。你们得在这里等一会儿。总之，我们没时间送你们去露营的地方了。不过你们一定会找到那个地方。沿着这条小溪一直走出这片树林，你们就会到达半山腰的一座峡谷。那里就是了。当然，还有一条路，不过你们用不上它。你们只要沿着小溪走就可以。明天早上九点，我们会带上登山绳与你们会合。佩吉，快点，准备返回了。我们得快点走，一会儿还要拼命划桨。快点，回去换上连衣裙，然后背诵《卡萨比安卡》！明天准备登顶世界屋脊干城章嘉峰！"

"你们不喝茶了吗？"苏珊问。

"没时间了。"佩吉挣脱掉罗杰的背包带子，"再见，燕子号船员们。"说完，她就跑去追南希，南希已经沿着山谷往下走了，她们要回到之前

停放贝克福特号独木舟的地方。过了一会儿，燕子号船员们看见两顶红色针织帽在绿荫笼罩下的石岸边忽隐忽现，直至在河流的拐弯处消失不见。

"现在几点了？"苏珊问。

约翰给她看了看他的手表。

"她们的时间不多了。"她说。

"她们一路是顺流直下，"约翰说，"应该没问题。"

现在，小探险家们停在原地休息。亚马孙海盗们，尤其是南希，总是把他们累得有点喘不过气来。她在的时候，节奏似乎变得那么快。现在她离开了，大家要缓一缓才能安定下来。在这几分钟里，一切似乎陷入了混乱，仿佛一列快车从站台呼啸而过，卷起了尘埃和碎纸屑。

不过没过多久，罗杰就顺着岩石拐来拐去地往下走，直到他能看见小溪流中的一个清澈的小水潭，那条小溪流从干城章嘉峰上面某个地方一路穿过树丛，奔流直下。他想看看石头底下被他吓跑的那条鳟鱼会不会再次出现。"罗杰，不要动！"提提大叫，"那边有只河乌在动……那边……再远一点……在对面……"约翰瞧了瞧手表，然后看看四周是否有被树木遮挡的地方，从那里可以望到山顶。"在这里等牛奶也不见得是件坏事呀，"他说，"我们现在离露营的地方应该不太远了，去太早了有点可惜。"

"嘿，"苏珊喊道，"罗杰，不要到处乱跑。我们找个生火的地方，然后大家一起去捡柴火。"

第二十六章

半山腰的营地

他们喝了茶，又洗了澡，然后还在树林里找到了约翰和南希一起去过的那座农舍。他们认为比起斯温森农场，它更像迪克逊农场，尽管罗杰指出那里没有鹅。他们返回到河流交汇的地方，也就是他们之前放下背包的地方。他们正想着是不是该去取牛奶的时候，一个小男孩——年龄比罗杰稍小点——提着一只超大的牛奶罐，从树林里走了出来。

"你们的罐子在哪儿？"他说，"妈妈让我帮你们把它灌满。"

苏珊已经洗干净了牛奶罐，她把它递给那个小男孩。他接过去放在地上，抱起他的大罐子往里面倒牛奶，直到灌满为止。他用手指蘸了蘸溅在瓶口的几滴牛奶，然后舔了舔，正要往回走的时候，他似乎改变了主意。他放下他的罐子，转身把双手插进口袋里。

"你们打算去哪里？"他问，"是去小溪的上游吗？"

"没错。"苏珊说。

"那上面有狐狸，"他说，"会咬人的。我不怕它们。"

"我们也不怕。"罗杰说。

"它们偷了八只小羊羔，还有十八只小鸡雏。问我爸爸就知道了。"

"杰奇，"树林里传来响亮的叫声，紧接着是更大的一声，"杰奇！"

小男孩眨了眨眼，拿起他的罐子说："我最好还是走吧。"然后就缓缓地走进了树林。

"哎，糟糕！"罗杰过了一会儿说，"我还没问他山羊的事。"

"别管什么山羊了,"约翰说,"背上包吧。我们要继续上路了。好了,苏珊,我来拿牛奶。"

两分钟后,小探险家们再次踏上了征程。

他们几乎立刻开始往上爬。这条从干城章嘉峰奔流而下的小溪,比那条指引一等水手和实习水手发现燕子谷的小溪要陡得多。有时它从五六米高的地方坠入水潭,溅起白色飞沫跃向空中。小探险家们很高兴一路上没有伸出的树枝妨碍他们。他们很开心可以用手抓着岩石或大树往上爬。尽管约翰非常谨慎,但还是洒了一点牛奶,只有一两滴,要是换了其他人,肯定会洒得更多。有时他们还能隐约看见不远处的一条小路,不过他们记起了南希·布莱克特的提醒,就不去管它了。

夕阳穿过他们上方的树林洒落下来。它很快就要躲到山的后面了,但是当他们从树林高处往回望时,越过松树和冷杉的树梢,他们仍能看见远处阳光普照的村庄。越过燕子谷的荒原,他们还可以看见里约之外的山,那些山外更远处的山也依稀可见,它们晕染上了一抹暗蓝,仿佛被天空染了色的云彩。

他们继续往上爬,突然,他们走出了树林,来到一座遍布岩石和欧石楠的峡谷中。他们立刻停了下来。此时,太阳已经落到山后,不过他们刚刚离开的松树林还沐浴在落日的余晖中。很快那片树林也淹没在阴影中,但有一段时间,当小探险家们往回望时,仍然能看见灿烂的阳光洒在远山上。在左边,峡谷的尽头是一些蜿蜒的小峭壁,干城章嘉峰就巍然耸立在小峭壁之上。在峭壁上方很远的地方,他们能看见一道道白色的细线，那是从山顶奔流而下的小溪。他们的两边是一些原始的小山，中间夹着小溪冲刷出的河道，比它宽上一千倍的河流都可以经过。

"太美了，不是吗？"提提说。

"什么？"罗杰说。

"当然是干城章嘉峰呀！它是世界上最壮美的山。苏珊，我们先放下东西吧，再往上走一走，这样我们就能俯瞰那片树林了。"

"好，"苏珊说，"我想这里就是露营的地方了吧？"

"一定是的。"约翰说。他们把牛奶罐和背包放在地上，爬上了峡谷的一侧，然后他们越过树林再次回头望向远方夕阳下的村庄。

"从这里看不见里约。"提提说，"我以为能看见的。不过在山顶上我们就能看见了。"

"嘿，"约翰说，"把望远镜给我。"提提一直随身携带望远镜，就为了找机会看一看霍利豪依。她把它递给约翰，他通过望远镜并没有去看远方的村庄，而是望向了燕子谷的荒原。他看到了瞭望台的灰色圆点，其实不用望远镜他也能看见。大家轮流看了看瞭望台。他们能看见那块岩石，还有石楠丛中央黑漆漆的一片水潭，他们知道那是鳟鱼湖。岩石那边一定就是燕子谷了。提提想起了正在看守山洞的那只鹦鹉和彼得·达克。"我希望它们一切都好。"她说。

"谁？"约翰说。

"波利和彼得·达克。它们会互相做伴，就像妈妈和布里奇特。布里奇特已经睡觉了吧。可惜我们不能爬得更高一点，要不妈妈就可以看见我们的篝火了。"

"我们最好趁着天黑之前生好火，"苏珊说，"再找些欧洲蕨或欧石楠来铺床。"

他们从林子里捡来掉落的树枝，砍了许多欧洲蕨，铺在地上软软的，用来垫他们的睡袋。然后，苏珊在火堆上烧了水，约翰打开了一罐压缩干肉饼罐头，探险家们吃了一顿简单却不简陋的晚餐，每人一小片压缩干肉饼、一些圆面包和一小块巧克力，探险队的公用杯子一次次地倒满牛奶和一点茶，就像宴席上的爱杯 ① 在他们中间传来传去。

晚饭后不久，苏珊吹响了她的口哨，先是短促的两声，然后是一长声，意思是"有危险，要当心"。正在暮色里探险的提提和罗杰明白这个意思，就跑回了营地。营地里的火堆看起来已经像夜间的篝火了，火焰比烟雾要大，不像白天，在强烈的日光下完全看不到什么火焰。

"什么危险？"罗杰急切地问。

"不按时睡觉而惹上麻烦的危险。"苏珊说，"快钻进去睡觉吧。"

提提立刻躺进她的睡袋里。长这么大她还是第一次在半山腰露营，她一分钟也不想浪费。

"没有帐篷，就感觉像没穿衣服上床睡觉。"罗杰说。

"没事，"约翰说，"我昨天晚上试过了。"

"我穿着衣服睡吗？"

"穿着衣服，"大副说，"抓紧时间。"

"你睡在哪儿？还有约翰呢？"

---

① 爱杯，宴席上供客人轮流饮用的大酒杯。

"我们就在你旁边。"

"伸手就能碰到吗？"

"嗯，不过我们睡觉的时候可不要碰我们啊。"

"就算像那个男孩说的那样，有狐狸来了也不行吗？"

"除非熊来了才可以，"约翰说，"不过这里也没有熊。别忘了明天你还要攀登顶峰呢。"

"我要想点什么才能快快睡着呢？"

"数一数鹦鹉的羽毛吧，"提提说，"可怜的小家伙只能待在山洞里，就好像笼子上整天都罩着布。"

罗杰舒服地蜷在睡袋里。睡袋的填充物只有薄薄一层，不过垫在欧洲蕨上面，他感到很舒适。

"谁来值班呀？"提提满怀期待地问。

"你就算了，"大副说，"快躺下，看你能不能比罗杰先睡着……如果你们谁想暖和暖和，"她很快补充说，"我可以从火堆里弄一块热石头放在他的脚边。"

"我已经很热了。"提提说。

罗杰没有吱声。

"还好没有起风。"大副说。

"空气有点闷。"约翰说。

他和大副在火堆旁坐了一会儿。

"我想只要他们暖和就没事。"最后大副说。

"当然没事。"船长说。

西边的天空越来越暗，树梢的轮廓也渐渐模糊不清。只是在他们上方很远的地方，山的后面还有些亮光。大副用小刀从地上划出几块土，小心翼翼地把它们盖在火堆上。这样它就能一直烧到天明了。

"不管怎么样，我们来到了这里，"她说，"所以就算出了错，现在也没什么办法了。"

"但是一切都很顺利。"约翰说。

十分钟之后，四只睡袋在昏暗的天光里并排摆在了一起。很长一段时间里，中间的两只睡袋几乎一动不动，让人以为里面除了一堆旧衣服什么也没有。外侧两只睡袋里的人还在扭来扭去，想找一个合适的姿势，免得石头硌着骨头难受。

四周一片寂静，只能听见营地下方陡峭山林里的溪流声和瀑布响。

睡在最外面的一个人隔着中间两只睡袋压低嗓子问："苏珊，你还好吧？"

"嗯，很好。"

"晚安。"

"晚安。"

这时，远处的山谷里传来了猫头鹰的叫声。

约翰听见了，想起中午猫头鹰叫的事情，暗自笑了。他愉快地睡着了。

小探险家们半夜都醒过，没人一觉睡到天亮。不过他们醒来的时间

山上的夜晚

不同。罗杰清醒了一两分钟，觉得自己听到了野山羊的叫声。他竖起耳朵听，但除了其他人的呼吸声，什么动静也没有，当然还有林子里的溪流声和瀑布声。他伸出一只手摸了摸苏珊的睡袋。他想确认一下她是不是在身旁，没有叫醒她，没过多久，她醒了，而罗杰又睡着了。

苏珊醒来后就坐了起来，她嗅嗅烟味——闷烧着的火堆一直在冒烟，她小心翼翼地钻出睡袋，发现地上冒着火星，有蔓延之势。她把水壶里的一点水浇了上去。一滴水珠落在还有余热的灰烬上，发出嘶嘶声，在她听来那声响很大，她担心其他人很可能会被吵醒。这种感觉很奇怪，黑夜里站在半山腰，脚边的三只睡袋里躺着的是船长和船员。不过她又感到很温暖，其他人也睡得正香，他们的睡袋里一定更暖和。她爬回了睡袋，没有吵醒他们，又心满意足地睡着了。

约翰醒来一两分钟后，才想起他不是在燕子谷。然后，他伸手去摸他的航行表，想看看时间，却忘了他没有手电筒……点根火柴一定会把其他人弄醒的。他仰望天空，想猜猜几点了，没准还能看到黎明来临的迹象呢。天上的星星似乎没有昨晚他在燕子谷看到的多。不过他也不会真的去数它们。一等水手和实习水手都是准时睡觉的，正如他说过他们能做到。燕子号要回来了。姑奶奶要走了。一场比赛等着他们。迎风航行，保持满帆，前进……准备转向……抢风。迎风航行……他又进入了梦乡。

提提醒来时感到鼻尖发凉。她从温暖的睡袋里伸出一只手蹭了蹭鼻子。然后她想起自己是在干城章嘉峰的半山腰。这是真正的探险。木柴的烟味让这一切变得更加真实。天已经没有先前那么黑了，向东边望去，离山很远的地方，她看见松树林的轮廓在苍白的天空下已经越发清晰了。她想现在应该不会有人介意她起来看守营地了。不过，先把头钻进睡袋里暖和一下冰凉的鼻尖应该没什么大问题吧。等她再把头探出来看的时候，天已经大亮了。

太阳把一顶金色的帽子戴在了干城章嘉峰顶上，晨光缓缓洒向大地，照亮了它脸上的褶皱，就像冬日的阳光照在皑皑白雪中的沟壑与山谷上，给它们染上一层青灰色的影子。光线在山腰上越扫越低，落在了营地下方的松树林上。探险队四只睡袋周围的树影之前还特别长，现在已经越变越短了。罗杰突然翻了个身，连睡袋也一起翻了过去，他似乎觉得太阳是故意照在他脸上。约翰打了个哈欠，坐了起来，直直地盯着提提的眼睛。

"我在看守营地。"她说。

"现在起床还太早。"约翰说。

"哦，那我们晚点再起吧。苏珊睡得正香。罗杰好像梦到了什么。他还大声说什么'我当然可以'。"

他们又躺了一会儿，用胳膊肘支着身子，不过没有多长时间就起来了。太阳越升越高，天气也越来越热。很快，一等水手说："我们去给大副捡些柴火来怎么样？"

"她肯定想要一些柴火。"船长说。他先看了看闷烧着的火堆，一股细细的白烟从小土堆里往外冒，消失在半空，然后他又看了看还睡着的大副。"她肯定想要。我们可以去捡些。不过你爬出来时不要把罗杰

吵醒。"

半小时后，罗杰伸手去摸提提的睡袋，发现睡袋是空的，于是猛地坐起来，看看四周。他戳了戳仍在睡觉的大副。

"怎么了？"大副闷声闷气地说。

"提提和罗杰不见了。"

"什么？"

"不见了。"罗杰说，然后很激动地补充道，"可能是在晚上被熊吃掉了，因为约翰说这里没有熊，他就出去了。"

"胡说八道。"苏珊咕哝着。

"哦，那就是狼，或者狐狸。"

苏珊坐起来，看见空空的睡袋孤零零地躺在地上，里面什么也没有，就像吹得太大而爆掉的气球。

"他们就在这附近，"她说，"听！"

他们听见附近的林子里传来欢笑声和水花飞溅的声音。

"他们正在洗澡。"苏珊说，"去给他们送肥皂吧，你自己也洗洗。我一会儿也去，我先把火烧旺。"

船长和一等水手已经捡了两大捆柴火，然后开始觉得没有完全清醒，就和其他人一样。于是他们去了一个小水池，把头浸在水里。他们发现水凉丝丝的，比燕子谷小溪里的水要凉很多。约翰脱掉衬衣，把头伸到一道小瀑布底下，差点喘不过气来。等到罗杰给他们送来肥皂的时候，他们觉得肥皂也没什么用，除了可以用它来洗洗捡柴火时弄脏的手，而现在也没必要洗手，因为他们还得再把柴火捡起来运回营地。他们决定最好先不用肥皂，等到吃早饭前再用，就在这时，大副来了。尽管身处半山腰，但是在没有帐篷的情况下露天睡了一晚上，大副的心情变得很糟糕，船长和一等水手马上从头到脚洗了一遍，打上了很多肥皂，还说他们本来就打算这么做的。

当大家都洗完之后，他们将一捆捆干柴搬到了营地的火堆旁，苏珊已经又把火烧旺了，水壶四周很快蹿起了火焰。这是苏珊的强项。她决不允许自己被兴奋冲昏头脑，在半山腰露营，或是在海上作战，或是一次危险的探险，都不会干扰她去做真正重要的事情，比如泡茶前确保水烧开了、按时吃早饭、像平常那样洗漱，还有烘干可能受潮的任何东西。其实，如果不是苏珊的话，燕子号船员的一半探险活动都不可能实现。有这么能干的大副，总是确保一切能顺利进行，还有什么好担心的呢？比如今天，她把四只睡袋翻了个面，放在石楠丛上晾晒。现在，在干城章嘉峰上，他们享用了一顿简单但美味的早饭，有许多热茶、圆面包、苹果，以及在火上烤了一会儿的干肉饼（这会让肉有不一样的烟熏味道）。探险家们还能要求更多吗？早饭一结束，她就让船长和船员们收拾整理，就好像他们还是在燕子谷，而不是在半山腰，只等着亚马孙海盗带着登山绳出现，大家一起冲向山顶。他们把探险队的公用杯子在小溪里洗干净了。睡袋也翻了回来，卷好放进了防水罩里。

"别，别把水壶里的水都倒掉。"她说，"里面还有不少茶，足够亚马孙海盗们喝上一杯。她们也许想喝。"

"外出探险最好的一点就是，"罗杰说，"只要清洗一副刀叉，而不是四副。"

“还可以少丢三副。”大副说，“你把刀叉拿过来吧，不要插在石楠丛里，那样肯定会弄丢的。”

“插在那儿是为了晾干它们啊。”罗杰说。

“拿过来。”大副说，“在她们来之前，我们要把所有东西都收拾好，除了那只杯子。嘿，那是什么声音？”

下面的树林里传来一阵声响，听上去既像猫头鹰叫，又像布谷鸟叫，最后是咯咯的笑声，压根不像鸟叫。

“她们来了。”约翰说。

“她们还不如别学猫头鹰叫，”罗杰说，“学得一点都不像。”

“她们擅长的是学鸭子叫。”约翰说，“我从没听过有谁比佩吉学得还好。”

“谁也不可能样样精通啊。”提提说。

第二十七章

干城章嘉峰山顶

亚马孙海盗发现她们学不好猫头鹰叫的一个原因是，她们已经累得上气不接下气了。她们一路艰难地向上游划去，然后还得爬上陡峭的峡谷，来到树林上方。哪怕是登山向导也不能在爬山的同时学好猫头鹰叫，更何况南希和佩吉只是海盗。比起登山来，她们更了解航海。此刻，她们还要担任登山向导，南希船长的肩上除了一只背包，还有一大捆绳子，这样便于携带。她一进营地就把绳子卸下来，气喘吁吁地瘫倒在地。

"佩吉呢？"苏珊问。

"很快就来了。我们是从山脚开始赛跑的。"

"你想喝点茶吗？"苏珊问。

"为什么不呢？"南希翻了个身说，"我们的早饭吃得太早了，都是因为要跟姑奶奶告别。不过值得。大家都这么认为。我们看见女仆在厨房里跳舞。还有厨娘说什么'现在我们又可以喘口气了'。就是妈妈和吉姆舅舅不会演戏，除了姑奶奶，谁都能看出他们是怎么想的。"

"快点，佩吉！"当亚马孙号的大副挣扎着从树林里爬上来的时候，提提喊道。

"我不能再快了，"佩吉说，"我听见我背包里的果茶在瓶子里晃来晃去，不停冲向瓶口，我以为它随时会冲开瓶塞。它还很重。"

"有绳子重吗？绳子才是最麻烦的。"南希船长说，"厨娘还往我的背包里塞满了甜甜圈。

"现在我来拿那只瓶子吧。"约翰说。

"或者我们把东西都留在这里?"苏珊说。

"然后一鼓作气向山顶攀登。"提提说。

"最好在山顶喝它。"南希说。

就这样,当佩吉和南希用探险队的杯子分享着苏珊留给她们的茶的时候,约翰把佩吉背包里的那一大瓶果茶换到了他自己的包里。

"到时我们也背一段路。"南希说。

"我们要怎么系绳子呢?"罗杰问。

"等她们喝完茶再说吧。"苏珊说。

"不要紧,"南希说,"我们也不能两个人一起喝。"

"姑奶奶真的走了吗?"提提问。

"她确实走了。"南希说,"如果我们快点,应该还能看到她乘坐的火车冒出的烟。越快越好。燕子号和亚马孙号万岁!为野猫岛和西班牙大陆欢呼!燕子号就快修好了。吉姆舅舅也厌倦做某人的侄子了,他又要做回全世界最好的舅舅了。"

"昨天晚上我们已经打包好帐篷放到亚马孙号里了。"佩吉说。

南希把杯子倒过来,让最后几滴茶渣落在火堆的余烬上嘶嘶作响。"我们出发怎么样?"说着,她打算把杯子直接放进一只背包里,不过苏珊及时抢了过去。她把杯子在小溪里洗干净,然后擦干,这样糖渍就不会渗得到处都是。四只睡袋已经整整齐齐地卷好了,跟那些不带到山顶去的东西一起放在了两块岩石之间。他们只带了食物,此外,当然还有望远镜、指南针和佩吉从山下带来的那一大瓶柠檬水、果茶或者叫格罗格酒。

"我们要怎么系绳子呢？"罗杰又开口问道。

"我们要把它系在我们所有人身上。"南希说。

"那我们就得往同一个方向拉。"罗杰说。

"完全不需要拉，"南希说，"这样是为了避免有人从悬崖上掉下去。我们有六个人。如果有一个人摔倒了，其他五个人拉紧绳子，这样那个人就不会掉得太远。"

"这里有悬崖吗？"罗杰问。

"有许多，"提提说，"就算没有，我们也可以很容易地想象一些出来。"

"真的有很多。"佩吉说。

"我们不走那条小路，"南希说，"遇到岩石，我们就直接翻过去。"

"我们出发吧，"罗杰说，"谁在最前面？我可以吗？"

"不行，"约翰说，"登山绳可不是给你拉着跳上岸的系船绳。我们必须找个大个子走在前面。这个人应该是南希。我在最后。"

"我们得打上环结，"南希说，"打六个，足够我们的头和肩膀穿过去。"

环结打好了，每个环结之间差不多有五米的距离。南希把第一个环结套在了身上，苏珊大副套上第二个，然后是一等水手提提、实习水手罗杰、佩吉大副和约翰船长。

"好了，"南希说，"大家都准备好了吗？"

"我们真应该带上冰镐。"提提说。

南希听到了她的话。"我也想过，"她说，"但它们一路上会非常碍

事，比登山绳还麻烦。直接用手和脚要好很多，特别是爬岩石的时候。"

这支长长的队伍动身了。刚开始的时候，绳子让说话变得很困难。因为当有人想跟前面的人说话时，他会往前赶，接着就被松开的绳子绊倒，同时又会把身后的绳子拉紧，这样后面的人也会被猛地拽一下。等到他们学会在既不往前跑也不往回倒的情况下说话时，他们已经在爬一个陡峭的坡，根本没有人想说话。虽然有些事情需要喊出来让大家都知道，比如"不要碰这块石头，它是松的"，但大部分时间，他们都神情严肃地默默向上攀登。

起初，他们一直沿着那条山间小溪往上爬，现在只剩这条小溪可以提醒他们，脚下很远的山谷里有条河。但是当他们来到一个能看清山顶的地方时，领头的南希转过身来，径直朝山顶爬去，不出一两分钟，大家都明白了爬山时手脚并用更有效。有时，南希会向左或向右避开松动的碎石，但是遇到可以爬的岩石，她就会爬过去，其余的探险家就跟在她身后一起爬。

"真正难爬的还在后面呢。"她兴奋地说。

出乎意料的是，那段艰险的路突然就出现了，探险家们很庆幸他们有一根登山绳，尽管系着绳子不方便说话。他们来到了一面陡峭的石壁前，其实不是太难爬，因为石壁上有很多裂缝，给他们提供了很好的支点，可以抓着和踩着往上爬，不过，在那儿摔倒可就惨了，因为没有什么能绊住你不往下滑，底下还有很多松动的石头。南希轻轻松松就爬了上去，苏珊紧随其后。提提刚刚爬过石壁上方的边缘，佩吉和约翰等在底下准备往上爬，这时，爬到一半的罗杰突然大叫起来："快！快看！野山羊！"

如果他只是大声喊话也没什么关系，但他同时还伸出手去指。他的另一只手滑了一下，他猛地转过身，脚在狭窄的壁架上踩空了，刚说完"山羊"就发出一声尖叫。绳子突然绷紧，提提半边身子悬在了石壁外面。已经爬到岩石顶上的苏珊和南希也差一点摔倒在草坡上。幸好她们已经离开了石壁边缘，她们之间的绳子几乎绷直了。

罗杰悬在岩石外，离底下大约一米，他双脚乱蹬，仿佛一只蜘蛛吊在蛛丝末端。提提揪住了一簇欧石楠，她被苏珊和南希紧紧拽住——她们正拼尽全力拉绳子，脚已经陷进了草坡里。

"拉，拉！"提提大叫道。

"没事，罗杰，"约翰说，"我抓着你的脚，把它们放在合适的地方。不要再乱踢了。"

罗杰不再乱蹬了，感觉脚踩在了什么东西上面。

"好了，再往上爬，要不你就把提提拽下来了。"

罗杰刚开始往上爬，他的体重就从绳子上消失了，南希和苏珊一起拉绳子时发现轻松了很多。提提的头先越过边缘，然后爬到岩石上方的草地上。

"继续拉，"她上气不接下气地说，"要不他又会掉下去。但是别拉得太狠。"她继续拼命地向上爬。她受了不少苦，从岩石边缘滑出去的时候，她的胳膊肘和膝盖都蹭破了。

下方传来罗杰兴奋的声音。

"你们看见山羊了吗？"

"别管什么山羊了，"苏珊从上面喊道，"你受伤了吗？"

罗杰刚说完"山羊"就发出一声尖叫

"只是又蹭破了点皮。"罗杰说，"你们到底有没有看见山羊啊？它们又出现了。"

"不要指！"约翰大吼一声，及时制止了他。

"我必须指。"罗杰说。不过他并没有真的那么做，"那边！就在那边！你们一会儿还能看到它们。它们往山顶的方向去了。"

干城章嘉峰的峰顶就在探险家们的正上方。他们抬头向上望，峰顶右边的山峰虽然没有主峰那么高，却也高耸入云，并且向北边延伸出去。罗杰一边爬，一边回头张望，他看见那座山峰上面，就在他们身后，好像有东西在灰色的石坡上越爬越高，几乎要爬过天际线了。当约翰和佩吉看见它们的时候，它们刚好跨过天际线，几个黑黑的小影子，仿佛从黑色硬纸板上剪下来的小东西，越进了清晨微蓝的天空。

"我看见它们了。"提提大叫。

"有五头。"约翰说。

"那边还有一头。"罗杰说。

不久它们就不见了。

"噢，我真高兴我们都看见山羊了。"罗杰说。

"赶紧爬到岩石顶上，"约翰说，"不要再东看西看了。如果不是提提和其他人拉着绳子，你可能已经摔断腿了。"

"而且还没有担架抬我。"

罗杰加快速度向上爬，很快就爬到了岩石上方的草坡上，苏珊检查了他的情况。她和南希都没看见野山羊，她们自然就更关心刚才的小事故。

"活见鬼啦，"南希说，"刚才可真险。我们真应该在上面等着，一把

一把地往上拉绳子，这样他就不会滑倒了。但你不能事事都考虑周全。谁能料到他正好在那时看见了山羊？是山羊吗？也许是绵羊。"

"它们确实是山羊，"佩吉爬上来说，"我们都看见了。"

"好吧，"南希说，"是山羊。一等水手，你怎么样？你也受伤了吗？"

提提一直想舔舔右胳膊肘上的血，但是发现自己够不着，还好没有流太多血，不是很要紧。

"幸好摔倒的是罗杰而不是约翰，"南希说，"一方面他没约翰重，另一方面如果是约翰摔倒了，我们的格罗格酒该怎么办？"

从那之后，他们更加谨慎，再也没出什么意外。接近山顶的最后几米路很容易走。小探险家们穿过了那条崎岖小路——他们本来从山脚就可以选择这条小路走上来的，标志着山顶的石堆纪念碑在他们面前一览无余，他们解开身上的环结，赛跑着朝它冲过去。约翰和南希几乎同时到达，接着是罗杰和提提。苏珊大副停下来卷绳子，佩吉大副等在一旁，帮她一起搬绳子。

小探险家们一直都是沿着干城章嘉峰的北边往上爬。壮阔的山峰把西边挡得严严实实。他们往上爬的时候，远处的几座小山似乎也在跟着一起爬，当他们回望之前的那座山谷，它看上去是如此渺小，他们很难相信草地中间那条明亮的线竟然是他们划船经过的河。不过直到冲上山顶、真正站在标志着干城章嘉峰最高点的石堆纪念碑旁时，他们才看见了山的另一边。

那一刻，他们真的感到自己站在了世界之巅。

在很远的地方，层峦叠嶂之外，陆地的尽头是大海，真正的大海，蔚蓝的海面一直延伸，直到与天际相接。那里有点点白帆，可能是一些纵帆船，还有一艘艘冒着黑烟的汽轮，开往爱尔兰或是从那里返航，又或是往返于利物浦和克莱德河之间。六十千米之外的蓝色海面上有一小段黑线。"在我们的正西方向，"约翰看着手里的指南针说，"那是马恩岛。"

"回头看另一个方向。"佩吉说。

"你能看到苏格兰，"南希说，"那边的山就是索尔威湾的后面。"

"那是斯考费山和斯基多山，那是赫尔维林山，尖尖的是伊尔·贝尔山，那边是天街，古不列颠人就是沿着那条路登上山顶的。"

"加莱在哪儿？"提提问，"它一定在那边的某个地方。"

"你是怎么知道的？"南希问。

"'斯基多山上耀眼的火光惊醒了加莱的市民。'也许那个时候他们还没有在卧室里装上百叶窗。"

"我们也学过那首诗，"佩吉说，"不过只摘选了一部分学。那首诗比《卡萨比安卡》难多了。"

"我喜欢它，因为提到了灯塔。"提提说。

约翰和罗杰顾不上看那些山，他们的眼里只有蓝蓝的海水和海上的船只，不管它们有多远。

"如果我们继续往前走，过了马恩岛，我们会到哪里呢？"罗杰说。

"我想是爱尔兰吧，"约翰说，"然后就是美洲了……"

"那如果还继续走下去呢？"

"那就到太平洋和中国了。"

"再然后呢？"

约翰想了片刻说："那就会走遍亚洲，走遍欧洲，再到北海，最后从那些山的另一面爬回到这里。"他回头望向里约那边的山，一座叠着一座，无穷无尽地延伸到东方。

"到时我们就环游全世界了。"

"当然了。"

"我们去吧。"

"总有一天我们会去的。爸爸已经做到了。"

"吉姆舅舅也做到了。"佩吉说。

"当然，不管你站得多高，都不可能看遍全世界。"罗杰说。

"你也不想站在一个地方就看遍全世界，"提提说，"未知才更有趣。"

"嗯，此刻我们已经站在世界之巅了。"南希扑倒在温暖的地面上，"那瓶果茶呢？噢，我完全忘了这码事，让你背了一路。"

"没关系。"约翰从他的背包里拿出了那只大瓶子。经过长途跋涉，瓶子里的柠檬水已经焐热了，大家轮流用杯子喝了起来，苏珊和佩吉还切了一些圆面包，打开了最后一罐干肉饼罐头，南希把她包里的甜甜圈全倒了出来。

"不知道以前有没有人在干城章嘉峰的山顶吃过午饭？"提提说，这时她已经吃完了她的那份干肉饼和甜甜圈。

"他们搭建这座石堆纪念碑的时候，肯定在这里吃过。"佩吉说，"想想得花多长时间才能把这些石头垒起来。"

"也许没花多少时间。"提提说，"可能是某个部落打了胜仗，然后他们每个人都带了一块石头放在这里。"

"不过后来他们还是在这里享用了一顿大餐。"罗杰说，"我能爬到石堆顶上去吗？"

"不行。"苏珊说，"你已经摔倒一次了，要是你上去把它弄倒了，我们可没有成千上万的人来重新搭建这座石堆纪念碑。"

"它搭得挺好的。"

"可见搭建它的人不希望哪个实习水手把它毁掉。"

"我会很小心的。"

"吃只苹果吧。"

"我可以靠在石堆上吃吗？"

"只要你不往上爬，做什么都行。"

罗杰靠着石堆坐在了地上，这样他就不那么渴望爬上去了。在他看来，不能站在比干城章嘉峰还高出几米的地方似乎很可惜。明年或后年，他想，一定要再爬一次，在那期间……他俯瞰远方的荒原，望向燕子谷的方向，想寻找野猫岛的影子，他似乎看见一艘汽轮在湖的下游航行，不过他不太确定，他又望向大海，等到吃完苹果，他翻过身去，开始用手去摸石堆底部的石头。它到底建得牢不牢固呢？

其他人正在计划接下去要做的事情，既然姑奶奶走了，南希和佩吉又能自由地当海盗了，而燕子号似乎不久就能回来。就在这时，罗杰大喊道："看，快看！这是什么？"他们被这叫声吓了一跳。

罗杰手里拿着一只又小又圆的铜盒子，盒盖上是一位年长女士的头像，头像周围印着一圈字："英格兰女王、印度女皇登基六十周年，

1897。"罗杰在石堆纪念碑的底座发现了一块松动的石头，于是他抽出了那块石头，看见这只小铜盒藏在石头后面。

"这肯定是维多利亚女王，"约翰说，"她在爱德华七世之前。"

"她和小布里奇特真的很像。"提提说。

"里面还有东西。"罗杰摇晃着盒子说。

"我们打开它吧。"南希说。

"我来。"罗杰边说边打开了那只盒子。里面有一张折好的小纸条和一枚印有维多利亚女王头像的硬币。

"当心点，"提提说，"它可能是一张藏宝图。没准是一个惊天机密。它可能一碰就碎。他们经常这么设计。"

不过那张纸结实得很。罗杰让南希打开它。她打开了，开始大声读上面的字，然后就停下来了。佩吉接了过去，继续大声读，其他人都凑到她身后去看。那是用黑色铅笔写的一些字，笔迹很重，已经深深地印在了纸上：

一九〇一年八月二日

我们登上了马特洪峰①。

莫莉·特纳

吉姆·特纳

鲍勃·布莱克特

---

① 马特洪峰，阿尔卑斯山脉最为人所知的山峰，位于瑞士与意大利之间的边境。

"那是妈妈和吉姆舅舅。"佩吉的声音有点变样。

"鲍勃·布莱克特是谁?"苏珊问。

"是爸爸。"南希说。

好一会儿,大家都没有说话,然后,提提看着那张纸,说:"原来他们是这样称呼这座山的。不过呢,现在是干城章嘉峰。现在我们已经爬上来了,就不要再改名了。"

"那是三十年前的事了。"约翰说。

"不知道妈妈和吉姆舅舅是怎么从姑奶奶的手掌心逃脱来到这里的?"佩吉说,"你们知道的,那个时候是姑奶奶照顾他们。"

"也许是爸爸救出了他们。"南希说。

"为什么他们要把这枚硬币放进去呢?"罗杰疑惑地问。

"全放回去吧,"提提赶紧说,"他们想把这些东西永远保存在这里。"

"有谁带纸了吗?"南希突然说。

没人带了纸,不过提提有一截铅笔头。南希拿过笔,在那张纸条——宣布了三十年前她的爸爸、妈妈和舅舅成功登上峰顶——的背面用力写下:

　　　　　一九三一年八月十一日

　　　　　我们登上了干城章嘉峰。

"现在,"她说,"我们都签上名吧。"说完,她签上了自己的名字,

354

"约翰船长，下一个是你。然后是两位大副，最后是一等水手和实习
水手。"

大家都签上了名。接着，南希把那张纸折了起来，跟那枚硬币一起
放回盒子里，把它交给罗杰。

"你发现了它，"她说，"所以你把它放回去，也许再过三十年……"
她打住话头，但很快笑了起来，"真见鬼，"她说，"真希望我们有一枚乔
治五世的硬币。"

"我有一枚新的半便士硬币。"罗杰说。

"你舍得拿出来吗？"

"如果不舍得，我会再给你一枚，"约翰说，"等我们回到营地之后。"

罗杰摸出了他的半便士硬币。他盖上盒子，把盒子塞进石堆底座的
洞里很深的地方，然后用那块松动的石头牢牢堵住了原来的洞口。

"没有人会猜到里面有东西，"罗杰说，"要不是那块石头松了，我也
不可能发现它。"

"也许要过很多很多年才会有人发现它，到那时，人们穿的衣服肯定
和我们完全不同，"提提说，"没准是一些像我们这样的探险家。不知道
当年弗林特船长多大？"

"我好奇他们来的那天是不是晴天。"佩吉说。

"有没有看见马恩岛。"罗杰说。

他们向大海望去。

"哎呀，"约翰说，"我们现在也看不到了。"

"刚才我还看见了呢。"提提说。

"海上一定起雾了。"约翰说，"我们真的很幸运，趁着天气晴朗的时候，早早就爬上来了。"

"快走吧！"南希突然说，"别忘了我们还得去一趟山下的沃特斯米特，然后去贝克福特，再开船去马蹄湾，把我们的帐篷运到燕子谷去。我们该出发了。"

"绳子呢？"罗杰说。

"我来拿绳子。"南希说，"上山的时候，我们用绳子顺利地爬了上来。照我看，我们应该原路返回。那样会快得多。"

这六位小探险家像攀登真的干城章嘉峰那样爬上了"干城章嘉峰"，他们最后看了一眼世界之巅，就匆匆忙忙朝山下跑去。

第二十八章

荒原大雾

　　中午过后不久，贝克福特号独木舟，或者叫划艇，就飞快驶过石桥，驶进了亚马孙河下游。两位船长划船，罗杰坐在船头，其余的探险家坐在船尾，船上还放着登山绳、背包和睡袋，以及从山顶下来时，他们在半山腰的营地捎上的水壶和牛奶罐。

　　"那是我们的树。"罗杰大喊道，小船刚绕过河流的拐弯处，他就看见了那棵树枝在河面上伸展开来的大橡树。

　　"停桨！"佩吉大副喊道。

　　"你们确定真的要走回去，而不是坐亚马孙号吗？"苏珊大副问。

　　"我们当然要走回去，"提提说，"要不我们放吉普赛路标是为了什么呀。"

　　"而且，"罗杰说，"现在几乎没有风。"

　　"好吧，听我说，提提，"苏珊说，"现在的确没什么风，所以如果你们比我们先回去，可以先生好火、烧点水。储藏室里有煮锅。"

　　"苏珊！"提提气呼呼地说。

　　"哦，我指的是彼得·达克山洞，"苏珊说，"你们没必要带上水壶。带的东西越少越好。"

　　"我们什么都不要，只要一些巧克力。"罗杰说。

　　"还有指南针，"提提说，"我们会仔细保管的。你们知道的，我们应该带上指南针。"

"我们用不上它了。"苏珊说。

"没问题。"约翰说。

"左桨往回划！"佩吉喊道，"收桨！"

伴随着橡树叶的沙沙声，划艇缓缓驶入了大树旁边的河岸。罗杰立刻跳下船，拉住系船绳，防止小船倒滑，等到提提拿上他们两个人的背包、从划船的人旁边经过、跳上岸与他会合，他才放手。约翰把指南针交给了她。苏珊给了他们每人两份巧克力。他们的背包里除了巧克力和指南针，什么都没有，不过探险的时候，他们宁愿背一只空包，而不是什么也不背。他们不需要睡袋，所以南希说要把他们的睡袋和其他东西一起塞进亚马孙号里。"用船运比用马驮要好得多。"

"也比用驴驮好，"苏珊说，"他们最好还是坐亚马孙号过去啊。"

有那么一会儿，提提担心苏珊会改变主意，最后又不同意他们走回去，不过佩吉大喊一声："开船啦！"罗杰就把系船绳扔到船上，跟提提两个人一起推船，小船飞快地驶进了亚马孙河。

"伸桨！"佩吉喊道，她很喜欢对着船长们发号施令，"往回划右桨。划左桨。左桨。两边的桨同时划。稳住。再划左桨。现在好了。"

那艘独木舟载着两位船长和两位大副向河下游迅速驶去，很快消失不见了。

罗杰看着他们离开。

"假如我们再也见不到他们……"他说。

一等水手不允许他说那种话。

"好了，实习水手，"她说，"把包背起来。我们不能到处闲逛，那样对鹦鹉不公平。它可还在山洞里等着呢。"

"它不是有彼得·达克吗?"实习水手说。

"不,现在没有。彼得·达克这会儿和我们在一起。它一直在那棵大橡树下等我们。它就喜欢干这种事,循着荒原上的吉普赛路标找到目的地。而且,要是我们遇到了原住民,它还能帮上忙。"

"是不友善的原住民吗?"说着,罗杰扭动身子背上了那只耷拉着的空背包。

"是野人,"一等水手说,"如果只有我们两个人,他们可能就会攻击你或者我。不过如果彼得·达克在的话,它只要瞪他们一眼,他们就不敢轻举妄动了。"

尽管如此,当他们沿着树林边来到大马路时,还是趴在石墙顶上仔细听了听,确保马路上没有一个原住民。

"你准备好了吗?"提提问。

"是的,准备好了,长官!"罗杰说。

"彼得·达克说现在是我们的机会了。跳下去,然后拼命跑到马路对面。"

他们跳了下去,朝马路对面飞奔。

"这是我放的一丛草,是第一个吉普赛路标。翻过去有一格很好落脚的台阶。快点!一只脚踩上来,不要踢到一起了,往上爬。快!"

一等水手把实习水手托上了墙。他很快翻了过去,消失不见,只有一双手在长满苔藓的石墙上扒了好一会儿。

"我在用脚探台阶,"他压低嗓子说,似乎害怕被人偷听,"我找

到了。"

他把手放了下去，提提听到他跳到了墙另一边的枯叶上。她发现仅靠自己很难爬上墙，要是彼得·达克真的存在就好了，它可以像她托起罗杰那样帮她一把。不用说，如果它在的话，它肯定会那样做。所以她只好假装它已经翻到墙的另一边去了。"它一跳就过去了，"她对自己说，"它大半辈子都在船上奔波，这对它来说算不了什么。"很快她也爬到墙上，找到墙另一边的台阶跳下去，来到树林里。罗杰已经在寻找松果了。

"不是这里，"一等水手说，"我们没有把松果放在这边。不用找了。我们沿着石墙走，一直走到能看见四棵冷杉的地方，那四棵树会指引我们找到第一个吉普赛路标的。我们在这里不会走错路的。我们要做的就是沿着墙一直走，能走多快走多快。"

他们一过马路，对面就是那堵老墙，那堵墙是从荒原延伸过来的。当他们跳进树林时，差不多伸手就能摸到它。这一路都很顺利，他们马不停蹄地开始穿越树林，贴着那堵老墙往前走，不时把挡住去路的榛树枝拨到一边。向上爬很费劲，他们很开心来到了密林边上，那里的树都被砍了，只剩下老树桩、毛地黄和一些蕨类植物，这样他们可以看见他们要走的路，还能顺着老墙的废墟看见那四棵黑杉树并排挺立在陡峭的山坡上。

"吃点巧克力好不好？"罗杰说，其实比起吃巧克力来，他更想歇歇脚。

"快点走吧，"提提说，"等我们走到那四棵杉树下，再吃巧克力。那是我们的第一站。在那之后，我们就要靠吉普赛路标给我们带路了。"

他们匆忙往前赶路，继续往上爬，翻过那片崎岖不平的山地，地上的老树桩和零星小树苗表明那里曾是一片森林。这片有着三十年或四十年或半个世纪历史的老树林仅剩下四棵大杉树。在这四棵大杉树下，一等水手和实习水手一边吃着巧克力，一边回头望向亚马孙河谷。

罗杰说："真想凑近去看看那位姑奶奶。"

"幸好我们没有人那样做。"提提说，"想想那些看了一眼蛇发女妖戈耳工的人的下场吧。没准我们都会变成石头，被囚禁在贝克福特的院子里，脑袋上还顶着鸟盆或日晷。"

"这样的事情并没有发生在亚马孙海盗身上啊。"罗杰说。

"也许她们总是故意不看她，"提提说，"不管怎么说，她差一点就把她们变成了石头。看看她们是怎么被困在家里的，还不能做任何想做的事情。别忘了那天我们看见她们那么僵硬地坐在马车上，还不是因为姑奶奶就坐在她们对面。我不相信姑奶奶在身边的时候，弗林特船长还能觉得自在。"

"不知道现在他在哪里。"

"也许正在他的船屋上拉手风琴呢。反正我是这么想的。你也知道，今天早上他送走了姑奶奶。好了，实习水手。我们继续往燕子谷前进吧。记住，今天晚上亚马孙海盗要去营地露营。快点，我们要一直沿着这四棵冷杉的方向往前走，去找吉普赛路标。"

"好的，遵命，长官！"罗杰说完就连蹦带跳地跑向荒原，他的眼睛始终看着地面，一会儿跑到右边，一会儿又跑到左边，就这样来回跑着，仿佛一条四处寻找踪迹的猎狗。

一等水手像螃蟹那样横着走，走得不是那么快。她还不时回头看一眼那四棵冷杉，看看是不是和它们在一条线上。

他们穿过了一片宽阔的石楠丛，四棵冷杉被他们远远甩在了后面，就在这时，罗杰找到了第一颗松果。

"很好，"一等水手说，"我刚刚还在想我们不会是走错路了吧。"她又回头看看那几棵冷杉，然后继续往前赶路。提提在罗杰还没发现第二颗松果之前就已经把它捡起来了。

"太棒了！"罗杰喊道，"它们是有史以来最棒的吉普赛路标。现在我们不可能迷路了。"他在荒原上飞奔起来，很快就捡到了第三颗松果。

"我们要不要把它们留在这里下次用呢？"他说。

"不要。最好把它们都扔掉。我们可不想让其他人找到去燕子谷的路。"

"那我们比一比谁扔得更远吧。"说着，实习水手把一颗松果递给了提提，然后自己又跑出去捡了一颗。

一等水手知道罗杰一定扔得比她远，不过她依然把松果扔了出去。罗杰也扔了出去，但方向不同，所以他们只能用步子量一下各自扔的距离，结果罗杰确实比提提扔得远一两米。

"这是浪费时间。"提提说，"而且，要是彼得·达克愿意和我们比赛的话，它肯定比我们当中的任何人都扔得远。"

他们再次上路，只要沿途发现松果，他们就一颗一颗地捡起来，不过一旦发现下一颗，他们就会扔掉前面捡来的。

他们来到了开阔的荒原之上，早就看不见那四棵冷杉了。这时，罗杰突然停下来问："那些山怎么了？"

提提回头看了看干城章嘉峰。干城章嘉峰和它北边的山峰耸立在阳光下，但是南边的那些小山全不见了。荒原的尽头仿佛与天空连成了一片。

"现在没有那么热了。"罗杰说。

突然之间确实凉快多了，日光也不像之前那么明晃晃。

提提又回头望向干城章嘉峰，一缕淡淡的云从低处的山坡飘过，峰顶渐渐消失，她已经看不见山顶那座石堆纪念碑。她又越过荒原向燕子谷望去。毫无疑问，有什么事情发生了。荒原在缩小，它没有之前那么开阔了。左边的树林不见了，右边的山丘也消失了。荒原的尽头不是陡然坠入远处的山谷，而是笼罩在一团柔和的白雾之中。

"它就像潮水一样袭向我们。"提提说。

"仿佛我们站在海岬上，四面八方的海水向我们涌来。"罗杰说。

这团高墙般的雾从南边沿着山脊隆起的地方向他们滚滚而来。似乎没有风，但这团雾还是向前移动，有时一些小云朵会在它前面到来，就像浪花拍上岸之前打在沙滩上的小碎浪。

"变冷了。"实习水手说。

"我们快点走吧。"一等水手说。

然后他们很快就被笼罩在雾中，只能看见前面几米远的地方。

"这不是海岬，"罗杰说，"而是一片沙滩。现在海水已经把这里淹没了。"

提提抽了抽鼻子，咳了几声。

在雾中

"这是海雾，"她说，"会刺痒喉咙的那种雾。尽量少吸气吧。"

"就在这附近有一颗松果，"罗杰说，"我刚才看到了。"

他跑出去一两米远，消失在白雾中。

"罗杰!"

"嘿!"

"你在哪儿?"

"这里。"

"别动。你现在在哪儿?"

"就在这里。你呢?"

"停下来，我这就过去。好的，我能看见你了。没事了。"

"我没能找到那颗松果。"

"不管怎样，不要再乱跑了。"提提说，"我们要跟紧对方，不然就会走散。雾会散的。"

"你的头发上全是小水珠。"

"不知道他们在湖上有没有遇到这种情况。"

"我可以发个雾天警报吗?"实习水手说，"我发咯。"

"不会有人听见的。"

"我就想发嘛。"罗杰说。这时，大西洋航线上的一艘客轮拉响了汽笛，它正穿过大雾笼罩的英吉利海峡向普利茅斯驶去，低沉的汽笛声惊动了荒原高地上的几头湿漉漉的绵羊，不过它们并不知道那是什么声音。

"不要，"一两分钟后，提提说道，"我要想一想。"

罗杰在雾中发出一声长鸣，然后停了下来。

"没人会在一两分钟内追上我们。"他说。

"我们应该能找到下一颗松果。跟紧我，我们一起找。虽然这样一起找的范围不会太大，但如果分开找的话，我们就容易迷路。"

"如果我们中的一个迷路了，就相当于我们两个都迷路了，"罗杰说，"因为如果迷路的人看见没迷路的人，那两个人就都没有迷路；而如果迷路的人看不见没迷路的人，那个没迷路的人其实也迷路了，跟那个迷路的人一样。"

"噢，闭嘴吧，罗杰！真的，就一会儿。"

"好的，遵命，长官！"实习水手说，然而一分钟之后，他又说："我能说点什么吗？"

"你想说什么？"

"这里有颗松果。"

"好的。"一等水手说，"现在你知道吉普赛路标的用途了吧。尽管起雾了，我们也能找到回燕子谷的路。"

"他们在湖上怎么办呢？"

"用指南针。噢，它在我们这里。不过南希船长也许带了她自己的指南针。"

提提把指南针从她的背包里翻了出来，打开了它。

"黑色的一头指向北方，"她说，"所以白色的那头指的就是南方了。我们应该往南走，去找下一个吉普赛路标。"

她把指南针举在面前，一边低头看罗盘，一边缓慢地向前移动。

罗杰一直紧跟着她，在地上搜寻着，很快他扯了扯提提的衣袖。

“我们可能走过了。”他说。

麻烦的是，提提也这么想，但他们没办法知道实情。那枚指南针似乎派不上用场。这一片荒原长满了低矮的草，其间点缀着欧石楠、岩石、松动的石头，也有一些不那么松动的石头嵌在土里，如果你掀开它，会发现底下有很多蚂蚁窝。一丛丛深绿色的灯芯草随处可见，这种灯芯草去掉皮后是白色的，能用来编草戒指、草绳，甚至草篮。就算没有雾，也没人能在这里找到路。四周都有羊儿在跑，不过是跑向不同的方向，大部分是从荒原的一边跑到另一边，而不是直接沿着顶部前进。这很令人费解。

“你站着别动，”提提说，“我去找下一个吉普赛路标，我不会离开你的视线。”

说着，她走到了十几米外的地方，找了一圈，什么也没找到。

“现在你站着别动，我去找。”罗杰说，但他并不比提提幸运。

“现在我们能做的就是继续往前走，”最后提提说，“我们必须回去，因为波利的缘故。还有苏珊也说了，‘先生好火’。”

她把指南针举在胸前，眼睛盯着指针往前走。无论她托得多稳，指针一直摆来摆去。最糟糕的是，她被一丛细长的草绊倒了，脸朝下摔了一跤。指南针没有摔到地上，不管怎样，她保住了指南针，她让自己摔倒在地，也没用手去撑地。毕竟，指南针才是最重要的，所以她始终把它举在半空，尽管她摔得比她想象中要疼许多。

“它碎了吗？”罗杰问。

一等水手从地上爬了起来。

"没，没有，"她说，"不过真希望我知道如何正确使用它。约翰并不是一直盯着它看。我观察过他是怎么做的。他先看看指南针，确定哪边是北，然后往北看，找一块岩石或什么。接着他就把指南针收进他的口袋，一直走到岩石那里。不过我们现在往南看没什么用，因为什么也看不见。"

"只有白茫茫一片。"罗杰说。

提提又看了看指南针。

"那边是南。"她指着雾里说，"如果我们径直往那边走，我们就不可能走错，不管怎样，我们会走到那条小溪附近，等我们找到了小溪，再去找营地就很容易了。"

她又看了一眼指南针，然后把它放进了她的口袋，坚定地走进了雾中，她直视前方，尽最大努力让右脚迈出的步子幅度和左脚一样。

"实习水手，快点。"她说。

"是的，遵命，长官！"实习水手说。他紧跟着提提，视线没离开过周围一两米的范围，他希望能发现一颗松果以表明他们没有走错路。

他们在一片白茫茫、空荡荡的世界里，沿着荒原缓缓前行，走着走着，他们以为看见了一头迷路的牛，实际上那是一块岩石，而以为是岩石的其实是几头黑脸羊——它们咩咩叫着，慌慌张张跑进白雾里。

"我们真的迷路了吗？"罗杰终于问道。

"当然没有，"一等水手说，"我们又没有分开。彼得·达克说，一切顺利，只要我们一直往前走。"

"我们应该快到了吧。"

"我想是的。我们随时都可能听到那只鹦鹉的叫声。"

"这地上又湿又软的,我的一只鞋子已经进水了。"

"因为这里是一小块沼泽地。我们得绕开它。"

接下来的一段时间里,他们就在绿色的灯芯草丛里穿来穿去。一等水手对此颇为担心,尽管他们在去亚马孙河的路上也见到了很多灯芯草,但并没有走过这种沼泽地。不过,荒原上确实有许多小沼泽地,只要他们保持前进,往左或往右偏一点点似乎无关紧要。突然,她停下脚步,竖起耳朵听。

"什么?"罗杰压低声音问。

"听!"

在他们前方不远处,传来了清脆的水流声。

"是小溪!现在我们没事啦。"

他们向前跑去,差点跌进一条小溪中,那条小溪经过一个一个的小水池,沿着荒原往下流淌。

"我们向右走得太多了。"提提说,"这里水流这么小,离鳟鱼湖的上游一定有很长一段路。不过我们现在不会迷路了。"

有了这条小溪指引他们穿越大雾,他们兴高采烈地向前跑去。

"等我们到了鳟鱼湖,就把剩下的巧克力都吃掉。"罗杰说,不过他们走了很远也没有走到那里,尽管小溪比之前宽阔多了,一等水手同意短暂休息一会儿。

他们卸掉背包,坐了下来,第一件事就是掏出包里的巧克力。提提取出口袋里的指南针,一边吃着巧克力,一边把指南针打开放在她身旁

的地上。

"这个指南针出了点问题。"她突然说，"按照它的指示，小溪是在向西流，可这条小溪应该是向东流，经过鳟鱼湖和燕子谷流入马蹄湾啊。"

"是你摔倒的时候出问题的吗？"

"我认为不是这样。它根本就没碰到地面。也许是在干城章嘉峰的时候震动得太厉害了。我们下山时确实走得很快呢。"

"嗯，"罗杰说，"真幸运我们找到了这条小溪。"

第二十九章

受伤的人

"你不要再贪吃了，行不行啊？"提提终于开口说道。

"只剩最后一点巧克力了。"罗杰说，"现在吃完了。我们出发吧！你之前说雾会散的，可是还没有散。"

"没关系，有小溪给我们指路。"一等水手说，"走吧！"

他们扭动着身子背起空空的背包，再次出发。他们情绪高涨，因为刚吃了巧克力，旁边还有一条小溪给他们指路，那条小溪经过一个又一个小水池往下流淌。

当然，提提对指南针的事还是有点过意不去，不过就算约翰不能修好它，她也相信弗林特船长一定可以。不管怎么说，在她负责照顾实习水手期间，比起迷路，指南针坏了并没有那么糟糕。她恍然大悟，原来就是这样的担忧让苏珊时不时心情变坏。现在，一想到姑奶奶已经走了，她就觉得开心。燕子号也快修好了，最令她兴奋的是——她又冒出了另一个想法，要不是这场大雾，她才不害怕自己会摔倒在小溪边松动的石头之间呢。

"实习水手，"她说，"我们在这个周末之前就能回到野猫岛，接下去会有各种好玩的事情等着我们。"

"我能独自一人驾驶燕子号了，"罗杰说，"不像去年。约翰答应过他一个指头也不会碰。"

"亚马孙海盗们也会来。加上我们的杂物帐篷，到时一共会有六顶帐

篷。而且我们还可以把另外一项旧帐篷搭起来备用。"

"或者当一座地牢，万一有犯人的话。"罗杰说。

"布里奇特会来住下。还有妈妈。"

"为什么没有弗林特船长？"

"我们也会邀请他，还有玛丽·斯温森，我们会邀请每个人的。快走吧。彼得·达克刚才提醒我，那只鹦鹉还孤零零地待在山洞里呢。我们还要生火。快走吧。"

他们沿着小溪岸边往前赶路。

"现在离鳟鱼湖应该不远了。"过了一些时候，实习水手说。

"没错，"一等水手说，"从那里到营地就没有多远了。"

他们一直往前走，有时在小溪这边，有时在另一边，不过自始至终贴着小溪。他们也紧跟着彼此，因为在雾中只能看到一两米远的地方，他们既不想让小溪消失在视野里，也不想让对方从一个触手可及的实习水手或一等水手变成一团轻柔的灰影。小溪里的石头开始变多，水流声也更响，它不再像荒原上的一条小水沟。现在它是一条真正的小溪，尽管他们轻轻一跳就能跳到对岸。声响比以前更大了，水流似乎也更湍急了。不过还是没有看见鳟鱼湖。

"我们一定往右边走了很长一段路。"实习水手说。

"现在应该不会太远了。"一等水手说。

就在这时，他们再也高兴不起来了。

"看，"领先一两米的罗杰说，"那边有棵树！我过去看看。"

"那边没有树啊。"提提说。

"我看见了,是一棵大树。"说着,罗杰就跳了过去。

他在对岸落地时,发出一声短促而痛苦的尖叫。他的左脚在两块石头之间滑了一下。他向前摔了出去,试图爬起来的时候,他又发出尖叫,然后扑通一声倒在地上。

"你伤着自己了?"提提跨过小溪问道。

"是的。"罗杰说。

"伤得厉害吗?"

"很厉害,我都站不起来了。不过我说对了,那边确实有棵树。你瞧!"

如果罗杰脑袋里想着什么,他就一定会说出来。在他跳之前,他就一直想着那棵树。现在他躺在小溪旁,还在想着它。提提抬头看了看。

在他们上方不远的地方,一棵高大的松树像一个灰色的幽灵屹立在白雾中。提提几乎和罗杰一样被这棵树困扰。

"荒原上没有树呀。"她说,"一直到燕子谷的另一边,也就是斯温森农场上面的树林里才有树啊。"

"噢,可那边确实是树。"罗杰说,"哎哟!"

"哪里疼?"

"我的左脚。我想是骨折了。"

"天哪,罗杰。"

"现在也没有巧克力了。"

"不过这肯定不是我们的树林,因为从鳟鱼湖流入燕子谷的小溪是这条小溪的两倍大,而且它流进树林的时候更大,这根本不可能是我们的

小溪。我们已经沿着它走了好几千米了。"

"我的脚动不了。"罗杰说。

"天哪，罗杰。"提提又说了一遍，屈膝蹲在他身边，"我帮你把鞋脱掉，你忍着别叫。"

罗杰一动不动地坐着，全身僵硬，等着剧痛来袭，然而并没有。没等他反应过来，一等水手就已经解开了他的鞋带，鞋从她的指尖滑落下来。

"我想没有骨折，"她说，"你试着动一动，轻一点。"

但是罗杰刚动一下，那阵剧痛就又回来了，仿佛有人拿着一把烧红的烤肉叉子扎穿了他的脚踝。"哎哟！"他说，"我再也不要动了。"

"试着把脚放进水里。我真希望大副在这里，她知道该怎么办。不管怎样，你得先坐到你的背包上去。"

罗杰慢慢挪到石头边，小心翼翼地把脚伸进小溪的一个小水洼里。

"真冷，"他说，"不过感觉还不错。"

"要是我知道我们在哪里就好了。"说着，提提卸掉罗杰的背包放在地上，这样他就能坐在上面了。她知道苏珊会立马想到这一点。

"好了，这不是任何人的错。"罗杰说，"都怪这场雾。嘿，看那棵树。它在呼吸呢。"

确实如此。那棵松树低垂的枝条正在雾中轻轻地上下摆动，而它的树干却纹丝不动。

"你听！你听！"提提说，"终于起风了。"

一阵微弱的风声从笼罩大地的白雾后面的树梢上飘来。

"还有别的声音。"罗杰说。

提提仔细听。没错，砰、砰、砰，那是斧头的声音。"是樵夫。"
她说。

"哎哟！"实习水手尖叫了一声，"对不起。其实还好。只有转身太
快的时候才会疼。雾就要散了。原来有更多树呢。好多。啊，一片森林。
我们这是在哪里呀？"

提提舔舔手背，然后把手举到空中，感受风是从哪边吹来的。

"风是从这些树的另一边吹来的。看呀，雾开始散了。我告诉过你它
会散的。要是当时我们再等等就好了。"

提提和罗杰发现他们现在来到了一个从未踏足过的地方。他们身处
荒原边上，荒原在他们身后向远方的薄雾中延伸。在他们前方，地势急
剧下降，几米之外的树梢都能看清楚。那条指引他们来到这里的小溪向
下流进森林里。俯瞰远方，他们可以看见田野，越过田野是顺着山谷另
一边向上攀升的树林。

"湖呢？"罗杰问。

"这里没有湖，"提提说，"这里根本就不是我们的山谷。"

"不过湖一定就在这附近。"

"没有。那些山并不是里约或鲨鱼湾后面的山。"

雾气慢慢升腾，一些低矮的山最先露了出来，接着是比它们高的山，
然后是一片天空。然而在一个比这里更高的地方，尽管雾气正在消散，
除了黑岩石和欧石楠，却什么也看不见。雾气越升越高，却始终看不见
那里的天空。

"那是一座山，"罗杰说，"它肯定是一座山，可是迪克逊农场后面没有大山啊。"

雾气消散了。尽管还是看不见山顶，但他们终于看见了被大山隔开的两片天空。两片天空慢慢上升，互相靠近，几缕薄雾飘过它们之间的山坡。终于，天空连成了一片。山顶的雾消散殆尽，实习水手和一等水手一起喊道："是干城章嘉峰！"

"指南针根本没有坏，"提提说，"小溪的走向是相反的。"

"我们就跟着走错了。"罗杰说。

"我们在雾里一定是往右走了。"她打开指南针放在地上说。

"那我们怎么回去啊？"

那一刻，提提真想调头往小溪上游走到荒原上，现在雾散了，也许她能够搞明白他们是从哪里走错的，没准还能重新找到松果，这样他们就不至于太晚回到燕子谷。

可是下一刻，她就明白这样是无济于事的。罗杰现在没法动身，而她又背不动他；就算她背得动，她也不确定能找到松果，也许到时又会起雾，他们就更摸不着东南西北了。要是苏珊在这里的话，她会怎么办呢？她肯定不会像这样犹犹豫豫。尽管提提从心底不想让步，但她清楚这是唯一的办法，那就是必须求救于原住民。不过谁知道她会碰上什么样的原住民？

砰，砰，砰。她能听到下方的树林里传来一阵斧头声。她拿定主意，转头看着罗杰。

"我打算去下面。"她说。

"可是我不能动啊。"

"你得在这里等着，直到我找来帮忙的人。"

"我自己在这里吗？"

"听我说，罗杰，我会把彼得·达克借给你。我不在的时候，它能陪着你。我必须去下面找那些樵夫。彼得·达克也是这么说的。"

"你留在这里，让彼得·达克去找那些樵夫。"

"也许它听不懂他们说话呢。别闹了！现在没有别的办法了，我得走了。"

"可我不想一个人留在这里。"

"罗杰，"提提坚定地说，"你要记得，你是一名实习水手，而且不再是船上年龄最小的船员。"

"我当然不是，"罗杰说，"还有船宝宝。"

"对，我就是这个意思。没有时间可浪费了。按计划我们这会儿应该返回燕子谷了。很快天就黑了。从昨天早上起，鹦鹉还一直待在黑夜般的山洞里。"

罗杰振作起来。

"好吧，现在雾已经散了。"他说。

"那你一个人没问题吧？我快去快回。"

"好的，遵命，长官！"罗杰说。

"我背包的口袋里还剩一块巧克力。"说着，提提卸下背包。

"我不会吃掉的，除非我饿得不行了。"罗杰说。

提提把背包扔在他旁边，然后朝森林走去。

当一等水手的身影消失在林间的时候，实习水手突然觉得自己没那么勇敢了。他差点在她身后大喊，不过还是及时忍住了。然后他想学猫头鹰叫，表明他是一个实习水手，无所畏惧。但他又想到提提也许不明白他学猫头鹰叫是什么意思。她也许会认为他是想叫她回去。要是她半路返回就不好了，因为她还得再次上路。算了，还是安安静静地坐着等，看会发生什么吧。比如说，熊。那片森林看起来像是会有熊出没，或者狼。不过，不管是熊还是狼，终究都错过了好机会。现在雾已经散了。之前，当一等水手和实习水手在雾中摸索着前行的时候，它们本可以悄悄靠近，然后毫无预兆地扑向他们。它们甚至不用叫。等我们意识到的时候，脖子可能已经被咬断了。这是一个令人不快的想法，尽管现在雾已经散了，不可能发生那种突袭，但罗杰还是攒了三四块石头放在伸手就能拿到的地方，以防万一。接着他又看了一眼那只受伤的脚，他发现不知怎么回事，自己一个人的时候，动一动脚并没有那么疼，而如果有人在旁边为他担心，他的脚就疼得受不了。不过，他还是伤得非常严重。移动那只脚就让他想起走在锋利刀刃上的美人鱼。他想如果他是一条美人鱼，没有脚的话，就算在陆地上他也能生活得很好。他用双手把自己撑了起来，随后又坐了下去。要是想挪到很远的地方去，需要花很长时间，他很高兴他不需要那么做。他给自己弄了一个舒服的小窝，把两只背包铺在地上，然后挪着身子坐了上去，那几块石头就在触手可及的地方，小溪也很近，他可以用手捧水喝。这时，他想起这样挪动身子容易磨破屁股上的马裤，不过这跟燕子谷的"磨裤子"滑滑梯游戏比起来根本算不了什么，而且玛丽·斯温森上次给他补裤子时用了很结实的布料，她说："你再多滑上一两次也不会破了。"想到这里，罗杰感到有些沮丧。他的脚受了伤，他再也玩不了"磨裤子"游戏了，哪怕把玛丽·斯温森补得最好的那条马裤换成皮裤也不行。

他又看了看那只受伤的脚，它现在有些发紫，那一刻，他想自己一定伤得很严重。不过他很快就发现其实不是那样的，当他晃动那只脚的时候才会感觉到疼痛，这很容易分辨。他想起曾经听过一些关于受伤的人因为疼痛而晕倒的故事。他不是太明白为什么会那样。他往后仰下去，一小枝欧石楠戳到他的脖子后面，有点痒。他得找一个更平坦的地方。他扭来扭去，终于找到一个舒服的姿势躺了下去，不过就在他以为终于可以放松下来、闭紧双眼、缓慢调整好呼吸的时候，令他意想不到的事情发生了。前一天因为要徒步去亚马孙河，他起得很早。今天早上在半山腰的营地，他又醒得很早。这两天他经历了许多事情，还来不及细想，他就睡着了。

第三十章

懂医术的原住民

砰、砰、砰，斧头声非常近了。提提放慢脚步。她飞快地从陡峭的森林里往下冲，扶着一棵又一棵树来稳住自己。但是现在声音这么近，她表现得并不像一个急着找医生的人，而像是一个闯入未知之地的探险者。罗杰受伤了，还躺在荒原边上，不能再浪费时间了，但在没搞清楚他们是怎样的原住民之前，她不想轻率地去找他们。她小心翼翼地踩在那些枯枝败叶上，尽量不发出太大噪声。这很难，因为这是一片嘈杂的树林，橡树、山毛榉、花楸，尤其是榛树，它们仿佛故意折断枝条似的噼啪作响。这里到处都是参天大树，不过大多数还是矮小、繁茂的小树，它们隔得这么近，连身材小巧、行事小心的一等水手都做不到从它们中间穿过却不弄出点声音。然而，就在她前方不远处，一些树在不久前被砍掉了。那里的树叶没有之前那么浓密了，不用多久她就可以看清那个挥舞着斧头一刻也没停歇的人是谁了。提提听到砰的一声斧头响，然后又是一声，接下去就是一根柴火啪地被劈断的声音。不管那人是谁，他原来不是在砍树，而是在劈柴。这简直让她喜出望外，那个声音听起来还很像烧炭工。提提蹑手蹑脚地走到空地边上，向外望去。

小溪旁边有一块平地，好像是山坡上的平台。上面堆了一圈柴火，已经有一米高，每根柴火差不多一米长，全都指向中间。柴火垛和小溪之间还放着一大堆切好的土块。提提知道它们是用来做什么的，因为去年她见过一堆柴火垛燃烧后，烧炭工用泥土盖住了它们，这样火就不会

烧得太快。她还看见，只要有火苗蹿出来，烧炭工就会用土块堵住每一个小孔，把火包围在里面。在那个堆了一半的柴火垛的另一边，烧炭工的棚屋紧挨着树林，不仔细看的话根本发现不了。它是用几根长杆搭起来的，杆子粗的一端插在地上，细的一端交错在半空。屋子前面有一个小火堆，一只黑色的大水壶悬在上面的三脚架上。在平地另一边，树林再次陡然往下延伸至山谷。原本消失在雾中的太阳此刻正低垂在干城章嘉峰的山肩上，提提从树间往外看，阳光正好照进她的眼睛。有一段时间，她看不见那个烧炭工，只能听见他的声音。这时，砍柴声停止了，一个弯腰驼背、皮肤黝黑的老人从柴火堆后面走了出来，他抱着一捆柴火，放进水壶下面的火堆中。

提提开心地跑了出去。尽管她分不清哪个是老比利哪个是小比利，但她认出那个老人是比利父子中的一个，比利父子都是烧炭工，去年他们在湖对岸的树林里烧炭的时候给小水手们看过他们的蝰蛇。

"嘿，小姑娘，"那个老人说，"我们一直说要再见见你们。对了，你们其他人呢？"

"这里只有我自己，"提提说，"罗杰在树林那边的荒原，他的脚受伤了，我得想办法带他回家。"

老人看着提提。提提以为他没听懂。

"我们在雾里迷路了。"

"哦，这样啊，"这位老烧炭工说，"我想应该就是这么回事。他是不是走得太快了？雾很大。比你们年长的大人在山上遇到这么大的雾也会迷路。有一次我在山上追狐狸，整整三天都没有找到回去的路。那大约是五十年前的事了。罗杰是那个小男孩吧？你把他留在哪里了？树林上面？靠着小溪吗？我们现在就过去找他。"

他走到空地边上，把一只手放在嘴边，朝着林子下面喊话。

"水已经烧上了，"他高声喊着，音量比提提预想的大很多，"水烧上了！你们回来一个人看着，我出去一趟。"

"好的，比利！"一个声音从下面很远的地方回应他，提提这才听见那边的动静，链条经过滑轮发出的哐啷声、马儿的踏步声、沉重的木头发出的嘎吱声。

"他们在做什么？"

"运木头。"老人说，"他们要把一些大圆木运走。你们在湖的下游应该见过吧。想去下面瞧一眼吗？"

"我得回去找罗杰。"提提说。

"看来我真的老了。"这位老烧炭工说，"我差点忘了那个小家伙。我们走吧，小姑娘，看看能做点什么。"

老人和一等水手穿过树林往荒原爬去。

"嗨，"他说，"他们说你们今年回来了，还去了斯温森农场上面的山上。去年不少人都在谈论你们帮特纳先生找回丢失的东西的事情。不过，听说今年你们的船出了点问题。"

"那不能怪约翰，"提提说，"谁都可能碰到那种情况。再说燕子号也快修好了，它会完好如新地回来。新桅杆也做好了。等燕子号一返回，我们就马上回野猫岛。"

"对了，还有布莱克特家的小姑娘们。"那位老烧炭工说，"老特纳小

姐还在贝克福特，所以我想你们见面的机会应该不是太多。"

"她现在已经走了。"提提说，"今天晚上南希和佩吉会来和我们一起露营。她们和约翰、苏珊驾着船从湖上走的。我们本来应该在他们到达营地之前把火生起来的，但是遇上了雾天，罗杰现在还……"

"别担心，小姑娘，"老人说，"很可能他们在水上也被雾困住了。"

她心想，这倒是真的。也许他们一行人还没到燕子谷。她和罗杰还是有可能最先赶到。提提看着老人，终于决定问他一个问题。

"我希望您别介意，"她说，"您是老比利还是小比利呢？小比利有条蝰蛇，对不对？"

老人哈哈笑了。

"你没记错。嗯，你们看到的是我的蝰蛇。我就是小比利。老比利是我父亲。"

"他在哪里？"提提问，"是不是在刚才您说的运木头的地方？"

"没有，"小比利说，"是这样的，今天在比格兰有一场猎狗追踪赛，像是一场宴会吧，我父亲听说老吉姆·波斯尔思韦特也会去，那人自以为会是年纪最大的观众。可实际上他不过八十九岁，而我的父亲去年就满九十四岁了。'我可不想被那个年轻人打败呢。'我父亲这样说，然后他今天早上出发去了比格兰，翻山越岭去的，晚上他会去我的一个小侄子那里休息，我那个小侄子还准备让他见见他的一群曾孙呢。"

小比利已经年过七十了，他的孙子都比一等水手大很多，不过他们在树林里往上爬的时候，提提比他喘得更厉害。

快爬到顶上的时候，提提用仅剩的一点力气学猫头鹰叫，这样罗杰就知道她带着帮手回来了。

没人应答。

"刚才学得不像。"她说,然后又试了一次。

这一次从前方不远处传来一声清晰而尖锐的小猫头鹰叫。

"咕呜呜呜呜——"提提又叫了一声。罗杰躺在溪边的时候,本来只是想体会一下痛晕过去的感觉,结果却睡着了。刚才,他突然惊醒,看见一等水手和那个老烧炭工从树林里走出来。

"嘿!"他大喊道,"是比利父子!"

"只有小比利。"小比利笑了,要不是他父亲年龄更大,叫他老比利也没什么,"好了,小家伙,你别动。让我来看看你的那只脚。确实肿得很厉害。有没有骨折?"

"我还能动,"罗杰说,"没有之前那么疼了,不过还是很疼。"

"没事,"那位老烧炭工托起他的脚看了看之后说,"敷点药膏就好了。过来,小姑娘,帮忙把他的这条腿从地面抬起来,我来扶他。慢点,往上。"

罗杰发现自己一只脚站在地上,提提和那个老烧炭工一起抬起了他。

"现在你可以放开他那条腿了。"老烧炭工说。

"哎哟!"罗杰叫道。

"还是得抬起那条腿。这样吧,"他蹲下身子说,"你抓紧我的肩膀。就这样。"实习水手发现自己双脚离开了地面,整个人趴到了老烧炭工的背上。

"这么轻?还没有我背的柴火重。小伙子,好点了吗?"

老烧炭工把实习水手背得稍微高一点，然后沿着小溪又走进了森林。提提收拾好地上的两只背包，把指南针放进她的口袋，匆匆跟上他。

他们来到了那片空地——那里有一堆柴火以及烧炭工的棚屋，有两个年轻点的原住民在火堆旁忙着，一个提着水壶往锡制杯子里倒茶，另一个抱着一只大绿瓶往里面倒牛奶。

"怎么了？"其中一个人抬起头问，提提立刻认出他是玛丽·斯温森的樵夫。原来他就是从这里运走木头的，她之前听到下面的踏步声，一定就是那三匹马发出来的——她和罗杰发现燕子谷的那天，他们见过那三匹马。从那之后，他们总是在通向湖下游的马路上看到它们经过。

"没什么大碍，"老烧炭工说，"这个小家伙扭伤了脚。用蕨草敷一下就没问题了。现在慢点，慢点，小家伙。一只脚站在地上，那只脚不要落地。杰克，过来帮一下忙，扶他躺下去。"

那两个年轻的樵夫都过来帮忙，很快罗杰就舒服地躺在了火堆旁边。他看看原住民，又回头看看烧炭工们的棚屋，那一刻他心里想的是，他是否还有机会看到那条蝰蛇。

提提在一旁看着小比利四处找寻那种干枯的老蕨草。他找到了他要的叶子，然后弄了一大把敷在罗杰的脚上，再用一块在热水里浸过的红色大手帕把它包了起来。

"但水壶里还有茶呢。"提提说。

"对好茶来说，加进或倒掉一点水都没什么关系。现在你们两个最好也喝点茶吧。"

他掀起那个用来当门的麻袋布帘子，钻进他的棚屋，然后拿着两只锡制的茶杯出来了，一只是他自己的，另一只给一等水手和实习水手一起用，而那只杯子其实是他父亲老比利的。玛丽的樵夫从他的绿瓶子里给他们倒了一些牛奶，这样他们都在一起喝茶。樵夫们说，提提和罗杰迷路并不奇怪，因为那场雾都能用一把钝刀切开来砌一堵墙了。

这是一件令人愉悦的事，在雾中迷路之后，跟几个友善的原住民一起在安静的森林里喝茶。如果不是一直想着苏珊和其他人回到燕子谷后会担忧他们发生了什么，提提会很享受眼前。时间在流逝。太阳已经落到天边了，她得让其中一个原住民给她指路，告诉她怎么穿过荒原。可还有罗杰啊。他现在只能用一只脚走路，另一只脚裹成了一只红包袱，完全不能着地。他要怎么走？

"罗杰多久能出发？"提提问。

"不行，今天晚上他不能走，"老人说，"他得和我一起住在这里了，你们可以明天早上来接他。他跟我在一起。你只要告诉布莱克特姐妹，这个小家伙和小比利在希尔德树林，明天早上她们就会带你过来。小家伙，你不介意住在这里，对吧？"

"住在这间棚屋里吗？"罗杰问，他差点跳了起来，但一想到自己的脚，只好作罢，"和您一起吗？真的？我保证苏珊会同意的。"

提提倒不是那么肯定，但最重要的还是要让苏珊和约翰知道罗杰没事，对这一点她深信不疑。老人给罗杰敷药的时候，他一声也没叫。那个治疗方法对他很管用，说是偏方也好，草药也行。她跳了起来。

"从这里到荒原另一边很远吗？"她问道。

那位老烧炭工正在和玛丽的樵夫说着什么。

"目前只有这个办法了，"小比利说，"小家伙必须留在这里，小姑娘得回去告诉其他人别担心。对于第一次从这边穿过荒原的人来说，那条路并不好走。杰克，你最好带着她一起走。她从斯温森农场回去就只有几步路了，你也可以在那里住下。那位漂亮的小姐是玛丽·斯温森吧？没错，她一定会是个好妻子。"说完，他笑了起来，樵夫脸红了，然后也笑了。

"好吧，欢迎，"他说，"她可以坐在木头上，马儿也不知道有什么不同。那你准备好出发了吗？"他转头看着提提，补充道，"今天晚上我们晚了不少呢。"

她匆匆和罗杰道了别，就跟着那两个樵夫和老烧炭工走进了树林。树林脚下，在靠近马路的一块空地上，三匹大马拉着一根巨大的圆木，那圆木固定在两副大红轮子上。

玛丽的樵夫把提提举起来放在木头伸出车轮外很远的另一头。

"这样坐着还好吧？"他问。

"还好，谢谢。"提提说。

"出发之后一定要抱紧木头。"

另一个樵夫把马粮袋从马身上取了下来。

"你们把她送到斯温森农场，"老烧炭工说，"然后告诉玛丽，我会照顾这个小家伙到明天早上。"

"真的非常感谢您！"提提说。

"晚安，比利。"两个樵夫说。

"晚安，杰克。晚安，鲍勃。"

"小姑娘，出发咯！"

那一刻，提提觉得杰克是在跟她说话，但是车轴中间的那匹马猛地向前一倾，两匹领头马开始用力地往前拉，那根大木头就载着提提——她高高地坐在后端，好像坐在一艘老式帆船的船尾——出了树林，沿着马路往前走。

第三十一章

小棚屋的夜晚

　　罗杰对这一点非常肯定，那就是他喜欢和老烧炭工一起在棚屋里过夜。这是那种任何人都梦寐以求的事情，就好比你走在一段独木桥上，桥下是咆哮的激流，半路遇见一头熊，然后你拼命摇晃桥，直到那头熊掉下水，而你却安然无恙。也许不少人都在心里暗暗谋划过这类事情，但也知道这是不可能发生的。罗杰从来没想过自己能待在这里，当他信心满满地说苏珊会答应的时候，他也以为担任指挥的一等水手提提会反对他留下。后来两个樵夫急着出发，小比利安排他们捎上提提，穿过山谷，从沿湖马路把她送到斯温森农场，提提不但没有反对罗杰留下，反而很高兴能让他待在一个安全的地方。这一切这么快就解决了，小比利已经去下面的马路上送别提提和樵夫，罗杰这才意识到自己又是一个人了，而且开始了一场新的冒险——他无法退出的一场冒险。

　　他倚在火堆旁，望着脚下苍翠的树梢，看见了山谷另一边高耸入云的干城章嘉峰。在那里发生的一切都令人觉得不可思议，至少他经历的那些是这样。今天早晨他还在山顶上呢。他想看看他们在半山腰露营时的那座小峡谷，不过它被大山的一角挡住了。与苏珊、约翰和提提在那样一个地方露营，就算不住在帐篷里，也感觉很自然。而现在就完全不同了，他要与一个老人一起睡在烧炭工的棚屋里，那个人的年纪像干城章嘉峰那么老，而且毯子下面某个地方还放着一只雪茄盒，盒子里养了一条嘶嘶叫的蛇。罗杰突然觉得自己很容易把那个老烧炭工想象成那种

喜欢吃小水手的食人怪。当然，小比利绝不是那种人。但罗杰知道自己会忍不住瞎想。他不应该那样。现在没有退路了。一方面他的脚踝上敷着草药，还用一块湿乎乎的红手帕裹得严严实实的，他没法"逃命"。另一方面，他也不知道要往哪个地方逃。还有一件事，他很清楚比利父子是世界上最友善的原住民。

想太多也无济于事，为了不要把老人想歪、从此一发不可收拾，罗杰开始转移注意力，他看了看棚屋。它看起来似乎是新建的，不像他们去年看到的那间旧棚屋。去年他们从燕子号上下来，穿过林子去看了烧炭工和他们的蛇。不过他也不能确定。用来挡雨而被塞进圆木缝隙间的苔藓还是绿油油的，但这也有可能是一间旧棚屋，弄了一些新苔藓而已。"不管怎样，这是一间非常棒的棚屋。"罗杰自言自语，好像这是他自己的房子一样。

老烧炭工又爬回到了树林里。

"那个小姑娘一切顺利，"他说，"小伙子怎么样了？"

"很好，谢谢您。"罗杰说。

"用蕨草治疗扭伤很管用。"

"这是一间新棚屋吗？"罗杰问，"你们是不是刚建好？"

"新什么？"

"棚屋啊。也就是木头小屋。不对，不是木头小屋，因为这些圆木都是竖着而不是横着搭起来的。还有，它是圆的而不是方的。我不知道你们叫它什么。"

"我们一直就叫茅屋，"老人说，"不过可能你说得对。这间茅屋半新半旧。只要他们在希尔德树林里烧木炭，他们就总是来这里。正好有几根木头已经放在这里好些年了，但是茅屋的寿命不长，通常每烧完一次炭，它就会破损一点。我们已经有好几年回来这里了。如果无人照料，冬天的一场暴风雪就能把它吹倒。这次我们来的时候给它换了几根新木头，还往缝隙里塞了一些新苔藓，跟之前的混在一起，完工之后，你很难说这间茅屋是新的还是旧的。不过这座炭窑已经很老了。这一点我可以毫无保留地告诉你。"

罗杰又想到，对老烧炭工来说，住在深山老林的棚屋里根本不算什么稀奇事。对罗杰来说，夏天睡在这里也不错。为什么不呢？罗杰终于不再忧心忡忡，之后的一切也就轻松多了。

老人拾起他的斧头，继续把柴火劈成合适的长度，准备堆在那一圈没搭完的柴垛上。他把长度合适的柴火和那些碎木头分开堆放，之后他会把碎木头加进他生好的火里。罗杰躺着观察他，闻着还在冒烟的余烬从壶底发出的怡人气味。倦意向他袭来，但他不打算说什么，除非老人先开口。

老烧炭工劈着柴火，时不时停下来说话。他谈到他的老父亲在比格兰除了观看猎狗寻踪赛之外还会遇到的一些事情。很可能有摔跤赛，罗杰不明白那到底是什么，小比利说他应该去看看。然后他说起很多年前，他和罗杰差不多大的时候，去看父亲摔跤，赢了的人就能获得一根镶有银扣的腰带，接着就到了他自己上那个赛场摔跤。说到这些，他直起了腰，晃动着胳膊，揉搓着那双老手，漫无边际地说着罗杰根本听不懂的话，什么单臂扼颈、拦腰抛掷、一般摔击、失掉抓手。不过罗杰并没有

说自己不懂。他就那么听着，那些词语就像伟大的诗篇一样让他捉摸不透，只给他留下一种感觉，这个老人一直在激动地讲一些很久之前的事情。

突然，老人又弯下了腰。"那是五十年前了，"他叹了一口气说道，"不过我现在还可以给他们露一两手！"

此时，太阳开始渐渐沉入干城章嘉峰的背后，老人拾起劈柴时掉落的碎木头扔进火里。他用手掌擦擦斧头，又把手放在裤子后面蹭了几下，问罗杰晚饭吃鸭蛋怎么样。

"我从来没吃过鸭蛋。"罗杰说。

"母鸡下的蛋跟鸭蛋没法比，"老人说，"它们比肉还香。我父亲去了比格兰，所以一只给你，一只给我，这样我们晚上睡觉的时候就不会挨饿了。"

他拨了拨水壶底下的干树枝，火势就变旺了，那壶水是提提和樵夫离开之后他从小溪里打来的。他走进棚屋拿出两只青白色的大鸭蛋和一把大勺子，他用大勺子把鸭蛋放进了水壶里。罗杰记得苏珊说过，如果可以的话，尽量不要用水壶煮鸡蛋，他正要问这件事，但欲言又止，因为他想到不同的部落有不同的风俗，而他对这个部落的了解真的不多。

然后，老人从棚屋里抱出好几条毛毯，抖了抖它们又放了回去。等他再次出来的时候，手里拿着一条面包，他打开随身携带的一把刀，切下厚厚的两片。他拍一下膝盖，说忘记盐的事了，接着又钻进屋里，带着一只装满盐的旧雪茄盒出来了。他把鸭蛋从水壶里取了出来，抓了一些茶叶放进水壶，再把水壶放回火堆上，苏珊从没做过这样的事情。

"牛奶足够我们两个人喝了，"他举着那只绿瓶子说，"因为我父亲不在。"

虽然大鸭蛋还很烫手，但是老烧炭工用一片毛地黄的叶子卷了卷，包起他的那只鸭蛋，然后用大勺敲碎蛋壳，开始剥壳。他让罗杰也照着做。等到一半的蛋壳被剥掉之后，鸭蛋就没那么烫了，剥剩下的壳也可以不用叶子包着了。不一会儿，两只微微颤抖的青白色鸭蛋就等着入口了，就像矢车菊蓝的蛋形模子。老人从蛋尖上咬了一口，暗橘色的蛋黄立刻往外淌。罗杰照着样子咬了一口他的鸭蛋，紧接着，他们俩都舔了舔顺着蛋白边缘流下来的蛋黄。然后老人咬了一大口面包，罗杰也跟着咬了一大口。

"鸭蛋真的太香了。"老人边说边往他的鸭蛋上撒了一撮盐。

"太美味了，"罗杰说，"蛋黄也很多呢。"

过了没多久，老烧炭工开始为过夜做准备。

"你一定想要枕头吧，"他对罗杰说，"我父亲出门带上了他的大衣。"

"我可以把我的衣服塞进背包里。"罗杰说。

"你不穿衣服睡觉会着凉的。"老人说。

"昨天晚上我是穿着衣服睡的。"罗杰说。

"那你今天晚上最好也穿上衣服，"老人说，"我会在你的包里装一些干蕨草，当枕头。"

"来吧。"几分钟之后，他说。然后他搀着罗杰用一只脚站起来，几乎抱着他进了屋。不过屋门太矮，罗杰只好拖着受伤的脚爬进去，但那只脚并没有他想象中那么疼了。屋里吊着一盏农场里用的灯笼，外面的

天色渐渐变暗，即使掀起门帘，也没有光能照进来。屋子里的地面上放着两根大圆木，把屋里分成了三块地盘，两边是睡觉的地方，中间是一条狭窄的通道，那里有一个小石壁炉，不过没有生火。

"这些天晚上太热，不用生火。"老人说。

进门左手边的床是为罗杰准备的，毯子下面铺着厚厚的蕨草，老人把罗杰的背包放在了毯子一头。

"你躺到这里来，"老人说，"我把毯子折一下盖在你身上，这样你就会很暖和了。"

罗杰犹豫不定。

"您还把蝰蛇养在盒子里吗？"他问。

"不要担心，"老人笑着说，"蝰蛇在我这边，它不会跑出来的。"

"我能看看吗？"

"明天早晨我会把它拿出来，"老人说，"这会儿太黑了。"

罗杰躺在毯子上，枕着那只塞得满满当当的背包。老人把毯子折起来盖在他身上，然后又掖了掖毯子的另一边。

"这样就暖和多了。"他说，"如果早上你听见我发出动静，不要起来，只管接着睡。晚安。"

"您要走远吗？"罗杰问。

"不会，"老人说，"我就在外面。"

小屋里有一股难闻的味道，混杂着蕨类植物、烧过的柴火、新砍的木头的气味，还有屋外柴火冒出的烟味，以及头顶那盏油灯散发的油烟味。老人给罗杰掖被子的时候碰到了那盏灯，它吊在一根长金属丝上，之后很长一段时间里，它就不停地摆动，在小屋倾斜的墙壁上投下闪烁的光影。借着灯光，罗杰开始数棚屋里有多少根圆木，不过灯笼上面一片漆黑。

外面又响起砍柴声，这回不是用斧头，而是用刀子。夜色越来越浓，老人一边在火堆旁忙活一边咕哝着什么。是老人吗？还是别的什么在那儿发出的声音？罗杰用胳膊肘支起身子，侧耳倾听。"切，切，呼噜，呼噜。"那真是老人的声音还是别的什么？

"您在做什么啊？"罗杰终于开口问。

咕噜声立刻停了下来。

"你还没睡？"老烧炭工的声音传了过来。

"还没有。"罗杰说。

"我在做一根拐杖，"老人说，"这样明天早上你就能到处走动了，这一两天里，你那只受伤的脚最好不要沾地。好了，你赶紧睡吧。"

"您给我做了拐杖？"

"嗯，是的。"

躺在斑驳的光影下，罗杰仿佛看见朗·约翰·西尔弗[①]拄着拐杖，带着他的鹦鹉，一会儿在布里斯托尔的酒馆里蹦来跳去，一会儿在伊斯帕尼奥拉号的甲板上笨拙地走动，一会儿为拐杖陷进金银岛的沙滩而烦恼。提提有鹦鹉，现在他也将拥有拐杖。别说崴一次脚，就是崴一百次也值了。还要多久他才能穿过湖泊到达霍利豪依，像一位从海上归来的

---

① 朗·约翰·西尔弗，《金银岛》中的独腿海盗。

老水手那样踏着重重的步子爬上田野回到农场，向妈妈、保姆和船宝宝展示他的拐杖呢？到时提提会怎么说彼得·达克对他的看法呢？

　　深夜，罗杰醒来时发现四周一片漆黑。老人睡在屋子另一边的蕨草床上，鼾声很大。外面，风吹过树梢。挂在门上的麻布袋没有完全挡住门口，它的一角被风吹起了，罗杰从两脚之间望出去，看到一片深蓝色的天空，上面缀满星星。他想，其他人这会儿正睡在燕子谷的营地里。他们一定不知道，那个独腿海盗……就是那个朗·约翰·西尔弗……他……那个……他还没想出个所以然，就像旁边的老烧炭工一样，又酣睡过去。

第三十二章

湖上的雾

两位船长用力划桨，一会儿工夫，那艘独木舟就穿过潟湖，驶入河的下游，他们经过了树林和贝克福特的院子，昨天约翰就是在那里看见姑奶奶用手杖对着草坪上的雏菊指指点点。"划右桨，"佩吉大副喊道，"右桨，慢点，收桨！"当独木舟（其实是贝克福特号划艇）慢慢滑进漆黑的船库时，南希和约翰把桨收进了船里，亚马孙号也停在船库里，它靠在贝克福特号摩托艇旁边。亚马孙号上似乎装了不少东西，有帐篷、帐篷支柱、两只睡袋、几根钓竿和一大堆各式各样的食物。

"把你们的东西都放到船上吧，"南希船长说，"现在没什么可以阻挡我们出发了，要是有开航旗的话，我们就会把它升起来。"

"不管怎样，我们很快就要升起海盗旗，"佩吉说，"一切准备就绪。"

约翰和苏珊几乎没什么行李要收拾。他们已经把实习水手和一等水手的睡袋塞进了他们的背包，所有的食物都已经吃完了。除了背包，他们只有牛奶罐和水壶了。幸亏如此，因为船库里那个狭窄的石码头上还有一只大篮子和一只小木桶等着被他们搬上船。

"太棒了，厨娘！"南希一边往码头边滚着那只小木桶，一边大声说，"她真是太周到了，昨天我们喝光了那一大壶，今天早上她就又给我们装满了。"南希开始取出篮子里的东西往下递，"姜饼。这是什么？上面贴着'此面朝上'。哦，是苹果派。还有一罐太妃糖。我能听见里面的咯咯声。太好了！还有她最拿手的，一块又黑又黏的蛋糕。"

"姑奶奶说这种蛋糕不好消化。"佩吉说。

"哎呀，厨娘可是花了不少工夫，"南希说，"她也在庆祝。你们真应该看看今天早上姑奶奶迈出门的时候，她是什么表情。"

当所有东西都被顺利搬上船之后，大家发现一等水手和实习水手选择从陆地上走回去是非常明智的。船上留给大家的空间并不多，桅杆前面根本没地方，就算个子再小的瞭望员也挤不下。

"都上船了吗？"最后南希喊道，"准备开船！约翰船长，推一下码头。佩吉，当心！别让它撞上摩托艇。"

在大家的协力配合下，亚马孙号离开船库，驶入了亚马孙河，这时，佩吉升起船帆，把小旗杆系在旗绳上，双手交替一下一下地把海盗旗升上桅杆顶。

"几乎没有风呢！"她望着那面耷拉在桅杆上的黑旗说道。

"湖上的风会大一些的。"南希说，亚马孙号侧着船身，几乎不用掌舵就顺流而下。

可即使到了湖上也没什么风，海盗旗都飘不起来，船帆也鼓不起来，小旗帜耷拉在旗杆上，不过罗杰不在船上，所以没人急着催他们用桨划船。湖上的风是从南边或西南边吹过来的，在下游的群岛的背风处，湖面像镜子一样，倒映着岸边的每一棵树和每一块岩石。白色小帆船亚马孙号缓缓驶出河口，速度是如此之慢，让人很难看出它在移动。它没有留下尾波，船头下面也没有激起一丝涟漪。

"我们吃点太妃糖吧。"南希船长说，"佩吉，当心那块苹果派。你的右胳膊肘差点撞到它。"

"谁来拿一下苹果派？我去找太妃糖。"佩吉说。她转过身，把苹果派拿起来递给苏珊，然后舔了舔手指，因为苹果派的果酱流到馅饼碟边上，又粘在她的指头上了。接着，她继续在那些背包和成捆的东西中翻找，拉出一只以前用来装咖啡的大铁罐，现在里面装的可是更好的东西。苹果派又被放了回去，牢牢地卡在那些行李中间，他们用小刀（一年前罗杰在野猫岛上捡到了这把小刀，在谈判之后，物归原主）上的穿索锥撬开了铁罐。罐子里是太妃糖，上面还放着一张小纸条，写着"爱你们的厨娘"。

"那个老厨娘真好！"南希说，"把纸条给我。"她从纸条上撕了一小片扔到船外。那张小纸片慢悠悠地向船尾漂去。

"我们正在动，"她说，"很快风就会变大。"

其他三个人一边吃糖，一边看着那张小纸片。南希不再盯着它看了。她尽最大努力借助风力让帆船动起来，可风实在太小了，她根本判断不出风是从哪个方向吹来的。但是亚马孙号似乎在湖面上缓缓地移动着，大家开始吃第二颗糖的时候，依然能看到那张小纸片。

不过他们并不着急赶路。现在姑奶奶已经离开了，南希和佩吉这才体会到其他小伙伴今年第一次扬帆驶出霍利豪依湾的感受。真正的假期总算开始了。约翰和苏珊一整年都盼望着能和亚马孙海盗一起开始新的冒险，现在她们终于自由了。再过一两天，燕子号就会重回他们的怀抱，他们可以驾着它去北极、南极或其他任何地方。今天，亚马孙海盗们第一次不用为必须回家吃那些难吃的饭而苦恼了。大家都很乐意在湖面上漂着，如果现在不算真正的航行，他们也做好了准备等着

风来。

很长一段时间过去了，在起风之前他们已经吃了很多太妃糖，风轻轻柔柔地吹着，把他们带向湖的东岸，他们在那里调转船头，让左舷迎风航行。他们快到湖中央的时候，天气似乎没有那么热了，佩吉还说很冷，约翰和苏珊向空中嗅了嗅，都在想那股淡淡的味道好像在哪里闻过。

"我知道了，"约翰说，"它像英吉利海峡的雾。"

"确实是这样，"苏珊说，"跟那天我们和爸爸在法尔茅斯闻到的一样。"

"当时我们费了很多工夫才找到圣莫斯。"

"灯塔也发出了哞哞的笛声，像一头牛一样。"

"这可不是英吉利海峡的雾，"南希说，"就是这儿的雾。看哪，它在群岛上飘浮。"

"山已经消失了。"佩吉说。

"我也看不见群岛了。"南希说。

"还有岸边，"约翰说，"不对，它就要消失了。噢，又出现了。现在我完全看不见它了。"

一两分钟后，大雾笼罩了他们，他们连小船都看不清楚了。好像除了空气，什么都消失了，而空气也已经变成了一团又厚又湿的棉绒，湖面变成了一只冒着蒸汽的大托盘。

"好了，大家小心，"南希说，"不管谁看见什么东西都大声喊出来！"

"不知道那两个家伙在岸上是不是一切顺利。"苏珊说。

"我们在水面上来来回回漂了很长时间，"佩吉说，"他们很早就出发了。提提急着回去把鹦鹉放出来晒太阳，它昨天一整天都在山洞里。他们这会儿可能已经到了。"

"嗯，希望他们能想到给自己弄点吃的，不用一直等我们，"苏珊说，"我让他们先把火生起来。"

"罗杰一定会找东西吃的，"南希说，"你不用担心这个。"

他们在白雾中慢慢地漂浮着。南边靠近里约镇的某个地方，传来了轮船的汽笛声。然后响了几下就停止了。

"应该是靠岸了，"南希说，"他们是不会在这样的雾天里开船的。嘿！那是什么？"

一艘摩托艇正飞快地驶近他们。

"真希望我们有一支雾角啊。"

可是没等他们来得及喊出来，那艘摩托艇就已经在雾中从他们身边呼啸而过，向湖的上游驶去，影子越来越模糊。

"怎么能这样！"南希说，"急着回家吗？一群傻子。他们只想着自己，从不想着别人。"

紧接着他们听见有人说话。

"最好上岸烧点水喝。"

"好，雾这么大，我们也做不了什么。"

然后传来一阵划桨的吱吱声。

"是渔夫，"佩吉说，"他们要上岸泡茶喝呢。"

"那艘摩托艇经过时溅起了这么大的浪，我根本看不出我们的船动没动。"南希说，"不管了，准备调头。小心你们的脑袋。"

其他人都低下头，但帆桁过了很久才转过来。他们很快又抬起头，发现帆桁还在慢慢地转动，而亚马孙号则在摩托艇的尾波中颠簸着调头。南希船长不耐烦地推动舵柄，调整船头方向。

"都是因为风太小了，"她说，"亚马孙号调头是很利索的，当然在风平浪静的时候，就算是它也做不到了。"

在船舵的帮助下，亚马孙号变成了右舷抢风航行，然后，也许是受到了两位船长和两位大副的意志力的影响，它开始非常缓慢地向里约港的岸边移动。一定是他们的意念在驱动小船，因为现在大家用手背根本感受不到风，舔湿了手背也试不出来。然而它确实在动，因为坐在船中央的佩吉从厨娘留的纸条上又撕下一小片纸，扔到水面上，它慢慢地漂向船尾，不一会儿就到了船舵附近。

"如果现在不是一片死寂，而是狂风大作，"约翰说，"如果雾不是白的，而是黑的，那我们的境遇就很像去年的那次航行，当时里约港的灯都灭了，四周一片漆黑，我想用指南针辨别方向，但是根本不管用，因为指南针都放不稳。"

"现在应该可以放稳了。"佩吉说。

"见鬼，我真傻啊，"南希船长说，"有指南针干吗不用？我们有一枚指南针。虽然没有你们的好，但也比没有强。它在我背包的口袋里。佩吉，快去找出来给我。"

"我们现在是往回走吗？"苏珊看着那张小纸片说，它已经漂了回来，现在漂到船头下面了。

"把活动船板抽上来！"南希船长一接过佩吉递给她的那枚袖珍指南

针就说道。

"抽上来了。"约翰说。

"用钉子固定住,这样它就不会滑回去了。佩吉,你示范给他看看。把船帆降下来。这样等下去也不是办法。我们借助指南针,划去马蹄湾吧。"

"我来划。"说着,佩吉就降下帆桁,把它放进了船里。

"我们轮流划,"南希说,"要是一直不起风的话,划到那里要很长时间呢。"

划船并不容易。首先,帆桁有点碍事。其次,稳向板的两边塞满了睡袋、背包和亚马孙海盗的两长卷帐篷,更别提苹果派这样的小件东西了。桨手划船的时候根本使不上劲,不过,南希船长也说了,这没什么关系,因为他们也不想表现得像摩托艇那样,掀起的巨浪恨不得淹没一座小岛。

苏珊挪到船头,坐在桅杆后面的货物上,保持小船平衡。佩吉奋力地划桨。南希握着那枚袖珍指南针,一边看指针,一边用手指着小船应该前进的方向。约翰负责掌舵,他一直盯着南希的手势。

"我们现在正朝东南方前进,"南希说,"我们应该穿过大半个湖了,就这么走下去,我们会到达东岸,到时我们就知道该怎么穿过那些岛了。如果从里约港的另一面穿过去,那就容易多了。苏珊,你负责看路。我要看指南针,约翰要看我的手势。"

"是的,遵命,船长!"苏珊爽快地回答道,仿佛她成了一名实习水手似的。

接下来很长一段时间里，佩吉划桨，南希的手一会儿稍稍转左，一会儿稍稍转右，向舵手示意航向，而苏珊一直观察着四周厚厚的白雾。唯一能听到的只有亚马孙号船头下方的汩汩水声、船桨激起的微弱浪花声、提起桨叶时的滴水声和桨架发出的吱吱声。

"树！船头左舷方向有树！"突然，苏珊和约翰不约而同地喊了出来。

"佩吉，不要东张西望，你这个傻瓜！"南希船长说，"等我们其他人划桨的时候就轮到你看了。我想我们应该差不多穿过去了。"

几米远的地方，他们透过大雾可以看见一排幽灵般的蓝灰色的树。

"我们沿着岸边再往前划一点，"南希说，"应该能看到熟悉的树或是船库。"他们慢慢向前移动的时候，她就盯着那些模糊的树影看。

约翰始终让船和岸边保持十几米的距离，这样就能一直看见那些树了。

"这里一定是个很深的湾，"最后他说，"我一直在打右舵。"

南希张开了手，又看了一眼那枚小指南针。

"停下！"她喊道，"我们差不多在朝北行驶。这肯定是群岛中的一座小岛，我们在绕着岛上的树转圈呢。"

两位船长有些羞愧地对视了一眼。

"应该有人一直盯着指南针才对啊。"佩吉说，尽管这听起来像是抱怨，不过南希船长也无话可说。

"现在是什么方向？"约翰船长问。

"又到东南了。"南希船长说。

就像挣脱了一根绳子的束缚，小船调头再次孤零零地驶入白雾之中，

411

那些树也在视野里消失了。绕着一座小岛转圈是毫无意义的，所以南希开始紧盯着指南针，约翰看着她的手势掌舵，佩吉划桨，苏珊努力想透过白雾看清前方。

这时，他们突然听见前面有人在讲话。

"我的天，刚才那艘摩托艇就差飞起来了。"

"确实太快了。"

"那边是什么？"

他们在雾中看到一座低矮的栈桥上有几个人影。

"那边是什么？是什么船？"

"亚马孙号。"

"雾真的太大了。最好靠岸歇一歇。"

然而亚马孙号已经从岸边驶了过去，那几个人影和那座栈桥都消失了。

"再也找不到比这更好的地方了。"南希说，不过很快她又找回了自信，"原来这里是一块田地，难怪我们看不见任何树。等我们能再看到树的时候，估计就到里约港了。到时我们可以绕着岸边的码头行驶。哦，对了，我们直接穿过湾口向南走，这样更好。它会带我们到造船厂。"

"是他们修理燕子号的地方吗？"

"没错。穿过湖湾的路上，我们得小心母鸡石和小鸡石，不过湖面的水位这么低，我们应该很容易看到它们。无论如何，我们要走慢点。"

"你说的是礁石吗？"

"是的。母鸡石就在湖湾的中央，那是一块大岩石，经常有海鸥在那里戏水。小鸡石只是一块小岩石。"

"看见树了。"苏珊说。

"好了，"南希说，"不要划得太用力。苏珊，一定要看仔细。那些岩石只比水面高出一点。"她看着指南针，然后指了指南边。

树从船尾渐渐消失，除了白茫茫的大雾和一圈冒着蒸汽、混着油污的水面，他们又什么都看不见了。

"左舷船头方向有礁石！"

"好的，大副，我们可以绕过它。"约翰对佩吉说，她已经提起了双桨，等待命令。她又开始划桨，那块石头向后退去，很快被大雾吞没。

"刚才那块就是母鸡石，"南希说，"接下来是小鸡石。"

但是他们一直没看到小鸡石。"正前方有浮标！"瞭望员喊道。

约翰向左转舵，小船紧挨着高高的浮筒绕了过去。

"我们已经错过了小鸡石，"南希说，"因为这只浮标标记的航道在那两块礁石的南边。你们听！"

水面上传来锤子的敲击声、小汽油机的轧轧声和传动轴的咔嗒声，时不时还有圆锯切割木材的嗖嗖声。

"是造船厂，"约翰说，"我和弗林特船长来过这里。我们上去看一眼燕子号吧。"

"我们不能去，"苏珊说，"还有两个人在燕子谷等我们呢。"

佩吉继续往前划。

突然，一根高高的桅杆耸立在他们面前，那是停泊在那里的一艘赛艇。

"是波利·安号，"南希说，"它就停在岬角旁。我们应该很快就能看见了。看，在那边。好了，我们穿过去了。现在就轻松多了。快点，佩吉，换一下位置，我来划船。"

现在约翰拿着指南针，佩吉掌舵。他们沿着岬角的湖岸行驶，然后穿过了霍利豪依湾口，一开始他们什么也看不见，直到后来，达里恩峰才在雾中隐约可见。

"现在我们要穿越这片湖了。向西南方前进。"

"南希船长，你来拿着指南针，"约翰说，"这是你的船。我还是划桨吧。"

于是他们又换了一次位置。当达里恩峰消失在船尾的时候，那些熟悉的事物也随之不见，他们驶入了未知之地，唯一能确定的就只有南希那枚袖珍指南针了，它的指针总是指向北方。约翰一下一下地划着船，像机器那样规律，南希盯着她的指南针，佩吉掌舵，同时留意着南希的手势。那是一段长长的盲道，他们在雾中朝西南方向穿过湖面，但是他们最终抵达了对岸，接下来他们只要沿着岸边行驶，就能到达马蹄湾。约翰不停地划着船，很快他们就惊讶地发现，小船已经驶入鸬鹚岛与陆地之间那条狭窄的水道了。因为他们刚才一直盯着小船另一边的湖岸，所以没等他们看见那座小石岛，就已经来到它的下方了。岛上的几只鸬鹚也被吓到了。它们就在那棵枯死的树上，在雾里看起来好像几团灰

影。不管是燕子号船员，还是亚马孙号船员，以前都没有这么近距离看过它们，不过就像佩吉说的，它们在雾里那么模糊，所以可能还在百米之外。

然后，当模糊的鸟影随着岛上的树影一起消失的时候，雾气笼罩的水面上泛起一波涟漪，突然他们又看见了那座小岛，还有远离岸边的树、马蹄湾的岬角、湖对岸的野猫岛、树林的低处和湖下游的群山。雾渐渐消散，约翰停了一会儿，当风吹散了雾，他们回头望望里约那边的岛。难以相信他们在能见范围不到两艘亚马孙号长度的情况下，从那些遥远岛屿的另一面划来了这里。

"剩下的路我们扬帆航行吧。"南希说。

"这就要到了，"苏珊说，"划桨更快呀。"

"你的大副在想她的船员，"南希说，"不过别担心。"

约翰继续划桨。他也在想一等水手和实习水手，他们这会儿一定在燕子谷里担心驾驶着亚马孙号要怎么穿过湖上的大雾。几分钟之后，他划进了马蹄湾的岬角之间，这场难以想象的航行终于结束了。

当他们把亚马孙号上的货物卸在沙滩上时，发现行李太多了，哪怕他们有四个人。有一顶大帐篷和帐篷支柱，然后是南希和佩吉的睡袋——比塞进燕子号船员背包里的那些睡袋更大更重，还有水壶和牛奶罐，以及一只需要用船桨挑着的小木桶。当然还有一块苹果派，那是厨娘的心意——吃起来很可口，拿着却很碍事。

"没有用，"南希船长说，"我们得跑两趟了。这次你们能拿多少就拿多少，不要勉强。"

"我们先去喝茶，然后再跑下来把剩下的东西拿回去。"约翰说。

"现在已经过了喝茶的时间了，"苏珊说，"我们一到燕子谷，就一起喝茶吃晚饭吧。提提肯定烧好水了。"

第三十三章

空空的营地

很长一段时间里，苏珊一想到一等水手和实习水手孤零零待在燕子谷就有些担忧。他们一定很想知道亚马孙号到底出了什么事。提提会想象它在雾中被一艘轮船撞翻的情景，而罗杰一定饿了。提提会想到做饭给他吃吗？还是她觉得最好等船长和大副回来？谁知道呢。当南希和佩吉抱着已经卷好的帐篷和帐篷支柱从树林里爬出来的时候，眼前的第一条线索表明，事情比苏珊之前担心的还要严重得多。

"没有烟！"南希船长说。

"那两个小傻瓜竟然没有生火。"佩吉说。

苏珊和约翰背着重重的行李，匆匆走出了树林。一点不假，燕子谷里一丝炊烟也没有。

"他们带了火柴吗？"约翰船长问。

"没有，"苏珊说，"不过彼得·达克山洞里有很多啊。我收拾东西的时候，提提就在那里。她应该知道它们放在什么地方。如果他们一直都在等我们，那他们一定饿坏了。"

"嗯，"佩吉说，"他们肯定饿了。我们吃了太妃糖也饿了。"

"他们只带了一点巧克力，"苏珊说，"我以为我们都会回到这里，然后一起喝茶呢。"

"瞭望台上有人吗？"约翰问，"等一下，我拿出望远镜看看。"

但是苏珊继续往前走。没时间等他了。南希和佩吉也不想停下，她

们背着重重的帐篷和鼓鼓的背包。她们只想快点赶到燕子谷，卸下行李。

"坏了，"约翰有些不安地说，他咔嗒一声合上望远镜，跑去追其他人，"他们没有生火，也没有去瞭望台。"

"也许他们正忙着搭帐篷。"佩吉说。

"那也用不了几分钟啊，"苏珊说，"因为那场雾，我们已经晚到了这么久。"

"你们学一声猫头鹰叫怎么样？"南希船长说。

约翰深吸一口气，学了一声猫头鹰叫，这是他学得最像的一次了。"咕呜呜呜呜——"这一声长叫能把荒原上的老鼠吓坏。但是燕子谷里没有任何回应。

他又试了一次，不过这次学得不是那么像。他学的时候瞥见了苏珊的脸。他立刻知道苏珊对他的猫头鹰叫声感到厌烦。

还是没有任何回应。

"他们可能埋伏起来准备袭击我们。"南希说。

"在石楠丛里找找看，"佩吉说，"可能他们很快就会跳出来冲向我们。"

"我们真不应该让他们独自离开。"苏珊说。

"我们都准备好了，"南希船长朝着开阔的荒原大喊，"快发动袭击，早点结束！我们还想喝茶呢。"

然而没有人从石楠丛里跳出来，也没有人从岩石后面冲出来。

"要是他们在彼得·达克山洞里，他们就听不到任何动静了。"约翰说。

"我嘱咐过提提，如果我们没回来就先生火。"苏珊说。

几分钟之后，他们开始沿着瀑布旁边往上爬，苏珊在最前面，约翰其次，亚马孙海盗们在最后。南希和佩吉把她们的帐篷搬上去的时候有点费劲，如果不是约翰和苏珊急着赶回燕子谷看看究竟发生了什么，他们一定会停下来帮她们。

"他们连帐篷都没有搭好。"约翰说。

"他们根本就不在这里。"苏珊说。

一群松鸡从小山谷里飞了出来，惊慌地大叫："回去！回去！"

"很久没人来过这里了，"南希说，她和佩吉挣扎着爬了上去，"不然那些松鸡早飞走了。"

苏珊和约翰飞快地奔向燕子谷的旧营地。一切就像他们前一天离开时一样。欧石楠还挡在彼得·达克山洞的入口。他们拨开它，钻了进去，迎面扑来的是鹦鹉愤怒的尖叫。约翰划燃一根火柴，点亮了岩架上的一盏烛灯。洞里的东西没人动过。

苏珊看了看约翰，约翰明白情况比她担心的更严重。他拿起鹦鹉笼子走出山洞，把它带到夜色中。

"他们根本就不在这里。"他沉着脸对南希和佩吉说，她们刚刚把帐篷卸在火堆旁。

"他们可能只是在雾里耽搁了一会儿，就像我们一样。"南希说。

"或者罗杰又发现了什么有趣的东西。"佩吉说。

"他们一定是迷路了。"苏珊说。

"漂亮的波利，漂亮的波利。"鹦鹉说。

"我打赌他们一定会在我们搭好帐篷之前出现，"南希说，"我们先搭帐篷吧。不管怎样，这件事非做不可。"

"我去瞭望台上看一看，"约翰说，"也许在那里能看见他们。"

"好主意。我们立刻搭帐篷。苏珊大副，你来生火好不好？"

"弄出一道大烟柱，这样不管他们在哪里都能看见它。"说完，约翰就沿着山谷的一侧爬上去，看看从瞭望台上面能不能发现什么。

那一刻，苏珊一点也不觉得自己是个大副。她满脑子都是沮丧的想法，她生火的时候把柴火堆得很高，而以前她生火只是为了做饭，不会把柴火堆得像现在这么高。一幕又一幕可怕的情景浮现在她的脑海里。一等水手和实习水手迷路了，不小心掉下了悬崖，陷进了泥沼。当她把四捆帐篷从山洞抱出来开始支起它们的时候，一句话也没说，南希和佩吉忙着在适合扎帐篷的地方打洞、插帐篷钉。除了那些恐怖的情景，苏珊还想到了妈妈、布里奇特和保姆。这会儿在霍利豪依，她们可能正在给船宝宝喂晚饭。妈妈与保姆都很快乐平和，因为她们相信在苏珊的照顾下，提提和罗杰不会出什么事。然而苏珊在给提提和罗杰支起帐篷的时候，甚至不敢肯定会不会有人住在里面。听到南希欢快地吹着口哨，她就更加难受了，南希把帐篷支柱穿进帐篷门两侧长长的帆布套里，然后把帐篷整个支了起来，最后收紧了防风绳。

"振作起来，大副，"南希突然说，"不会有事的。我知道那两个小笨蛋是怎么回事。他们去斯温森农场拿牛奶，玛丽·斯温森留下他们喝茶，接着那个老人家开始对着他们唱歌，而他们一直没有机会溜走。"

"一定就是这样，"佩吉说，"玛丽·斯温森还给罗杰吃了一大堆蛋糕。"

苏珊几乎是满怀希望地看着南希。听起来确实有这种可能，也合情合理。提提知道大家需要牛奶，而她又不想生了火以后没人看着，所以就先去了农场，然后就碰到了那种事，是的，苏珊知道从老人们那里脱身有多难。

"我也应该想到这一点才对啊。我们确实没有牛奶了。只是我们回来晚了，我很担心。"

约翰回到燕子谷，说荒原上没有任何人类活动的迹象，这回是苏珊来安慰他了。

"南希认为他们去下面的斯温森农场了，"她说，"他们很有可能去了。"

"拿牛奶，"佩吉说，"还有听老人家唱歌。"

"约翰船长，帮我们一把，"南希说，"一会儿我们去下面把他们接回来。"

几分钟后，燕子谷又恢复了原貌，甚至比以前更好了，现在营地里除了燕子号船员的四顶小帐篷之外，还有亚马孙海盗的一顶大帐篷。苏珊弄了一个大火堆，然后在上面放了很多欧洲蕨。一股浓浓的灰烟袅袅上升，冲向傍晚的天空。一只水壶吊在浓烟中，等他们回来的时候就能喝上开水了。苏珊把她放在火堆旁的土块弄湿，然后把它们围在了火堆四周。

"这下够安全了，"她说，"不过最好有人在这里等着，以防他们错过我们。"

没人愿意留下，而且马蹄湾还有东西要搬回来。苏珊从提提的文具盒里拿出一张纸，南希在上面用大字写下一句话："在这里等我们回来。"

"我应该把纸条放在哪里才能保证他们一定会看见呢？"

"放在鹦鹉笼子上，"约翰说，"提提总是跟它说'你好'，哪怕只离开十分钟她也要说。"

苏珊的希望突然又破灭了。提提不像会离开鹦鹉这么久的人。那只鹦鹉已经被关了两天，即便是老人家唱歌也不能留住她啊。

两位船长和两位大副匆匆地沿着小溪向斯温森农场赶去。就在他们走进森林的时候，约翰回头望了望荒原上的最后一抹夕阳，他看见从燕子谷升起的那道高高的烟柱在寂静的黄昏里摇曳。

"妈妈从霍利豪依也能看到，"他说，"这样她会知道我们回来了。"

苏珊什么也没有说，她提着牛奶罐快速钻进了树林。

当他们沿着小路朝农场走去时，农场似乎很安静。

"老人家没有在唱歌。"苏珊说。

"没准是喘不过气了。"南希说。

"我想他们不在这里，"苏珊说，"不然我们就能听到罗杰的笑声。"

"如果他在吃东西就不会笑。"南希说。

但是他们还没走到农场门口，就看见玛丽·斯温森从牛奶房提着一只桶出来了。

"啊，你们回来了？"她说。

"他们在这里待了很长时间吧？"苏珊紧张地问。

"他们是谁？"

"提提和罗杰。"

"没有，他们不在这里。你们不是一起走的吗？今天下午我还带着一封信上去了，就在起雾之前，不过你们都不在，山洞也关着。"

"什么信？"

"给你的信。"说着，玛丽·斯温森放下木桶，从她的围裙口袋里掏出一信封给苏珊，"我没有把它留在那里。我知道你们一回来就会到这儿来拿牛奶。"

信封的一角写着几个非常小的字——"本地邮政"，然后上面有几个大字，苏珊看一眼就知道是妈妈写的，她读出那个地址——"燕子谷营地的苏珊大副收"。她拆开信，读了起来：

> 亲爱的大副兼厨师：
>
> 我明天早上带着布里奇特去找你们，听你们讲有关干城章嘉峰的故事。不要做太多吃的，我们会带上我们的口粮。写这封信是怕你们到时出去探险了，不知道我们要去。我们大概在上午八点钟到（约翰知道是什么时候）。
>
> 向船长和船员们问好！
>
> 船宝宝的妈妈

苏珊眼泪盈眶，几乎看不清最后几个字了。妈妈确信一切都按部就班地进行着。而她，苏珊，本应照顾好其他人，现在却连他们在哪里都不知道……她惊慌失措地把信塞给约翰。其他人都神情严肃地看着她。

"怎么了?"玛丽说,"别难过。"

"他们走丢了。他们走丢了。"苏珊哭着说,"妈妈明天要带布里奇特过来……她还不知道。"

"不会的,别激动,"玛丽说,"他们不会走很远。"

"他们应该是在雾中迷路了。"约翰说。

苏珊下定了决心。

"我们必须立刻去告诉妈妈。我们现在就出发去告诉她。"说完,她就沿着小路奔向下面的马路。

"苏珊说得对,"南希说,"越早去告诉她越好。太阳已经下山,天正在变黑。我们必须做点什么。"

玛丽·斯温森同意南希的说法。她砰的一声把木桶丢在门口,然后去追苏珊。"我划船带你过去,"她喊道,"现在没有风,不能扬帆,我们的船划起来要快一些。"

没等她们走到马路上,其他人也都追了上来。

"不行,"玛丽说,"大家没必要都去。你们最好有几个人在营地里等着。要是那两个可怜的小家伙找到路回来了,却没人给他们做点热乎的东西吃,也没人安置他们睡觉,那样就不太好了。"

就在这时,他们听到一阵马蹄声从暮色中传来。

"埋伏起来。"约翰习惯性地脱口而出,不过他立刻感到不好意思,又加了一句,"埋伏起来有什么用呢?"他们全都走到了马路上,完全暴露在即将出现的原住民面前,他们是朋友还是敌人——谁在乎?

"车上装了树。"佩吉说。

三匹大马从陡峭树林下方的弯道后面过来了，它们的身后有一棵大树，用链条牢牢地绑在两副大红车轮上。夜幕降临，那一刻，他们只看见了那几匹马、那根圆木和走在领头马旁边的樵夫。

玛丽·斯温森停了下来。

"吁，奈迪，"是那个樵夫的声音，"吁，停下！"那三匹马就停住了。

"晚上好，玛丽。"

"晚上好，杰克。"

"我们给你们捎来了一位朋友。"他说。接着大家就看见提提从那根大圆木高高翘起的末端滑了下来，站在她下方的另一个樵夫伸手接住了她。他们都跑向了她。

"真是太感谢你们了！"提提对樵夫们说道，然后转向她的小伙伴们，"嗨，苏珊！罗杰的脚受伤了，不过一切都还好。"

一等水手回家

第三十四章

担架队

"他在哪儿？"

大家立刻七嘴八舌地谈论起来。樵夫跟玛丽说，玛丽又跟提提讲。提提试图解释事情的经过，但只有南希和佩吉能听懂她在说什么，约翰听得一头雾水，苏珊则完全摸不着头脑。"罗杰今晚要睡在棚屋里。哦，对，就是烧炭工的茅屋，一个原住民给他的脚敷了药，还说他没有骨折。""是老比利吗？""不是，"樵夫们说，"是小比利。""那罗杰到底在哪儿？"提提只知道他在荒原另一边的某个地方，而她是从山谷沿着湖边过来的。樵夫们告诉玛丽，比利父子在希尔德树林干活。是的，没错，那正是小比利让提提告诉南希和佩吉的地方。紧接着，南希、佩吉和玛丽都争先恐后地向苏珊解释，那个地方太远了，不能马上出发。然后提提告诉她，罗杰现在好多了，她还告诉约翰她不小心摔了一下指南针，他们以为摔坏了，其实并没有，还有他们是怎么徒劳地绕圈子，然后沿着一条小溪走错了路，罗杰今晚回不来是因为他的脚被蕨草包了起来，那个原住民说他必须保持不动才行。

"我们应该组织一支担架队，"南希说，"明天第一件事就是去把他抬回来。"

"我们能在妈妈来之前完成任务吗？"

"当然没问题。从荒原过去的话，希尔德树林并不是太远。走吧，约翰，我们去马蹄湾搬东西。"

"明天我们得早点出发。"约翰说。

"天一亮担架队就出发。"南希说。

"只要能在妈妈到之前回来就可以，"苏珊说，"如果她来的时候发现营地空空的，就像我们来的时候那样，就不好了。"

"不会的。快走吧。"

"对了，今天晚上你们就不要把这件事告诉沃克太太了，"玛丽说，"你们已经知道罗杰在哪里，就不用担心了。这是好事。我现在要去看看养的猪了。晚安，杰克。晚安，鲍勃。没什么事了，你们可以走了。"

"晚安，玛丽。"樵夫们有些害羞地说，然后把马儿唤过来。马儿拉着那根大圆木又上路了，提提就是坐在那根圆木上从荒原那头的山谷来到这里的。

"你们会觉得那些小伙子闲得无聊吧，"玛丽看着他们的背影说，"整天逛来逛去的。"当他们消失在道路尽头时，玛丽朝他们挥了挥手，"好了，"她说，"你们现在最好多拿点牛奶回去，明天早餐喝。明天早上的牛奶我会在沃克太太来之前给你们送过来，这样你们就不用浪费时间下来拿了。"

苏珊和提提跟随玛丽回到农场，当玛丽拿着牛奶罐进去的时候，她们就在果园门口等着，玛丽很快就提着满满一罐鲜牛奶出来了。约翰、南希和佩吉去了马蹄湾，搬运亚马孙号上剩余的货物。等他们爬上燕子谷时，苏珊已经做好了晚饭。

晚饭有淡茶、热面包和牛奶，大家很快就吃完了。苏珊在考虑明天的事情，她不知道罗杰的脚伤得多严重，要是严重得没法动，那该怎办？佩吉或约翰有时会问问题，提提就给他们讲小溪和那边的树林，还有她看见干城章嘉峰从雾中浮现出来时有多么吃惊，她以为那是里约另一面的山呢。有时，南希或佩吉也会回答提提的问题，她们谈起湖上的大雾，还有他们是怎么利用指南针在雾中摸索着往前走的。不过这些零碎的谈话很快就结束了。这是漫长的一天，大家都累坏了。

当苏珊说不用洗碗的时候，他们都累得感觉不到惊喜了，那些杯子、勺子等餐具会在小溪里被流水冲刷一整夜。

当他们爬进睡袋时，眼睛都快闭上了。

"明天早上不管谁先醒来，都请叫醒其他人。"南希打着哈欠说。可是大家都睡着了，没人回应她。

姑奶奶把亚马孙海盗关在家里那么长时间，这是南希和佩吉假期以来第一次睡在帐篷里而不是床上。这也有好处，因为清晨的阳光早早地就把她们弄醒了，而燕子号船员们却没有受到任何影响。如果不是南希船长一边飞奔着跳进泳池一边喊他们起床，他们恐怕能睡上一天一夜。

一个小时后，担架队出发了。这一回，似乎就没必要把所有东西都藏进彼得·达克山洞了。他们想让这个地方看起来像座营地，万一妈妈在他们把受伤的罗杰带回来之前就到了呢。所以燕子号船员们的四顶帐篷就留在了原地，鹦鹉笼子也放在石墩上。但是亚马孙海盗们拆掉了她们的帐篷，因为她们要用其中两根帐篷支柱来做担架。只有她们的帐篷支柱足够结实，可以承受一个人的重量。南希用绳子在两根帐篷支柱之间打上绳结，做了一个简易的摇篮，然后折起篷布，铺在上面当垫子。

"可能不会太舒服，"她说，"不过如果舒服的话就不是担架了。"

没人愿意留下来照看营地，所以大家都去了，除了那只鹦鹉，它气得直叫什么"两倍，两倍。二，二"，这都是乘法表上的内容。

"它在跟我们说，我们已经留它看守过一次了，所以这次不应该轮到它。"提提说，"波利，这一回我们不会离开太久的。我们要去接罗杰。很快就回来。再说我们也没有把你留在彼得·达克山洞里啊。"

可是那只鹦鹉不肯接受安慰。

当他们爬出燕子谷、准备沿着小溪去鳟鱼湖的时候，听见鹦鹉还在歇斯底里地尖叫，然后提提说："我想我最好还是回去带上它吧。"

"好的，"苏珊说，"但我们就不等你了。你要抓紧时间追上我们。别忘了妈妈今天中午来，她一般不会迟到，甚至很有可能提前到。"

提提跑了回去，把鹦鹉从笼子里放出来，然后又爬出燕子谷，沿着小溪一路飞奔去追其他人。那只鹦鹉现在舒心了，连叫声都换了不同的调子，它站在提提的胳膊上，拍打着那对绿色的小翅膀保持平衡。

"太好了，"当提提终于赶上探险队其他人的时候，她上气不接下气地说，"你们知道昨天晚上在波利的笼子上放的那张纸条吧，上面写着'在这里等我们回来'。我把它放进了空笼子里，这样的话，如果妈妈早到了几分钟，她一定会看见的。"

"很好，"南希说，"要是很多人都看见了，没准等我们回来的时候，就有一大群姑奶奶等在那里，她们都以为自己受到邀请了呢。"

"我倒没想到这个呢，"提提说，"我要不要再跑一趟？"

南希哈哈大笑。

"世上只有一个姑奶奶，"她说，"而且她已经走了。"

他们继续往上爬，经过鳟鱼湖的时候，提提还指给佩吉看她和罗杰抓到那条大鳟鱼的地方。他们沿着鳟鱼湖上面的那条小溪穿过荒原，一直走到一片广阔的沼泽地，那里长满了灯芯草，地上还覆盖着一层苔藓，提提和罗杰昨天来过这个地方，他们踩到沼泽地上，就有水渗出来。他们绕过沼泽地往北走，不一会儿就越过了荒原高地，他们俯瞰着另一侧的山谷。

"我们以前来过这里，"佩吉说，"我们很熟悉山的这一边。我相信即使在雾里，我们也不会迷路。"

"哦，是吗？"南希说，"任何人在雾里都有可能迷路，不管他在什么地方。就算是猎人有时也会被困住。"

这时，佩吉激动地望着前方。

"我们应该很快就要到天街了，"她说，"就在那边。"

"我们继续往前走吧。"南希说。佩吉已经沿着一条小路跑了出去，那条狭窄的小路从紫色的石楠丛中穿过，地上的草丛已经被踩实了，非常明显。南希和约翰抬着担架一路小跑着追赶佩吉，苏珊、提提和那只鹦鹉在最后面。天街的宽度只能容纳一个人或一头羊，因此探险队员们不得不排成一列纵队前进。

"如果不是天街的话，"南希说，"我们很可能早就发现燕子谷了。我们经常到山的这一边来玩，这是一条得天独厚的路，所以我们总是选择从这里走，从来没有越过分水岭。"

"分水岭，"提提说，似乎她就在等着有人说出这个词，"当时我就应

该想到这个，而不是去想是不是指南针失灵了。"

他们继续沿着天街往前走，尽管路上有时会出现一块巨石或一片沼泽，他们不得不绕行，但大部分的路是笔直的。终于，南希说："如果我们要去希尔德树林的话，现在我们应该向左拐。"不久之后，佩吉指了指荒原下方。

"那就是你们遇到的松树，"她说，"树下有一条很小的溪流，下面的树林里还有一些瀑布，一直流到烧炭工们的旧棚屋那里。"

"如果是那棵树的话，"提提说，"罗杰就是在那里弄伤了脚。不过那条小溪去哪里了？"

"从这里看不到它。"佩吉说。

"快走吧！"苏珊说。

他们离开那条小路径直朝那棵松树走去。几分钟后，他们看见一条小溪在他们右手边从荒原流淌下来。他们在松树那里与小溪会合了。

"就是这个地方，"提提大叫道，"瞧，那一小片银箔纸是从最后那块巧克力上掉下来的。我去下面找原住民的时候，罗杰就坐在那里等我。"

苏珊一头扎进了树林。其他人也匆匆跟了上去。

他们听见下面有人在吹口哨，声音缥缈。那个人吹的是《西班牙女郎》。

"罗杰！"苏珊大喊道，口哨声立刻停止了。

"嗨！"下面那个声音回应道。当他们从灌木丛中钻出去的时候，就看见罗杰拄着一根拐杖，单脚一蹦一跳地穿过烧炭工棚屋前的空地，他的另一只脚鼓鼓的，裹着红手帕，小心翼翼地悬在空中。

原住民和他的病人

"十五个汉子扒上了死人胸①，"罗杰高声唱道，确实很开心的样子，"哟——嗬——嗬，再来一大瓶朗姆酒。嗨！我很高兴你们把波利带来了。你好啊，波利。说'八个里亚尔'。波利，快说'八个里亚尔'。"

苏珊向他奔了过去。"你还好吧？"她说，"怎么弄伤了脚？"

"哟——嗬——嗬。"罗杰一边唱一边拄着拐杖转圈。

"谁给你做的这么可爱的拐杖啊？"提提问。

"是小比利，"罗杰说，"他说我们可以那样称呼他。"

"真是一个美好的早晨啊，"老烧炭工从棚屋里走出来说，"嗯，他是个好孩子。他的脚没什么大碍了。只要少活动，很快就会康复。"

"我们带了一副担架来抬他。"南希说。

"很好，"老人说，"如果他的脚一天不沾地，就能痊愈了。露丝小姐，你还好吗？还有你，佩吉小姐？好久没见到你们了。呃！那不是特纳先生的鹦鹉吗？"

"以前是。"提提说。

亚马孙号的船员们每次听到有人把"海上魔王"南希船长叫作露丝的时候，都感到很震惊。不过今天南希似乎并不介意。

"您怎么样？"她问，"那条蝰蛇呢？既然我们来了，就让我们瞧瞧它吧。"

"昨天整整一夜它都待在棚屋里，不过我睡我的觉，"罗杰说，"然后今天早上小比利把它放出来了……它一直嘶嘶地叫个不停。"

---

① 死人胸，礁石名。

"我们真的该回去了。"苏珊说。罗杰的脚没什么大问题，棚屋里还养着那条蝰蛇，而南希和佩吉想看看它，如果不让她们看，就有点不近人情了。所以老人回到棚屋，抱着一只盒子出来了，他叮嘱提提不要让鹦鹉靠得太近，然后掀开了一侧的盖子。那条蝰蛇像一股黑色液体迅速从盒子里流出，老人用一根树枝挑起它挂在空中，它从又瘦又窄的嘴唇间往外吐着芯子，发出嘶嘶声。连一直担心会晚回去的苏珊也很开心再次看到那条蛇，但是，亚马孙海盗们似乎把时间忘得一干二净了。

最后，老人把蝰蛇放回盒子里，盖上了盖子。南希转向罗杰。

"好了，我们来看看这副担架适不适合你。"

"我用这根拐杖就可以走路。"罗杰说。

"立刻躺到担架上去，"苏珊说，"妈妈已经在去燕子谷的路上了，我们得在她到达之前把你带回去。"

担架平放在地上，罗杰躺到了两根帐篷支柱之间，身边放着他的拐杖。约翰和南希抬起了担架。老人陪他们走了一段路，给他们指了一条走出林子的最佳路线。

"真的非常感谢您照顾他。"苏珊说。

"坐在大树上兜风的经历也很难忘啊。"提提说。

"不客气，"小比利说，"我们后会有期。"

"再见！谢谢您！"罗杰说。

"再见！"老人站在树林边上喊道。

"躺下，你这个小调皮蛋。"当罗杰突然想坐在担架上挥舞他的拐杖时，南希船长说。

"如果你摔下来的话，就会弄伤另一只脚，到时你可就什么都做不了了。"约翰说。

担架队匆匆爬上荒原，一直走到被亚马孙海盗们称为"天街"的那条小路，然后迅速穿过那条小路。

"如果我不下来活动活动，我的两条腿都要麻了。"过了一会儿，罗杰说道。

虽然他很轻，但两位担架手还是很乐意停下来休息一下。尽管一路上大部分时间里，他们都把罗杰当作一名身负重伤的伤员来对待，但有时他们还是允许他拄上拐杖，单脚跳着往前走，就像那个活蹦乱跳的独腿海盗朗·约翰·西尔弗一样。在整支队伍中，恐怕就是那只鹦鹉最喜欢那副担架了。那两根支柱正好适合它栖息，所以不管罗杰有没有躺在上面，它都准备一直站在担架上。

妈妈和船宝宝有一点失望，因为她们来到马蹄湾之后，发现没人在那里迎接她们。"可能我们来早了一点。"妈妈说，"不用了，您不用在这里等着，谢谢！"划船把她们从霍利豪依湾送来的杰克逊先生又划着船离开了，妈妈和船宝宝看着停在沙滩上的亚马孙号——它的系船绳绑在一棵树上，然后又看了看燕子号的新桅杆，觉得她们随时能听到小探险家们从树林里飞奔而来的呼喊声。

有那么一刻，妈妈以为她可能记错了日子，他们还没从干城章嘉峰回来。可是不对呀，今天早晨她见过弗林特船长，他告诉她特纳小姐走了，南希和佩吉去燕子谷露营了。哦，对了，也许约翰的手表又坏了。

它总是出问题。真可惜没人来帮她提这一大篮子从霍利豪依带来的好东西，她只好自己拿了。说不定没等她走到林子顶部就能遇到他们。她还带着布里奇特，也走不了很快。"布里奇特，我们走吧，"她说，"看看走多远能遇到他们。"

她们走完了全程。她们直接横穿马路，一点也不担心碰见原住民，毕竟妈妈自己就是原住民。她们从另一侧穿过了林子，在顶上停下来休息。妈妈抬头望着燕子谷，奇怪为什么看不见炊烟。"当然了，搬运柴火要走很长的路，很可能苏珊除了烧水，是不会生火的。"她们沿着小溪继续往前走，然后，布里奇特开始小心翼翼地往瀑布上爬，妈妈紧跟在她身后，防止她滑下来，她们爬到了瀑布上面。山谷里有四顶帐篷、空空的鹦鹉笼子和石头灶台，但没有人影，也没有人声。

啊哈，妈妈心想，他们一定是躲在那个山洞里。接着她和布里奇特就悄悄地等在洞外，她们竖起食指贴在嘴唇上，等待第一位钻出来的探险家，准备给他一个惊喜。然而没有人出来，妈妈终于等不及走了进去，发现里面一个人也没有，只有入口的阴凉处放着一罐牛奶，那是玛丽留下的。

直到她重新回到阳光下，才注意到鹦鹉笼子里的那张小纸条。她仔细看了看，上面写着：

在这里等我们回来。

"嗯，"妈妈说，"简短又贴心，听起来更像南希船长说的话，而不是

约翰船长说的。这也不是约翰的笔迹。如果是苏珊的话，她一定会加个'请'字。'在这里等我们回来。'我们才不会干等着呢，对吧，布里奇特？"说完，她就带着船宝宝去燕子谷上方的泳池，接着她们爬出了燕子谷，抬头看了看鳟鱼湖。就在那儿，她们看见远处有一支担架队正匆匆忙忙地向她们赶来。

苏珊走在最前面，似乎在催促其他人。后面是约翰和南希，两人中间好像还抬着什么东西，白白的、长长的。再后面是佩吉和提提。那么罗杰呢？这时，妈妈看见了那只鹦鹉，它站在约翰和南希抬着的那个东西上面。突然，那上面好像有什么动了一下，妈妈马上跑上去迎他们。罗杰出什么事了？说到底，让他们独立去做一些事情还是不太安全。摔断了一条胳膊？还是摔断了一条腿？还是两条腿都摔断了？

不过就在这时，担架队突然欢呼起来。队伍停了下来。担架上有什么东西在疯狂地扭来扭去……现在她终于知道那是什么了……没过多久，罗杰先是拄着拐杖，然后就单腿一蹦一跳地向她走来，高声喊着："哟——嗬——嗬——"

"噢，妈妈，抱歉我们晚了，"苏珊说，"我们真的很努力地往回赶。"不过，迟到似乎无关紧要。妈妈唯一关心的就是罗杰的脚，当她发现事情并不像她担心的那么严重时，她高兴地笑了。提提向小布里奇特跑了过去，可怜的船宝宝不太喜欢突然被冷落。罗杰试着解释他的脚怎么被一团蕨草包得跟他的脑袋一般大。南希使劲劝他回到担架上，好把他抬回营地。鹦鹉也开始抱怨，因为担架被扔在了地上，而且没人注意到它。

担架队

苏珊拔腿朝燕子谷跑去，准备生火。妈妈、布里奇特、罗杰和担架队的其他人一边聊着天一边向营地走去。

"我的天哪！"南希看了一眼周围说，"营地少了我们的帐篷就不像样了。快点，佩吉。现在不再需要担架了。"

等到他们把妈妈带来的篮子里的东西都拿出来、苏珊把水烧开了的时候，南希和佩吉也再次搭好了她们的帐篷，妈妈解开老烧炭工包在罗杰脚上的蕨草，亲自检查了一遍。

"我想这些蕨草没什么坏处。"她说。

"今天我的脚也差不多好了，"罗杰说，"我把它晃来晃去，一点也不疼了，真的一点也不疼。"

"好的，"妈妈说，"要是你愿意的话，可以把这些东西再敷回去。"罗杰想至少再多包扎一天，所以他同意了。

吃饭的时候，他们把攀登干城章嘉峰的整个经过都讲了出来，还讲了湖上和陆地上遇到的那场大雾、在半山腰过夜，以及罗杰是怎样用一只手扒着岩石，另一只手指着野山羊，还有在棚屋过夜、可口的鸭蛋……直到傍晚，妈妈说："我差点忘记一件事……趁着布里奇特和佩吉去了大帐篷……你们也知道吧，过几天是布里奇特的生日，我想看看你们的帐篷是怎么做的，我要照着样子给她做一顶小帐篷……然后我还想，我们可以在岛上举行她的生日派对，就像去年那样。"

"不过我们要回野猫岛吗？"苏珊说。

"那燕子号呢？"约翰说。

"妈妈知道燕子号的情况。"提提看了看妈妈的脸，说道。

"去问你们的弗林特船长吧，"妈妈笑着说，"他正要来接我们回去。哈，他来了。"

弗林特船长走进了营地。他刚准备和妈妈握手，但是又把手收了回去。

"我的手上全是油。"说着，他用一簇草擦了擦手，但是不管用，他只好向苏珊借了肥皂去小溪里洗手。

"你刚才一直在处理桅杆，"约翰说，"对不对？"

"你做了一根很好的桅杆。"弗林特船长说。

"你认为燕子号什么时候能回来呢？"

弗林特船长似乎没有听到这个问题。

"嘿！"他说，"实习水手怎么了？"罗杰正好从彼得·达克山洞里出来，他费了好大工夫才单脚跳着穿过洞口，没有让那只受伤的脚沾地。接着，他自然还得从头到尾把事情讲一遍。故事刚开头，下午茶就准备好了。妈妈从她的篮子里拿出一块蛋糕。

他们还在谈论着干城章嘉峰的冒险，这时妈妈说道："真的太晚了，布里奇特要回家了。"弗林特船长立刻跳了起来。

所有的探险家都去了马蹄湾为他们送行，就连罗杰也去了。他私底下发现，当他把脚放在地上时，那只脚一点也不疼了。

"我们明天在贝克福特见。"当他们穿过马路后，妈妈说。

"不过要等燕子号回来了才可以。"约翰说。

妈妈和弗林特船长对视了一下，笑了。

"它还没回来，是吧？"提提问。

"昨晚确实还没回来。"约翰说。

六位小探险家飞奔着穿过树林，妈妈、弗林特船长和小布里奇特很快就被甩在了后面，罗杰为了追上其他人，几乎忘记用他的拐杖了。

"桅杆不见了！"约翰大叫道，不一会儿，当他们走出树林来到小湖湾的时候，他就知道桅杆去了哪里。亚马孙号不再是湖湾里唯一的帆船了。沙滩上还有一艘小船停在它旁边，看上去非常像燕子号，但是那艘船涂上了新油漆，闪耀着光芒，他们看第一眼的时候很难相信那就是他们心爱的燕子号，以前它可是又脏又旧的。新桅杆已经装好了，浅金色的杆子用砂纸打磨过，还涂了一层亚麻籽油，上面挂着米色的新帆绳和旗绳。那张棕色的旧船帆铺在沙滩上，船难中撞坏的地方已经修补好，旁边放着打磨过并上了漆的帆桁和斜桁，还有一卷用来绑扎船帆的细绳。

四名燕子号船员一个字也说不出来。他们冲了过去，轻轻地抚摸它的新漆，发现漆已经干了。他们看着燕子号上那个打过补丁的地方——之前是用一块沾着污迹的旧防潮布补上的，如果不是早就知道，他们肯定看不出那个可怕的窟窿在什么地方。现在它是一艘新船，甚至比新的还要好，它恢复了原样，保留了过去的记忆，本质上还是以前的燕子号——对他们来说，它就是世界上最好的船。

大家齐声表示感谢，可弗林特船长一再说不用客气，因为比起他欠他们的，这一点点小忙根本算不上什么，然后他帮妈妈和小布里奇特登上他的划艇，离开了。

"对了，明天，"他说，"我们来比赛，看看哪艘船更快。从我的船屋出发，终点是贝克福特。明天一早我就去船屋。准备好了你们就带着舰队出发！"

在"晚安"声中，划艇从岬角之间驶了出去。约翰已经在解那卷细绳，准备弄船帆了。这时，弗林特船长停止了划桨。

"对了，罗杰，"他喊道，"我搞到了一桶火药。"说完，他又把船桨伸进水中，划艇离开了湖湾。

"万岁！"罗杰大喊道。

"他说的是什么意思？"苏珊问。

"他打算让我点那门大炮。"罗杰一边兴奋地说，一边向空中挥舞他的拐杖。

第三十五章

比　赛

两艘小船在船屋后面晃晃悠悠地漂浮着。它们的船长和船员们都在后甲板上与弗林特船长一起喝柠檬汽水，他从贝克福特沿湖而下，顺路去了一趟里约，把一整箱汽水搬到了贝克福特号汽艇上，大热天喝汽水再适合不过了。现在每个人的耳朵都有些听不清了，因为不仅当他们驶进船屋港的时候，弗林特船长鸣了几声炮，而且他还信守承诺，不停地往那门小炮的炮膛里装火药，而罗杰还在假扮独腿海盗西尔弗，倚着拐杖，拿着一根长引子一次又一次地点炮。船屋上方弥漫着火药味，就像去年海战时那样。

"有这样的北风，"弗林特船长说，"一直吹向湖的下游，你们可以一路抢风驶到亚马孙河。比赛的终点就在那里，因为他们等着你们从贝克福特上岸去大吃一顿呢。"

"昨天妈妈来燕子谷的时候，我们就享受了一顿美餐。"提提说。

"今天等你们到贝克福特时，你们就又有口福了。"弗林特船长说，"我还听说有草莓冰激凌什么的。"

"无论是谁，无论什么时候，都吃得下草莓冰激凌，"罗杰说，"它不像其他吃的，它可是一点也不占肚子。"

"是的。"弗林特船长说，"说回这次比赛，逆风航行结合顺风航行是测试帆船好坏的方法。你们最好从这里出发，先顺流而下，绕过野猫岛，然后驶往终点亚马孙河，哪艘船先经过贝克福特船库就算获胜。"

"我们要从野猫岛的哪一侧绕过去呢?"南希问。

"随便你们,只要绕岛一周就行,不管从哪一侧绕过去。"

"那穿过里约附近的岛屿时从哪条道走呢?"约翰问。

"你们自己选择。船长能做出他的判断。现在我要开两炮宣布比赛开始。第一炮表示你们还有两分钟出发。还剩一分钟的时候,我会挥手帕。第二声炮响,你们就离港,跑得最快的船就是赢家。在第二声炮响之前,两艘船都不能越过船屋的桅杆和这座湖湾北端的连线。越线的船必须回到起点,等炮声响起后再出发。明白了吗?"

两位船长点点头。

"你也开汽艇一起来吗?"罗杰问。

"这里有很多事情要处理,"弗林特船长说,"明天我就结束岸上的生活,要回到船上了。"

"明天我们也要回野猫岛。"罗杰说。

"一切都会比去年好。"

"对了,一等水手,"弗林特船长说,"那只鹦鹉怎么样了?"

"它在看守营地。昨天我们带它一起出去了。"

"比赛的时候我们不能带上它。"苏珊说。

"想想看吧,要是它掉到船外,我们还得去捞它,然后我们就输掉比赛了。"约翰说。

"请上船!"南希说。

"大副,召集船员!"约翰说。

两分钟后,大家都登上了自己的船,除了罗杰,他把拐杖挂在脖子上，他们允许他从船屋顺着绳梯爬进燕子号，好像他是一名从海轮上下来的领航员似的。

"好了，就这样，"罗杰一上船，弗林特船长就说，"等到你们扬起船帆、一切准备就绪的时候，我就开第一炮。"

"你觉得这船帆升得怎么样？"约翰问，"要不要再高一点呢？"

"这样行吗？"苏珊眯着眼，抬头看着那面棕色的船帆问道。在耀眼的阳光下，她很庆幸燕子号的船帆是棕色的，而不是像亚马孙号的船帆白得刺眼。

"再高一厘米。"约翰拉着帆绳说，"先松开滑轮，等我把帆尖再拉高一点。现在降下帆桁。稳一点。停！好，就这样。等驶出湖湾，风就会吹平船帆上的褶皱……"

砰！

一股灰烟从船屋的前甲板上升起，然后他们看见弗林特船长又往小炮的炮膛里加了火药，站在旁边等待，一边盯着他手上的表看。

亚马孙号上的南希和佩吉也准备就绪，两艘小船在湖湾里来回晃荡，它们的船长看了彼此一眼，每个人都希望在第二声炮响的时候，自己的船能抢先驶过起跑线，分秒不差。

"提提，你注意看手帕。"苏珊说，"还有，罗杰，直到我们绕过野猫岛之后，你再去前面放哨。现在你坐到中间的座板那里去，小心你那只受伤的脚。"

"是的，遵命，长官！"罗杰说。

"他挥手帕了！"提提说。

"还有一分钟。"约翰说，"真希望我手表的秒针没掉啊。仔细听！她们的手表没有问题，这样她们就知道什么时候会有第二声炮响。"

亚马孙号在平静的水面上慢慢悠悠地向他们漂来，他们看到佩吉低下头，正盯着手上的什么东西，激动而大声地数着时间："四十……三十五……三十……二十五……"

然后他们听到南希说："闭嘴，你这个傻瓜。不要数那么大声！"接着他们就听不见了。

"现在应该不到五秒了，"约翰说，"南希准备出发了。快点！"他调转小船的船头，对准船屋与北部岬角之间的湖湾入口。亚马孙号也在待命。两艘船都是右舷抢风行驶，相距不超过十几米，但亚马孙号稍微落后一点。

"我们就要压在起跑线上了。"约翰在船屋和岬角之间来回地看，"我们得停下来，不然在鸣炮之前它就会冲过线。"

"他准备点炮啦！"提提说。

"停不下来，我们的速度太快了。我只能驶出上风了。"说着，约翰迎风转舵，船帆鼓了起来。

砰！

炮声响了，烟雾还没消散，亚马孙号就已经迅速越过起跑线。约翰拉高舵柄，让他的小船再次迎风前进，去追赶亚马孙号，但是黄金时间已经过去了，当两艘小船驶出湖湾的时候，亚马孙号已经领先十几米了，接着大副们松开主帆索，帆桁偏向左舷，他们开始朝野猫岛驶去。

"是我的错，"约翰说，"都怪那个秒针。"

"不要紧，"苏珊说，"比赛还长着呢。这一点距离，我们会追上的。"

"要追的可不止那一点，"约翰说，"你看亚马孙号，它已经离我们越来越远了。她们把活动船板抽出来了。这下她们会一直跑得比我们快。"

这一点毋庸置疑。亚马孙号正在一点一点加大它的领先优势。约翰和苏珊收紧主帆索，然后又松开，努力去找最合适的航行角度。可是没什么用。在相对平静的水面逆风航行，亚马孙号跑得更快，尽管也不是没有希望追上它。

"等到抢风的时候，我们就能追上了。"苏珊说。

"要是再来点风就好了，"约翰说，"燕子号喜欢风大一点。"

"这样才像话嘛。"过了一会儿，提提说道，这时风变大了，从燕子号的船头底下传来水流的咕嘟声，"你们能听出来吧，燕子号很高兴。"

"南希的驾驶技术很好。"约翰说，他先看了看亚马孙号在前面留下的尾波——直得就像用尺子比着画出来的，接着他又回头瞧了一眼燕子号的尾波。

"她们会一直领先吗？"罗杰问。

"比赛才开始。"苏珊大副说。

亚马孙号已经靠近野猫岛的北端，眼看就要绕过去了，就在这时，南希好像突然在最后一刻改变了主意。她改变航向，朝着野猫岛和迪克逊农场的码头之间驶去。

有那么一会儿，燕子号的航迹也变得摇摆不定。

"小岛那一边的水面会更平静一些，"约翰自言自语，"平静的水面最

适合亚马孙号了。不过这边的风更大，更适合燕子号。"

"从这边走的话，我们应该能追上一大截。"苏珊说。

约翰下定决心后，燕子号的航迹又变直了。没过多久，他们就看不见亚马孙号了。小岛正好在两艘赛船中间。

"我们肯定能很快追上她们，"约翰说，"甚至我们会比她们先到岛尾呢。"

"要是那边没风，还要从那边走的话，就太糟糕了。"提提说。

约翰和苏珊你看看我，我看看你。现在已经没什么可做的了。"从这边顺流而下，从那边逆流而上。"他们最大的希望就是能有几阵大风帮他们渡过狭窄的航道，当然趁现在有风，还要尽力跑快一点。

"我们明天就能回野猫岛了，想一想就开心啊。"当小船沿着他们熟悉的岸边全速前进时，提提说道。

"幸运的是没有人趁我们不在的时候占领这座岛。"约翰说。

"当心小岛尽头的礁石。"苏珊说。

"不管怎样，不能靠太近，"约翰说，"要不然树会挡住风。只要一直走在有风的地方，我们就不会触礁的。"

当燕子号颠簸着驶过小岛尽头的时候，亚马孙号仍不见踪影。在小岛的尽头，树木和岩石的掩映下藏着一座港口，里面是一片平静的水域。约翰仔细地观察了一下，它的边缘几乎没有涟漪。

"太好了，"约翰说，"准备转帆！大副，准备收帆。要转弯了。慢一点！好了。我们一绕过去就迎风航行。可以了，拉！"

"亚马孙号在那边！"罗杰尖叫。

　　亚马孙号从风平浪静的内航道缓慢地向他们驶来。燕子号先到达了小岛的尽头，然后它绕过外围的礁石，迎风驶向亚马孙号。

　　"她们还在顺风而下。我们已经迎风转帆了。按照竞赛规则，她们得给我们让路。"约翰说。

　　亚马孙号跟他们碰头了，平稳地从他们的船尾经过。

　　"万岁！"罗杰喊道，"我们已经一米一米地追上来了。"

　　南希笑了："你们等一会儿去了那边再喊'万岁'。"

　　燕子号驶向迪克逊农场的码头时，速度越来越慢。水面上几乎没有涟漪。岛上的树和鲨鱼湾的岬角挡住了大部分的风。船头下方也没有任何声音，约翰回望船尾的时候，看见亚马孙号已经绕过外围的礁石，开始迎风航行了，它的船身倾向一侧，他真希望能借助那阵风帮助可怜的燕子号穿过这片水域。

　　"看来她们从里面走是对的，"他说，"顺风航行的时候没风倒不是太糟糕，不过抢风的时候没有风就惨了。现在她们已经安全了，可以在大风里走大'之'字了，我们只能在这个没风的地方走小'之'字。在我们驶出这片水域之前，她们就会把我们追回来的差距拉大，甚至领先更多。"

　　"我们可以用桨划吗？"罗杰说。

　　"不可以。"约翰说，"苏珊，别把帆索拉得太紧。只要船能动就行了。"

　　"这样可以利用更多的风走快一点啊。"

　　"但是它就会走得不顺了。你们俩往前靠一点。"

　　燕子号迂回地在小岛和湖东岸之间的狭窄航道里抢风前进，与此同

时，在航道外边，亚马孙号沿着大"之"字向湖的西岸驶去，它在内航道顺风航行时落下的差距已经慢慢追回来了。

"南希领先一分，"约翰说，"哦，是两分，要是算上起跑的话。"

"我们还能追上她吗？"罗杰说。

"不好说，得等我们驶离这座小岛，看看她们在哪儿才能知道。"

"没人动那个灶台，"提提说，她拿着望远镜观察了一下小岛，"我正好可以看见它。"

"别管什么灶台了。"约翰船长说，"准备调向抢风！这一段抢风航行的路可以带我们驶出瞭望台。你一看见她们就大声喊出来，我得盯着船帆。"

"她们在那边。"罗杰大喊，此时，右舷抢风航行的燕子号正经过北端的岬角下方，罗杰曾经带着望远镜在那座岬角上度过了很多欢乐时光。

"往这边来了。"提提说。

"她们是左舷抢风。"苏珊说。

"那她们应该是在鸬鹚岛附近调转航向的，"约翰说，"她们差不多接近船屋港了吧。她们又一米一米领先我们了。"

"是吗？"

"是的。如果现在调转航向，我们肯定到不了船屋港附近。但是如果继续往前，等我们离那儿还很远的时候，她们早就到船屋港了。不管怎么说，我们驶出了那条航道。要是再来点风就好了。"

"嘿，风来了！"提提说，"看呀！"

一阵狂风从山上刮来，在湖面掀起一片水浪打在岸边的岩石上发出怒吼声。

"她们会比我们先感受到风。"苏珊说。

"亚马孙号不喜欢那样,"约翰说,"它没有燕子号稳当。此外,我们几个人加起来肯定比她们重。快看,它已经感觉到风了。"

他们看见远在湖中央的那面小白帆被狂风猛地吹向一侧。然后船驶出上风,船帆还晃了好一会儿,之后就鼓起来了,不过它又倾向一侧,开始迎风航行。

"她们如愿以偿了。"约翰说。

"我们很快也会有风了,"苏珊说,"风来了。"

"苏珊,挺住。不到万不得已别放松。燕子号能撑住。让它顺着风。真棒!"

狂风呼啸着向他们吹来。燕子号倾向一侧,开始急速向前,船头激起了阵阵泡沫。它已经不需要调转航向了。它很高兴这阵风能带它全力往前走。

这一刻,燕子号正右舷抢风,向湖的西岸驶去。而亚马孙号正左舷抢风,飞速驶向湖的东岸,它已经遥遥领先。如果燕子号刚才也调转航向,和亚马孙号走相同的路线,那么等亚马孙号下一次调转航向、驶出船屋港的时候,燕子号还不一定能到岬角那里。不过,约翰对船屋港并不感兴趣,他继续他的路线,因为大风都集中在湖中央。

狂风过后,湖上又只剩下一丝微风。约翰和南希现在连抢风都变得一致了。当燕子号改变航向,亚马孙号也一样,仿佛是为了确保它的领先优势。接下去的一段时间里,燕子号的船员们谁也说不清他们到底有

没有超过亚马孙号。终于，两艘小船都来到了里约附近的岛屿，都是朝着西北方右舷抢风行驶。当然，亚马孙号比燕子号离那些岛屿近得多。

"她必须尽快拿定主意了。"约翰说。

"拿定什么主意？"提提问。

"是不是要穿过里约港。"约翰说。

"她们总喜欢走那条道。"苏珊说。

"我知道。"约翰说。

他刚说完，他们就看见亚马孙号的白帆鼓了起来，开始迎风调向。

"她们果真要穿过里约港，"苏珊说，"我们不从那里走吗？"

"我们再往前走一点，"约翰说，"反正也损失不了什么。"

"我们落后，就是因为刚才没跟着她们走。"

"是的，"约翰说，"绕过野猫岛的时候她们的选择是对的，但是在这里可能出错了。她们没看清岛西边的情况就转舵了。"

"那边很窄。"苏珊说。

"不过里约港被后面的群山和长岛上的树挡住了。好吧，一会儿我们就知道了。"

"她们已经过了长岛的岬角。"罗杰说。

"很好，"约翰说，"她们不能回头了。噢，看那边！"

这时，一阵大风正穿过群岛与湖西岸之间的狭窄航道，那是从"北极"径直刮来的，水面荡起了阵阵浪花。亚马孙号已经驶入长岛下风处平静的航道，它平稳、缓慢地向前漂着。

"这下我们可以打败她们了。"约翰说，他沿着西岸狭窄的航道继续往前行驶，"一会儿只能走小'之'字，但是这里的风对我们很有利。我们会超过亚马孙号的。"

"现在它被树木挡住了。我看不见它了。"罗杰说。

"不要紧，"约翰说，"等我们从岛的另一边出去时就知道它在哪里了。各就各位！"

燕子号迎风冲了上去，不久它就调转航向，侧着船身飞快驶入狭窄的航道。那里确实很窄，走起来却很顺利。大风一刻也没停，燕子号在湖岸与群岛之间曲折前进，激起阵阵水声。"南希在长岛后面不可能有这种风。"约翰既像是说给大家听的，又像是自言自语。

就在他们正要穿过航道向湖那边最北端的岛屿驶去时，他们看见亚马孙号的白帆从里约港出来了。

"我们超过它啦！我们超过它啦！"罗杰喊道。

"很接近，"约翰说，"一两分钟后我们就知道了。这座岛太烦人了。准备转向！"

当燕子号接近这座岛下方的时候才调头。现在，它和亚马孙号一样，右舷抢风驶向西岸。到了西岸，它再次调转方向，开始左舷抢风，急忙去迎接它的对手。

"很接近，"约翰又说，"但它稍稍领先。"

"风开始变小了。"罗杰说，好像是在谈论一个病危的人。

两艘小船越走越近。

"我们得给她们让路。"约翰喃喃自语。

"为什么？"提提说，"我们为什么要那么做？"

"因为我们是左舷抢风。"约翰说，"不过也没什么，"他又补充说，"她们很容易就过去了。"

"你们追上了不少嘛！"当亚马孙号从燕子号船头前经过的时候，南希船长兴奋地喊道，这时燕子号大概落后亚马孙号二十米。

"还不太够呢！"约翰船长大声应道。

他回头看了看亚马孙河入口南边的岬角。"我们现在绝对不能浪费一秒钟了。"

"亚马孙号转向了。"罗杰喊道。

"如果我们现在转向的话，一会儿她们就得让着我们了，"约翰说，"因为那样一来，她们会变成左舷抢风，而我们是右舷抢风。"

他又回头瞄了一眼那个岬角。

"那个岬角的末端有一片浅滩。"他小声地说。

提提轻轻拍着中座板，只想为燕子号打气。"加油！加油！"她说。

"我想到时候了，"约翰说，"准备转向！"

"太早了，"苏珊说，"太早了。我们越不过那片浅滩。"

约翰一句话也没说，只是从苏珊的手里接过主帆索。

左舷抢风的亚马孙号正朝他们驶来，南希一会儿看看燕子号，一会儿看看自己的船帆，现在又回头去看那个岬角。燕子号追上了一小段，南希拿不定主意要不要从它的船头穿过去。她原本也许可以那样做，不过她还是调转方向，跟约翰一样，朝着亚马孙河的入口驶去。

终于，两艘小船行驶在同一条航线上了，亚马孙号只领先十米。

"噢，加油！"提提说。

"别忘了那片浅滩。"苏珊说。

"我知道。"约翰说，然后他悄悄地跟苏珊说了点什么。苏珊瞪大眼睛看着他。

"这是我们唯一的机会。"他说。

苏珊小声地对其他人说："找个什么东西抓住。抓紧了，不管接下去发生什么，就待在原地不动。"

"为什么啊?"罗杰问。不过已经没有时间解释了。

越过岬角，他们已经可以看见河北岸的芦苇丛。去年的那场夜战，南希和佩吉就潜伏在里面。

风几乎停了。

提提吹着口哨，而且是两种不同的曲调。

"闭上嘴，"约翰说，"我们现在最需要的是安静。"

亚马孙号就在他们前面，现在差不多到岬角了，南希希望在进入亚马孙河之前再往前走一点，她也记得那片浅滩，她还想到了她的小船龙骨下方深处的活动船板。不用再犹豫了。她下定决心再转一次向，驶入湖中，绕过浅滩，然后再开进亚马孙河。

"她们又要转向了!"罗杰喊道。

就在这时，亚马孙号与燕子号擦身而过。

"你们要搁浅了。"看到燕子号还在往前开，佩吉喊道。

"我能看见湖底。"罗杰大叫。

"好了，苏珊!"约翰说。

"罗杰，抓紧了!"苏珊说。

就在燕子号即将穿过岬角的那片浅滩时，苏珊和约翰把全身重量都压在它的下风舷，压得很低，有几滴水珠落在了上面。这样一来，小船的龙骨就被抬高了。风已经停了，小船侧着身子，滑过浅滩，进入亚马孙河。

"到深水区了。"苏珊说，约翰很快又回到上风舷，燕子号又直起了身子，这时恰好吹来一阵风，带着燕子号驶向上游的贝克福特船库。亚马孙号也遇到了这阵风，不过最后那次转向让它落后了二十多米。最后，燕子号以领先它两个船身的距离经过了船库。

"好样的，小船！"提提高呼道，"太棒了！太棒了！"

"如果我们刚才搁浅的话，会不会输？"苏珊问。

"不好说，"约翰说，"不过不管怎样，我们顺利通过了。"

"你们看啊，小鲦鱼在水里乱窜呢。"罗杰说。

"干得好，船长！"南希船长喊道，"我还以为你失误了，拐得太早了呢。没想到你是故意那么做。活见鬼！要是我能想到在浅滩把活动船板抽出来就好了，那样我们就可能超过你们了。可是我没有想到这一点。刚才驶入亚马孙河之前，我觉得我们应该再转一次向，所以我就又往前走了一点。也许我的船没法穿过那个岬角。不管怎么说，这场比赛很精彩！"

"我选择从野猫岛的外围绕过去，最后不得不从风平浪静中慢腾腾地架到内侧，也是够傻的。"

"还说呢，我完全没想到你们可以乘着风顺利穿过狭窄的航道，而不是绕到里约港。"

"真好啊，这是一艘好船！"提提说。

"开始降帆！"苏珊说，"提提，准备接住帆桁！罗杰，准备收帆！别，别站起来。"

"你们终于回来了，"布莱克特太太说，"谁赢了？"

"谁赢了？"船宝宝问。

"谁赢了？"沃克太太也问。

她们三个来到船库的时候，燕子号和亚马孙号的船员们已经把船帆收拾好了。

"您好，妈妈。"

"你好，布里奇特。"

"你们好！"

"噢，你们这群调皮鬼。"

"谁赢了啊？"布里奇特再次问道。

"你们赢了，"佩吉说，"至少是你们的小船赢了。"

"约翰用了爸爸比赛时的那一招，侧着船身从浅滩滑过，这还是您告诉我们的。"苏珊说。

"那一招真的很厉害，"南希说，"比赛很精彩。我们还要多比几次。"

"燕子号比以前更好了。"提提说。

"它看起来很灵巧。"布莱克特太太说。

"我觉得遇上大风的时候，燕子号迎风行驶的本领比亚马孙号好一点点。"南希说，"不过在顺风的时候，如果我们把活动船板抽出来，亚马

孙号就能轻松超过它了。"

"好了，我们快走吧，去吃大餐啦!"布莱克特太太说，"你们现在一定都饿坏了吧?"

"没错，"南希说，"把烤好的牛肉端出来，开上一罐牙买加甜酒。这是一次伟大的航行!"

第三十六章

重回野猫岛

美味盛宴渐渐接近尾声。甚至连罗杰都说他已经吃够了冰激凌。每个人都吃了很多东西。这是一场愉快的宴会，差不多可以媲美生日派对了，让人感觉就像一个学期刚结束，明天就要放假了一样。是的，燕子号再次回到了水上，装了新桅杆，涂了新油漆，航行本领一如既往。对约翰、苏珊、提提和罗杰来说，这就足够幸福了。他们不再是遭遇船难的水手，而是可以重新扬帆起航的船员。船宝宝布里奇特的嘴唇被覆盆子染红了，她很开心能和其他船员一起享受这顿美餐，就好像她已经和罗杰一样大，可以跟大家一起出海了。亚马孙海盗们很高兴能再次享受做回海盗的自由。在这场宴会的欢乐氛围中，燕子号船员、亚马孙海盗和他们的妈妈们都心照不宣：沉闷压抑的日子总算结束，乌云散去，空气变得清新，好像百叶窗突然被人打开，久违的阳光照进黑暗的房间。

然而大家并没有怎么谈论姑奶奶离开的事情。

"她之前坐在哪里？"提提私底下问佩吉。

"就是罗杰现在坐着的位置。"

提提看着罗杰，但是他没有表现出他坐的是姑奶奶专座的丝毫迹象。也许是因为他并不知情吧。有那么一刻，她想让罗杰换个座位，不过她又决定也许不告诉他更好。他们安排罗杰坐在那里，是因为那把座椅带有扶手，而他可以把他的拐杖靠在上面。他不愿意和那根拐杖分开。

布莱克特太太和沃克太太聊得不亦乐乎。（"妈妈们又开始放飞自我了。"南希说。）她们聊的是以前的大人是怎么抚养孩子的，还有现在的孩子是多么幸运，可以成为长辈们的朋友，而不是他们的物品。

南希听不下去了。"她的意思是说，"她打断妈妈们的交谈，"很幸运我们能自由自在地长大，不像她是被姑奶奶抚养大的。"

"南希！嘿！"布莱克特太太说，然后她笑了起来，"好了，总算可以松口气了，现在又能叫你南希，而不用被人提醒你的教名是露丝了。"

"那现在的问题是，如果妈妈叫我露丝，我就只好去做一些事来证明我是海盗南希。"

不过他们几乎没有聊起姑奶奶其他的事情，宴会结束后，大家都来到花园里。罗杰很喜欢布莱克特太太，他想起曾听人说过姑奶奶总是看不惯院子里的野草，于是他蹒跚着走到她跟前说："这片草坪真美，那些雏菊也很漂亮！草坪上要是没有雏菊，那就乏味极了。"

布莱克特太太瞪大双眼看了他一会儿，完全不明白他说的是什么意思，接着，她突然笑了出来。

"嗯，你这样说真是太好了。"

那之后不久，苏珊听到其中一位妈妈说："这完全取决于他们是什么样的孩子。"另一位妈妈回应道："您的孩子肯定没问题。"

是燕子号船员们的妈妈最先提出了要回家。

"你们回到营地之后应该还有一大堆事情要处理，"她说，"我和布里奇特还想坐你们的船回霍利豪依呢。"

"跟我们一起去燕子谷吧。"提提说。

"去吧，求您了！"苏珊说。

"还是等你们回野猫岛吧，我和布莱克特太太会去看你们，陪你们过一夜，看看你们是怎么在岛上生活的。"

"我也要去。"船宝宝说。

"当然。"

"太棒了，妈妈，"南希说，"我们会照顾好您的，不会让您受任何人的欺负。"

"弗林特船长也去吗？"罗杰问。

"我想如果你们邀请他的话，他是会去的。"布莱克特太太说。

"他一定很想去。"南希说。

"嗯，"佩吉说，"我以为他会来参加今天的宴会呢。"

布莱克特太太和沃克太太对视了一眼。

"慎言慎行了这么久，他已经迫不及待回到他的船屋了。"南希说。

布莱克特太太又看了看沃克太太。"我想你们是不是也迫不及待要回你们的小岛？"

"我们一分钟也不想浪费。"南希说。

"燕子谷是一个安营扎寨的好地方，"约翰说，"但它跟野猫岛是两码事。"

"它不是岛。"提提说。

"那里没有港口。"罗杰说。

"燕子号不在我们身边的时候，那里也还好。"约翰说。

"快点啦，"南希说，"我们得收拾好东西，准备搬家了。要是今天晚

上不开始行动的话，恐怕得花上明天一整天的时间。"

"快点，"佩吉说，"想想要是其他人占领了小岛，那可怎么办。"

"没人占领小岛，"提提说，"我看过了。"

"什么人都有可能上岛，"南希说，"因为我们没有人在那里守护它。看看去年你们是怎么上岛的，结果我们还得和你们打一仗。"

"走吧，"约翰说，"明天我们就可以回野猫岛了，到时我们再战一场。"

燕子号的两个船员去了亚马孙号上，因为要给搭船去霍利豪依的沃克太太和船宝宝让出座位。

"我们把一等水手和实习水手借给你们吧。"约翰船长说。

"上船！"南希船长说。

"遵命，船长！"罗杰和提提一起大声说，然后很快就从两侧爬上了船。

"燕子号其实可以坐得下我们六个人。"约翰船长说。

"没有必要超载，"南希大声喊道，"再说了，那天你和你们的大副都坐过我们的船，但是你们的水手还没有呢。"

"今天没有雾。"罗杰说。

"很好，"南希说，"在雾里摸索着前进真的很可怕。"

"再见！非常感谢您的盛情款待！"燕子号船员们喊道。

"再见，妈妈！"亚马孙海盗说，"随时欢迎您来野猫岛参加我们的狂欢会。"

黄昏悄然来临，风逐渐变小。比赛结束后又刮了一阵大风，但是现在的风只够让船帆伸展，让帆桁摆出去。当他们来到河道与里约群岛的中间时，风甚至更小了，那时正好有一艘汽轮驶过，它激起的波浪让两艘小船在水里颠簸，帆桁也摇晃不停，就像在波涛汹涌的大海里似的。

在燕子号上，大副带着船宝宝一起掌舵。

驶出河道之后，亚马孙号超过了燕子号，它顺风而下，把燕子号越甩越远。现在罗杰和提提轮流掌舵，他们想看看谁能让小船的尾波最直。亚马孙号的船长和大副已经和两位借来的船员交换了位置，她们正躺在活动船板的两侧，假装是别人在值班，而她们休班了，在船舱里休息呢。

"等到了里约港就叫醒我们。"南希说。

"为什么呢？"罗杰问。

"你永远不应该问船长'为什么'。"提提说。

"好吧。我是说，遵命，船长！不过要是你刚才没有离开那个位置的话，我就不会让船晃来晃去了。"

"算我的失误吧，"提提说，"我总共失误了两次，另外一次是我自己的问题。你一共失误了三次，上次你掌舵的时候有两次，这算一次。"

"不准在甲板上吵架！"从船底板上传来南希船长的怒吼。

"遵命，船长！"提提说。

"你为什么不说'不，不，船长'呢？"罗杰问，"你的意思是'不'吧。"

"好好掌你的舵吧!"提提说,"要不又走歪了。已经歪了。这一轮你歪了两次。还是让我来吧。"

"好吧,"罗杰说,"我还要说话。"

"其实你们两个都错了,"佩吉大副躺在船底,仰望着天空说,"永远不应该和掌控方向盘的舵手说话,你们俩却一直说个没完。"

"可是这里没有什么方向盘啊。"罗杰说。

当两艘小船经过里约港的航道时,约翰把那座有登陆点的岛指给妈妈看,那是他们去年在夜里来回抢风之后,停船过夜的地方。

"就是你们差点变成溺水的傻瓜的那个夜晚吗?"

"嗯。"约翰说。

紧接着,他们从游艇停泊点外面、靠近芦苇丛的地方穿过了里约港,原住民会把船停在芦苇丛附近,还会在那边钓鱼。

"那就是他们修理燕子号的造船厂。"约翰对着另一艘船上的南希大声说道。现在南希坐了起来,像领航员那样指挥着亚马孙号穿过里约港。提提在掌舵。两艘船都调头向造船厂驶去,它们沿着湖岸行驶,经过了木码头、船台和停满待造船只的棚屋。

约翰向空中嗅了嗅。

"嗯,可以闻到。那是柏油绳的气味。妈妈,您闻闻看嘛。"

妈妈也嗅了嗅,想起很久以前,从澳大利亚的海滨小商店敞开的门里,还有港口的帆船上,飘出来的正是这种气味。

一个男人正在检查一艘刚涂好漆的摩托艇,他看见了他们,就朝约翰喊道："这艘小船还好吗？"

"他就是那个造船工。"说完，约翰大声应道，"比以前还要好。非常感谢您！"

"你的桅杆做得真不错啊，"造船工又喊了回来，"昨天我们带它下水的时候，我仔细瞧了瞧。"

他们继续往前行驶，绕过岬角进入了霍利豪依湾。两艘船都在码头停了几分钟，妈妈和布里奇特上了岸，回到霍利豪依农场的家里休息，一等水手和实习水手也从亚马孙号上下来，回到他们自己的船上。

"再见，妈妈！再见，沃克太太！再见，布里奇特！"

布里奇特一直在和他们挥手告别，最后差一点从码头上掉进水里，幸好及时被妈妈抓住了。

"明天晚上一定要来岛上看我们！"苏珊喊道。

"咯噜克，咯噜克。"全世界最好的原住民说。

两艘小船离开了码头，驶出湖湾，紧贴着彼此从达里恩峰下方经过。

提提抬头望着山峰，想起去年他们是怎样天天站在那上面眺望小岛，等待爸爸发来电报同意他们出海。那段日子，他们每天都看着原住民划着小船在湖上来回或捕鱼，一旦有船靠近小岛，他们就害怕有人抢在他们前面登上小岛。然后她又想起他们登岛之后发现的灶台，而搭起灶台的就是亚马孙海盗。她想起了他们与佩吉、南希第一次会面的场景，她们当时还是敌人，现在却成了他们最亲密的伙伴。想到这里，她欣慰地看了看对面的亚马孙号，它正在水面上与燕子号并肩航行。他们继续往

前开，达里恩峰已经被他们甩在了后面，现在他们已经可以看见船屋港了，她又想起了第一次见到那位退隐的海盗和那只鹦鹉的情景。

"我们把船开进去，告诉吉姆舅舅你们是怎么赢得比赛的吧。"南希大声说道，然后两艘小船变换航向，直接朝船屋驶去。

"他不在，"不一会儿，佩吉说，"船旗没有升起来。"

"他的划艇也不在。"南希说。

燕子号和亚马孙号从船尾下方开了过去，南希和佩吉大喊："嘿，船屋上的人！"可是没有回应。

"今天早上他开的是汽艇。"约翰说。

"是的，没错，"南希说，"他开的是汽艇。我忘了他是开汽艇回贝克福特的。他一定是在穿过群岛的时候跟我们错过了。噢，算了，不要紧。明天我们再告诉他吧。"

他们驶出船屋港，现在径直朝西南方的马蹄湾开去。

"我们不要再浪费时间了，"苏珊说，"今天都早点休息。明天得花一整天时间搬家呢。"

他们驶到了湖中央，从船屋港到鸬鹚岛之间的路程已经过半了，就在这时，瞭望员罗杰——因为他挂着拐杖，苏珊大副不允许他去桅杆前面，突然大叫道："烟，有烟！野猫岛上有烟！"

亚马孙号上的佩吉在同一时间也看到了，那是一缕纤细的青烟，在树林上空飘荡。要不是因为刮北风、那阵烟被吹向小岛的南面，他们早就看见它了。

"太迟了，太迟了！"提提哭着说，"还是有人占领了野猫岛。"

"我们今天就应该上岛，而不是比什么赛。"约翰说。

"也不行啊，"苏珊说，"我们答应过要去贝克福特的。"

"只有少许烟，"约翰说，"可能有人只是在岛上烧了一壶水，然后把火留在那里闷烧着。原住民经常这么做。"

南希·布莱克特重新当回了指挥。

"一次不要转太大幅度，"她轻声说，"不要让他们觉得我们已经看到烟了。我们只管继续往前航行，然后一点点往小岛那边靠。大家都仔细留意。岛上可能没有人。我们一会儿就知道了。没必要冒险。上面也可能有一大群人。"

"我们不能把岛让给他们。"提提说。

"不会的，"南希说，"我们两艘船保持好这个距离，慢慢地往那边靠，好像我们只是开船出来玩的。不要让他们看出我们已经注意到了。"

"我们其中一艘船驶往鲨鱼湾，进入内航道，怎么样？从那里很容易就能看见岛上的营地。"

"那样就立马暴露了我们的身份，"南希说，"他们会知道我们是来监视他们的。不行。我们还是一起行动，慢慢地往那边靠吧，假装我们并不是故意改变航向的。看啊，一艘轮船开过来了。等它走到我们和小岛的中间，我们就立刻转向。"

就这么定了。那艘长长的轮船在湖面上掀起了滚滚浪花，当它从亚马孙号和燕子号的旁边经过时，完全挡住了它们，从岛上根本看不到了。这时，他们改变航向，往东南方驶去。等那艘轮船开过去之后，他们又像先前那样并排行驶着，除非有人一直仔细地盯着他们看，否则谁也看

不出他们在被轮船挡住后改变了航向。

"我们真的不可以回野猫岛了吗?"罗杰问。

"当然不可以,要是有很多奇怪的原住民在岛上就不行。"提提说,"不管怎样,那里只容得下一座营地,而且他们一定占了我们的灶台。"

"可能只是有人留下了一堆火。"苏珊说,"如果真是用过的火堆的话,那烟也太小了吧。"

"嘿,"约翰说,"南希放下活动船板了。她一定是想从岛的下方穿过去。"

一个嘶哑的声音从水面传来。

"这样是为了保持稳定,又不会离你们太远。要不然傻子都能看出来我在等你们,因为我总是不停地转帆。"

现在,亚马孙号的活动船板已经放了下来,它和燕子号的速度差不多了,尽管现在是顺风。这样一来,两艘船就很容易保持一致了。

"你能看见岛上有人吗?"约翰问。

"看不见。不过那股烟确实是从岛上冒出来的。"

"留意压低的树枝。如果他们在监视我们,他们肯定会碰到树叶的。还要留意岩石边的石楠丛。"

"那边有人! 那边有人!"提提大喊着把望远镜塞到苏珊的手中,"我们的灯塔树上有一盏提灯。"

它就在那里,即使不用望远镜也能看见,它挂在小岛最北端那棵大松树又长又直的树干顶端的一根树枝上。不管是谁挂上去的,他一定打算在岛上住下来,不然绝不会不辞辛苦地爬上十米高的光滑树干去搭一根绳子，然后把一盏提灯升上去。

"听我说，"南希船长说，"今天早上他们还不在那里，要不我们肯定发现了。我们绝不能让他们在岛上扎营。今天晚上我们必须把他们赶走，不让他们过夜。我们要弄沉他们的船，把他们赶到海上去。"

"但是到底该怎么做呢？"约翰问。

"我认为他们并不是好的探险家或海盗，不然他们会保持警觉的。我想他们并没有做好防范。笨蛋才会把灯升起来却不点亮吧，为什么不等需要的时候再升上去呢？他们也不擅长野营，不然就能生出更好的营火了。他们很可能还没发现那座港口。没准他们是一群只吃三明治、乱扔纸屑的笨猪，丝毫没有想到他们会有什么下场。"

"真希望我们有一门大炮。"罗杰说。

"那动静就太大了，"南希说，"我们要像蛇一样悄悄潜到他们身边，等他们还没来得及开口，一切就结束了。然后，我们会饶他们的命，让他们滚回他们的船上，他们就拼命地划桨离开，再不会来打扰我们了。"

这个主意听上去很好，但两艘船上的船员们还是有些疑虑。假如野猫岛的合法拥有者不能赶走那些敌人，接下去该怎么办呢？但是也没有别的办法，只能试一试了，大家也都对疑虑缄口不言。

这两艘小船并排航行，一直缓慢地朝湖东岸驶去。鸬鹚岛已经被抛在了后面。他们已经快到野猫岛的南端了，依然没有发现岛上有人活动的迹象。不过他们确实看见了提灯挂在高高的松树上，还有一缕一缕的烟从树上飘出来。

"也许他们留下一个守卫就开船走了，打算晚上再返回。"佩吉说。

"那就能解释那盏灯的事了。"约翰说。

"如果真是这样，那对我们来说就容易多了。"南希说。然后她笑了。其他人都看着她，并不觉得有什么好笑的。南希解释道："我想起了去年的事，今年我们绝不能再犯同样的错误了，去年就是因为我们掉以轻心，才会被你们的一等水手占领了我们的船。"

他们经过了小岛的南端。

"约翰船长，开始抢风！"南希说，"我们把船头对准港口的方向。"

两位舵手向下推舵，拉紧他们的主帆索，燕子号和亚马孙号再一次改变航向，把船头对准港口。

"留意一下有没有人躲在岩石后面。"

所有人都在仔细观察周围，连岩石间的一只小鹋鸽都被他们发现了。不过之后却没什么动静。

"港口是空的。"南希一看见港口就说，"他们还没找到这里。他们的船一定是停在了那个旧的登陆点。"

突然，她顶风停下了船。

"一米也不能往前走了，"她说，"不然他们在登陆点就能看到我们。我认为他们现在压根没发现我们。我们驶进港口吧。佩吉，降帆。把活动船板拉上来。出桨。现在轻一点，轻一点……"

南希怎么做，约翰就学她怎么做，现在提提和苏珊已经开始收帆了。然后，约翰轻轻地抬起船舵放进船里，接着伸出一支桨在船尾划，把燕子号划进礁石间的航道。与此同时，苏珊一直观察着航标，当它们不在一条直线上的时候，她就提醒约翰。亚马孙号几乎和燕子号同时肩并肩靠了岸。

"轻一点，"约翰说，"别撞上去了。"

"罗杰，"苏珊说，"那是一块干净的手帕。不要用它擦拭你的拐杖。"

"我没有啊。我正在用它包拐杖的脚，这样碰上石头也不会发出响声了。现在包好了。"

他用那根包着手帕的拐杖往前一挡，然后跳上了岸，他站在岸边，架着拐杖，扶住燕子号，以防它滑回水中，或者在沙滩上磨得吱吱响。

南希和佩吉迅速扫了一眼港口四周的岩石，确保没有敌方的一等水手埋伏在那里等着占领他们的船。提提、苏珊和约翰一个接一个地跳上沙滩与罗杰会合，他们抬起燕子号的船头，静悄悄地把它拖上岸，仿佛他们是从棉花上而不是坚硬的石头上把它拉了出来。

"我们去登陆点阻击他们。"约翰说。

"不行，不行，"南希说，"我们要的就是让他们滚回他们的船上，离开这里。我们要悄悄地穿过西岸上方的矮木丛，一直到营地附近。你有哨子吗？"

"大副有。"

"佩吉也有。等你们听到她吹哨子，你们也吹，然后猛冲出来。"

"我能闻到他们的火堆发出的气味。"提提说。

"听！"

没有任何声音。

"也许他们睡着了。"

"或者是在大吃大喝。不管了，快走吧！"

燕子号和亚马孙号的船员们离开港口，溜进了矮木丛中。去年提提修剪过的那条小路已经面目全非。那里又长满了忍冬和荆棘，现在它更像是一条丛林小径，而不是可供通行的小路。"怪不得他们没有找到那座港口。"苏珊说。

"幸好我们在遭遇船难之前没有过来清理这条小路。"约翰说。

前方传来低沉的嘘声，南希转过身等他们。"帐篷！"她压着嗓子说。

其他人蹑手蹑脚地走近她。透过树木和灌木丛上方的间隙，他们看见了灰白色的帐篷，而且不止一顶。

"他们在我们的营地支起了帐篷。"提提愤愤地说。

"没有其他办法了，"南希小声说，"我们必须赶走他们。如果不那样做的话，这座岛就再也不属于我们了。准备好了吗？燕子号和亚马孙号万岁！大副们，吹响哨子，冲啊！"

伴随着两声刺耳的哨声，大伙都从树林里冲了出去，大叫着冲向他们的旧营地。那里已经支起了五顶帐篷，四顶小的搭在沉船事故发生之前燕子号船员们扎营的地方，一顶大的搭在亚马孙海盗们去年扎营的地方。还有第六顶帐篷搭在那些帐篷后面的树林里。

"他们的帐篷跟我们的一样啊。"罗杰边说边拄着拐杖拼命往前跑，因为他不想落在最后。

南希和佩吉朝那顶大帐篷发起了猛攻。其他人从营火旁边冲了过去，穿过空地。

"这就是我们的帐篷呢！"苏珊说。

"漂亮的波利！"一个刺耳的声音说。

冲啊！

营地里没有守卫。营火在苏珊搭的那个旧灶台里慢慢地烧着，离营地稍远的另一边，有一个人靠树坐着，是弗林特船长。他刚刚睁开眼睛，那只鹦鹉站在他旁边的一截树根上，正试图把他的烟斗咬成碎片。

"嘿！"弗林特船长说，"现在几点了？我坐在这里和老波利玩耍了一小会儿。真热啊，你们瞧，把所有这些东西搬到汽艇上，还要爬树。怎么了？你们怎么这么慌慌张张的？"

燕子号和亚马孙号的船员们面面相觑。

"哦，没什么，"南希船长说，"我们搞错了，以为你是别的什么人。"

弗林特船长伸了伸懒腰，然后去摸他的烟斗。

"呃，波利，又玩你的老把戏了？我刚刚一定睡着了。"

"而且睡得很熟。"罗杰说。

"这所有的东西都是你一个人运过来的吗？"南希问。

"玛丽·斯温森帮了忙，还有个年轻人，是她的一个朋友，他好像今天休息。"

"我想你搬山洞里的东西时，"提提说，"彼得·达克也帮忙了。"

"当然了，"弗林特船长说，"不过我可能把你们的背包放错了帐篷，或是搞混了别的什么。玛丽·斯温森会再去上面看一眼，要是落下了什么东西，她会把它们捎到农场去。"

"明天我们过去一趟，然后请她来喝茶。"提提说。

"我的灯笼裤又破了一个洞。"罗杰说。

"可是你为什么要这么做呢？"南希问。

"唔，"弗林特船长说，"我就是为了确保你们的小岛不会被人占领啊。除此之外，明天会有好些人在荒原上捕猎松鸡，你们的妈妈们都觉得你们最好别去那里。"

"所以他们没有在宴会上给你留位子。"南希说，"不过你还没问谁赢得了比赛呢。要是你想知道的话，我告诉你吧，我们输了。"

"我看见你们驶进里约港的时候，约翰去了群岛的另一边，当时我就觉得燕子号更有机会赢。"

"但是你不知道约翰在最后的关头做了什么。"

他们把比赛的整个经过都讲给他听，然后，他们又改变主意，把他们看见岛上那盏灯和烟的事也告诉了他，跟他说他们以为小岛被敌人占领了呢。

"现在我们永远拥有这座小岛了。"罗杰说。

"直到你们不得不离开。"弗林特船长说，"好了，如果我不马上走的话，就有麻烦了。"

"可是姑奶奶已经走了呀。"提提说。

弗林特船长笑了。

"那个厨娘也不好惹。"他说。

几分钟过后，他登上汽艇，突突突地经过了瞭望台，大家都跟在他后面大声道谢，邀请他明天再来。

"你们给我留好晚饭，"他大声应道，"明天晚上我住在船屋里。哦，对了，我本来要告诉你们的，迪克逊太太早上会给你们送牛奶。"

燕子号和亚马孙号的船员们又回到了营地。

"好了，"南希说，"现在假期真正开始啦！"

"我们的地图上已经标出了不少新地方呢。"提提说。

"噗！"苏珊把灶台里的木柴拢在一起说，"回到这里真是太幸福了！你们说呢？"

燕子号和亚马孙号万岁！

探索

后 记

　　常有人问，我们是哪一年登上干城章嘉峰的。当然是一九三〇年，那是我们和燕子号船员结盟的第二年，是吉姆舅舅的书出版后的一年，也是妈妈登上马特洪峰三十年之后。可是，兰塞姆先生错写成了一九三一年，那其实是他写下整个故事的年份，于是一切都被搞错了。现在你们知道了吧。

南希·布莱克特